W0292303

btb

Inmitten der malerischen Dolomiten liegt das Tal der Eismacher. Giuseppe Talamini behauptet gar, die Eiscreme wurde hier erfunden. Und er muss es wissen, schließlich haben sich die Talaminis seit Generationen dieser Handwerkskunst verschrieben. Jedes Jahr im Frühling siedeln sie nach Rotterdam über, wo sie während der Sommermonate ein kleines Eiscafé betreiben. Hier gibt es alles, was das Herz begehrt: zartschmelzendes Grappasorbet, sanftgrünes Pistazieneis, zimtfarbene Schokolade. Dennoch beschließt der ältere Sohn Giovanni, mit der Familientradition zu brechen, um sein Leben der Literatur zu widmen. Bis ihn eines Tages sein Bruder aufsucht: Luca, der das Eiscafé übernommen hat, ist inzwischen mit Sophia verheiratet, in die beide Brüder einst unsterblich verliebt waren. Und er hat eine ungewöhnliche Bitte …

ERNEST VAN DER KWAST wurde 1981 in Bombay geboren und ist halb indischer, halb niederländischer Herkunft. Seine Romane sind internationale Bestseller. In Deutschland erschienen bisher »Fünf Viertelstunden bis zum Meer«, »Die Eismacher« und »Mama Tandoori«. Ernest van der Kwast lebt mit seiner Familie in Rotterdam.

◊

»Sinnlich, herzlich, köstlich schön.«

Brigitte

ERNEST VAN DER KWAST

Die Eismacher

Roman

Aus dem Niederländischen
von Andreas Ecke

btb

Wie mein Vater sein Herz an eine 83 Kilo schwere Hammerwerferin verlor

Kurz vor seinem achtzigsten Geburtstag hat sich mein Vater verliebt. Es war Liebe auf den ersten Blick, Liebe, die wie ein Blitz aus heiterem Himmel kommt, ein Blitz, der einen Baum fällt. Meine Mutter rief mich an. »Beppi hat den Verstand verloren«, sagte sie.

Es geschah während einer Liveübertragung von den Olympischen Spielen in London. Genauer gesagt: beim Finale der Hammerwerferinnen. Mein Vater hat auf dem Dach eine Satellitenschüssel anbringen lassen, mit der er mehr als tausend Kanäle empfangen kann. Ganze Tage sitzt er vor dem Fernseher, einem fantastischen Flachbildgerät, und zappt sich in konstant hohem Tempo durch die Programme. Japanische Fußballspiele huschen vorüber, arktische Naturfilme, spanisches Autorenkino, Reportagen über Naturkatastrophen in El Salvador, Tadschikistan, auf den Fidschi-Inseln. Und natürlich verstörend betörende Frauen aus aller Welt. Die offenherzigen brasilianischen Moderatorinnen, die fast nackten griechischen Showgirls, die Nachrichtensprecherinnen, deren Texte nicht nur wegen der Sprache (Mazedonisch? Slowenisch?), sondern auch wegen dieser glänzenden, vollen Lippen völlig an einem vorbeirauschen.

Meistens hält es meinen Vater fünf oder sechs Sekunden bei den Sendern, die er besucht. Aber manchmal bleibt er auch hängen und sieht einen ganzen Abend und die halbe Nacht Berichte über die Wahlen in Mexiko oder eine Serie von Dokumentarfilmen über die tropischen Gewässer Polynesiens, grün wie Edelsteine.

Es war ein türkischer Sportsender, an dem mein Vater strandete. Gerade hatte er wieder mit seinem schwieligen Daumen auf die Senderwahltaste der Fernbedienung gedrückt – die ägyptische Seifenoper, die in fünf Sekunden zahllose Frauen mit dramatischem Mienenspiel ins Bild gebracht hatte, reizte ihn nicht. Beppi drückte also auf die Taste, die einmal schwarz gewesen war, später grau und nun weiß, fast durchscheinend. Da wurde er vom Blitz getroffen. Auf dem Bildschirm erschien seine Prinzessin: eine Haut, so weiß wie Sahne, korallenrote Haare, die Oberarme eines Metzgers. Sie betrat den Wurfkreis des Olympiastadions, hob den Hammer, brachte ihn über die linke Schulter hinweg in Schwung, ließ ihn kreisen, drehte sich ein-, zwei-, drei-, vier-, fünfmal und schleuderte die eiserne Kugel mit aller Kraft, die in ihr steckte, von sich weg. Ein Meteorit, der den Eintritt in die Erdatmosphäre überstanden hatte und funkelnd durch die stahlblaue Londoner Luft fegte. Der Einschlag, ein braunes Loch im penibel gemähten Rasen.

Mein Vater ließ die Fernbedienung fallen. Der Deckel des kleinen Fachs auf der Unterseite löste sich, eine Batterie rollte über den Holzfußboden. Der türkische Kommentator äußerte sich lobend über den Wurf, doch von den wohlklingenden Worten bekam mein Vater nichts mit. Die Wiederholung zeigte ihm noch einmal seine breitschultrige Ballerina, ihre Pirouette, die immer schneller wurde und in einer kurzen, aber erstaunlich anmutigen Verbeugung endete.

Es war, als hätte er sich mitgedreht. Schneller und schneller. Und jetzt saß er auf seinem Sofa, verliebt und zerschmettert, als wäre er es gewesen, den das vier Kilo schwere Wurfgerät getroffen hatte.

Sie hieß Betty Heidler und hielt den Weltrekord, den sie vor mehr als einem Jahr bei einem internationalen Wettkampf in Halle um 112 Zentimeter verbessert hatte. Es war ein warmer Maitag gewesen: fast kein Wind, Sonnenbrillen, kurze Ärmel. Die Athletin betrat federleichten Schrittes den Wurfkreis mit seinen grünen Netzen und warf fast beiläufig eine astronomische Weite. Die Kugel schlug keinen Krater, sondern sprang noch ein paarmal in Flugrichtung weiter, wie die flachen Kiesel, die Kinder im Sommer über das Wasser des nahe gelegenen Hufeisensees hüpfen lassen. Zwischen den großen Wettkämpfen war die Werferin Polizistin, in einer dunkelblauen Uniform mit vier Sternen auf den Schulterklappen, das rote Haar straff zu einem Knoten hochgesteckt. Polizeihauptmeisterin Heidler.

In London warf Betty Heidler eine Weite, die für die Bronzemedaille reichte; wegen eines Fehlers im Messsystem wurde ihr Wurf aber zunächst nicht gewertet. Es dauerte vierzig Minuten, bis der Fall geklärt war. Diese vierzig Minuten waren für meinen Vater wie ein romantischer Film. Verzückt himmelte er die rothaarige Hammerwerferin an, die immer wieder in Nahaufnahme zu sehen war, manchmal den Tränen nahe. Ihre Konkurrentin, die korpulente Chinesin Zhang Wenxiu, hatte sich schon die rote Fahne mit den gelben Sternen um die breiten Schultern gelegt und begann, eine Ehrenrunde zu laufen.

»Nein! Nicht diese Tausend-Kilo-Chinesin!«, rief mein Vater.

Der türkische Kommentator drückte sich etwas nuancierter aus, doch auch er war der Ansicht, dass nicht Zhang Wenxiu, sondern Betty Heidler Anrecht auf Bronze habe. Übrigens wog die chinesische Athletin in Wirklichkeit 113 Kilo, womit sie aber immer noch dreißig Kilo schwerer war als die rothaarige Schleudernymphe.

»Nimm die Fahne ab«, sagte mein Vater. »Aufgequollener, aufgedunsener Fleischklops.« Und als Betty Heidler ins Bild kam: »Nicht weinen, Prinzesschen. Nicht traurig sein, liebe schnellfüßige Frau.«

Es war ein Epitheton ornans, unbewusst heraufgeholt aus der Vergangenheit, aus der Zeit vor fünfunddreißig Jahren, als ich das Gymnasium besuchte und zum Schrecken aller plötzlich mit den farbenfrohen Adjektiven des blinden Dichters um mich warf. Nach Ansicht meines Vaters liegen da die Ursprünge der heutigen Fremdheit zwischen mir und der Familie. Oder wie er es gerne zusammenfasst: »Dann ist es nie wieder gut geworden.« Meine Epitheta konnten ihn verrückt machen: Ich sprach von den schönmähnigen Mädchen, mit denen ich flirtete, den dunkel umwölkten Gebäuden, die meine Mutter nicht sehen wollte, dem weinpurpurnen Kirscheis, das er herstellte. Und jetzt gebrauchte er selbst ein solches Adjektiv für seine weißarmige Hammerwerferin.

Die Regie schob einen Werbespot für Haarspray ein. Zu sehen war eine Braut mit einer Frisur, die wahrscheinlich mindestens eine Woche ihre Form behalten würde.

»Betty! Komm zurück!«, rief mein Vater dem flachen Bildschirm zu, auf dem gestochen scharf und in Zeitlupe das Spray auf den kastanienbraunen Locken der lächelnden Braut verstäubt wurde. Sein Daumen machte automatisch eine Bewegung, der schwielige, alte Daumen, der sich so viele Jahre lang wie ein Haken um den metallenen Stiel des *spatolone* gelegt hatte, des großen Löffels, mit dem das Eis aus den Zylindern der Cattabriga geschöpft wird.

»O Betty«, seufzte mein Vater, so schmachtend, wie schon viele Männer den gleichen Namen ausgesprochen hatten. Betty Garrett, Betty Hutton, Betty Grable. Bezaubernde Filmschauspielerinnen, fast vergessene Namen.

Der Spielfilm mit der Hammerwerferin ging weiter. Sie saß auf einer Bank auf dem rotorangen Tartan der Arena und machte ein unglückliches Gesicht. Der Kommentator schnatterte ununterbrochen; manchmal glaubte mein Vater, Namen von Athleten zu erkennen, aber es konnten auch türkische Wörter sein. Er wusste, dass der Satellit zahllose andere Kanäle im Angebot hatte, die ebenfalls die Wettkämpfe übertrugen. Auf Dänisch, auf Deutsch, auf Italienisch, auf Niederländisch. Doch die Fernbedienung lag auf dem Boden, und er wollte nicht zappen, er wollte keine Sekunde verpassen.

Sah er da eine Träne? Einen silbernen Tropfen unter ihrem linken Auge? Es *war* ein Spielfilm, und er musste etwas zu ihr sagen, er musste sie trösten. Meine Mutter stand in der Tür des kleinen Zimmers, in dem der Fernseher wie ein Bild an der Wand hängt. Sie hatte ihren Mann sprechen hören und aus der Küche gerufen: »Beppi? Was ist?«

Mein Vater heißt Giuseppe Battista Talamini, aber meine Mutter nennt ihn schon ihr Leben lang Beppi.

»Ich liebe dich«, sagte mein Vater.

Es war zwanzig, dreißig, vielleicht sogar vierzig Jahre her, dass meine Mutter diese Wörter zuletzt aus dem Mund meines Vaters gehört hatte.

»Bitte?«

»Ich liebe dich«, antwortete mein Vater. »Ich finde dich schön.«

Meine Mutter schwieg. Betty Heidler hatte immer noch Tränen in den Augen.

»Deine Sommersprossen, deine starken Arme … Ich möchte deine Muskeln küssen.«

»Was hast du? Fühlst du dich nicht gut?«

Die Erkenntnis kam schrittweise. Der erste Teil seiner Antwort war an den Bildschirm gerichtet, der zweite an seine Ehefrau in der Tür: »Du bist die Liebe meines Lebens. Geh weg!«

Schließlich reichte die Juryvorsitzende, eine Frau mit breiter Armbinde, Betty Heidler die Hand. Langsam, als würde Eis schmelzen, ging ein Lächeln über Bettys Gesicht. Dann folgte eine Umarmung. Das geschah aber erst, als meine Mutter schon wieder in der Küche stand, vor ihrem Herd, auf dem in einer einsamen Pfanne Gehacktes brutzelte. Morgen war Samstag: *pasticcio*, Gläser, gefüllt mit leichtem Rotwein, der Nachmittag wie ein Fleck, der sich ausbreitet. Es ist ein allseits bekanntes Geheimnis, dass Lasagne, genau wie Tiramisu, besser schmeckt, wenn man sie eine Nacht ruhen lässt.

Aus dem Fernsehzimmer waren Freudenschreie zu hören. »Ja! Sie hat gewonnen! Betty hat Bronze gewonnen! Ja! Ja!« Als mein Vater vor Glück auf den Boden zu stampfen und zu springen begann wie ein Kind, rief meine Mutter mich an.

Im Frühling und Sommer ruft sie immer mich an, wenn irgendetwas ist. Mein Bruder Luca arbeitet dann. Mein Gedächtnis ruft das Bild automatisch ab: Wenn ich am Telefon die Stimme meiner Mutter höre, sehe ich Luca in Rotterdam an der Eismaschine stehen.

Ich arbeite auch, kann aber meistens Anrufe entgegennehmen.

»Wo bist du?«, fragt meine Mutter. Es sind immer ihre ersten Worte.

»Ich bin in Fermoy, in Irland.«

Am anderen Ende bleibt es einen Moment still. Für meine Mutter, vierundsiebzig Jahre alt, ist das Mobiltelefon immer noch gewöhnungsbedürftig. Sie selbst hat nie eins in der Hand gehabt. Dass man einander überall und jederzeit erreichen kann, bleibt für sie in ihrer Küche in Venas di Cadore, mitten in den Bergen, ein Quell der Verwunderung. Manchmal ruft sie mich an, wenn ich am anderen Ende der Welt bin, und ich melde mich mit verschlafener Stimme. »In Brisbane, in Australien«, sage ich dann. Die Stille nutze ich, um meine Augen auf die Leuchtzeiger meiner Armbanduhr auf dem Nachttisch einzustellen. Daran, dass ich immer an einem anderen Ort bin, hat sie sich lange vor dem Aufkommen des Mobiltelefons gewöhnen müssen.

Ich habe ein Zuhause, aber es fühlt sich nicht so an. Auf der Fensterbank stehen keine Pflanzen und im Kühlschrank keine Milch. Keine Zeitung wird zugestellt. Es gibt zwar Vorhänge und Handtücher, aber keine Obstschale. Die israelische Dichterin Nurit Zarchi schreibt in ihrem kurzen Gedicht »Heute wollte ich«: *»Müde will ich auf dem Rand der*

Welt Platz nehmen, Rast machen. / Trotzdem gehe ich weiter, damit man nicht merkt / Wie klein der Abstand ist zwischen mir und den Unbehausten.« Der Abstand zwischen mir und meiner Familie ist groß, weil dieser andere so klein ist. Winzig, fast nicht vorhanden, an manchen Tagen versagt das Messsystem.

»Wie ist das Wetter in Irland?«

Ihr Interesse am Wetter ist obsessiv. Als sie noch in Rotterdam im Eiscafé arbeitete, schlug sie die Zeitung grundsätzlich auf der Seite mit dem Wetterbericht auf. Und wenn in der Schlange im Supermarkt über Schauer oder Kälte gesprochen wurde, spitzte sie die Ohren. Jetzt ist sie im Ruhestand und das Eiscafé weit weg, trotzdem muss sie sich bei jedem nach dem Wetter erkundigen. Dem Wetter von heute, von morgen, von übermorgen, von nächster Woche. Egal wo, es kann ja immer in Richtung Rotterdam ziehen. In ihrer Vorstellung ist der Himmel über den Niederlanden ein Wirbel, in dem alles zusammenkommt, vor allem aber Regen, Kälte und Sturm. Der feine Flügelschlag des Schmetterlings in Brasilien verursacht über dem Eiscafé einen Hagelschauer biblischen Ausmaßes.

»Sonnig«, antworte ich. »Anhaltend freundliches, sommerliches Wetter, morgens stellenweise Nebel.« Und ich füge hinzu: »Keine dunkel umwölkten Gebäude.«

Sie schweigt, aber ich weiß, dass sie lächelt. Meiner Mutter fällt es leichter, meine Entscheidung für eine andere Art von Leben zu akzeptieren. So wie sie alles über das Wetter wissen will, so liebe ich eben die Poesie und mein Vater Werkzeug. Genau genommen ist mein Bruder der Einzige, der noch Eis macht.

»Beppi hat den Verstand verloren«, erklärt sie. Sie wiederholt, was sie ihn hat sagen hören. Als sie zu den Muskeln kommt, die mein Vater küssen will, muss ich lachen.

»Vielleicht ist es Alzheimer«, überlegt meine Mutter. »Fausto Olivo zieht sich die Unterhose über den Kopf. Der Arzt sagt, er leidet an Demenz.« Fausto ist der alte Eismacher von La Venezia in Leiden. Er ist erst seit ein paar Jahren im Ruhestand. Sein ältester Sohn setzt die Tradition fort.

»Frau Olivo hat erzählt, dass Fausto sie für die Nachbarin hält und ihr dauernd in den Hintern kneift.«

Meine Mutter weiß mehr über Alzheimer als über Mobiltelefone.

Sie schweigt einen Moment. Vielleicht betrachtet sie die Fotos auf den Küchenschränken, das Porträt ihres Enkels, der vor einer Woche nach Mexiko gereist ist.

»Sie hat rotes Haar«, sagt sie dann. »Die neue Liebe deines Vaters hat lange rote Haare.«

Ich denke an die Frauen, die ich hier auf der Straße gesehen habe. In Irland gibt es viele Rothaarige. Sie erröten schneller, weil ihre Haut dünner ist und das Rot des Blutes leichter durch die obersten Schichten scheint. Aber sie schauen meistens noch schneller weg. Eine Ausnahme war die junge Frau, die beim Fermoy International Poetry Festival die Gäste empfing. Sie stand hinter einer kleinen Theke und trug unter ihrer Bluse einen rosa BH, das konnte ich sehen, wie auch die Milchstraße aus Sommersprossen auf ihrer Haut. Als ich wieder aufsah, blickte ich in ihre Augen, die nicht auswichen, nicht einmal blinzelten. Sie hatte gesehen, wohin ich geschaut hatte. Es waren meine Augen, die schließlich aufgaben. Ich blickte auf das Formular auf der Theke.

»Was soll ich zu ihm sagen?«, fragt meine Mutter. »Ich habe ihn oft trübsinnig gesehen, ich weiß, dass er den Frühling fürchtet, dass es ihm schwerfällt, das Leben zu genießen, weil er meint, dass es vorbei ist. Ich muss ihm seine Sachen zurechtlegen, sonst zieht er jeden Tag dasselbe an.«

Manche Menschen werden in ihrem Leben immer schöner, ihr Charakter wird von den Jahren verfeinert wie kostbarer Wein, und alles, was lange Zeit in ihnen gereift ist, Gelerntes, Erfahrungen, die großen Ereignisse, all das zusammen hat sich in ein

Elixier verwandelt, das vielleicht das Leben nicht verlängert, ihm aber Glanz verleiht. Auch mein Vater hat nichts vergessen, nur haben die Jahre seinen Charakter verdorben.

»Er redet immer noch mit dem Fernseher«, sagt meine Mutter. »Willst du's hören? Soll ich mit dem Telefon zu ihm gehen?«

»Lass mal«, antworte ich, aber ich höre, dass sie schon die Küche verlässt.

»Morgen früh rufe ich den Arzt an«, verkündet sie. »Dann muss er eben mal samstags kommen. Es ist ein Notfall.«

»*Es ist Unsinn / sagt die Vernunft*«, zitiere ich. »*Es ist was es ist / sagt die Liebe.*«

»Bitte?«

Mein Blick bleibt einen Moment an dem Kunstwerk in meinem Hotelzimmer hängen, einem Aquarell von einer Grasebene, auf der ein Junge, schon weit entfernt, vom Betrachter wegläuft.

»Das ist ein Gedicht«, antworte ich. »Über die Liebe. ›Was es ist‹.«

»Es ist Wahnsinn«, sagt meine Mutter. »Er umarmt den Fernseher!«

In meinen Hotelzimmern versuche ich auch manchmal, mit den Flachbildschirmen, die mich begrüßen, in Kontakt zu kommen. »*Dear Mr. Giovanni Talamini, it is a pleasure to welcome you to*

Ascot Hotel.« – »Welcome! G. Talamini, enjoy your stay in Radisson Blu.« – »Welcome to Crowne Plaza Hotel. Dear Talamini, it is a privilege to have you staying at the Crowne Plaza Hotel. Continue please press button ok.«

»Das glaubt man doch einfach nicht«, höre ich im Telefon. Es gibt eine Störung; möglich, dass die Funksignale mit ihren Worten und die mit Betty Heidler auf dem Weg aus dem Weltraum ins Fernsehzimmer in Venas di Cadore sich überschneiden. »Dann ist es mir lieber, wenn er über sein Leben jammert und über dein Leben.«

Das Gedächtnis tut endlich seine Arbeit: Ich sehe meinen Bruder im Eiscafé stehen, die weiße Mütze auf dem Kopf, in der rechten Hand die *spatola*, den kleinen, flachen Löffel, mit dem er das Eis für die Kunden portioniert. Es ist schon spät am Abend, aber mild. Schwarze Vögel sausen durch die Luft, noch höher nimmt ein Airbus Kurs auf Amerika, das Licht in der Kabine ist heruntergedreht, doch das kann man vom Boden aus nicht sehen. Auf der Straße sind junge Frauen unterwegs, manche in Miniröcken oder in kurzen Hosen, deren Taschen unter dem Jeansstoff herausschauen; Lucas Blick bleibt an ihren Hintern hängen. Seine Frau schläft, sie liegt wie eine Schwimmerin, den einen Arm vorgestreckt, den anderen eng am Körper. Auf der Terrasse sitzen die letzten Gäste, junge Männer und Frauen, die nach dem Kino noch Lust auf eine Waffel mit Erdbeere und Mango haben, der alte Mann, der in einem Milchshake kurz vor Mitternacht Trost findet.

Die Entdeckung des Eises durch meinen Urgroßvater im Jahr 1891

Der Vater des Vaters meines Vaters hieß ebenfalls Giuseppe Talamini. Er hatte gewelltes Haar, eine große Nase und dunkelblaue Augen, aus denen der Schalk herausschaute. Es wird erzählt, dass er bei einem Unfall mit einer Kuh ums Leben gekommen ist. Die Kuh, ein neunhundert Kilo schweres Tiroler Grauvieh, hatte den Weidezaun umgetrampelt, lief den steilen Hang oberhalb des Bauernhofs hinunter und stieg auf das Dach des kleinen Heuschobers, in dem mein Urgroßvater in völliger Zurückgezogenheit und Stille sein tägliches Schläfchen hielt.

Die silbergraue Kuh brach durch das hölzerne Dach und zerquetschte meinen sechsundsiebzigjährigen Urgroßvater. Wahrscheinlich war er nicht sofort tot, sondern hat trotz schwerer Verletzungen noch eine Weile gelebt. Als er nicht zum Abendessen erschien, ging man auf die Suche, fand ihn aber erst, als die Sonne hinter den Bergen verschwunden war. Die Kuh lag noch auf ihm und leckte an seinen Sachen. Sein Gesicht hatte einen auffallend friedlichen Ausdruck, er schien zu lächeln.

Die Kuh, die sich beide Vorderbeine gebrochen hatte, wurde noch am Abend vom Bauern geschlachtet. Dann wurde es langsam Nacht, die Füchse kamen aus dem Wald, Hunde bellten in der kalten Bergluft. Am nächsten Morgen redeten alle über den plötzlichen Tod Giuseppe Talaminis, doch so seltsam dieser Tod auch gewesen sein mochte, man war sich schnell darüber einig, dass er zum Leben meines Urgroßvaters passte. Zu einem Leben voll unerwarteter Wendungen und sonderbarer Ereignisse, einem Leben, an das er immer hohe Ansprüche gestellt hatte, bis zu seinem Tod. Vielleicht erklärte dies das Lächeln in seinem Gesicht.

Woran dachte mein Urgroßvater, als er unter der Kuh lag und niemand kam, um ihn zu befreien, als er spürte, wie sich das Leben aus ihm zurückzog? Woran denkt man, wenn man weiß, dass man gleich sterben wird? Oberst Aureliano Buendía dachte vor dem Erschießungskommando an jenen fernen Nachmittag, an dem sein Vater ihn mitnahm, um das Eis kennenzulernen. In Giuseppe Talaminis Geist stiegen ähnliche Bilder auf.

Es war der Sommer, in dem die Wölbungen unter dem Kleid des Nachbarsmädchens Maria Grazia enorme Rundungen wurden. Ein unzüchtiges Wunder.

Sie waren zusammen aufgewachsen, hatten im Wald Tannenzapfen gesucht und Hand in Hand unter dem wolkenlosen Himmel ihrer Kindheit gelegen. Maria Grazia liebte die Sonne und die Sonne ihre Honighaut. In Gedanken nannte Giuseppe sie *girasole*, Sonnenblume. Während die Sonne langsam wie eine Milliardenjährige den Himmel nach Westen überquerte, bewegte Maria Grazia ihren Körper Zentimeter für Zentimeter weiter. Sie wollte so viele Sonnenstrahlen wie möglich auffangen und den Schatten keine Chance geben. Giuseppe rührte sich nie vom Fleck, weshalb die beiden wie übergroße Uhrzeiger im Gras lagen.

Dann kam der letzte Sommer, in dem sie Kinder waren. Giuseppe wagte das Nachbarsmädchen nicht mehr anzusehen. Maria Grazias Brüste schienen in der Sonne zu wachsen. Sie wurden von Tag zu Tag runder und voller, wie Brote, die im Backofen aufgingen. Er fantasierte sich ihre Brustwarzen samt den Höfen in verschiedenen Farben zurecht. An einem Tag waren sie rosa wie ihre Lippen, an einem anderen weiß und durchscheinend wie die Haut ihrer Handflächen oder dunkel wie Haselnüsse.

Wenn am Nachmittag von den Bergen her ein leichter Wind wehte, zeichneten sich zwei Spitzen unter dem Stoff ihrer Bluse ab. Während die Zikaden sangen und die Maikäfer summten, schwiegen Maria Grazia und Giuseppe im hohen Gras. Sie hielten sich an der Hand und schauten in den reinen Himmel. Alles war wie immer und alles war anders.

So kam es, dass Giuseppe am Ende des Sommers an der Tür vorbeiging, an die er jeden Morgen geklopft hatte. Er begleitete seinen Vater, der Holzfäller war und gerne vor sich hin pfiff. Manchmal erkannte Giuseppe eine Melodie und pfiff mit. Ende September wurden die Bäume auf den Berghängen geschlagen, zwanzig Meter hohe Lärchen mit kerzengeraden Stämmen. Es war schwere Arbeit und nicht ungefährlich, man konnte nie ganz sicher sein, wie ein Baum fallen würde. Schlagen, hacken, spalten. Der kahle Klang, zurückgeworfen von zahllosen anderen Stämmen. Dann das dumpfe Dröhnen und das Beben der Erde, als würde eine Lokomotive vorbeifahren. An einem anderen Hang, in einem anderen Jahr, war ein Baum auf einen Holzfäller gestürzt. Der Mann war auf der Stelle tot gewesen.

Auch Giuseppe arbeitete mit der Axt, er half beim Entasten der Bäume. Danach sägten sein Vater und er die Stämme in fünf Meter lange Stücke.

Schweiß, der sich mit den Spänen mischte, Harz, das überall am Körper klebte. Der Geruch war beißend und reizte die Augen. Noch niemals war Giuseppe so müde gewesen wie nach den langen Tagen im Wald.

Um Weihnachten, wenn alles von jungfräulichem Schnee bedeckt war, wurden die zurechtgesägten Stämme mit dem Schlitten zum Fluss hinuntergeschafft, dem Piave, der in einem großen Bogen in südlicher Richtung bis nach Venedig fließt, fast zweihundert Kilometer. Im seichten Wasser wurden die Stämme zu großen Flößen zusammengebunden, die bald zu Hunderten stromabwärts glitten, von Flößern gelenkt. Tage später erreichten sie Venedig, wo die Stämme tief in den schlammigen Sandboden getrieben wurden, pro Quadratmeter acht Pfähle. Giuseppe konnte sie sich nicht wirklich vorstellen, die ins Wasser gebaute Märchenstadt, die unzähligen Brücken, Kirchen und Paläste mit hohen Decken, die Fresken, die unsterbliche Geschichten erzählten, an besonderen Abenden erleuchtet von tropfenden Kerzen in silbernen Kandelabern.

Doch jetzt war der Winter noch fern, nur auf den hohen Gipfeln lag Schnee. Eines Morgens weckte ihn sein Vater früher als sonst. Draußen war es dunkel, eine sternklare Nacht. Giuseppe hörte die Stimmen anderer Männer aus dem Dorf, er erkannte den tiefen Bass des Nagelschmieds Antonio Zardus. Die Männer sprachen leise, hohe Silhouetten beugten sich zueinander hin, es war wie bei einer Verschwörung. Sie fuhren mit der Postkutsche. Sieben Mann, Giuseppe war der Jüngste. Als sie das Dorf hinter sich ließen, lächelten die anderen ihn an. Er sah die mondweißen Zähne der Freunde seines Vaters.

Sie schwiegen und horchten auf das Hufgeklapper, bis die Sonne über den Bergen aufging. Golden und rosenfingerig, Homers Morgenröte. Giuseppe erkannte jetzt auch andere Gesichter. Neben ihm saß der Kesselflicker, genau gegenüber der Schlosser. Alle waren starke Männer.

»Schau«, sagte sein Vater und zeigte auf einen Berghang, auf dem zwei Rehe zwischen den Fichten standen, reglos wie Denkmäler, aufgeschreckt vom Lärm der Kutsche. Ein unteilbarer Augenblick, schon waren sie im Wald verschwunden.

Antonio Zardus brach ein Brot, der Schlosser schnitt Scheiben von einem großen Stück Dörrfleisch ab. Sie aßen genussvoll, mit offenem Mund. Auf dem Holzboden der Kutsche lagen Spitzhacken und Schaufeln, rüttelnd und rutschend im Rhythmus des Trabs. Giuseppe konnte sich nicht vorstellen, was sie vorhatten. Als sein Vater ihn weckte, hatte er nur gesagt, dass er mitkommen sollte. Er war aufgestanden und hatte sich blitzschnell angezogen.

»Sie haben fast zehn Jahre dran gebaut«, hörte er jemanden sagen. »Die Trupps haben aufeinander zu gearbeitet, auf beiden Seiten über tausend Mann.« Es war Enrico Zangrando, der mehr Kühe besaß als Haare auf dem Kopf. Die anderen Männer klopften ihm manchmal auf die Glatze, weil das so schön klatschte. Er hatte sehr viel Land geerbt, wollte aber nicht über den anderen stehen.

»Es ist der längste Eisenbahntunnel der Welt«, erklärte Enrico. »Fünfzehn Kilometer lang, quer durchs Gotthardmassiv. Zuerst haben sie Bohrmaschinen mit Druckluft benutzt, aber das Gestein war zu hart. Dann haben sie Dynamit genommen.«

Es waren furchtbare Explosionen gewesen, ohrenzerreißend, Kriegslärm. Der Bedarf an Dynamit war so groß, dass an der Nordseite, nah beim Urnersee, eine Sprengstofffabrik gebaut wurde. Sprenglöcher wurden gebohrt, einen Meter tief, und darin das Dynamit gezündet. Giftige Gase füllten den Tunnel und riefen Entzündungen der Augen und Atemwege hervor. Siebenundvierzig Männer kamen bei Explosionen ums Leben, bis am 28. Februar 1880 ein Bohrer die verbleibende Felswand durchdrang. Arbeiter reichten sich durch das Loch die Hände, Hämmer und Spitzhacken erweiterten es, dann endlich kletterte der erste Mann hindurch. Es war fast unwirklich, als beträte er eine andere Welt.

»Wir können durch die Berge reisen«, sagte Enrico. Vor hundert Jahren war man zum ersten Mal mit einem Heißluftballon durch die Luft gefahren, aber dies war genauso großartig. Nicht über, sondern quer durch den Berg, durch seinen Fuß, den breitesten und schwersten Teil.

Giuseppe musste sich zurückhalten, um Enrico nicht mit Fragen zu überfallen. War er schon mit der Eisenbahn durch den Tunnel gefahren? Wie lange dauerte das? Wie sah das Licht am Ende aus? Die anderen Männer starrten unbewegt vor sich hin, nur sein Vater zwinkerte ihm zu. Giuseppe überließ sich einen Moment dem Rhythmus der Kutsche und träumte mit offenen Augen vom Gotthardtunnel, durch den er sauste wie ein Komet durch den endlosen, dunklen Raum.

In Venas di Cadore stand Maria Grazia am Fenster und schaute hinaus. Sie wollte dem Haus entfliehen und sich ins Gras legen, aber die Nachbarn hatten ihre Wiesen gemäht. Die Brüste taten ihr weh. Sie hatte auf der Straße Männer starren sehen, Blicke, die an ihrem Körper kleben blieben. Zu Hause, in ihrem Zimmer, hielt sie ihre Brüste stundenlang in den Händen. Auch ihre Hüften waren gewachsen und taten fast genauso weh. Sie wurde eine Frau und brauchte einen Mann. Einen Mann, der sie festhielt.

Die Kutsche mit den beiden glänzenden Rappen fuhr bergauf, eine lange, gewundene Straße. Giuseppe wusste nicht, wo sie waren, aber nach der Stimmung in der Kutsche zu urteilen näherten sie sich ihrem Ziel. Enrico Zangrando krempelte sich die weißen Ärmel hoch, die anderen folgten seinem Beispiel. Sie hoben ihre Werkzeuge auf, die Spitzhacken und Schaufeln. Alle saßen nun sehr aufrecht da.

Sie hielten neben einem Gleis an, auf dem ein Zug mit acht Waggons stand, die großen Schiebetüren geöffnet. Giuseppe sprang aus der Kutsche und schaute sich um. Sie waren auf einem Sattel zwischen zwei Bergkämmen, die Sonne war nicht zu sehen, erst am späten Nachmittag würde sie hinter einem der Kämme hervorkommen. So weit das Auge reichte, lag Schnee, bestimmt einen halben Meter hoch, darunter sickerte und floss das Wasser talwärts. Eiskaltes Wasser, in das Männer bis zu den Knien hineinwateten und stehen blieben, bis ihre Knochen zu schmerzen anfingen, weil das gut für den Kreislauf sein sollte.

Es war gefrorener Schnee, und sie sollten die Waggons damit beladen. Giuseppe traute kaum seinen Augen. Sie hackten große Brocken aus dem

Schnee und harkten sie mit ihren Spitzhacken hangabwärts zum Gleis, wie Bauern Heu zusammenrechen. Die Brocken wurden schmutzig, Steinchen und Erde blieben daran hängen, aber das machte anscheinend nichts.

Manchmal stützte sich Giuseppe einen Moment auf den Stiel seiner Hacke und beobachtete die anderen. Der Nagelschmied schwitzte und dampfte, Giuseppe sah den Dunst von seinen entblößten Armen aufsteigen, die Haut um die gewaltigen Muskeln glänzte. Auch die übrigen Männer arbeiteten in Dunstwolken. Er wagte nicht, sich zu bewegen, um das Bild nicht zu zerstören: die Arbeiter mit ihren schwarzen Händen auf dem blendenden Schnee, die Waggons, die damit beladen wurden. Er hatte Angst, dass alles weg sein würde, wenn er sich rührte. Ein Traum, der plötzlich endet.

Enrico rief seinen Namen und fragte, ob er von Mädchen träume. Die anderen Männer lachten laut, auch sein Vater.

Nach zwei Stunden machten sie eine Pause. Drei Waggons waren voll beladen, die Schiebetüren geschlossen. Sie ruhten sich auf dem Stamm einer gefällten Lärche aus; ein Krug wurde herumgereicht, aber Giuseppe hatte keinen Durst. Er hatte mehrmals eine Handvoll Schnee aus der weißen Decke herausgehackt und sich in den Mund gesteckt. Von der Kälte prickelten seine Finger danach noch minutenlang.

Beim ersten Mal hörte ihn niemand, weil er seine Frage flüsterte. Als er sie dann laut zu wiederholen wagte – warum sie eigentlich gefrorenen Schnee in Waggons laden müssten –, schauten ihn alle an. Giuseppe war jung, und er war neugierig, nicht nur auf die gewöhnlichen Dinge; hinter manchem vermutete er eine ganze Welt, von der er nichts wusste, strahlendes Licht am Ende des Tunnels.

»Wir ernten ihn«, erklärte sein Vater.

Bei dem Wort »ernten« dachte er an Kartoffeln, Rüben, Äpfel, nicht an Schnee in den Bergen. Giuseppe schaute die Waggons mit den geschlossenen Türen an. Er verstand immer noch nichts.

Enrico übernahm das Erklären. »Sie machen Eis damit«, sagte er.

»Eis?«

»Nicht das Eis, das du kennst, auf dem man gehen und Schlittschuh laufen kann.«

»Anderes Eis?«

»Mit verschiedenen Geschmäckern. Erdbeere, Vanille, Mokka.« Und nach einer Pause: »Es wird in den Städten verkauft, und es schmeckt noch besser als eine Frau.«

Es war, als würde in seinem Kopf Licht ausgegossen, das seinen Geist füllte.

»In Wien habe ich Eis gegessen, das aus Apfelsinen aus Spanien gemacht war«, fuhr Enrico fort.

»Kann nicht sein«, sagte Antonio mit seiner Bassstimme.

Enrico ging nicht darauf ein. »Es wurde auf der Straße verkauft, aus Messingbehältern auf einem Karren.«

Wie manche Menschen sich verlieben, wie in einem Fieberanfall und unvergesslich, so verlangte es Giuseppe plötzlich nach dem Eis, das Enrico Zangrando beschrieb. Noch Jahre später hätte er das Gespräch Wort für Wort wiederholen können.

»Man isst es mit einem kleinen Löffel, und es schmilzt im Mund.«

Er versuchte, es sich vorzustellen, ein Löffel Erdbeere, der in seinem Mund schmolz, doch seine Fantasie versagte. Der Schritt von dem gefrorenen, schmutzigen Schnee zu dem betörenden, königlichen Eis war zu groß. Als Kind hatte er, wie alle Kinder es irgendwann tun, voller Erwartung den nachts gefallenen Schnee gekostet. Wie Wasser, aber unsauber und metallisch – die universale Enttäuschung des Schneegeschmacks. Die stille Pracht auf den Wegen und Wiesen hatte ihn getäuscht. Er erinnerte sich, wie sein kleiner Bruder, als er zwei Jahre alt war und den Schnee vom Vorjahr vergessen hatte, aus dem Fenster schaute und sagte: »Ich will es streicheln.« Als wäre der Schnee ein Fell, das die Welt vor der Kälte schützte.

Enrico erzählte von der Herstellung, von den verschiedenen Schritten. Eine Art Alchemie. Wie der gefrorene Schnee mit einem kleinen Hammer zerbröckelt und in eine Holztonne geschüttet wird, rings um einen Metallzylinder, wobei man Salz hinzugibt, um den Schmelzpunkt abzusenken. Wie der Brei, aus dem das Speiseeis werden soll, in den Zylinder der mechanischen Eismaschine gegossen wird. Wie der Eismacher schließlich die Kurbel zu drehen beginnt und das Rührwerk die Masse zur kalten Zylinderwand befördert und wieder abstreift. Drehen, drehen, drehen. Wie sich am Rand das erste Eis bildet, noch spröde. Wie Luftbläschen in die Masse gelangen und wie sie an Umfang zunimmt. Drehen, drehen. Wie die Farbe langsam heller wird. Rosa Erdbeereis, graugrünes Pistazieneis, zimtfarbenes Schokoladeneis. Drehen.

»Bis es fest und dick und köstlich ist.«

Genau so erzählen manche von der Liebe, vom Liebesspiel. Es kann sehr genau geschildert werden, ist aber in der Beschreibung nie so gut wie in Wirklichkeit.

»Kommt«, sagte der Nagelschmied. »Wir müssen wieder.«

Einer nach dem anderen stand auf, nur Giuseppe

blieb sitzen. Es war, als hätte er sich mitgedreht, wie sein Nachfahre und Namensvetter sich mehr als hundert Jahre später mit Betty Heidler und ihrer Kugel drehen sollte. Er saß auf dem Baumstamm, als hätte auch ihn das Verlangen zerschmettert.

Sein Vater zog ihn hoch. »An die Arbeit, Junge«, sagte er aufmunternd. »Ich helfe dir schon.« Gleich darauf hörte Giuseppe ihn ein Volkslied pfeifen.

Giuseppe war nicht müde, er war jung und stark, vielleicht nicht so stark wie Antonio Zardus, der angeblich Münzen verbiegen konnte. Er fühlte sich überwältigt, betäubt von dem, was er gehört hatte, von den süßen Eissorten in den Messingbehältern des Karrens in Wien. Seine Fantasie schlug mit den Flügeln und versuchte, sich über den Schneehang zu erheben, über die Berge. Vielleicht wäre es gelungen, hätte er gewusst, wie eine Frau schmeckt, denn dann hätte er sich eine Vorstellung davon machen können, was noch besser war. Jetzt sah er nur, was er schon wusste: dass hinter den Bergen andere Berge lagen.

Was er nicht wusste, was auch die anderen Männer nicht wussten, nicht einmal Enrico Zangrando, das war, dass sie zu einem größeren Ganzen gehörten. An unzähligen Orten auf der Welt wurde die Ernte der kalten Monate eingebracht. In Boston hatte Frederic Tudor, Sohn eines reichen Anwalts und verliebt in das Risiko, ein Eisimperium aufgebaut. Gerade einmal dreiundzwanzig Jahre alt, kaufte er sein erstes Schiff, eine Brigg, um damit Eis zur karibischen Insel Martinique zu transportieren; die Eisblöcke stammten von dem kleinen See auf dem Landgut seines Vaters. Alle erklärten ihn für verrückt, die Zeitungen spotteten über seine Unternehmung. Während der dreiwöchigen Fahrt schmolz zwar ein beträchtlicher Teil, doch es gelang Frederic Tudor, den Inselbewohnern das restliche Eis aus Massachusetts zu verkaufen. Könnte man sich nur ihre Gesichter vorstellen, ihre Blicke, ihr ungläubiges Staunen, ihr Entzücken, als die durchscheinenden Blöcke aus dem Frachtraum des Schiffes gehoben wurden, das 2400 Kilometer zurückgelegt hatte. Es war das Jahr 1806.

Der Verlust lag bei Tausenden Dollar, und auch im Jahr darauf, als Frederic Tudor mit einem gefrorenen See im Rumpf seines Schiffes nach Havanna segelte, machte er, wie es sich für einen Glücksspieler gehört, hohe Schulden. Nach der Rückkehr kam er ins Schuldgefängnis und wurde vor der nächsten Fahrt vom Sheriff zum Stapelplatz begleitet. Dort lag sein Schiff, das den anmaßenden Namen Trident trug.

Tudor experimentierte mit verschiedenen Isoliermaterialien für die Frachträume seiner Schiffe:

Heu, Hobelspänen und Sägemehl, den braunen Spelzen von Reis. Den Durchbruch für seine Ice Company brachte aber die Erfindung des Eispflugs. Bis dahin wurden die Blöcke per Hand aus den Eisdecken der Gewässer Neuenglands gesägt, jetzt konnte man mithilfe von Pferden zur Massenproduktion übergehen. Die dunklen, anmutigen Tiere wurden vor einen Pflug mit einer Reihe von Stahlblättern gespannt. Ein Mann führte das Pferd über das Eis, ein zweiter lenkte den Pflug. Es entstand ein Furchenraster aus perfekten Rechtecken; ein sogenanntes Floß aus vielen dieser Rechtecke wurde mit einem Meißel von der Eisdecke losgestemmt und mit Haken ans Ufer gezogen, wo man schließlich die einzelnen Tafeln abtrennte. An den Ufern der Flüsse und Seen wurden Eishäuser gebaut, aber auch in den Häfen ferner Länder. Tausende Männer fanden so in den Wintermonaten Arbeit. Sie gingen mit Sägen und Äxten oder Eispflügen und Eismeißeln auf zugefrorene Gewässer, um sie in riesige Schachbretter zu verwandeln.

Im Jahr 1833 segelte Tudors Brigg Tuscany mit hundertachtzig Tonnen Eis im Bauch von Boston nach Kalkutta. Vier Monate war der Zweimaster unterwegs, bis er im September den Golf von Bengalen erreichte und den heiligen Fluss Ganges hinauffuhr. Die Nachricht von dem Eisschiff verbreitete sich wie ein Lauffeuer; viele hielten sie für eine Lügengeschichte, schon seit Monaten herrschten Temperaturen von über dreißig Grad im Schatten. Trotzdem waren bei der Ankunft noch hundert Tonnen übrig: kristallklares, bläulich schimmerndes Eis.

Es war der Beginn des massenhaften Transports von Wasser aus Neuengland nach Indien. In Kalkutta wurde ein Eishaus mit doppelten Mauern aus weißem Stein erbaut, der Indienhandel brachte der Tudor Ice Company bald die höchsten Gewinne. Der Glücksritter, der ausgelacht worden war und zwei Jahre seines Lebens im Schuldgefängnis verbracht hatte, wurde sagenhaft reich und bekam den Beinamen *The Ice King of the World*. Seine Schiffe segelten nach Brasilien, Australien und China.

Andere Firmen wie die New Yorker Knickerbocker Ice Company und die Philadelphia Ice Company drängten auf den Markt. Bahnstrecken wurden gebaut, um die Transportzeiten zu verkürzen, Eiszüge dampften durchs ganze Land, glutrote Kohlen im Kessel der Lokomotive, die Ladung in den Waggons durchscheinend und kalt.

Zwischen Norwegen und England entwickelte sich ein florierender Eishandel. Von Männern mit schwarzen Mützen und Hüten auf dem Kopf wurden mittels Zangen riesige Eisblöcke aus den großen Seen gefischt. Auf langen hölzernen Gleisen glitten sie in die Laderäume von Schiffen, die sie nach London und zu anderen englischen Häfen brachten. So konnte Carlo Gatti, ein italienischsprachiger Schweizer, in der britischen Hauptstadt mehrere Eisstände eröffnen. Gatti hatte mit dem Verkauf von Maronen und Waffeln sein Glück versucht, bis er auf die Idee kam, Speiseeis herzustellen. Er begann mit ein paar Eiskarren auf der Straße, eröffnete aber bald einen Stand auf dem lebhaften Hungerford Market, wo er Eis in Muschelschalen für einen Penny das Stück verkaufte. Später wurden die Muscheln durch kleine Gläser ersetzt, die im Volksmund *penny licks* hießen. Bis dahin war Speiseeis ein Luxus für Wohlhabende gewesen. Carlo Gatti machte die gefrorene Köstlichkeit für das einfache Volk erschwinglich. Es war, als würde er das Tor zu einem Traum aufstoßen.

Sehr viel näher, hinter den Bergen, die Giuseppe Talaminis Welt begrenzten, im salzburgischen Saalfelden, arbeiteten ebenfalls Männer mit Spitzhacken und harkten große Brocken gefrorenen Schnee zu einem bereitstehenden Zug. Wer mit einem Heißluftballon in den weiten, wolkenlosen Himmel aufgestiegen wäre, hätte sie vielleicht sehen können, die Männer, die an verschiedenen Orten, ohne voneinander zu wissen, im Schnee schufteten und sich nach einer warmen Mahlzeit sehnten.

Giuseppes Gruppe arbeitete noch vier Stunden, dann waren die Waggons voll, und zwischen den Bergkämmen stand die Sonne hoch am Himmel. Die Pferde bekamen eine Portion Schnee, die Männer bestiegen einer nach dem anderen die Kutsche. Sie schwiegen, sie waren müde. Bald nickten sie ein, den Kopf auf der Schulter des Nachbarn. Nur Giuseppes Augen waren weit geöffnet. Das Tor zu dem Traum stand einen Spalt offen, und er wollte nichts lieber als eintreten.

Warum Giuseppe Talamini in die Neue Welt floh

Aus dem Nachbarsmädchen war eine Frau geworden. Schnell war es gegangen; ein Leib, der aus allen Nähten platzte. Aber sie hatte sich in eine Schönheit verwandelt, üppig und sinnlich, und sie schämte sich nicht für ihren neuen Körper. Maria Grazia suchte nun selbst die Blicke von Männern, auf der Straße oder beim Bäcker. Sie war sich ihrer Wirkung bewusst, wenn sie den Mund ganz leicht geöffnet hielt. Es war eine der schönsten Kombinationen, die es gibt: anmutig und herausfordernd.

Wenn Giuseppe sie auf der Straße sah, schaute er sofort weg. Er hatte Angst vor ihr. Ein kurzer Blick auf ihr offenes, welliges Haar reichte, um sein Herz aus dem Takt zu bringen. Sie sprachen kein Wort mehr miteinander, aber seine rechte Hand vermisste ihre linke Hand, die Hand, die er endlose Sommer lang gehalten hatte.

Der Vater des Vaters meines Vaters wohnte in dem Haus, in dem auch ich aufgewachsen bin. Es steht am Rand des Dorfes, das damals kaum kleiner war als heute. Die meisten Häuser haben dicke, jahrhundertealte Mauern. Nur leben heute weniger Menschen in ihnen. Nicht nur in den Häusern, auch auf den Straßen ist weniger Leben. Die Menschen meiner Generation sind fortgezogen, in Städte und Metropolen. Mein Bruder kehrt in jedem Herbst, wenn die Eissaison vorbei ist, mit seiner Frau in die Berge zurück, aber er ist eine Ausnahme. Venas di Cadore wird ein Dorf von alten Männern und Frauen, ein Dorf, das sich langsam leert.

Als mein Urgroßvater jung war und von Eis träumte, war Venas noch ein Dorf von Bauern und Handwerkern. Es kam vor, dass ein Glücksritter sein Köfferchen packte und den Ozean überquerte, aber die große Auswanderungswelle kam erst noch. Man blieb, wo man geboren worden war, und starb, wo man gelebt hatte. Familien vergrößerten sich, statt immer kleiner zu werden oder auseinanderzufallen. In dem Haus, in dem Luca und ich beide ein eigenes Zimmer hatten, wohnten mein Urgroßvater, seine Geschwister, die Eltern und die Großmutter zu acht. Giuseppe war der älteste Sohn, die Älteste im Haus war die Großmutter, weit über siebzig und hellwach. Ein volles Haus, gefüllt mit dem Klang von Stimmen und Töpfen.

Als der Herbst sich ankündigte, rief der Vater seinen Sohn zu sich. »Ich habe Arbeit für dich«, sagte er. »Bruno sucht jemanden, der ihm hilft.«

Giuseppe begann zu strahlen. Bruno war der Sägemüller, der jedes Jahr im Herbst nach Wien ging, um gebratene Maroni zu verkaufen. Die Straßen rochen danach, die prachtvollen Straßen mit stattlichen Häusern; es war ein überwältigender Duft, der im Gedächtnis alte Winter aufleben ließ. Er verlockte die Menschen wie betörender Sirenengesang, sie blieben stehen, aßen Maroni aus Papiertüten und merkten nicht, dass ihre Fingerspitzen ein klein wenig schwarz wurden. Wien war aber auch die Stadt, in der Eis aus Messingbehältern verkauft wurde.

Bruno kam am Nachmittag ins Haus und begutachtete Giuseppes Schultern. Giuseppe und er mussten einen Bratofen für die Maroni mitnehmen.

»Ja«, sagte der Sägemüller und klopfte ihm auf den Rücken, als kaufe er eine Kuh. Giuseppe sah, wie seine Mutter ihn anschaute. Sie war stolz, aber auch still. Sie wollte es hinausschieben, wollte ihn noch bei sich behalten, den Jungen, den sie großgezogen, dem sie durchs Haar gestrichen hatte, wenn er sich fürchtete. Sie fand ihn hübsch, unglaublich hübsch, und hätte es ihm gern ins Ohr geflüstert, so wie sie es früher jeden Tag getan hatte.

Sie gingen zu Fuß, die meisten Menschen reisten noch so; Entfernungen waren damals größer, oft war man wochenlang von einem Ort zum anderen unterwegs. Von Venas nach Wien lief man drei Wochen. Der Ofen war entsetzlich schwer, sie wechselten sich mit dem Tragen ab. An den ersten Tagen trug Bruno ihn den längsten Teil der Strecke. Er war ein Riese, ein Titan wie Atlas. Sie übernachteten bei Bauern, die wettergegerbte Gesichter und schlechte Zähne hatten. Manchmal lagen sie gleich neben den Kühen. Vor Sonnenaufgang wuschen sie sich mit dem kalten Wasser aus den Bergen.

Nach einer Woche fiel Giuseppe das Tragen leichter, die Last schien an Gewicht verloren zu haben. In Wirklichkeit waren seine Muskeln gewachsen. An den ersten Tagen hatte er gedacht, er würde es nicht bis nach Wien schaffen, nicht mit einem Ofen auf dem Rücken. Als er in der Millionenstadt ankam, war sein Nacken stark wie der eines Stiers.

Sie brieten Maroni an einer Ecke des Volksgartens, nicht weit von dem bekannten Café Landtmann, in dem Künstler und Politiker verkehrten und auch Sigmund Freud Kaffee trank. Giuseppe lernte das Handwerk des Maronibraters an einem einzigen Tag. Es war auch nicht schwierig, das Wichtigste war, dass die Maroni nicht verkohlten und dass man sich selbst nicht die Finger am Eisen verbrannte. Am nächsten Tag holte Bruno einen zweiten Bratofen, den er im Vorjahr eingelagert hatte. Damit stellte er sich an einer anderen Stelle auf, und so erfüllten sie die Gegend mit Rauch und dem Duft von Maroni, verlockten Anwohner und Spaziergänger, die aus allen Richtungen kamen, sich vor dem Ofen aufstellten und ungeduldig auf ihre Portion warteten. Auf den magischen Moment, wenn sie die geschwärzte Schale aufbrechen konnten und ihnen der süße Duft in die Nase stieg. Eine Auster, die Bernstein enthielt. Die Leute bliesen in ihre Hände, während sie aßen und weitergingen.

Es schneite, dicke Flocken fielen auf die Strickmützen der Mädchen, Eltern zogen ihre kleinen Kinder auf Schlitten hinter sich her. Er war im vorigen Winter mit Maria Grazia auf einem Schlitten einen Hang hinuntergefahren. Sie waren gestürzt. Ein Fuß tief im Schnee, ihre roten Wangen nur einen Kuss von seinem Mund entfernt, aber sie waren Kinder, Nachbarsjunge und Nachbarsmädchen, und rannten schnell hinter dem Schlitten her, der weitergesaust war.

In der weißen Welt von Wien dachte er an die neuen Formen ihres Körpers. Stundenlang konnte er sie in seiner Fantasie betrachten. Zu bestimmten Tageszeiten hatte er reichlich Gelegenheit dazu, wenn niemand auf den Straßen zu sein schien und die Stille des Schnees ohrenbetäubend war.

Ein paar Tage später kam die Kälte. Kreideweißes Licht am Morgen und schneidender Wind. Passanten wärmten sich an seinem Ofen. Und dann waren die Maronen aufgebraucht. Er verkaufte die letzte Portion an einen steinalten Mann.

»Danke«, sagte der Greis mit papierdünner Stimme.

Giuseppe hatte inzwischen ein wenig Deutsch gelernt. Er lebte »weit weg« und war »zu Fuß« nach Wien gekommen. »Jawohl, den ganzen Weg.« Die Leute hatten ihn angestarrt, als wäre er auf dem Wasser gewandelt. Mit einem Ofen auf dem Rücken.

»Wir können wieder heim«, sagte Bruno. »Deine Mutter hat dich sicher sehr vermisst.«

Giuseppe nickte. Er konnte es kaum erwarten, wollte aber erst noch zu einem Italiener, mit dem er vor einer Woche beim Maronibraten gesprochen hatte. Er war ein Eismacher, der in Wien lebte, Giuseppe konnte ihm eine Eismaschine abkaufen.

»Weißt du, wie sie funktioniert?«, fragte der Mann, als sie in seiner Werkstatt standen.

Giuseppe dachte an Enrico Zangrandos Worte.

Drehen, drehen, drehen. Die helle Glut, die ganz von selbst durch die Eismasse bricht.

»Das Wichtigste ist ein gutes Rezept«, erklärte der Eismacher.

»Wie komme ich an ein gutes Rezept?«

»Die besten sind geheim, aber eins kann ich dir geben. Wenn du damit zurechtkommst, musst du einfach etwas anderes ausprobieren.« Als er weitersprach, dämpfte er, vielleicht ohne es zu merken, die Stimme. »Alles ist möglich, man kann aus allem Eis machen.«

Worte eines Propheten.

Der Mann war klein und drahtig, Anfang fünfzig. Er hatte einen langen, für seine Herkunft recht vornehmen Namen, Massimiliano, aber in Wien nannten ihn alle Max. Den Weg, den Giuseppe gegangen war, hatte er unzählige Male zurückgelegt, nach Wien im Frühjahr, wenn sich die Gipfel und Grate scharf gegen den leeren hellblauen Himmel abzeichneten, zurück im Herbst. Doch jetzt hatte er auch eine Wohnung in der Stadt, über der Werkstatt, die inzwischen ihm gehörte.

Der erste Eismacher in Wien war Antonio Tomeo Bareta gewesen. Er stammte aus Zoldo, einem kleinen Dorf in den Dolomiten, nicht weit von Venas di Cadore, und hatte 1865 eine offizielle Konzession für den Verkauf von »Gefrorenem« in der österreichischen Hauptstadt erhalten. Bareta war später nach Leipzig gegangen und hatte dort ein Unternehmen mit vierundzwanzig Eiswagen geführt. Schließlich ließ er sich in Budapest nieder, wo er mehrere Eiscafés eröffnete und sechzig Eisverkäufer beschäftigte, die mit seinen Karren durch die Stadt zogen, Männer mit einheitlichen Mützen und ledernen Geldtaschen am Gürtel. Die Wiener Konzession verkaufte er an Massimiliano.

Giuseppe trug die Eismaschine ganz allein zu seinem Dorf, Bruno brauchte ihm nicht zu helfen. Es war eine Holztonne mit einem Metallzylinder und einer Handkurbel.

Nach ihrer Rückkehr bot Bruno ihm Arbeit in seiner Sägemühle an. Aber Giuseppe wollte kein Holz sägen. Sein Vater schüttelte den Kopf. »Was willst du denn sonst tun?«, fragte er. »Du bist ein Mann, du musst arbeiten.«

»Ich will Eis machen«, verkündete Giuseppe.

»Im Winter?«

»Es wird bald Frühling.«

»Du hast den Verstand verloren!«

Die Großmutter mischte sich ins Gespräch. »Das liegt in der Familie«, sagte sie. »Mein Mann hat seinen Verstand in der Hochzeitsnacht verloren.«

Stimmen füllten das Haus. Nur Giuseppes Mutter schwieg, seine Geschwister flüsterten. Sie standen im Flur und betrachteten voller Neugier den glänzenden Zylinder in der Holztonne. Der jüngste Bruder drehte ganz vorsichtig die Kurbel und rannte dann schnell weg.

Massimiliano hatte ihm ein Rezept für Kirsch-Sahne-Eis gegeben, aber es war Februar. Die ersten Kirschen würden erst im Juni, allerfrühestens Ende Mai reifen. Auf dem Land von Enrico Zangrando stand ein alter Baum; jeden Sommer kletterte Giuseppe heimlich hinein und aß Kirschen, bis er trunken von ihrer Süße herausfiel.

Seine Mutter kaufte jedes Jahr Kirschen auf dem Markt und machte Marmelade daraus, die Gläser standen im Keller. Mit der Marmelade wurden dicke Scheiben Brot bestrichen.

Giuseppe bat um drei Gläser. Seine Mutter gab ihm fünf, den ganzen Vorrat.

Im ersten Morgenlicht brach er in die Berge auf, den großen Korb, in dem er im Sommer Heu von den steilsten Hängen hinuntertrug, auf dem Rücken. Es wurde ein warmer, sonniger Tag, aber Giuseppe machte erst halt, als er unter seinen Schuhen Schnee knirschen hörte. Er war auf zweitausend Metern Höhe am Antelao, dem König der Dolomiten. Viel höher, auf der Nordseite des pyramidenförmigen Gipfelmassivs, lagen zwei Gletscher, die in der Sonne glitzerten wie eine Halskette. Giuseppe setzte den Korb ab und begann zu graben. Er war der einzige Mensch weit und breit, alle Geräusche hallten von den Felsen wider. Was er tat, kam ihm nicht vor wie Ernten, sondern wie Diebstahl. Er stahl dem König Schnee.

Maria Grazia sah ihn aus den Bergen zurückkommen, den Korb mit Schnee auf dem Rücken. Es war Monate her, dass sie ihn zuletzt gesehen hatte. Seine Schultern waren breiter geworden, die entblößten Unterarme stark. Als er näher kam, sah sie auch den Blick in seinen dunkelblauen Augen, einen scheuen, ein wenig rätselhaften Blick, und wusste wieder, warum sie gerade in ihn verliebt war und nicht in all die anderen Männer, die sie anschauten.

Auch er hatte sie längst gesehen, jung und blendend. Es gibt eine Schönheit, die hypnotisiert, die verzückt. Es war ihre gewölbte Oberlippe, es waren ihre dunklen Augen und die Linien ihres Körpers, die ihre Kleidung nicht verbergen konnte. Eine wahnwitzige Verheißung. Gleichzeitig war noch das Weiß des Winters in ihrer Haut, etwas beinahe Heiliges.

Nur ganz kurz schaute Giuseppe sie an. Lass dich berauschen, schienen ihre dunklen Augen zu sagen. Dann schlüpfte er schnell ins Haus. Er hatte das Gefühl, entkommen zu sein, und doch wusste er, dass draußen etwas auf ihn wartete. Die Schönheit, die stärker ist als alles andere.

Er trennte Eier und gab den bei Tiziano De Lorenzo gekauften Zucker ins Eigelb. Tiziano war ein Händler, der in Argentinien und Nordamerika gewesen war; er war der Sohn eines Pioniers und hatte eine gebrochene Nase. Was man aus einem Ballonkorb von der Welt sehen konnte, war für ihn klein. Auch das Salz für den Schnee stammte von ihm.

Giuseppe schlug das Eigelb mit dem Zucker zu einer fast weißen Masse. Er wusste nicht genau, warum er was tat, sondern folgte blind, Schritt für Schritt, Massimilianos Rezept. *Füge der Eimasse bedächtig die Milch hinzu und bringe das Ganze zum Kochen.* Es fiel ihm schwer, bedächtig zu bleiben, er wollte alles möglichst schnell machen. In Gedanken setzte er schon die Kurbel der Eismaschine in Bewegung und kostete sein eigenes Eis. Das allererste Eis seines Lebens.

Er öffnete die Gläser seiner Mutter und schüttete den Inhalt in die Mischung mit der Milch. Die Reste löffelte er aus, und er konnte nicht der Versuchung widerstehen, den Löffel abzulecken. Seine Geschmacksknospen brachten das Rad der Fantasie in Schwung. Einen Moment war er wieder in Enrico Zangrandos Baum.

Lasse nun alles abkühlen. Währenddessen bröckelte er den Schnee in die Holztonne und schaufelte das Salz dazu. Die Eismaschine stand im Keller des Hauses, die Tür zur Treppe hatte Giuseppe abgeschlossen. Er wollte von niemandem gestört werden, wusste aber, dass oben seine Geschwister ungeduldig warteten.

Dann war der Moment gekommen. Er goss die abgekühlte Mischung in den von Schnee umringten Zylinder, nahm den Griff der Kurbel in die Hand und begann zu drehen, langsam, doch voll rasender Neugier auf das Ergebnis. Im Rezept waren die Mengenverhältnisse von Wasser, Zucker und Früchten angegeben, und er konnte nur hoffen, dass es auch mit der Marmelade seiner Mutter ging. Doch schließlich hatte Massimiliano auch gesagt, dass er einfach etwas ausprobieren müsse.

Er drehte die Kurbel rascher. Über dem Keller lag eine seiner Schwestern auf dem Fußboden. »Schnell«, rief sie, »hört mal.« Alle legten sich auf den Boden, das rechte Ohr auf den Dielenbrettern. Sie hörten ihren großen Bruder drehen, und auch bei ihnen setzte sich das Rad der Fantasie in Bewegung.

»Er macht Eis«, sagte eins der Mädchen.

»Es ist kälter als Schnee und süßer als Zucker.«

»Wenn man es runterschluckt, fängt man an zu schweben.«

Nach einiger Zeit bildete sich am Rand des Zylinders eine spröde Schicht Eis. Giuseppe sah es geschehen, es war anders als alles, was er je gesehen hatte. So musste die Bezauberung sein, wenn man zum ersten Mal die Lendengrübchen einer Frau sah. Die Farbe wurde langsam heller, der Umfang nahm zu. In seiner Brust hämmerte sein Herz, wie eine Faust auf ein Tor schlägt.

Drehen, drehen, drehen.

Er nahm den großen Löffel, den er sich aus der Küche seiner Mutter geborgt hatte. Sein Daumen klemmte sich wie von selbst um den Stiel. Schwielen bilden sich nicht so schnell, und doch gingen auf diesen Moment nicht nur eine vieljährige Routine, sondern auch die rauen Daumen zurück, die vom Vater an den Sohn weitergegeben wurden.

Das Eis war fertig. Fest, dick und rosa. Giuseppe nahm etwas davon auf den Holzlöffel und öffnete weit den Mund. Mit geschlossenen Augen, als würde er ein Mädchen küssen, kostete er das Eis. Wieder ließen seine Geschmacksknospen die Fantasie mit ihm durchgehen; nur ein wenig Eis auf der Zunge, und er kletterte in den alten Kirschbaum und fiel sofort betrunken wieder heraus. Er nahm gleich noch einen Mundvoll Eis. Es schmolz auf der Zunge, und er schluckte alles auf einmal hinunter, senkte den Löffel wieder in den Zylinder, und wieder. Das Eis war köstlich, man konnte nicht genug davon bekommen. Er aß den Zylinder halb leer.

Dann kam das Schuldgefühl, als hätte er von etwas Verbotenem gegessen. Es waren die Geräusche von oben, die unruhigen Bewegungen seiner Geschwister. Sie riefen seinen Namen und klopften an die Tür, eine Volksmenge, die das purpurrote Blut des Königs fordert. Giuseppe brachte den kalten Zylinder und den Löffel zu ihnen hinauf. Sie mussten sich in einer Reihe aufstellen und die Augen schließen. Er ging von einem zum anderen und schaute in ihre Gesichter. Er glaubte zu sehen, dass sie erröteten, alle rissen sie die Augen auf und schienen sich einen Moment vom Boden zu lösen.

»Mehr!«, rief sein jüngster Bruder.

»Ich auch!«, rief der andere. »Mehr!«

Und dann riefen sie es alle. Seine Mutter kam aus der Küche, auch sie wollte kosten. Sie stellte sich vor Giuseppe und schaute ihm in die Augen. Er führte den Löffel mit Kirsch-Sahne-Eis an ihre Lippen, die sich öffneten, und er sah, wie schön sie war. Eine Frau von vierzig Jahren mit geröteten Wangen.

Sein Vater wollte nicht kosten, er war zu stolz. »Ach bitte«, sagte Giuseppe. »Nur ein kleines bisschen.«

»Wenn er nicht will«, rief die Großmutter, die aufgewacht war, »koste ich für ihn mit.«

»Gut«, sagte sein Vater schließlich. Auch er erlag der Versuchung und der Verzauberung, Giuseppe sah es an den Fältchen um seine Augen.

Dann stand Enrico Zangrando in der Tür. Er war zufällig am Haus vorbeigekommen und hatte die Freude gehört. Ein klein wenig Eis war noch im Zylinder, der letzte Rest. Giuseppe ging mit dem Löffel Kirscheis auf Enrico zu. Dem Großgrundbesitzer fiel auf, wie erwachsen und stark der Sohn des Holzfällers geworden war. Als der Löffel sich seinem Mund näherte, schlossen sich seine Augen wie von selbst. Noch bevor er sagen konnte, wie gut ihm das Eis schmeckte, klopfte ihm Giuseppe mit der flachen Hand auf die Glatze. Es klatschte ganz herrlich.

Der Frühling kam, und das Gras erwachte aus dem Winterschlaf. Jeden Tag sah das Land ein bisschen anders aus, weniger fahl. An einigen Stellen war es schon hellgrün, andere mussten erst noch von der Sonne, die langsam an Kraft gewann, zum Leben erweckt werden. Am Fluss wurden Bretter zugesägt, überall die Dächer der Scheunen repariert. Aber es gab auch Tage wie nächtliche Gespenster. Nasses Gras, nasse Blätter, diffuses Licht; ein Meer von Nebel, das sich langsam zurückzog, Wolkenschleier zwischen den Bäumen. In den Bergen schneite es.

Als der Löwenzahn herauskam, machte Giuseppe tiefrotes Himbeereis und hellgelbes Aprikoseneis. Auf Enricos Rat hin ohne Eier und Milch. Er hatte mit den Früchten in den Gläsern seiner Mutter experimentiert und himmlisches Sorbet zustande gebracht. Immer mehr Leute aus dem Dorf waren gekommen, Giuseppe hatte sie das Eis draußen in der Sonne kosten lassen. Es war wie ein Mirakel. Jemand hatte mit geschlossenen Augen gerufen: »Ich kann sehen, welche Farbe das Eis hat!«

Maria Grazia fasste sich ein Herz und klopfte bei Giuseppes Elternhaus an die Tür. Sein Vater öffnete, er sah das Mädchen, das eine Frau geworden war. Sie hielt vier Gläser Erdbeermarmelade in den Händen. Das Rot der Marmelade war heller als das ihrer Lippen. Der Vater rief sofort seinen Sohn.

»Ich möchte Eis«, sagte sie, als er stumm blieb.

Giuseppe schaute von ihren Augen zu der Marmelade, doch unterwegs blieb sein Blick an ihren Brüsten hängen, es geschah ganz von selbst. Es war jene Schönheit, die andere dazu brachte, sich umzudrehen. Er hörte sich schlucken und danach ihre Stimme: »Ich kann dir auch beim Schneesammeln helfen.«

Sie lächelte, ihre Zähne waren unglaublich weiß.

Auf einmal überkam ihn Angst, er wagte auch ihren Hals, ihre Hände und Handgelenke nicht mehr anzusehen.

Maria Grazia hielt ihm die Gläser hin, als wollte sie ihm einen Säugling in die Arme drücken.

»Danke«, sagte er, aber er wusste, dass sie noch etwas mehr erwartete. Nach einem kurzen Schweigen fügte er, den Blick auf den Boden gerichtet, hinzu: »Dann sehen wir uns morgen früh, ich hole dich ab.« Gleich darauf schloss er die Tür.

In der Morgenfrische stiegen sie die Hänge des Antelao hinauf. Die am tiefsten gelegenen Wiesen waren schon gelb vom Löwenzahn. Als Kinder hatten sie die Stängel gebrochen und zugesehen, wie der weiße Milchsaft herausfloss. Sie hatten sich die Haut damit eingerieben. Maria Grazia hatte damit angefangen.

»Er klebt ein bisschen«, hatte sie gesagt, als sie mit dem Saft Kringel auf ihre Arme malte.

»Ist er nicht giftig?«

»Er ist gut.«

»Hast du ihn probiert?«

Sie schüttelte den Kopf. »Ich meine, er fühlt sich gut an«, antwortete sie, »schön kühl.« Und dann rieb sie auch seine Arme ein.

Am nächsten Tag pflückte Giovanni Dutzende von Löwenzahn-Blumen, presste den Milchsaft aus den Stielen und zog eine Spur von Tropfen über ihre Haut. Auf ihren Füßen, ihren braunen Beinen, ihren Händen und Handgelenken, ihren schlanken Armen.

»Du vergisst meinen Kopf«, sagte sie.

Er pflückte rasch noch ein paar Blumen und zog eine Tropfenspur auf ihrem Gesicht. Auch um ihren Mund.

Da ließ sie ihre Zungenspitze herausschnellen und kostete von dem Saft.

»Schmeckt bitter«, sagte sie und kicherte. »Willst du auch probieren?«

Giuseppe schüttelte den Kopf.

»Traust du dich nicht?«

Er gab keine Antwort, erst als sie sich aufrichtete, rief er: »Nein! Nicht!«

Sie waren gleich groß und gleich stark, aber vielleicht war Maria Grazia im Vorteil, weil sie auf ihn gesprungen war. Seine Hände wurden ins Gras gedrückt, und er schaffte es nicht, sich zu befreien. Sie schob ihre Schienbeine auf seine Arme und pflückte blitzschnell einen Löwenzahn neben seinem Ohr. Obwohl Giuseppe wie ein Fisch zappelte, war es Maria Grazia gelungen, seinen Kopf mit ihren Knien festzuhalten. Triumphierend hatte sie auf ihn hinuntergeschaut, gelacht und seine Lippen mit dem Milchsaft beträufelt.

Doch heute gingen sie schweigend die Pfade am Rand der Bergwiesen entlang, vorn Giuseppe, hinter ihm Maria Grazia. Sie mussten viel höher hinauf als er beim ersten Mal. Manchmal blickte er sich kurz um, dann wartete er, bis Maria Grazia ihn eingeholt hatte.

»Wir müssen zum Gletscher«, erklärte Giuseppe. Er zeigte auf die eiskalte Halskette des Gipfelmassivs.

Sie sah die nassen Stellen an seinem Hemd, wo die Lederriemen des Korbs auflagen. Auch sie schwitzte, auf ihrer Nase standen kleine Perlen. Aber sie gingen weiter, ohne zu rasten. Um sie herum wurde es stiller und leerer. Erst verschwanden die Vögel, dann die Bäume, schließlich die Zikaden, die den Morgen besungen hatten. Nur ihrer beider Atem in der dünnen Luft war zu hören. Sie hatten sich die Ärmel hochgekrempelt.

Einen Moment lang war es, als hätte sich nichts verändert, oder nur Äußerlichkeiten. Als Giuseppe und Maria Grazia im ewigen Schnee standen und das Licht sie zwang, die Augen zusammenzukneifen, fanden sich ihre Hände. Alle Unbeholfenheit, alle Angst waren weg, es blieb nur die kindliche Freude an den Sonnenstrahlen auf der Haut.

Giuseppe setzte den Korb ab, grub etwas von dem gefrorenen Schnee aus und hielt ihn ihr vor den Mund. Sie saugte Wasser heraus und kaute auf den Kristallen. Die Kälte schoss ihr bis in die Kopfhaut.

»Au«, sagte sie und verzog das Gesicht.

Er kannte das Gefühl: Es war ein Schmerz, als würde sich ein Pfriem durch die Schädeldecke bohren.

Trotzdem sagte Maria Grazia: »Mehr.«

Sie hatte Durst, und ihr war warm. Am liebsten hätte sie sich hingekniet und selbst zwei Löcher in den Gletscherschnee gegraben. Sie wollte sich das Eis auf die Haut pressen, in den Nacken und auf die Brust, wollte Schnee im Ausschnitt spüren. Es war der Gedanke an die gleichen Dinge, der sie schwindelig machte und ihn zittern ließ.

Während Giuseppe erntete, sah Maria Grazia Dampf von seinen Armen aufsteigen. Er hackte große Brocken Eis aus dem Gletscher und legte sie in den Korb, den sie festhielt.

Sonst geschah nichts, wie auch nichts geschehen war, als sie unter der uralten Sonne gelegen hatten.

Sie gingen den langen Weg nach Venas di Cadore zurück. Wie die *porteurs de glace* in den Pyrenäen und die armen Schlucker, die den Eispfad am Ätna hinunterstiegen, ging auch Giuseppe manchmal in die Knie. Er hatte das Gefühl, Blei in den Gliedern zu haben. Eisbrocken sind schwerer als Mehlsäcke und Ballen mit Kaffeebohnen, nichts ist damit zu vergleichen. Der einzige Vorteil gegenüber der totenschweren Last von Mehl und Kaffeebohnen ist, dass Eis schmilzt. Das Schmelzwasser tropfte aus dem Korb, tränkte die durstige Erde und machte das Joch leichter. Als sie ankamen, war die Ernte geschrumpft. Maria Grazia betrachtete das Eis, das Giuseppe in die Holztonne umfüllte.

»Ist es noch genug?«, fragte sie.

Sie war mit ihm ins Haus gegangen wie früher, als sie mit ihm gespielt hatte. Sie hatten ein selbst erdachtes Spiel gehabt. Er musste sein Hemd ausziehen und sich auf den Rücken legen, sie ließ den Wasserfall ihrer Haare auf ihn niedergehen. Giuseppe durfte nicht um Gnade flehen, sonst hatte er verloren.

Über ihnen lagen seine Geschwister auf dem Holzboden. Sie hörten unbestimmte Geräusche und dann die Kurbel, die in Bewegung kam.

Giuseppe drehte in gleichmäßigem Tempo und starrte unablässig in den Zylinder. Als wäre er ein Teil der Maschine.

»Darf ich auch?«, fragte Maria Grazia nach einer Weile.

Er machte ihr Platz. Sie griff nach der Kurbel und begann zu drehen. Er spürte die Wärme, die von ihrer Haut ausging, und hörte, wie sich ihr Atem beschleunigte. Drehen, drehen, drehen. Immer wieder berührte sie ihn kurz, fast unmerklich, und so hatten sie beide im gleichen Moment teil an einem Wunder. Maria Grazia sah, wie das Rot der Marmelade am Rand des Zylinders heller wurde, die Masse langsam lockerer und zugleich voller. Giuseppe entdeckte, dass ihre Brüste weich waren. Weicher noch als Sommerlicht.

Sein Herz hämmerte, seine Brust schien zu dröhnen. Er befürchtete, dass Maria Grazia es hörte. Tiere konnten Angst riechen.

»Ich bin schrecklich neugierig«, sagte sie.

»Nur noch einen winzigen Augenblick.«

Er griff nach dem großen Löffel, wieder legte sich der Daumen fest um den Stiel. Das Eis war rosarot mit kleinen dunkleren Tupfen.

Maria Grazia kostete, und während das Eis auf ihrer Zunge schmolz, verfloss auch Giuseppes Angst. Es lag an ihren geschlossenen Augen. Giuseppe betrachtete ihre Lippen, ihre nackten Arme und ihre Brüste, die mitatmeten.

»Es ist wunderbar«, sagte Maria Grazia. »Es schmeckt besser als alles, was ich kenne.«

Sie hatte ihn ertappt, ließ es sich aber nicht anmerken.

Er hielt ihr wieder den Löffel hin. Maria Grazia nahm diesmal mehr Eis, und sie hielt die Augen länger geschlossen, als versinke sie in dem Geschmack, wie man in einen tiefen Schlaf sinken kann. Es war ein Spiel, ein uraltes Spiel, aber neu für Giuseppe. Er kam gar nicht auf den Gedanken, dass von ihm ein Gegenzug erwartet wurde.

Eine Minute verging, dann öffnete Maria Grazia die Augen. Giuseppe hatte auf ihre Brustwarzen geschaut, die sich durch den Stoff des Kleids abzeichneten. Er fragte sich, ob ihre Höfe die Farbe von Erdbeereis hatten.

Sie aßen zusammen den Zylinder leer. Als sie den Keller verließen, johlten seine Geschwister. Sie freuten sich auf Erdbeersorbet, doch bekamen nichts weiter als die zufriedenen Mienen der beiden zu sehen. Maria Grazias Lippen glänzten wie eine verbotene Frucht.

Der Sommer sank herab. Wärme und Trockenheit, überall der Duft von Heu. Die Tage waren leicht und lang, der Himmel hellblau, die Abendluft durchtränkt von Lavendel und Zitrone. Jeden Morgen stieg Giuseppe zum Gletscher am Antelao hinauf. Er erntete Eis und kehrte tropfnass zurück. Maria Grazia pflückte im Wald Beeren, glänzende Brombeeren und matte, fast schwarze Heidelbeeren. Daraus machten sie indigofarbenes Eis, das Giuseppe an der Hauptstraße verkaufte. Die Leute standen Schlange und ließen sich jeden Tag von einer neuen Farbe, einem neuen Geschmack überraschen.

Giuseppe kaufte Aprikosen und Pfirsiche aus Bozen, Bauern brachten Pflaumen und Birnen, später auch Feigen. Er zauberte daraus gelbe, graue und rosafarbene gefrorene Substanzen, die sofort gegessen werden mussten. Manchmal kamen Kinder, die das Eis jemandem mitbringen sollten, einer Großmutter, die ihnen das Geld dafür gegeben hatte.

»Nimm die Beine unter den Arm«, sagte Giuseppe dann.

Drehen, drehen, drehen.

Der Schwindel in Maria Grazias Kopf hörte nicht mehr auf. Es gab Tage, an denen sie nebeneinander in der Küche oder im Keller standen und alles nach roten Früchten und Zucker roch. Ihre Finger klebten, sogar ihr Atem roch nach Himbeere.

Sie wartete noch einen Monat, doch es geschah nichts. Das heißt, nicht das, worauf Maria Grazia hoffte, was sie ersehnte. Dafür geschah etwas anderes.

Hinterher brachte man die immer ausgefalleneren Farben und Geschmäcker, die Giuseppe schuf, damit in Verbindung. Das war es also, sagten die Leute, wir hätten es uns denken können.

An einem Nachmittag verkaufte er an der Durchgangsstraße des Dorfes ein hellorangefarbenes Sorbet. Die Kunden kosteten sehr vorsichtig, waren dann aber begeistert. »Ich schmecke Tomate«, rief ein Mann. »Richtige Tomate!«

Giuseppe machte auch Eis aus Ziegenmilch, Holunderbeersaft, frischer Minze und Tannennadeln. Maria Grazia hatte die Nadeln gepflückt, Giuseppe sie in einem Topf mit Wasser und Zucker eingeweicht. Man musste so genau dosieren wie ein Apotheker; zu viel Zucker machte das Eis zu süß und weich.

Als Maria Grazia kosten durfte, hatte sie das Gefühl, den Wald zu schmecken, in dem sie ihre halbe Jugend verbracht hatte. Tannenzapfen suchen und Asthütten bauen, mit Zweigen fechten. All das schmeckte sie, aber auch das Sonnenlicht, wie Radspeichen zwischen den Stämmen, und den hohlen Klang des von Wurzeln durchzogenen Waldbodens unter ihren Füßen.

Das war es, was sie in seinen Augen gesehen hatte, in seinem rätselhaften Blick. Sie hatte gewusst, dass er ihr dieses Gefühl geben konnte, an zwei Orten gleichzeitig zu sein.

Am nächsten Tag machte Giuseppe Eis aus Espresso. Mit einer besonderen Zutat, einem Block Schweizer Schokolade, bei Tiziano De Lorenzo gekauft. Manche von denen, die das Eis kosteten, entdeckten die dunkelsüße Note, aber Giuseppe wollte nicht sagen, worum es sich handelte. Die besten Rezepte sind geheim, hatte der Wiener Eismacher gesagt.

»Ist es Kamille?«, fragte jemand.

Giuseppe antwortete nicht.

»Oder Zimt?«

Viele konnten an jenem Abend schlecht einschlafen.

Auch Maria Grazia, die zahllose Löffel von diesem Eis gekostet hatte, wälzte sich stundenlang in ihrem Bett. Sie dachte an Giuseppes starke Arme und an seine Hände, mit denen er zwar keine Münzen verbiegen konnte, aber schon Aprikosen entkernt hatte. Mitten in der Nacht schlich sie sich aus dem Haus, eine Kerze in der Hand, stellte sich unter Giuseppes Fenster und rief leise seinen Namen. Als sich daraufhin nichts tat, warf sie kleine Steinchen an die Scheibe.

Endlich wurde das Fenster geöffnet, und Giuseppes verschlafenes Gesicht erschien.

»Ich will dir etwas zeigen«, sagte sie.

»Jetzt?«

»Ja.«

Es konnte nicht länger warten, *sie* hatte lange genug gewartet.

Nach einiger Zeit war die Haustür zu hören, Giuseppe kam im Nachthemd heraus. Er sah den wilden Blick in Maria Grazias Augen und bekam keine Gelegenheit, eine Frage zu stellen.

»Ich liebe dich«, sagte sie.

Giuseppe erwiderte nichts. Er wusste nicht, was er sagen sollte. Er beherrschte die Sprache der Liebe nicht.

Maria Grazia kam einen Schritt auf ihn zu, dann knöpfte sie ihr Nachthemd auf. Darunter trug sie nichts. Er hatte Angst hinzuschauen, tat es aber doch. Ihre Brüste glänzten im Kerzenlicht. Sie waren weißer als ihr Bauch und schwindelerregende Ebenbilder voneinander. Was Giuseppe aber am meisten aus der Fassung brachte, war der Anblick der Brustwarzen. Ihre Höfe waren bernsteinfarben, es war die goldene Glut im Inneren gerösteter Maroni.

Das war es, was sie ihm zeigen wollte.

Giuseppe konnte kaum glauben, dass die Frau, die vor ihm stand, Maria Grazia war.

Er hatte Baumriesen zersägt, er hatte einen Ofen übers Gebirge getragen, doch dieser Schönheit war er nicht gewachsen.

»Mach mir ein Kind«, sagte sie.

Statt ihr das Nachthemd vom Körper zu reißen, lange ihren Mund zu küssen und sie dann unter dem Sternenhimmel zu nehmen, flüsterte er fast unhörbar ein einziges Wort: »Gnade.«

Es war Anfang August. Noch zwei Nächte bis zum Namenstag des heiligen Laurentius, der – so die Überlieferung – vor mehr als anderthalb Jahrtausenden auf einem glühenden Rost zu Tode gefoltert worden war. Nachts sah man fallende Sterne, Meteore, die aus dem Sternbild des Perseus zu kommen schienen und in die Erdatmosphäre eindrangen. Am frühen Morgen des 13. August wurde der Höhepunkt mit Dutzenden von Sternschnuppen pro Stunde erwartet, die Laurentiustränen. Zu dieser Zeit war Giuseppe längst unterwegs. Er wollte bis zum Gotthardtunnel gehen und mitten durchs Gebirge fahren, doch unter dem Meteorschauer verlor er völlig die Orientierung und kam schließlich nach Genua, wo er im Hafen den majestätischen Dampfer *Kaiser Wilhelm II.* liegen sah. Giuseppe hatte noch nie das Meer gerochen und noch nie ein Schiff gesehen.

Der einhundertvierzig Meter lange Ozeanriese des Norddeutschen Lloyd stand kurz vor dem Auslaufen nach New York. Kräne hievten Kisten an Bord, Männer schleppten Koffer über schmale Laufplanken. In der ersten Klasse gab es Kabinen für 180 Menschen, in der zweiten für 86, das Zwischendeck bot Platz für 644 Passagiere. Der Rumpf war vollständig weiß.

Giuseppes Mutter wartete in seinem Zimmer

am offenen Fenster. Maria Grazia weinte schon tagelang. Das wellige, dunkle Haar hing ihr wie ein Trauerschleier vor dem Gesicht. Mit der einen Hand umklammerte sie die andere, aber das Gefühl des Verlusts blieb, es pochte in ihren Adern. Sie hatte Angst, dass sie Giuseppe nie wiedersehen würde. In den ersten Tagen um die Mittagszeit warteten manche noch an seinem Stammplatz an der Hauptstraße. Vermutungen über eine neue, schwierig herzustellende Eissorte mit ausgefallenem Geschmack wurden angestellt, tiefblau wie die Nacht, doch als es nach einer Woche noch keine Nachricht von dem Eismacher gab, gingen die Menschen an der Stelle vorbei, als hätte er nie existiert, als wäre alles ein Traum gewesen.

Im grünen Hafenwasser legte die *Kaiser Wilhelm II.* ab. Gravitätisch, eine kleine Welle am Bug, steuerte sie die offene See an. Es hatte nicht einmal einen Ruck gegeben, plötzlich fuhren sie, waren sie in Bewegung. Für die zahllosen Hüte und Taschentücher schwenkenden Leute auf dem Kai bei den hohen Kränen sah es so aus, als würde das Schiff kaum Fahrt machen, aber das Kielwasser brodelte und schäumte. Im Inneren schufteten die Heizer, die Kessel standen unter Hochdruck, aus den runden Schornsteinen quollen große Rauchwolken. Abschied lag in der Luft, aber auch freudige Erwartung, Sehnsucht nach einem neuen Leben. Wer achtern stand, konnte die Küste verschwinden sehen. Das Schiffshorn tutete ein letztes Mal.

Zehn Tage später, bei Einbruch der Dunkelheit, stand Giuseppe Talamini allein an der Reling. Mit der Höchstgeschwindigkeit von sechzehn Knoten durchschnitt das Schiff die Wellen, der Ozean war dunkel. Giuseppe war nicht durchs Gebirge gefahren, er hatte nicht das Licht am Ende des Tunnels gesehen. Aber was er jetzt sah, blendete wie Schnee. Er konnte Land sehen, und über diesem Land stand eine gigantische Sonne.

»Das Hirn, in dem nur ein Gedanke brennt«

In der Diele unseres Hauses in Venas di Cadore hängt eine beeindruckende Federhaube. Es sind Adlerfedern, vom »größten und stärksten aller Vögel«. Mein Urgroßvater soll den Kopfschmuck aus Amerika mitgebracht haben. Nach seiner Ankunft im Castle Clinton hatte er sich einer Gruppe von Einwanderern angeschlossen und war als Bauarbeiter an der Errichtung eines Wolkenkratzers beteiligt gewesen. Der Turm mit seinen unzähligen Fenstern steht vermutlich noch, aber sein Name ist nicht überliefert. Anschließend soll Giuseppe mit anderen Italienern für eine Eisenbahngesellschaft an einer Strecke im Norden des Landes mitgearbeitet haben. Bäume fällen, Schwellen legen; Gleise, die immer länger werden und in der Ferne verschwinden. Danach werden die Angaben spärlicher, das Bild unscharf. In Wyoming soll er Bisons gejagt haben, die Büffel mit dem breiten Schädel, den mächtigen Hörnern und dem zottigen braunen Fell. In dieser Zeit, stelle ich mir vor, kommt er mit den Sioux in Berührung, den Oglala und Lakota, die damals schon in einem Reservat in South Dakota lebten. Der legendäre Häuptling Red Cloud hatte sein Volk nach dem Vertrag von Fort Laramie in diesen Teil des Landes geführt; jede Feder in seiner Kriegshaube stand für seine Tapferkeit im Kampf gegen andere Stämme, die Pawnee, die Crow, und später gegen die Kolonisten. Weiße Federn wie Blitze, Land, das erobert und zurückerobert wurde und schließlich für immer verloren ging.

Zu dem ersten Mann, dem er bei seiner Rückkehr in die norditalienischen Berge begegnete, sagte Giuseppe: »Sei gegrüßt, Bleichgesicht.« Jedenfalls der Überlieferung der Überlieferung der Überlieferung zufolge.

Mein Vater, der andere Giuseppe Talamini, geht an dem indianischen Kopfschmuck vorbei und in den Keller hinunter, der erweitert worden ist, wobei neue Pfeiler eingezogen werden mussten. Er drückt auf den Schalter. Das Licht springt vom Zementmischer zu den Säulenbohrmaschinen, huscht über Tausende von Schraubenziehern, Maul- und Ringschlüsseln, Feilen, Zangen und Zwingen an den Wänden, fällt auf die Meißel und Hobel, die Schleifmaschinen und Werkbänke. Eine Schatzkammer der Werkzeuge und Werkzeugmaschinen. Das ist das Lebenswerk meines Vaters, oder eher seine Rache am Leben. Siebenundfünfzig Jahre lang ist er Eismacher gewesen, obwohl er eigentlich Erfinder hatte werden wollen.

Mein Großvater war ein unbeugsamer Mann. Er glaubte nicht an die Träume und Pläne seines Sohnes, und außerdem brauchte er ihn ganz einfach im Eiscafé. Als mein Vater fünfzehn war, musste er mit einem Eisfahrrad durch Rotterdam fahren. »An manchen Tagen schmolz das Eis schneller, als man es verkaufen konnte«, sagte er später am Esstisch, wenn wir uns über die Arbeit beklagten. »Abends taten einem nicht nur Rücken und Arme weh, sondern auch die Beine.«

In den Wintermonaten arbeitete er in einer Werkstatt in Calalzo, drehte und fräste Schrauben und Muttern aus Rundstangen. Die Augen leicht zugekniffen, die schwarzen Schuhe in den Metallspänen am Boden, stand er an der Drehbank. Von dem Geld, das er dort verdiente, kaufte er sich jedes Jahr neues Werkzeug. Am Anfang eine Grundausstattung, wie fast jeder sie im Haus hat, vielleicht etwas umfangreicher; nachdem er von seinem Vater das Eiscafé übernommen hatte, kamen dann die ersten Bohr-, Fräs- und Schleifmaschinen, Kreis-

und Bandsägen hinzu. Es waren kreischende Monster auf schweren Füßen oder Tischen, er kaufte aber auch niedliche kleine Rollgabelschlüssel und die Miniaturinstrumente, die Uhrmacher und Graveure verwenden. Alles, einfach alles, was er noch nicht besaß. Dazu Eisenwaren: Sparrennägel, Hutmuttern, Kronenmuttern, selbstsichernde Muttern, Schrauben mit Linksgewinde, Spannschrauben, Stockschrauben, Madenschrauben.

Einmal klingelte in Venas ein Lastwagenfahrer an der Tür, den der Eisenwarenhandel in Belluno an meinen Vater verwiesen hatte. Schon seit Jahren war der Fahrer auf der Suche nach einer bestimmten Schraube. Mein Vater lauschte der Beschreibung des Fahrers, wie ein Kind einem Märchen lauscht, und führte ihn dann in den Keller. Als er das Licht einschaltete, erglänzte die Schatzkammer in ihrer ganzen Pracht. Die Augen des Lastwagenfahrers weiteten sich, er konnte kaum glauben, was er sah, dabei besaß mein Vater damals höchstens halb so viel Werkzeug und Maschinen wie jetzt. Heute steht auch die Doppelgarage voll mit blinkendem Metall.

Mein Vater zeigte seine Sammlung sonst nie anderen Leuten, »weil niemand es versteht«. Die meisten halten seine Leidenschaft für eine Krankheit. Aber der Lastwagenfahrer beglückwünschte meinen Vater zu seinem Reichtum an Werkzeugen und Maschinen.

»So etwas hab ich noch nie gesehen«, sagte er.

So etwas gab es wahrscheinlich auch nirgendwo sonst.

Mein Vater suchte eine Minute lang in mehreren Metallkästchen und entnahm dann einem von ihnen eine Schraube.

»Ja«, sagte der Fahrer zuerst nur. »Ja.« Dann stiegen ihm Tränen in die Augen. »Unglaublich«, sagte er. »Das ist sie. Ja, das ist sie wirklich. Diese Schraube …«

Es war der schönste Tag in seinem Leben, und wahrscheinlich auch in dem meines Vaters.

Er erzählte diese Geschichte gerne, wenn meine Mutter die Anschaffung einer neuen Bohr- oder Schleifmaschine missbilligte.

»Ich hoffe, du findest irgendwann auch die Schraube, die bei dir locker ist.«

»Niemand versteht das, nicht mal meine eigene Frau.«

Einmal setzte sie ihm die Pistole auf die Brust. »Wenn du diese Werkbank auch noch kaufst, Beppi«, sagte sie mit Nachdruck, »dann bin ich weg.«

Mein Vater kaufte die Werkbank, meine Mutter blieb. Mein Bruder und ich begriffen all das nicht, wir waren jung und wussten wenig von der Ehe, von den Drohungen, den Kompromissen, den Brüchen. Meine Mutter hat nie wieder eine Bemerkung über die Sammlung meines Vaters gemacht, aber auf ihrer Stirn bildeten sich immer tiefere Falten, wie eingemeißelt.

Mein Vater benutzte das Leben, das er führte, als Rechtfertigung dafür, dass er so viel Werkzeug und Maschinen kaufte. Er hatte nie Eismacher werden und nie das Eiscafé übernehmen wollen. Und doch hatte er es getan.

»Ich habe siebenundfünfzig Jahre lang keinen Sommer gehabt.« Das hat er, seit er im Ruhestand ist, schon oft gesagt, bevor er eine Wasserwaage oder eine Metallhandsäge auspackte, die er in dieser Länge noch nicht besessen hatte.

Mehr als ein halbes Jahrhundert kein langer, sonniger Sommer, kein früher Sommer, kein leerer Sommer, kein schwüler Sommer, kein kühler Sommer, kein wehmütig süßer Sommer, kein Sommer am Meer. Es war sein Klagegesang, oder eher noch ein Mantra, mit dem er sich selbst, aber auch andere überzeugen wollte.

Ich weiß nicht, wie oft ich erfolglos mit ihm zu diskutieren versucht habe. »Warum hast du nie etwas anderes gemacht?«

»Das ging nicht.«

»Das geht immer.«

»Nein, früher nicht.«

»Du hättest deinen eigenen Weg gehen müssen.«

»Der Weg war vorgezeichnet«, entgegnete er. »Und als es vielleicht gegangen wäre, als endlich Aussicht darauf bestand, hast du dich aus dem Staub gemacht.«

Mein Vater gibt gern mir die Schuld daran, dass er bis zum Alter von zweiundsiebzig Jahren Eis machen und verkaufen musste.

»Als du von deinen Poesiefreunden abgeworben wurdest, musste ich Luca helfen.«

»Ich bin nicht abgeworben worden.«

»Dann war's Gehirnwäsche.«

»Man nennt das Leidenschaft.« Es klang dramatischer als beabsichtigt, aber ich fand so schnell kein anderes Wort. »So wie du eine Kettensäge liebst, so liebe ich die Poesie.«

»Gehirnwäscher waren das.«

Er meinte die Mitarbeiter des World Poetry Festival, den damaligen Direktor, seine Redakteure, die hübschen Praktikantinnen. Das Büro lag dem Eiscafé gegenüber. Im Sommer aßen sie am Ende eines Arbeitstages oft ein Eis bei uns. Der Direktor kam aber auch morgens, wenn wir gerade geöffnet hatten und es noch ruhig war, und trank einen Espresso. Er hieß Richard Heiman, ein Mann mit wässrig blauen Augen und tiefer Stimme. Vor ihm auf dem Tisch lag immer ein Gedichtband. Er las einfach weiter, während er einen Schluck aus dem Tässchen nahm.

Ich weiß nicht mehr, welches Buch Heiman gerade las, als ich ihm zum ersten Mal Espresso brachte, aber ich erinnere mich, dass es keinen Schutzumschlag hatte und dass der Einband rot war. Dunkelrot mit goldenen Buchstaben, die man wahrscheinlich fühlen konnte, wenn man mit den Fingern über das Leinen strich. Schönheit ist etwas, das man erst in einem bestimmten Alter sieht, für Kinder ist sie unsichtbar. Sie ist zwar da, aber Kinder übersehen sie. Ich stelle mir gern vor, dass die glänzenden Buchstaben auf dem bordeauxroten Gedichtband mich zum ersten Mal in meinem Leben Schönheit erahnen ließen.

Auf der Terrasse oder an den Tischen drinnen hatte ich schon viele Kunden lesen sehen. Meistens Zeitungen, aber es gab auch Frauen, die Taschenbücher mit verschwenderisch illustrierten Umschlägen lasen, während sie endlos vor ihren Vanille-Haselnuss-Schokolade-Bechern saßen.

»Ihr Eis schmilzt«, sagte manchmal mein Vater hinter der Theke.

Die Frau schaute dann errötend auf, als hätte er ihre Gedanken gelesen und die blutvollen Bilder gesehen, die von den Sätzen heraufbeschworen wurden.

Richard Heiman las das schönste Buch, das ich jemals gesehen hatte. Ich war fünfzehn und besuchte das Gymnasium von Valle di Cadore, war aber in den dreimonatigen Sommerferien in Rotterdam, endlich wieder bei meinen Eltern. Heiman bemerkte mich nicht, als ich neben ihm stand. Er war in ein Gedicht vertieft.

Noch jetzt, über den Abgrund all der Jahre hinweg, versuche ich, die goldenen Buchstaben zu lesen. War es vielleicht *A Part of Speech* von Joseph Brodsky oder *High Windows* von Philip Larkin? Las er *Rosenkranz* von Anna Achmatowa oder vielleicht die gesammelten Gedichte von Paul Celan? Ich kann es ihn nicht mehr fragen; er hat den Strom überquert und all seine Erinnerungen mitgenommen.

»Möchten Sie vielleicht etwas bestellen?«, fragte ich.

Er schaute erschrocken auf. »Entschuldigung.« Das eine Wort, und dann diese blauen Augen, die in mein Inneres zu blicken versuchten. »Haben Sie schon lange gewartet?«

Kein anderer Gast hatte mich jemals mit »Sie« angesprochen. Es passte zu ihm, aber das sollte ich erst später feststellen, als ich auch sah, was ihn so galant machte. Manchmal schien er aus einer anderen Zeit zu stammen, aus der Zeit jener Dichter, die er besonders liebte, der Lake Poets – Wordsworth, Coleridge, Southey. Und natürlich Shelley, Keats, Byron.

Er bestellte einen Espresso.

Am nächsten Tag schlug er einen anderen Band auf. Ich beschloss, ihn nicht nach seinem Wunsch zu fragen, und brachte ihm gleich einen Espresso. Zu meiner Überraschung schaute er von dem Gedicht auf, das er gerade las, und sagte: »Das ist sehr freundlich von Ihnen.« Danach verschwand sein Blick wieder im Buch.

Ein Monat verging, bevor ich ihn zu fragen wagte, was er las. »Das hier«, antwortete Heiman, »ist moderne Lyrik, rätselhaft, nur manchmal ein kristallklares Bild. Fangen wir lieber mit etwas anderem an.«

Er forderte mich auf, an seinem Tisch Platz zu nehmen, und sobald ich ihm gegenübersaß, begann er, aus Percy Bysshe Shelleys langem autobiografischem Gedicht »Epipsychidion« vorzutragen. Erst auf Englisch, dann in der Übersetzung. »*Nie hab ich mich zum großen Tross geschlagen, / Der lehrt, es solle Jeder Einen Freund, / Ein Liebchen wählen, dem er treu sich eint, / Und all die Andern, wären noch so rein / Und schön sie, frostigem Vergessen weihn.*« Seine Hände begleiteten die Rezitation, als spräche er vor einem größeren Publikum. Die anderen Gäste schauten uns an, auch meine Mutter, die gerade für ein Mädchen Eis in eine Waffel gab, drehte den Kopf zu uns hin. »*Eng und klein / Das Herz, das Einem nur mag Liebe weihn, / Das Hirn, in dem nur Ein Gedanke brennt, / Das Leben, das nur Einen Zweck erkennt, / Der Geist, der Eins nur schafft, und wahndurchgraut / Ein Grabmal seiner Ewigkeit erbaut!*« Er brach ab und blickte mich mit seinen wässrigen Augen an, den Augen eines alten Mannes.

Ich hatte das Gefühl, dass diese Verse etwas ausgeströmt hatten, ein Parfüm.

Später habe ich mich sehr oft gefragt, warum er gerade dieses Gedicht gewählt hatte, warum gerade diese Verse aus »Epipsychidion«. Gleichzeitig stelle ich mir selbst die Frage: Wenn ich jemandem die Pracht der Poesie vor Augen führen dürfte, oder besser gesagt vor Ohren, mit welchem Gedicht würde ich ihn dann einweihen? Wo soll man anfangen? So viele Lehrer schaffen es, Schüler mit dem allerersten Gedicht abzuschrecken oder, schlimmer noch, ihnen eine lebenslange Abneigung gegen Poesie einzuimpfen. Die Auswahl ist unendlich groß, aber es scheint nur eine einzige Möglichkeit zu geben. Ein bestimmtes Gedicht für jede einzelne

Schülerseele. Gedichte dürften nie vor der ganzen Klasse vorgelesen werden.

Heiman fragte, was ich von dem Gedicht hielt. Ich wusste nicht, was ich antworten sollte. Ich war jung, noch nicht einmal aus dem Stimmbruch heraus. Was hätte ich sagen können? Dass ich mein Leben ändern würde? Dass ich mein Herz hundert Frauen öffnen würde, die alle die Liebe meines Lebens sein würden? Oder hatte das Gedicht das schon getan? War die Tür eines der Zimmer, ohne dass ich es gemerkt hatte, einen kleinen Spalt geöffnet worden? Manchmal glaube ich, dass es so war.

Er beendete das Schweigen und erzählte von Shelleys frühem Tod mit dreißig Jahren. »Er ist in der Bucht von Lerici ertrunken, als sein Segelboot, die *Don Juan*, gekentert ist.« Einige Tage später wurde der Dichter zwischen Massa und Viareggio an den Strand gespült. In einer Tasche seiner weißen Seemannshose fand man einen Gedichtband von John Keats. Sowohl das Buch als auch der Leichnam wurden am Strand verbrannt. Es waren Zeiten der Pest und der Cholera; alles, was an Land gespült wurde, musste vom Feuer verzehrt werden. Die Asche wurde auf dem stimmungsvollen Protestantischen Friedhof in Rom bestattet, *einer sanft abfallenden Grasfläche an der Stadtmauer, wo der Wind im Laub der Bäume flüstert* und auf der drei

Jahre zuvor Shelleys kleiner Sohn William begraben worden war. »Shelleys Herz wollte nicht brennen«, sagte Heiman, »und wurde seiner Frau Mary zugeschickt.« Nach deren Tod im Jahr 1851 fand man es in einer Schublade ihres Schreibtisches. Es war zu Staub zerfallen, eingewickelt in ein Blatt Papier mit dem Gedicht »Adonaïs«.

Stay yet awhile! Speak to me once again;
Kiss me, so long but as a kiss may live;
And in my heartless breast and burning brain
That word, that kiss, shall all thoughts else
survive.

Was von dem Herz übrig war, wurde nach dem Tod von Shelleys Sohn Percy Florence in Bournemouth begraben, wo Mary ruhte. Auch Shelleys Geliebte war damals schon gestorben. Sie wurde ihrem Wunsch gemäß mit einem Schal bestattet, den Shelley ihr geschenkt hatte.

Richard Heiman hatte, bevor er Direktor des World Poetry Festival wurde, an der Universität von Amsterdam Anglistik gelehrt. Davor war er einige Zeit Dozent in Stanford gewesen. Niedrige Sandsteingebäude, Paulownien, an deren Stämmen Eichhörnchen hinaufhuschten. Er hatte eine Affäre mit einer fast zwanzig Jahre jüngeren Studentin gehabt. Sie war die Tochter eines angesehenen Notars, von dem der Gouverneur des Staates Kalifornien sein Testament hatte aufsetzen lassen, aber auch der Präsident der Universität seine Schriftstücke beglaubigen ließ. Obwohl man große Erwartungen in Heiman gesetzt hatte und seine Kollegen ihn sehr schätzten, war seine Position unhaltbar geworden. Es war der einzige Fehltritt in seinem Leben, den er aber nicht als solchen empfand. Er sollte immer voller Zuneigung an Kalifornien zurückdenken. Die langen, milden Abende und die ewige Sonne. Ihr vollkommenes Gesicht – Natalie hieß sie –, ihre dünne Halskette mit einem Anhänger in Form einer Biene, ein Geschenk von ihrem Vater oder von ihrem ersten Freund, das hatte er vergessen.

Dichter vergaß er nie. Er wusste mehr über Lyrik als irgendjemand sonst, er konnte sich kein Leben ohne Poesie vorstellen.

»Unsinn«, sagte mein Vater. »Man kann wunderbar ohne Poesie leben. Mache ich schon mehr als vierzig Jahre.«

Ein Leben ohne Poesie wäre ein anderes Leben, das war es, was Richard Heiman meinte. Ein weniger schönes. Er scheute sich nicht, solche Dinge zu sagen, wollte aber auch nicht elitär sein. Er war wie einer jener altmodischen Ärzte, die einem raten, Orangen zu essen. Poesie bereichere das Leben, erklärte er in den Hörsälen, und seine Hände begleiteten seine Worte.

Er zitierte auswendig Gedichte in fünf verschiedenen Sprachen: Niederländisch, Englisch, Französisch, Deutsch und Latein. Und er konnte praktisch über jeden Dichter eine Anekdote erzählen.

»Charles Baudelaire färbte sich die Haare grün, und in den Salons verkündete er, der Geschmack von Kinderhirnen erinnere ihn an Walnüsse.«

»Gérard de Nerval besaß einen Krebs, den er an einem blauseidenen Band in den Gärten des Palais Royal spazieren führte.«

»Als Anna Achmatowa von der Geheimpolizei abgehört wurde, schrieb sie ihre Gedichte auf Zigarettenpapier. Ihre Besucher mussten sie auswendig lernen, wonach sie ein Streichholz nahm und das Papier verbrannte.«

»Es gibt keine kräftigere Knoblauchsuppe als die von Johnny van Doorn! Vierzig Knoblauchzehen, und die Suppe hilft gegen Depressionen, schlechte Verdauung, Hautreizungen, Menstruationsstörungen und Schwindelgefühl.«

»Edwin Arlington Robinson ließ von Verwandten sein Bett ins Freie tragen, um unter den Sternen sterben zu können.«

Mein Vater hatte als Fünfzehnjähriger mit dem Eisfahrrad durch Rotterdam fahren müssen, ich lauschte dem Klang von Gedichten. In den Jahren, in denen Heiman das Eiscafé besuchte, kam ich täglich in den Genuss einer Vorlesung über Dichtkunst, von Äsop bis Cornelis Bastiaan Vaandrager. Es war ein Blick aus der Vogelperspektive, und ich sehnte mich immer stärker nach einer weichen Landung in dieser Welt aus Herbsttagen und stillen Seen, weißen Blüten und dem weiten, weiten Ozean.

»Jetzt ist es aber erst mal genug«, sagte mein Vater jeden Morgen. »Es gibt auch noch die Arbeit.«

Am Anfang hatte er Heiman noch mit einem Lächeln begrüßt. Es war die Zeit, in der wir gerade eine Espressomaschine bekommen hatten, eine Faema E61, stromlinienförmig wie ein Sportwagen. Sie kam aus Mailand und erregte großes Aufsehen unter den Italienern in Rotterdam. Sie priesen ihre runden Formen, vor allem aber den Geschmack des Espresso.

»*Buonissimo.*«

»*Perfettamente.*«

Manche entdeckten sogar Rosenduft in seinem Aroma. Die Niederländer waren weniger begeistert. Der erste Gast, dem mein Vater einen Espresso hinstellte, starrte ungläubig in das Tässchen.

»Was ist das?«

»Espresso.«

»Ist ja fast nichts drin!«

»Das muss so sein.«

»Aber ich kann fast den Boden sehen.«

Nach der ersten Woche stand immer ein Eimer Wasser neben der Espressomaschine bereit. Wenn sich jemand über die geringe Menge Kaffee im Verhältnis zum Preis beschwerte, sagte mein Vater: »Sie können gratis einen Eimer Wasser dazubekommen.«

Nur Heiman trank seinen Espresso wie ein Italiener. Er genoss ihn, als wäre er ein kurzes Gedicht, ein Haiku.

Mein Vater hatte ihn deshalb immer begeistert begrüßt, bis ich mich nach einem Monat an Heimans Tisch setzte. Seine Worte waren Sirenengesang. Odysseus ließ sich am Mast seines Schiffes festbinden, mein Vater hätte mich am liebsten an die Eismaschine gekettet.

»Von Poesie kann man nicht leben«, erklärte er. »Hast du nicht diese Dichter gesehen, die wie Fliegen um ihn rumschwirren?«

Manchmal erschien Heiman mit ein paar Dichtern auf der Terrasse und lud sie zu einem Eis ein.

»Der Kerl da hat seine Schuhsohle mit Klebeband festgemacht«, flüsterte mein Vater. »Siehst du das nicht?«

Oder: »Wenn Heiman nicht dabei wäre, hätte ich sie für Penner gehalten und von der Terrasse gejagt.«

Heiman blickte nie auf andere herab. Er trug maßgeschneiderte Anzüge und selbst bei Hitze Krawatten, aber er hatte seine Herkunft nicht vergessen. Seine Eltern waren einfache Leute, wie die Eltern Shakespeares, dessen Vater Handschuhmacher gewesen sei, pflegte er zu sagen. Heimans intensivste Kindheitserinnerung war die an den Geruch von Kuheuterschnitzel, das es jeden Samstag gab; seine Mutter hatte sich immer das kleinste Stück genommen. Er stand nicht über Dichtern, er bewunderte sie, jedenfalls viele von ihnen. Seiner Ansicht nach brauchte man nicht nur Talent, um Dichter zu werden, sondern noch etwas anderes, das sich nicht so leicht definieren ließ. Es habe etwas mit Zurückgezogenheit und Ausdauer zu tun und auch mit Gleichgültigkeit gegenüber materiellen Dingen, gegenüber Besitz. An einem Tisch und Papier hätten Dichter genug; wie Mönche wählten sie eine andere Art von Leben. Es gebe Dichter, die es nicht aushielten, manche verfielen dem Alkohol oder Drogen, manche brächten sich um. Die Liste der Selbstmörder unter den Dichtern sei lang, zwei habe er persönlich gekannt. Sie seien jünger gewesen als Shelley.

Ich habe nie Dichter werden wollen, mir fehlt das Talent. Es liegt mir nicht im Blut, das Heilige, dem alles andere weichen muss. Natürlich habe ich in jenen ersten Jahren einen Versuch unternommen, berührt von der Sprache der seufzenden Seelen und der großen Toten. Drei Gedichte habe ich damals geschrieben, darunter ein Sonett ganz im Stil Petrarcas, des Schwans von Vaucluse. Nur wollte mein Sonett lyrischer sein als der ganze *Canzoniere*. Ich war der Schwan von Venedig, aber mein Venezia war nicht die Lagunenstadt mit ihren dunstigen Morgenstunden und den Löwen, die über stille Kanäle blicken, sondern das Eiscafé mit seinen süßen Versuchungen in allen Farben des Regenbogens.

Dennoch werde ich mindestens zweimal im Jahr als Dichter zu Lyrikfestivals irgendwo auf der Welt eingeladen. Und nicht zu unbedeutenden. Manchmal steht mein Name sogar schon auf den Plakaten, und ich besitze mehrere Programmhefte, in denen ich aufgeführt bin: Giovanni Talamini, renommierter niederländischer Dichter italienischer Herkunft. Darin wird meine Lyrik für ihr »tiefes humanistisches Verständnis« gerühmt, und am entgegengesetzten Ende der Welt für die »Verspieltheit«, die ich »mit einem subtilen Gespür für Sterblichkeit« zu verbinden wisse.

Viele Direktoren von Poesiefestivals sind Dichter, die gern auf dem prestigeträchtigsten Podium auftreten möchten, dem des World Poetry. Für sie ist das Einladen und Eingeladenwerden eine Art

Tauschhandel. Vor einigen Jahren hatte ich deswegen eine Auseinandersetzung mit einem israelischen Dichter, der mich anrief und sagte, dass er in Rotterdam lesen wolle. Die Zeit sei reif dafür.

»Was soll das heißen, das machst du nicht?«, fragte er empört.

»Ich lade prinzipiell keine Dichter ein, die zugleich Festivalleiter sind.«

Der Israeli war Direktor des Sha'ar International Poetry Festival, das vor allem dem Dialog zwischen der hebräischen und arabischen Kultur gewidmet ist und bei dem engagierte Dichter aus aller Welt auftreten. Ein bedeutendes Festival.

»Aber du darfst auch bei mir auftreten«, entgegnete er.

»Das will ich nicht.«

»Auf dem Hauptpodium.«

»Ich bin kein Dichter.«

»Du hast aber doch ein paar Gedichte geschrieben.«

»Die lese ich nicht vor, nicht einmal mit vorgehaltener Waffe kann man mich dazu zwingen.«

Am anderen Ende war es einen Moment still. »Ich habe bei Festivals auf der ganzen Welt gelesen«, sagte der israelische Dichter schließlich. »In Medellín, in Berlin, in Struga.«

Wahrscheinlich, weil die Direktoren oder Kuratoren von Medellín, Berlin oder Struga auch in Tel Aviv aufgetreten waren, aber das sagte ich nicht.

»Wenn du kein Festival mehr leitest, denke ich darüber nach.«

Der israelische Dichter legte wütend auf. Neulich rief er mich wieder an. »Ich leite kein Festival mehr«, verkündete er fröhlich. »Jetzt kannst du mich also einladen.«

Ich antwortete, er werde sicher eine Einladung erhalten, wenn wir sein Werk für gut befänden.

»Das heißt, wenn ich nicht eingeladen werde, ist mein Werk nicht gut genug.«

Darauf läuft es hinaus, doch für viele Dichter ist das inakzeptabel.

Der Israeli legte wieder wütend auf.

Seit ich Direktor des World Poetry Festival bin, bekomme ich zornige Mails von Dichtern, die sich verkannt fühlen. Außerdem werde ich regelmäßig bei Literaturfestivals hier im Land angesprochen. Der benebelte Zustand manches Dichters macht ein solches Gespräch nicht angenehmer.

»Warum willst du beim World Poetry dabei sein?«, frage ich dann.

»Weil ich der größte Dichter der Welt bin.«

»Aber warum findest du das World Poetry so wichtig?«

»Nein, *ich* bin wichtig!«

Ich versuche, nicht aus der Rolle zu fallen, und erkläre, dass unser Festival so bedeutend werden konnte, weil nicht jeder dort ohne Weiteres auftreten kann, und dass wir auf unsere Autonomie stolz sind. Kein Sponsor, kein Bürgermeister, keine diplomatische Vertretung, kein Literaturfonds und keine Verwaltung mischt sich in die Programmplanung ein.

Richard Heiman verglich das World Poetry gern mit dem Leuchtturm von Alexandria. »Wir sind ein leuchtendes Beispiel«, meinte er. Würde ich das sagen, würden etliche Dichter über mich herfallen und mich als arrogantes Ekel bezeichnen. Heiman konnte ihnen alles sagen. Er brachte sie auch oft zum Lachen, seine Joseph-Brodsky-Imitation war brillant, der gleiche Akzent, der gleiche melodische Vortrag. Sogar Brodsky selbst hatte darüber lachen müssen. Viele national und international bekannte Dichter haben in Heimans Wohnung am Westzeedijk zu Abend gegessen, in einem vornehmen Haus aus den Dreißigerjahren, Neue Haager Schule, im Tiefparterre gab es noch alte Dienstbotenzimmer. Dorthin zog er sich manchmal mit einem Stapel Gedichtbände zurück, aber im Sommer setzte er sich in den großen, gemeinschaftlich genutzten Garten mit Rosen und schneeweißen Hortensien.

»Du musst dich entscheiden«, sagte er, als ich

achtzehn geworden war. Wir saßen an dem runden eisernen Tisch auf dem Rasen, im Weinkühler stand eine Flasche Soave. »Widmest du dein Leben der Poesie oder wirst du Eismacher?«

Mein Vater war Eismacher, sein Vater war es gewesen, und sein Großvater hatte damit angefangen. Sie hatten alle den gleichen rechten Daumen, schwielig und stark. Als ich vier Jahre alt war, hatte ich mein erstes Eis gemacht. Birnensorbet. Meinem Vater standen die Tränen in den Augen. »*Sei un piccolo gelataio*«, sagte er stolz. Ich bin gewachsen, habe mich weiterentwickelt, habe angefangen, mich zu rasieren, habe ein Herz gebrochen, aber in seinen Augen bin ich immer ein Eismacher geblieben.

»Ich will mit der Familientradition brechen«, antwortete ich.

»Das hatte ich schon befürchtet.«

Heiman trank einen Schluck Wein und schaute mich an. Trotz der wässrigen Augen hatte er etwas Jungenhaftes an sich. Vielleicht lag es an dem glatt rasierten Gesicht, diesen Wangen, die sich röteten, wenn er Fahrrad fuhr. In seinem Haar schimmerte noch eine Spur Blond, das blasse Gelb von Chicorée. Manchmal strich er sich mit den Fingern hindurch.

Plötzlich sagte er, als wäre er nach langem Nachdenken zu einem Ergebnis gekommen: »Meinen

Glückwunsch.« Er lächelte und hob sein Glas. Wir brachten einen Toast aus, die Sonne schien durch die goldene Flüssigkeit.

»Wagenden hilft ja das Glück!«

Es waren die Worte des berühmtesten römischen Dichters. Doch am Abend im Eiscafé wagte ich niemandem zu sagen, dass ich im Herbst ein Anglistikstudium in Amsterdam aufnehmen würde. Ich kam mir vor wie ein Verräter; ich verriet meinen Vater, Luca und auch meine Mutter, die bis Mitternacht mit der *spatola* in der Hand hinter der Theke stand und sich über das Eis beugte wie ein Landarbeiter über Kartoffeln.

In dem Garten mit Rosen und Hortensien hatte es sich wie Freiheit angefühlt, wie ein Loskommen aus dem Netz von Vergangenheit und Tradition. Die Fäden schienen zerrissen zu sein, aber tatsächlich schien es nur so. Das Netz war noch intakt, wenn auch dünn und fast unsichtbar. Nie sollte es mir gelingen, mich ganz daraus zu lösen, doch das wusste ich damals nicht. Äußerlich entfernte ich mich immer weiter vom Eiscafé: Ich studierte in Amsterdam, zog auch dorthin um und arbeitete nebenher im Eiscafé Tofani. Trotzdem blieben die feinen Fäden an mir haften.

»Bei Tofani?!«, rief mein Vater. »Bist du von allen guten Geistern verlassen?«

»Ich brauche das Geld.«

»Sie kommen aus Bagni di Lucca. Toskaner!«

Die meisten niederländischen Eismacher stammten aus Vodo oder aus Venas, auf jeden Fall aus dem Cadore-Tal, und sie blickten auf die Toskaner herab. In ihren Augen blieben sie Heiligenbilder-Verkäufer, die ihr Geld neuerdings mit Eis verdienten. Nachahmer waren sie, ihr Eis von minderer Qualität, das meinte zumindest jeder Eiscafébesitzer aus Cadore.

»Sie haben dich eingestellt, weil sie unsere Rezepte wollen. Diebe sind das.«

»Ich bereite kein Eis zu, ich verkaufe es.«

»Verkaufst du auch Brötchen?«, fragte mein Vater verächtlich.

Bei Tofani bekam man außer Eis auch belegte Brötchen. Die Familie besaß in Amsterdam noch ein weiteres Eiscafé, in dem außerdem Pommes frites zubereitet wurden. Nach Ansicht meines Vaters gab es nichts Schlimmeres als ein Eiscafé, in dem es nach Imbiss roch.

»Was kommt als Nächstes?«, fragte er einmal beim Essen, als er über die Toskaner schimpfte. »Softeis?«

Wenn es nicht der Feind war, der mich bezahlte, waren es auf jeden Fall Barbaren.

Luca sprach nicht mehr mit mir. Wenn ich im

Eiscafé war, tat er, als wäre ich Luft, oder er verließ nicht mehr die Küche, in der das Eis zubereitet wurde. Er musste arbeiten, weil ich nicht arbeitete, das sollte ich merken, das sollte ich spüren.

Nur meine Mutter erkundigte sich nach meinem Studium und wollte wissen, wie das Eis von Tofani nun wirklich war.

»Ihr Fruchteis ist weniger gut als unseres«, sagte ich, »aber sie haben Eis aus Pinienkernen, das ist unwiderstehlich.«

Das Studium erfüllte all meine Erwartungen. Die Unterrichtssprache war Englisch. In den Vorlesungen konnte man bei den Dozenten die gleiche Hingabe an ihr Fachgebiet spüren wie bei Heiman, und in den Seminaren besprachen alle Teilnehmer gemeinsam Werke wie die *Spanish Tragedy* von Kyd, *Doctor Faustus* von Marlowe oder die Sonette Shakespeares. Man kam sich vor wie ein Aristokrat aus dem elisabethanischen Zeitalter. Und so redete man irgendwann auch, in einem blumigen und erhabenen Stil. Es war nicht für jeden das Richtige, manche hatten nach einem Monat genug und wechselten das Fach.

Ich verbrachte die meiste Zeit in der Bibliothek, wo ich zunächst die Werke von Geoffrey Chaucer las, dem ersten großen englischen Dichter. Die *Can-*

terbury Tales, *Troilus and Criseyde*. Auch das war eine Entscheidung für eine andere Art von Leben, für die Stille, die Mönche umgibt, nur dass sich hier junge Frauen über dicke Bücher beugten. Mir gegenüber las eine Mitstudentin die Tragödien von Shakespeare. Die wichtigsten und großartigsten waren innerhalb weniger Jahre entstanden: *Othello*, *Hamlet*, *King Lear*, *Macbeth*. Heiman meinte, diese Dramen sezierten die menschliche Seele, schmucklos und ohne eine verwirrende Vielfalt an Figuren wie in den Königsdramen, zum Beispiel in *Richard III*. Und die romantischen Schauspiele nach *Macbeth* hätten nicht die Tiefe von Shakespeares besten Werken.

Die junge Frau hatte blondes Haar und eine Stupsnase und kam aus einem Dorf in Nordbrabant, das Wouw hieß. Als sie am nächsten Morgen aufwachte und die Augen öffnete, sagte sie: »Du hast ja einen unruhigen Schlaf.«

»Ich hab von dem geträumt, was wir getan haben.«

Sie rieb sich die Augen und gähnte. Es machte sie irgendwie unschuldig und sehr jung. Vielleicht war es auch diese kurze Nase, waren es die Sommersprossen auf der leicht aufwärts gebogenen Spitze. Wenn sie sich reckte, verwandelte sie sich in ein kleines Mädchen.

Ich hatte keinen Laut von mir geben dürfen, ihre Mitbewohnerin lag schon im Bett, und die Wand war dünn wie Pappe. Wir hatten in einer Kneipe Wein getrunken. Zuerst immer wieder ein Glas, dann eine ganze Flasche. Eigentlich hatten wir noch etwas essen wollen, aber am Ende des Abends hatte der Wein den Hunger vertrieben. Ein anderer Hunger war an seine Stelle getreten.

»Du darfst fahren«, sagte sie.

In Amsterdam hatte ich noch kein Fahrrad, sondern ging immer zu Fuß. Doch jetzt durfte ich auf einem gelb lackierten Omarad Platz nehmen, sie setzte sich auf den Gepäckträger, die Beine auf der linken Seite. Ihre Nylonstrümpfe glänzten im Licht der Autoscheinwerfer.

Ich wurde unter einem Bücherregal entjungfert, auf dem auch ein Tagebuch stand, um genau zu sein zwischen William Butler Yeats und T.S. Eliot. Sie legte mir die Hand auf den Mund. Sie selbst hatte ihre Jungfräulichkeit mit fünfzehn verloren. Der Junge habe nichts getaugt, erzählte sie, als wir morgens nebeneinander lagen. Er sei viel älter gewesen und auch mit ihrer besten Freundin ins Bett gegangen. Sie habe gehofft, dass es etwas ganz Besonderes sein würde, etwas, das man jemandem nur ein einziges Mal geben könne. Das zweite Mal sei viel schöner gewesen, mit einem anderen, ihrer Jugendliebe. Er sei in Wouw geblieben. Ein knatterndes Zündapp-Moped habe er gehabt, und eine Haartolle.

Ich wagte nicht zu gestehen, dass sie mich entjungfert hatte. Wir blieben den ganzen Vormittag im Bett, küssten uns, machten es noch einmal, dann ein drittes Mal. Es war Samstag, es war September, die Sonne schien. Im Eiscafé beugte sich meine Mutter über das Eis, trug mein Vater ein Tablett mit Kaffee auf die Terrasse, füllte mein Bruder den Zylinder der Cattabriga mit einem Gemenge aus Milch, Zucker, Eigelb und zerstoßenen Mandeln.

Als ich am Sonntag mit dem Zug nach Rotterdam fuhr, dachte ich die ganze Zeit an Lauras Lendengrübchen, die ich geküsst hatte. Es war ein Drang, der stärker war als ich.

»Was machst du?«

Ich wusste es selbst nicht, ich konnte nicht anders. Mein Herz hämmerte wie eine Faust, die an eine Tür schlägt.

»Es kitzelt.«

Ich küsste die blasseste Stelle ihres Körpers, bis sie entschlossen und mit samtener Stimme flüsterte: »Ich will dich in mir haben.«

Luca sah es mir an, davon war ich überzeugt. Als ich das Eiscafé betrat, brachte er gerade einen Behälter mit fast weißem Ananaseis aus der Küche. Unsere Blicke kreuzten sich, seine Augen waren dunkel wie Kalamata-Oliven, und er wusste alles. Man kann es Menschen ansehen, manchmal kann man es sogar riechen. Ein gewisses Glühen, Pheromone. Wenn ich zu einem internationalen Poesiefestival fliege und zu müde bin, um Gedichte zu lesen, mache ich ein Spielchen: Ich versuche zu erraten, wer von den Leuten um mich herum Sex gehabt hat. Die Flüge am frühen Morgen sind am schönsten. Man sieht gewaschene Gesichter, die Röte auf manchen Wangen, die frisch geföhnten Haare der Frauen. Dann die kleinen Augen und die Ringe darunter. Man stellt sich vor, wie der Wecker die Leute aus dem Tiefschlaf gerissen hat, früher als nötig, damit sie noch eine Weile dösen konnten. Man denkt an Männer, die beruflich nach Shanghai müssen, und ihre Frauen, die sich an sie schmiegen, sich auf sie schieben. Man denkt an Stewardessen, die sich beeilen müssen, und ihre Freunde, die sie nicht gehen lassen wollen, ihnen den Rock hochstreifen und sie mit nassen Haaren nehmen. Einmal habe ich im Zug auf dem Weg zum Flughafen eine dunkelhäutige Frau in himmelblauer Uniform gesehen, die einen verdächtigen Fleck von ihrem Blazer zu entfernen versuchte.

Im ersten Moment befürchtete ich, dass mein Bruder den Behälter mit Ananaseis fallen lassen würde, doch er ging beherrscht weiter in Richtung

Theke, wo meine Mutter eine ältere Dame bediente. Er stellte den Behälter in die Kühlvitrine, drehte sich um und kehrte in die Küche zurück. Diesmal wich er meinem Blick aus.

Meine Mutter fragte, ob ich helfen könne, es werde ein warmer Tag. Ich nickte und ging nach hinten, um eine Schürze umzubinden.

»Schlechtes Gewissen?«, fragte mein Vater, als er mich sah.

»Nein, ich helfe gern aus.«

»Wir haben heute Morgen um sechs Uhr mit dem Eismachen angefangen.«

Ich wusste es, ich konnte es sehen, an seinen kleinen Augen, an den Ringen darunter. Sonst sah ich nichts, sonst wollte ich nichts sehen. Ich ging auf die Terrasse zu einem Paar, das an einem Tisch in der Sonne saß. Die Frau musste ihre Bestellung wiederholen. Es war ein Spätsommertag, der sich wie ein Frühlingstag anfühlte. *Und das Herz ist unruhig und nicht hier*, dichtete J.C. Bloem in »Erster Frühlingstag«. Ich dachte an Laura, an die Sommersprossen auf ihrer Nase und an ihre Lendengrübchen.

Jedes Mal, wenn ich das Café betrat, konnte ich durchs Fenster in der Küchentür meinen Bruder sehen. In der rechten Hand hielt er den *spatolone* wie einen gigantischen Phallus. Er hatte noch nie Sex gehabt.

Das Eiscafé war seine Zukunft. Es wäre auch meine Zukunft gewesen, der vorgezeichnete Weg. Wir hätten das Venezia gemeinsam übernehmen sollen, wie die Gebrüder Tofani das Eiscafé ihrer Eltern übernommen hatten. Später waren Frauen hinzugekommen, und der eine Bruder hatte dem anderen geholfen, sein eigenes Eiscafé zu eröffnen. So war es auch bei meinem Vater und seinem jüngeren Bruder gewesen.

Am frühen Abend legte ich meine Schürze auf eine Stuhllehne. Der größte Andrang war vorüber, es war ein guter Tag gewesen.

»Wo gehst du hin?«, fragte mein Vater.

»Ich hab eine Verabredung zum Abendessen.«

»Wir essen erst um neun.«

Wir aßen immer spät, zuerst Luca und ich, dann meine Eltern. Über dem Eiscafé war die Wohnung, auf der ersten Etage die Wohnküche und das Schlafzimmer meiner Eltern, darüber das Dachgeschoss, in dem Luca und ich schliefen.

»Ich muss los«, sagte ich.

»Ich muss arbeiten«, antwortete mein Vater. »Ich muss deinem Bruder helfen.«

Er hatte nie etwas anderes anfangen können, weil das früher nicht ging. Oder weil er nicht den Mut dazu gehabt hatte, aber das wagte ich mit achtzehn nicht zu sagen.

»Dann geh doch«, sagte er. »Geh doch zu deinen Poesiefreunden.«

Jahre später sollte ich genau so die Wohnung einer Frau verlassen, um zu einer anderen zu gehen. Die Frau war meine erste Freundin, meine einzige feste Partnerin. Ja, ich fühlte mich schuldig, als ich an diesem Abend das Eiscafé verließ und unter der rot-weiß gestreiften Markise hindurch in den Sommerabend hinausging. Hauchdünne Fäden zogen an mir – alles war mit allem verbunden, mein Magen mit der vibrierenden Eismaschine, mein Herz mit dem Messer in der Küche, dessen Klinge rot vom Erdbeersaft war, mein Kopf mit dem Haus in Venas, meine Füße mit dem Tannenwald, dem Boden voller Wurzeln.

Heiman saß schon im Restaurant. Er kam immer zu früh zu Verabredungen. Wenn man selbst eintraf, las er in einem Gedichtband. Sogar auf Barhockern konnte man ihn mit einem Buch in der Hand sitzen sehen. Wer ihn nicht kannte, hielt ihn vielleicht für introvertiert, doch das Gegenteil war der Fall. Wenn irgendwo ein Gespräch ins Stocken geriet, war es Heiman, der es wieder in Schwung brachte. Er hatte genug Geschichten zu erzählen: Anekdoten über Dichter, Gerüchte über Nominierungen für einen bedeutenden Preis. Oder er streute schwer verständliche Strophen wie Rätsel in die Runde.

Er bemerkte gleich meine düstere Stimmung. »Wärest du mein Sohn, würde ich dich jetzt in den Arm nehmen«, sagte er.

Und als ich nicht antwortete: »Was ist los?«

Ich erzählte, dass ich im Eiscafé ausgeholfen hatte. »Es kommt mir vor wie Verrat, als würde ich alle im Stich lassen.«

Ich hoffte, dass er mich mit ein paar Versen trösten würde, mit einem jahrhundertealten englischen Vierzeiler, den ich noch nicht kannte und der alles in Worte fassen würde, was mich quälte. Das Gedicht durfte ruhig lyrisch sein und vor Gefühl triefen. Mondlicht, tote Bäume, ein leeres Herz.

»Ach Junge«, sagte Heiman stattdessen. »So fühlt sich jeder irgendwann in seinem Leben, ich habe mich auch einmal so gefühlt: achtzehn und allein auf der Welt. Das ist nicht schlimm. Es geht von selbst vorbei.«

Ich konnte mir nicht vorstellen, dass Heiman sich jemals so gefühlt hatte, wie ich mich fühlte. Alles an ihm strahlte eine Art Unantastbarkeit aus. Schon als Kind musste er sich frei und unabhängig gefühlt haben, der kleine Junge, der alle in Verwunderung versetzte, weil er Schmetterlinge zu küssen versuchte. Dass er nie geheiratet hatte, bedeutete nicht, dass er ein weniger vollständiger Mensch als andere gewesen wäre. Er brauchte die Ehe nicht als Mittelpunkt des Lebens. Er hatte die große Wohnung mit den vielen Bildern an den Wänden, darunter Geschenke von befreundeten Künstlern; er hatte die Premieren und Partys, zu denen nicht jeder eingeladen wurde. Frauen bewunderten ihn, die hübschesten Praktikantinnen des World Poetry waren seinem Charme erlegen.

»Nur für den Dichter hat es einen Sinn, betrübt zu sein«, fuhr er fort. »Wir gewöhnlichen Sterblichen müssen glücklich sein.«

Er war glücklich, und ich wollte mich gern von ihm ins Leben führen lassen, wie der Leuchtturm auf der Halbinsel Pharos die Seefahrer jahrhundertelang in den Hafen geführt hatte. Noch heute denke ich vor schwierigen Entscheidungen an Heiman. Hätte er es getan? Hätte er es der Mühe wert befunden?

»Hast du schon einen Blick auf die Speisekarte geworfen?«, fragte er. »Sie haben Jakobsmuschel-Carpaccio. Kennst du das?«

Ich hatte noch nie Jakobsmuscheln gegessen.

»Es ist eine Art Auster«, erklärte er. »Oder hast du auch noch nie Austern gegessen?«

»Nein.«

»Dann bestellen wir zuerst Austern, denn Austern essen lernen ist fast so wichtig wie lesen lernen.«

Vielleicht sahen die anderen Gäste einen Vater und seinen Sohn an dem Holztisch mit den gestärkten Servietten sitzen, und vielleicht war mein Vater nicht nur neidisch auf mich, sondern auch eifersüchtig wegen meiner Beziehung zu Heiman.

Wir sprachen über mein Studium. Er kannte noch einige von meinen Dozenten.

»Paul Delissen!«, sagte er. »Wusstest du, dass sein Vater ein bedeutender Reeder war? Ein steinreicher Mann, der Kunstwerke in Auftrag gegeben hat, monumentale Skulpturen und Gemälde, die er Museen schenkte. Dieses Noble hat Paul allein geerbt, sein jüngerer Bruder hat in Ungarn eine Schmelzkäsefabrik. Schmelzkäse in allen möglichen Geschmacksrichtungen, Paprika, Tomaten, Kräuter. Ungenießbar, aber das Zeug verkauft sich irrsinnig gut.«

Ich überlegte, welcher Bruder wohl der Glücklichere war, ob ihr Leben eine Seite hatte, die niemand sah.

Heiman trank einen Schluck von dem Weißwein, den er bestellt hatte. »Pauls Frau heißt Beppie Blum. Ein wunderbarer Name! Ich wüsste gern, ob sie noch zusammen sind.«

Er fragte sich öfter, ob bestimmte Menschen noch zusammen waren. Manchmal zeigte er auf ein Paar und flüsterte: »Seine Frau kennt die Augenfarbe vieler Dichter.«

Ich erzählte von den Schriftstellern, deren Bücher ich las, den Dichtern, die er besser kannte als seine Nachbarn, und schließlich auch von Laura mit der Stupsnase.

»Du bist also verliebt?«, fragte Heiman.

»Ich weiß es nicht.«

»Willst du sie denn wiedersehen?«

»Natürlich!«

Er lachte. »Hast du ihr schon Gedichte vorgelesen?«

»Dafür haben wir noch keine Zeit gehabt.«

Der Kellner servierte das Zwischengericht. Ein kleines Stück Meeräsche, ein Brackwasserfisch, angerichtet mit wildem Spinat und einer Buttersauce mit Zitrone und Estragon, wie der Kellner ohne zu stocken erklärte. Es war köstlich, und ebenso köstlich waren die Gerichte, die noch folgten. Das also war die Welt des Richard Heiman. Flackernde Stumpenkerzen, exquisite Speisen, ein fahrbarer Humidor und auf einem Sockel mitten im Restaurant eine Vase mit einem üppigen Bukett.

Am Ende des Abends half der Kellner meinem Gastgeber in seinen Mantel. »Auf Wiedersehen, Herr Heiman«, sagte er.

»Auf Wiedersehen, Marcel.«

Beim Abschied vor dem Restaurant war ich fröhlich, aber das konnte auch am Wein liegen. Heiman war zu Fuß gekommen, ich mit dem Rad. Ich hätte ihn gern umarmt, sah aber, dass der Kellner in der Tür stehen geblieben war und uns beobachtete.

Die Umarmung sollte noch Jahre auf sich warten lassen, und dann war es eigentlich schon zu spät. Es fing mit Heiserkeit und Schluckstörungen an, und erst nach anderthalb Jahren wurde die Diagnose gestellt: Amyotrophe Lateralsklerose. Dann kamen auch Krämpfe und unwillkürliche Muskelbewegungen. Manchmal griff Heiman plötzlich an seine Wade, das Gesicht schmerzverzerrt. Er bekam krampflösende Mittel injiziert, viel mehr konnte man nicht tun. Seine Lebenserwartung lag bei höchstens drei Jahren – abzüglich der Zeit bis zur Diagnose.

Ich sehe ihn immer noch vor mir, wie er in seiner Wohnung an dem großen Fenster mit Aussicht auf den Garten und die hohen Bäume sitzt, im Rollstuhl. Er klagt darüber, dass er viele Wörter nicht mehr richtig aussprechen kann. Schlucken wird immer mühsamer.

Er hatte sich gleich nach der Diagnose aus der Leitung des World Poetry zurückgezogen. Ich war einer der Ersten, denen er es sagte. »Diese Krankheit ist unheilbar und hat einen progressiven Verlauf.« Vielleicht war dieses unaufhaltsame Fortschreiten für ihn schlimmer als die Tatsache, dass er an ihr sterben würde.

Der Winter seines Lebens kam mit einem Schneesturm. Seine Muskeln bildeten sich zurück, die Signale aus dem Gehirn erreichten sie nicht mehr. Zuerst trat eine Lähmung der Beine auf, dann auch der Arme. Er konnte nichts mehr selbst tun. Zum ersten Mal sah ich ihn ohne Krawatte. Eine Surinamerin pflegte ihn, vielleicht hatte sie nie gelernt, eine Krawatte zu binden, oder sie wusste nicht, dass er immer eine getragen hatte. Er konnte es ihr nicht mehr sagen.

Seine Stimme war weg. Diese wohlklingende, tiefe Stimme, mit der er unzählige Gedichte auswendig vorgetragen hatte. Er hatte es nicht nur getan, weil er nun einmal diese Gabe besaß, sondern auch aus Überzeugung, es entsprach einem Ideal. Die Zeit, in der man in der Schule Gedichte auswendig lernte, war vorbei; aus seiner Sicht war das unverzeihlich. All die Dichter, all ihre Verse bildeten das Fundament seines Lebens. Auch wenn er die Gedichte nicht mehr aufsagen konnte, hatte er sie noch im Kopf, seinem Geist hatte die Krankheit nichts anhaben können. Wenn er aus dem Fenster schaute, defilierten sie wohl alle vorbei, die Lake Poets, Keats, Emily Dickinson. Ihm blieb die Krankensalbung durch ihre Worte und die so vieler anderer, Neruda, Miłosz, Rilke, ja, der majestätische Trost Rilkes. *Herr: es ist Zeit.*

Ein Leben ohne Poesie war ein weniger schönes Leben.

Ich besuchte Heiman fast täglich und sprach von meiner Dissertation. Nach meinem Studienabschluss hatte ich mir als Thema für die Doktorarbeit das Werk anonymer Dichter ausgesucht, der Autoren, deren Identität unbekannt und von denen auch kein Bildnis erhalten ist, aber ich kam nicht voran und wusste nicht mehr, was ich zu finden gehofft hatte. Schon zwei Monate hatte ich die Universität gemieden und nichts mehr geschrieben.

Heiman schaute mich mit seinen wässrigen Augen an, den Augen des alten Mannes, der er nie sein würde. Was hätte er gesagt, wenn er hätte sprechen können? Was hätte er mir geraten? Bestimmt hätte er einen brillanten Vorschlag oder eine Bemerkung gemacht, die alles relativiert hätte. Alles werde sich finden, mit den Jahren würde ich Klarheit gewinnen. Aber so musste ich mich mit einem Augenzwinkern begnügen, mit einem Nicken, mit einer Träne, die ihm ins Auge trat, sich vom unteren Lid löste und zögernd und zufällig den Weg zu seinem Mund fand.

Auch andere besuchten ihn. Meistens Frauen. Sie brachten Blumen mit, die sie sorgfältig in einer Vase anordneten, sie kämmten sein Haar, banden ihm eine Krawatte um und schoben ihn im Rollstuhl durch den Park oder über den Kai, vorbei an großen Schiffen, deren Maschinen im Leerlauf vibrierten. Es waren elegant gekleidete Frauen, manche in den Vierzigern, andere deutlich jünger. Von vielen wusste ich nicht, in welcher Beziehung sie zu Heiman standen. Ich hatte ihn oft fragen wollen, in Restaurants, in Kneipen, tief in der Nacht: »Wie viele?« Aber er sprach nie über sein Liebesleben, und ich bezweifelte, dass er die Frage beantworten würde.

Ein paar Monate nach seinem Tod sah ich auf der Straße eine Frau, die ihm manchmal die Haare gekämmt hatte, als er selbst nichts mehr konnte. Sie ging auf eine Gruppe von Kindern zu und öffnete die Hand. Kastanien lagen darin, glänzende Juwelen. Die Kinder suchten sich die größten aus. Auch Erwachsenen gab sie Kastanien, Frauen, die sie vielleicht für einsam hielt, Männern, die wie sie selbst etwas Geheimnisvolles an sich hatten. Ihre Strumpfhose war von einem tiefen Blau, Ultramarin. War sie eine Geliebte gewesen? Hatte Heiman diese Frau angebetet? Sie hatte gewelltes graues Haar, aber eine dunkle Gesichtsfarbe, die ihr eine warme und jugendliche Ausstrahlung verlieh. Ich versuchte, sie mir in seiner Wohnung vorzustellen, in seinem Schlafzimmer. Er sitzt aufrecht, ein Kissen im Rücken, und liest ihr etwas vor, das schönste Gedicht, das er an diesem Tag entdeckt hat.

Ich hätte sie gern zu einem Espresso eingeladen, aber ich hatte das Gefühl, dass es nicht richtig wäre, dass ich ein ungeschriebenes Gesetz missachten würde. Was ein Mensch auf die andere Seite mitgenommen hat, dem soll man nicht nachspüren. Die Frau mit den blauen Beinen drückte mir eine Kastanie in die Hand, als sie merkte, dass ich sie anschaute. Das musste mir genügen.

Heimans letzte Tage waren die schlimmsten seines Lebens. Er war abgemagert und völlig erschöpft. Obwohl er den Kampf schon aufgegeben hatte, musste er im Ring bleiben. Die Stunden spielten ihm übel mit, die langen, stillen Stunden, in denen alles noch einmal vorüberzieht. Sein Leben hatte einen außergewöhnlichen Glanz gehabt, es war ein magisches Ganzes aus Begegnungen mit Dichtern und Frauen, aus Kunst und unerschöpflichen Abenden gewesen. All das hatte ihn geformt, er war wie ein kostbarer Wein, der langsam gereift ist. Aber die Flasche war gefallen und zerborsten, ihr Inhalt vergeudet. Das Ende schien mit dem Vorangegangenen so wenig zu tun zu haben, als wäre es ein Kapitel aus einem anderen Buch.

Ich hielt seine Hand, eine schlaffe Hand, die wahrscheinlich auch nichts mehr spürte. Einige der Frauen hatten seinen Kopf gestreichelt, die Finger durch sein graues Haar gleiten lassen. Die Pflegerin hatte nie so etwas wie Sympathie erkennen lassen. Sie wusch ihn und zog ihm frische Sachen an, und damit fertig. Vielleicht dachte er in diesen letzten Tagen an den amerikanischen Dichter Edwin Arlington Robinson, der seine Verwandten gebeten hatte, sein Bett ins Freie zu tragen, damit er im Sterben die Schönheit der Sterne sehen konnte. Ich nahm Heiman in die Arme, endlich, und hielt ihn fest. Ich wünschte, dass dieser Moment nie enden würde, und zugleich, dass er nicht wirklich wäre.

Zwei Tage später bekam er einen Gehirnschlag, und dann war es vorbei, sein glanzvolles Leben und schreckliches Leiden. Seine Schwester, die ich noch nie gesehen hatte, erbte die Wohnung und fast seinen gesamten übrigen Besitz. Aber auch ich wurde in seinem Testament bedacht, alle seine Bücher hinterließ Heiman mir. Ich mietete einen Lieferwagen, und an einem trüben Montag brachte ich Heimans wertvollsten Besitz im Dachgeschoss über dem Eiscafé unter.

Mein Vater und mein Bruder halfen mir, die schweren Kartons hinaufzutragen.

»Nur weil es regnet«, sagte mein Vater.

Luca schwieg, er trug zwei Kartons auf einmal nach oben. Er wollte zeigen, wie stark er war. Oder wie leicht die Poesie.

Ich habe Heiman noch einmal gesehen, Jahre

später, auf dem Rad. Er kam mir entgegen und fuhr mit hoher Geschwindigkeit an mir vorbei, auf dem Weg zu einer Verabredung, vielleicht mit einer Frau. Schon von Weitem war mir die Ähnlichkeit aufgefallen, und je näher er kam, desto größer wurde sie. Als wir nur noch wenige Meter voneinander entfernt waren, wurde er zu Richard Heiman, Ende vierzig, rote Wangen und aschblondes Haar, ein Mann, der nichts von dem Verhängnis ahnte, das eines Tages über ihn hereinbrechen sollte.

Wie mein Vater mit einem Sack Zwiebeln auf dem Kopf die Nationalhymne sang

Er macht eine Kugel.« Es ist meine Mutter, die mich anruft, während ich auf dem Flughafen von Dublin in der langen Schlange vor dem Check-in-Schalter stehe. Hinter mir warten die beiden jungen niederländischen Dichter, die beim Fermoy International Poetry Festival gelesen haben.

»Eine Kugel? Was für eine Kugel?«

»Schon zwei Tage ist er damit beschäftigt, er kommt kaum noch aus dem Keller.«

»Ist der Arzt noch bei euch gewesen?«

»Ja«, antwortet meine Mutter und beginnt zu schluchzen. Ich lasse sie und schlurfe mit meiner Tasche ein Stück weiter. Auf dem Monitor über dem Schalter erscheint eine neue Abflugzeit, der Flug verspätet sich um eine Stunde. Vor und hinter mir wird im Chor geseufzt, hier und da auch geschimpft und geflucht. Wenn man die Verspätungen in meinem Leben addieren und mir gutschreiben würde, könnte ich in dieser Zeit sämtliche Gedichte von Charles Bukowski lesen und vielleicht sogar sein Pferdewettsystem ergründen.

Meine Mutter berichtet, dass der Arzt am Samstag gekommen sei und dass sie zunächst allein mit ihm gesprochen habe. Es sei ihr schwergefallen, aber dann habe sie es doch gesagt: »Ich fürchte, mein Mann hat Alzheimer.« Sie erzählte dem Arzt, dass sie Beppi mit dem Fernseher hatte sprechen hören und dass er den Apparat umarmt hatte. Was sie verschwieg, war, dass er auf dem Bildschirm eine rothaarige Frau gesehen hatte, deren Muskeln er küssen wollte. Doch das sollte der Arzt bald erfahren.

»Ich bin gar nicht krank«, sagte mein Vater. »Im Gegenteil, ich fühle mich pudelwohl.«

Sie saßen zu dritt am Esstisch in der Küche, mein Vater trug seinen langen blauen Kittel, wie immer, wenn er im Keller arbeitete. Er hatte Metallspäne auf den Schultern. Die Lasagne stand im Backofen, eine angenehme Glut füllte den Raum.

»Ich habe mich in Betty verliebt.«

Meine Mutter starrte beschämt auf die Tischplatte.

»Wer ist Betty?«

»Die Liebe meines Lebens.«

»Aber Sie sind mit Anita verheiratet.«

»Ich würde sie sofort eintauschen.«

Es war sein verdorbener Charakter, ein Trank, der zu gären begonnen hatte und stank und dessen Blasen, wenn sie platzten, alles besudelten.

»Ist er in letzter Zeit vergesslich?«, fragte der Arzt meine Mutter. »Stellt er vielleicht mehrmals am Tag die gleiche Frage?«

»He«, sagte mein Vater, »ich sitze hier.« Er winkte dem Arzt zu.

»Er hat in letzter Zeit manchmal Schwierigkeiten, die richtigen Wörter zu finden«, antwortete meine Mutter. »Dann fällt ihm zum Beispiel ›Fußmatte‹ nicht ein, und er sagt stattdessen: ›Das Ding in der Diele, bei den Schuhen, das *Ding*. Wie heißt das Scheißding?‹«

»Typisch.«

»Ich habe kein Alzheimer!«, rief mein Vater. »Ich bin verliebt!«

»Zu den Symptomen der Krankheit gehört auch eine Veränderung der Persönlichkeit.« Es war nicht ganz klar, zu wem der Arzt das sagte, aber vielleicht wusste er das auch nicht genau.

»Er hat sich ziemlich verändert«, bestätigte meine Mutter.

»Die meisten Patienten leugnen zunächst, dass mit ihnen etwas nicht stimmt.«

»Ich leugne es!«

»Was sind die anderen Symptome? Womit müssen die Angehörigen rechnen?«

»Nach einiger Zeit werden Probleme mit dem Kurzzeitgedächtnis auftreten.«

Meiner Mutter fiel etwas ein. »Fausto Olivo zieht sich die Unterhose über den Kopf.«

»Das nennt man Apraxie«, erklärte der Arzt. »Der Patient weiß dann nicht mehr, wie alltägliche, vertraute Handlungen zu verrichten sind.«

»Ich trage meine Unterhose um den Hintern«, warf mein Vater ein. »Und wenn ich nach draußen gehe, setze ich einen Hut auf.«

»Das Tempo, in dem Alzheimer fortschreitet, ist von Patient zu Patient verschieden.«

»Bei Fausto ist es ganz schnell gegangen.«

»Soll ich mir vielleicht einen Sack Kartoffeln auf den Kopf setzen?«, fragte mein Vater. »Seid ihr dann zufrieden? Kann ich euch mit ein paar Kilo Kartoffeln auf dem Kopf eine Freude machen?«

Der Arzt antwortete nicht, sondern schaute Beppi mit wachsender Verwunderung an. Meine Mutter starrte auf die Tischplatte.

»Gut! Dann setze ich mir einen Fünf-Kilo-Sack festkochende Kartoffeln auf den Kopf und singe die Nationalhymne.« Er stand auf und ging in die Diele zur Vorratskammer. Eine Tür wurde geöffnet und wieder geschlossen, dann kehrte mein Vater mit einem Sack Zwiebeln auf dem Kopf in die Küche zurück.

»Aha«, sagte der Arzt.

Meine Mutter nickte.

Doch nachdem mein Vater die italienische Nationalhymne vollständig abgesungen hatte, sagte er ganz ruhig: »Anita, wir haben keine Kartoffeln mehr. Schreibst du sie auf den Einkaufszettel?«

Es war einen Moment still in der Küche. Die Stille, aber auch den Duft der Lasagne im Backofen kann ich mühelos in meinem Gedächtnis abrufen; es ist keine Vorstellung, sondern eine Erinnerung, die lebendig wird. Als Kind habe ich mich oft mit meinem Bruder in die Küche geschlichen, um durch das Fenster in der Backofentür auf die Lasagne zu starren. Es war besser als Fernsehen.

»Diese Betty …«, sagte der Arzt nach einer Weile, »was ist das für eine Frau? Lebt sie hier in der Gegend?«

»Sie ist eine deutsche Hammerwerferin.«

»Interessant.«

»Ihre Arme sind unglaublich muskulös.«

»Das glaube ich gern.«

»Ich würde ihre Arme so gerne küssen.«

»Beppi!«

»Sie hat bei den Olympischen Spielen Bronze gewonnen. Erst sah es danach aus, dass Zhang Wenxiu sich die Bronzemedaille unter den Nagel reißen würde, aber dazu ist es dann zum Glück nicht gekommen.«

»Wer?«

»Ein matschiger Fleischklops aus China.«

»Mein Mann mag Chinesen nicht besonders«, erklärte meine Mutter.

»Es gibt zu viele Chinesen.«

»Beppi!«

Der Arzt schaute einen Moment meine Mutter an und anschließend meinen Vater. »Ich glaube, ich verabschiede mich«, sagte er dann.

»Wollen Sie ihn denn nicht untersuchen?«

Eine Tasse wurde verschoben, der große Zeiger der Wanduhr bewegte sich. Meine Mutter sah eine Weile auf den Backofen, in dem die Lasagne warm gehalten wurde.

»Sie können ruhig einen Blick in meine Ohren werfen«, sagte mein Vater. »Oder soll ich die Zunge herausstrecken?« Natürlich streckte er gleich darauf die Zunge aus dem Mund. Und blieb so sitzen. So lange, bis der Arzt seine Tasche auf den Tisch stellte und ein Etui herausnahm.

»In Ordnung«, sagte er nach einer sehr kurzen Inspektion.

»Ich habe also nicht Alzheimer?«

»Nein.«

»Auch keine andere Krankheit?«

»Nein.«

»Darf ich dann wieder in den Keller?«

»Wir essen gleich«, antwortete meine Mutter.

»Was machen Sie gerade im Keller?«

»Ein Geschenk für Betty.«

Meine Mutter schüttelte den Kopf. »Und bei ihm ist *doch* eine Schraube locker«, sagte sie.

»Ich mache einen Wurfhammer«, verkündete mein Vater stolz. »Mit einer Kugel in Herzform.«

Die Frau am Schalter prüft meine Papiere. Sie fragt, ob ich einen Fenster- oder einen Gangplatz haben möchte. Ich entscheide mich immer für den Gang; im Flugzeug ein paar Zentimeter mehr Platz zu haben lindert die Schmerzen des Passagierseins. Dann gibt sie mir den Reisepass zurück, ein Lächeln begleitet das Dokument. Auf kleinen Flughäfen besteht die Chance, dass die Frau, bei der man sich eincheckt, auch am Gate den Kontrollabschnitt von der Bordkarte abreißt, aber meistens sieht man sie nie wieder.

Hinter den Sicherheitsschleusen verliere ich die Dichter aus den Augen. Vielleicht kaufen sie etwas für die Daheimgebliebenen. Die Auswahl ist groß. Der Raum zwischen den Schleusen und den Gates ist ein einziger riesiger Laden. Man muss aufpassen, nicht in irgendeine Falle zu tappen, alles ist darauf ausgerichtet, einen zum Kaufen zu verführen. Gigantische elektronische Plakatwände zeigen, wie schön das Leben mit einer Breitling-Armbanduhr oder einem neuen Smartphone sein kann; junge Frauen in engen schwarzen Röcken verfolgen einen mit Parfüm-Flacons im Anschlag. Auf den Anzeigetafeln mancher Flughäfen wird statt der Öffnungszeit des Gates angezeigt, wie viel *shopping time* bis zum Boarding noch bleibt.

Mitten zwischen all den Menschen, all den Taschen und all den Waren sitze ich mit einem Gedichtband in den Händen. Das sieht vielleicht seltsam aus, aber ich spüre kein Unbehagen. Es gibt keinen Ort, an dem ich mich mehr heimisch fühlen würde als auf einem Flughafen. Ich mag die unpersönlichen Stimmen, die Passagiernamen aufrufen, mag die Anzeigetafeln mit den unzähligen Flugzielen, das Kommen und Gehen der Menschen: ein beständiger Strom, der anschwillt und dann plötzlich zurückgeht. Vierhundert Passagiere, die im silbrigen Rumpf einer Boeing 747 verschwinden. Eine Kolonne von Touristen, Geschäftsleuten und anderen Reisenden, die eine Fluggastbrücke verlassen, sich umschauen und die Gepäckbänder ansteuern. Man sieht gleich, wer von ihnen selten fliegt und wer mehr als hunderttausend Meilen gesammelt hat, für wen die Ankunft auf einem Flughafen wie eine Heimkehr ist.

Auf dem Flughafen Charles de Gaulle bei Paris lebte einmal ein Iraner, Mehran Karimi Nasseri. Er besaß keine Papiere mehr und konnte nirgendwohin weiterreisen. Ein französisches Gericht urteilte, dass er den Flughafen auf legale Weise erreicht habe und dass man ihn nicht ausweisen könne, da seine Identität und Herkunft ohne Papiere nicht feststellbar seien; die Einreise nach Frankreich wurde ihm aber nicht erlaubt. Achtzehn Jahre lang hauste er im Terminal 1 in der Nähe der Paris-Bye-Bye-Bar, dort schlief er auf einer roten Bank, dort aß er, dort las er die Zeitungen, die Passagiere für ihn zurückließen, dort wurde er zu einer Art Berühmtheit, aber auch immer älter.

Während ich irgendwo auf ein Flugzeug nach Amsterdam warte, fantasiere ich mir manchmal ein solches Leben zurecht. Verloren zwischen Koffern, in einem Raum, in dem Temperatur und Luftfeuchtigkeit sich niemals ändern. Wenn der Flug nun ausfallen, wenn ich aus irgendeinem Grund nicht an Bord gelassen würde … »*I'm sitting here, waiting*«, antwortete Nasseri, wenn er gefragt wurde, was er dort mache. Er sagte aber nie, worauf, vielleicht wusste er es nicht mehr. Er bekam eine Glatze, umkränzt von wilden Haarbüscheln, seinem Gebiss fehlten vier Zähne.

Etwas fehlt mir auf Flughäfen: Die Buchhandlungen führen nur selten Lyrik. Allenfalls Sammlungen von Gedichten über Freundschaft oder die vier Jahreszeiten aus der Everyman's Library. Man glaubt kaum, wie viele Lyriksammlungen zu bestimmten Themen es gibt. Gedichte über Jazz, über Blues, über das Meer, über die Liebe. Über Hunde, über Vögel, über Trauer, über Gärten.

Das ist nicht die Lyrik, die ich lesen möchte, es ist die Lyrik, die jeder schon kennt. Ich will Gedichte *entdecken*, sie am liebsten irgendwelchen rätselhaften, weltfremden Gestalten abluchsen. Dem Schamanen eines Indianerstammes, einem einsamen sibirischen Bauern. In der Hoffnung, dass sie mehr wissen; ihre Sprache ist roh, nicht von Moden geformt.

Voriges Jahr war ich zu einer Preisverleihung in Peking eingeladen. Es ging um den Preis eines nationalen Poesiewettbewerbs, zu dem mehr als siebzigtausend Gedichte eingesandt worden waren. Geschrieben von Fabrikarbeitern, Köchen und Verkäuferinnen, denn alle waren aufgefordert, sich zu beteiligen. Die Jury hoffte, dass sich eine Pyramide mit dem einen Gedicht an der Spitze ergeben würde. Dem Gedicht, das alles sagt. Am Ende hatte man die fünf Besten ausgewählt, aber keine Nummer eins, keinen Sieger.

Die Suche geht weiter. Von Flughafen zu Flughafen, vom Festival zur Preisverleihung, von der Metropole zum Dorf in der Gobi-Steppe, über dem Adler langsam ihre Kreise ziehen.

Von dem Schwindler Marco Polo und der Erfindung der Eiswaffel

Mein Vater hat sein Leben lang von Dingen geträumt, die es nicht gab. Im Sommer dachte er sich im Eiscafé Apparate und Gegenstände aus, die auf irgendeine Weise die Welt verändern oder zumindest das Leben vieler Menschen erleichtern könnten. Im Winter zog er sich in den Keller zurück, um zwischen den Säulenbohrmaschinen und Werkbänken seine Ideen umzusetzen. Ein paar von ihnen hat er tatsächlich verwirklicht: einen Aufsatz für Schließzylinder, der das Auffinden des Schlüssellochs im Dunkeln erleichtern soll; einen Schuhanzieher mit langem Stiel, damit man sich nicht zu bücken braucht; einen ausziehbaren Eierbecher, den man auch als Trinkbecher verwenden kann. Aber entweder bestand kein Interesse an seiner Erfindung, oder sie war längst im Handel. Er wurde wütend, als er erfuhr, dass es den Riesenschuhanzieher schon gab.

»Sie haben mir meine Idee geklaut.«

»Wer?«

»Die Chinesen.«

Die Chinesen wurden bei uns für alles Mögliche verantwortlich gemacht, zu Hause, aber auch im Eiscafé. Meine Mutter meint, das habe angefangen, als an einem Sommertag vor langer Zeit ein alter Chinese auf der Terrasse Platz genommen hatte. Luca und ich waren noch so klein, dass wir fast alles, was wir erlebten, wieder vergaßen. Jedenfalls kann ich mich nicht an den Streit erinnern, den es an jenem sonnigen Tag gegeben haben soll.

Der Chinese zeigte auf die Aufschrift über der rot-weiß gestreiften Markise. *Eiscafé Venezia, original italienisches Speiseeis.* »Sie wissen doch, dass Speiseeis eine chinesische Erfindung ist?«, fragte er meinen Vater.

»Nein.«

»Als Marco Polo 1295 aus China zurückkehrte, hat er Rezepte für Eis mitgebracht.«

»Davon habe ich noch nie gehört.«

»So war es aber«, entgegnete der Chinese. »Das steht in allen Geschichtsbüchern. Wer sie aufmerksam liest, kann nur zu einem Schluss kommen: Die Chinesen haben das Speiseeis erfunden.«

Mein Vater lachte schallend. »Eis eine chinesische Erfindung?«, japste er dann. »Das ist der beste Witz, den ich in den letzten Jahren gehört habe.«

»Es stimmt wirklich«, antwortete der alte Mann. »Marco Polo ist mehr als zwanzig Jahre in China gewesen, und als er zurückkam, hat er in Europa das Eis eingeführt.«

»Rrreis«, korrigierte mein Vater. »Nicht Eis.«

»Nein, nein. Eis.«

»Reis mit Ente«, erklärte mein Vater. »Reis mit Huhn, Reis mit Garnelen.«

»Eis mit Pfirsichgeschmack, Eis mit Karamell, Eis mit Vanille.«

»Haben wir alles.«

»Dank Marco Polo, dank der Chinesen.«

»Haben die auch die Pizza erfunden?«, fragte mein Vater.

»Wie bitte?«

»Haben die Chinesen auch die Pizza Margherita erfunden? Ist Marco Polo mit einem quadratischen Karton nach Venedig gekommen? War er eigentlich Pizzabote?«

»Sie wollen mich lächerlich machen.«

»Sie wollen meine Familie lächerlich machen, unsere Tradition. Ich bin heute Morgen um sechs Uhr aufgestanden, um Eis nach dem Rezept meines Großvaters herzustellen, der noch in den Bergen Schnee geerntet hat.«

»Marco Polo war früher dran.«

»Möchten Sie vielleicht etwas bestellen?«

»Haben Sie Himbeereis?«

»Wir haben original italienisches Himbeereis.«

Der alte Mann schüttelte den Kopf. »Es ist ursprünglich chinesisches Speiseeis.«

»Soll ich das über den Eingang schreiben?«

»Das wäre eigentlich richtig.«

»Wissen Sie, was richtig wäre? Wenn Chinesen dieses Eiscafé nicht betreten dürften!«

»Das ist Diskriminierung.«

Mein Vater knetete seine Hände. »Möchten Sie eine Waffel oder einen Becher?«

»Ich hätte gern eine Waffel mit Himbeereis.«

Mein Vater ging hinein und gab die Bestellung an meine Mutter weiter, die daraufhin mit der *spatola* Himbeereis aus dem Behälter zwischen dem Schokoladen- und dem Zitroneneis in eine Waffel füllte. Ich weiß immer noch blind, welche Eissorten neben, über oder unter welchen anderen in der Vitrine angeordnet waren. Nur hat mein Bruder inzwischen alles verändert und neue Sorten eingeführt.

»Wussten Sie, dass die Eiswaffel eine amerikanische Erfindung ist?«, fragte der Chinese, als mein Vater mit dem bestellten Eis zu seinem Tisch kam.

»Und Kolumbus hat die Eiswaffel nach Europa gebracht?«

»Mit Ihnen kann man einfach nicht reden.«

Meine Mutter behauptet, nach dieser Bemerkung habe mein Vater dem Chinesen die Eistüte umgedreht auf den Kopf gesetzt. Mein Vater hat seine eigene Version: Der Mann habe ihn weggeschubst und sei losgerannt, er sei ihm gefolgt, wobei er »Warten Sie! Ihre amerikanische Waffel mit chinesischem Himbeereis!« gerufen und ihm die Eistüte nachgeworfen habe, die nach einem anderthalbfachen Salto auf dem Kopf des Flüchtenden gelandet sei.

Auf jeden Fall ist meine Mutter mit einem Tuch zu dem alten Mann gegangen und hat sich entschuldigt. Mein Vater durfte an diesem Tag das Eiscafé nicht mehr verlassen. Schnaubend wie ein Stier stand er hinter der Vitrine und zerbröselte mit seinen verkrampften Händen bis zum Abend vier Eistüten. Sie waren damals noch viel zerbrechlicher, und meine Eltern machten sie selbst, mit einem Waffeleisen und einem Holzkegel zum Aufwickeln. An diesen Duft kann ich mich gut erinnern, er war vielleicht der herrlichste meiner Jugend. Ruhige, regnerische Tage waren es, an denen der Teig auf den schwarzen Rauten des Waffeleisens zischte. Ich durfte das Oberteil auf das Unterteil drücken,

Luca das Eisen öffnen. Später durften wir die Waffeln auch um den Holzkegel mit Stiel wickeln, aber als wir klein waren, wickelte mein Vater. »Das ist ein wunderschönes Exemplar«, sagte er oft. Oder: »Jungs, dies bewahren wir auf, das ist zu schön zum Aufessen.« Meine Mutter schabte mit einem Teigspachtel die zurückgebliebenen Krüstchen vom Rand des Eisens, und Luca und ich stritten uns darum wie Nestlinge, die ihre Schnäbel aufsperren.

Die Eistüte ist tatsächlich in Amerika erfunden worden, aber der Erfinder war kein Amerikaner. Auf der Louisiana Purchase Exposition, einer Weltausstellung in St. Louis, Missouri, im Jahr 1904, verkaufte der aus Syrien stammende Patissier Ernest A. Hamwi an seinem Stand süße, dünne persische Waffeln. Sein Nachbar war ein Eismacher, dem am Nachmittag die Teller ausgingen, sodass er kein Eis mehr verkaufen konnte. Der findige Syrer kam auf die Idee, seine Waffeln zu einer Tüte für das Eis zu rollen. Die Besucher waren begeistert, und bald backte Hamwi auch für andere Eismacher auf der Ausstellung Waffeln.

Fünfzehn Jahre später sagte der amerikanische Speiseeishersteller L. J. Schumaker bei einer Tagung der Association of Ice Cream Manufacturers of Pennsylvania: »*The ice cream cone is the biggest little thing in the ice cream business.*« Die Einführung der

Eistüte gab der Speiseeisherstellung gewaltigen Auftrieb. In Amerika war Eis bis dahin ausschließlich in Drogerien und Süßwarenläden verkauft worden, serviert in Gläsern oder auf Tellern. Die Eiswaffel brachte das Eis nun überallhin, es wurde an Ständen und Eiskarren an großen Kreuzungen und auf Plätzen verkauft, vor Schulen, auf Jahrmärkten, in Zoos.

Es heißt, dass auf Coney Island zwei Brüder einen Eisstand am Meer besaßen. Als das Geschäft im Herbst abflaute, engagierten sie zwei reizende junge Frauen, die mit Eistüten in den Händen auf der Promenade flanierten. Es dauerte nicht lange, und die Brüder verkauften mehr Eis als an den heißesten Sommertagen.

Vor zwei Jahren beim Oslo Poetry Festival errötete die goldblonde norwegische Kuratorin, als ich ihr erzählte, dass ich aus einer Familie von Eismachern stamme und dass die Herstellung von Eiswaffeln zu meinen liebsten Kindheitserinnerungen gehöre.

»Ich sage dir etwas, das ich noch niemandem erzählt habe«, flüsterte sie. Wir saßen an einem Tisch im Künstlerfoyer und tranken Rotwein. Ringsum unterhielten sich Dichter mit Dichtern oder anderen Festivalteilnehmern. Das Programm des Tages war längst beendet, die Säle leer, aber in diesem Raum mit eigener Bar herrschte Hochbetrieb, Übersetzer, Dichter, Organisatoren und freiwillige Helfer trafen sich hier. Es waren schöne Abende, diese endlosen Abende bei Festivals, wenn das Publikum sich auf den Heimweg gemacht hatte.

»Als ich ein Mädchen war«, sagte die Norwegerin, »dachte ich beim Eisessen immer an Sex.« Sie schaute mich mit ihren graublauen Augen durchdringend an, vielleicht wollte sie mich schockieren.

»Schon als ich vierzehn war und solche Dinge nie gemacht hatte«, fuhr sie fort. »Ich ließ die Zungenspitze erst oben über das Eis gleiten und dann immer wieder rings um die Kugel, schloss die Lippen um das Eis und leckte sie langsam ab. Ich stellte mir vor, dass es so sein musste, so sein würde.«

Ich antwortete, dass noch in den Dreißigerjahren »anständige« Mädchen ihr Eis nicht auf der Straße essen durften. Sie mussten es nach Hause mitnehmen, es aus der Eistüte auf einen Teller gleiten lassen und mit dem Löffel essen.

Es ist übrigens fraglich, ob Ernest A. Hamwi wirklich der Erfinder der Eistüte war. Wie der Bikini, der 1946 von dem französischen Automechaniker und Ingenieur Louis Réard erfunden wurde, lange vorher von etruskischen Frauen getragen worden war, so war die Eistüte schon vor Hamwi aufgetaucht. *Mrs. A. B. Marshall's Cookery Book* aus dem Jahr 1888 enthält ein Rezept für »Margaret Cornets«, zu Tüten gedrehte, mit Eis gefüllte Waffeln. Aber damit wollte ich meinem Vater nicht auf die Nerven fallen. Er war davon überzeugt, dass es ein Italiener aus den Dolomiten gewesen war, der dem syrischen Patissier in St. Louis auf die Sprünge geholfen hatte, und er war nicht der Einzige. Nach Ansicht des Journalisten und Lokalhistorikers Serafino Dall'Asta aus Vodo di Cadore ist ein Eismacher aus seinem Heimatort an der Erfindung der Eiswaffel beteiligt gewesen.

»Die Eistüte ist also eher eine italienische als eine amerikanische Erfindung«, lautete das Fazit meines Vaters.

Und natürlich stammte das Speiseeis nicht aus Asien. Nachdem er den alten Chinesen von der Terrasse gejagt hatte, bat mein Vater einen Jungen aus der Nachbarschaft, in der Stadtbibliothek ein paar Bücher über Marco Polo für ihn auszuleihen. So erfuhr er noch am selben Abend, dass die Originalhandschrift von *Il Milione* verloren gegangen ist und die älteste erhaltene Abschrift aus dem Jahr 1400 stammt, also gut fünfundsiebzig Jahre nach dem Tod des venezianischen Händlers und Entdeckungsreisenden angefertigt wurde. In dem Buch stand kein Wort über die Chinesische Mauer, mit keinem Buchstaben wurden das Essen mit Stäbchen oder der Tee erwähnt, ganz zu schweigen von Eis. Einige Historiker zogen die Authentizität des Reiseberichts in Zweifel und äußerten die Vermutung, er habe Berichte von anderen nacherzählt. Es sollten noch viele Jahre vergehen, bis die Londoner Sinologin Frances Wood ihre umstrittene Studie *Marco Polo kam nicht bis China* veröffentlichte, aber mein Vater war sich gleich hundertprozentig sicher, dass der weltberühmte Reisende das Land, über das er schrieb, nie betreten hatte.

»Marco Polo ist ein Schwindler!«, rief mein Vater mitten in jener Nacht.

»Geh ins Bett«, antwortete meine Mutter.

An den folgenden Tagen wartete mein Vater auf den alten Mann, der die Aufschrift über der Markise moniert hatte, doch der ließ sich nicht mehr blicken. Schließlich sprach mein Vater einen anderen Chinesen an, der auf der Terrasse in der Sonne saß.

»Ihr habt das Eis gar nicht erfunden«, sagte er. »Das ist historisch unrichtig.«

»Ich verstehe nicht, wovon Sie sprechen«, antwortete der Mann.

»Die Chinesen haben das Eis nicht erfunden, genauso wenig wie den Riesenschuhanzieher!«

In den Sechzigerjahren hatten manche Eiscafés Probleme mit Süditalienern gehabt, die als Gastarbeiter in die Niederlande gekommen waren. An freien Tagen besuchten diese Männer gruppenweise Eiscafés, wo jeder für sich einen Tisch in Anspruch nahm, und waren sehr laut, oder sie setzten sich einfach zu jungen Frauen. In den Fenstern mancher Eiscafés hingen damals Schilder, auf denen in italienischer Sprache »Für Italiener verboten« stand.

Mein Vater wollte allen Ernstes ein Schild mit der Aufschrift »Für Chinesen verboten« aufhängen, aber das hat meine Mutter verhindert.

»Jeder ist willkommen«, erklärte sie. »Jung und Alt, Arm und Reich, Männer und Frauen. Eis ist für alle da.«

Es war ein Echo dessen, was Carlo Gatti mehr als ein Jahrhundert zuvor in London mit seinen *penny licks* im Sinn gehabt hatte.

Mein Vater fand sich mit der Niederlage ab, doch sein lebenslanger Groll gegen Chinesen hatte seinen Anfang genommen.

Als ich viele Jahre später eine Sammlung mit klassischer chinesischer Lyrik in die Hand bekam, entdeckte ich ein Gedicht von Yang Wanli, der zwei Jahrhunderte vor Marco Polos Tod geboren worden war. Zu meinem großen Erstaunen erwähnte der Dichter eine milchartige Substanz, die *gefroren aussieht, gleichzeitig aber zu treiben scheint*, und die *schmilzt wie Schnee im Licht der Sonne.*

Ich habe das Gedicht meinem Vater vorgelesen, ich glaube, um ihn zu necken. Aber er sagte nur: »Ich mag keine Chinesen, und ich mag keine Poesie.«

Der Schnee von einst

Ich war sechs Jahre alt, als ich von meinen Eltern aufs Internat in Vellai di Feltre geschickt wurde. Es war das Los von Eismacher-Kindern. Als Baby, als Kleinkind, als Kindergartenkind kann man jede Saison bei seinen Eltern im Eiscafé verbringen, aber irgendwann muss man zur Schule. In Italien. Der Vorteil war, dass man im Winter nach Hause konnte und in den langen Sommerferien, die in Italien drei Monate dauern, in die Niederlande. Der Nachteil war, dass man in der übrigen Zeit in einem von Nonnen geleiteten Internat lebte. Sie waren altmodisch und streng, aber sie brachten mir Schreiben, Lesen und Rechnen bei. Ich war ein Kind, das gern die Schulbank drückte, sich stundenlang über ein Heft beugen konnte, den Stift in der rechten Hand. Und die Zunge im Mundwinkel, behauptete Luca, der mich oft nachäffte. Er kam zwei Jahre nach mir nach Vellai di Feltre, konnte sich aber nicht an das

Regime der Nonnen gewöhnen. Sie ließen keinem etwas durchgehen und schlugen uns manchmal mit der flachen Hand.

»Vermisst du Mama und Papa nicht?«, fragte Luca mich beinahe täglich.

»Ein bisschen«, antwortete ich dann. Ich versuchte, stark zu sein.

»Ich ganz schrecklich.«

»Sie müssen arbeiten«, sagte ich. »Das Eis muss sich drehen.«

»Drehen, drehen, drehen«, sagte Luca. Es war, was unser Vater uns erklärt hatte. Wir mussten lernen; das Eis musste sich drehen.

Luca fiel das Lesen und Schreiben schwer, anders als mir machte es ihm keinen Spaß. Er fand Bücher schrecklich und rannte lieber durch die langen Flure, wenn die Nonnen einmal nicht aufpassten. Manchmal wurde er erwischt und bekam von der ältesten Schwester, deren Kinn von einer Warze mit drei Borsten verunstaltet war, eine Tracht Prügel. Das war aber nicht das Schlimmste; Luca behauptete, dass sie furchtbar stank.

»Riechst du das denn nicht?«, fragte er mich.

Ich schüttelte den Kopf.

»Wenn sie die Hand hebt, hebt sich auch ihr Gewand, und darunter riecht es ganz komisch.«

Vielleicht lag es daran, dass ich immer irgendein

Buch las. Das ist der Geruch, der mir vom Internat im Gedächtnis geblieben ist. Der herrliche Geruch alter, feuchter Bücher. Oft legte ich die Nase aufs Papier und pflügte zwischen den Zeilen hin und her. Es ist denkbar, dass ich meine Eltern wegen der Bücher an manchen Tagen weniger vermisste als mein Bruder.

Nachts kroch Luca oft zu mir ins Bett. Dann hielten wir uns fest an der Hand, als wären unsere Hände Glieder einer Kette, die nicht zerrissen werden konnte. Ich flüsterte ihm eine Geschichte ins Ohr, die ich am Tag gelesen hatte, und wartete darauf, dass sein Atem ruhig und regelmäßig wurde.

Als ich zur *scuola media* wechselte, nahm unsere Oma uns beide bei sich auf. Sie hatte dunkelgraue Haare und von Arthritis gekrümmte Finger, aber sie war stolz und stark. Ihr Vater hatte ein Eiscafé in Ulm besessen, das im Krieg von britischen Bomben getroffen worden war. Während des Angriffs hatte die Familie im Keller Schutz gesucht. »Habt keine Angst«, hatte der Vater zu seinen Töchtern gesagt, »das ist wie Gewitter, das zieht vorüber.« Seine Frau schüttelte den Kopf, aber die Mädchen weinten nicht. Sie verloren alles, die Eismaschine, die Kühlschränke, die kleinen Glasteller in Form von Gondeln, aber sie überlebten und krochen staubbedeckt aus dem Schutt.

Mit ihren knotigen, krummen Fingern schnitt Amalia Tremonti Zwiebeln und Tomaten und bereitete jeden Tag Pasta für uns zu. Sie war fürsorglich, konnte aber auch hart sein. Nur selten ließ sie uns in Rotterdam im Eiscafé anrufen. Ich fühlte mich für Luca verantwortlich. Wenn er mit seinen Hausaufgaben nicht zurechtkam, half ich ihm, manchmal löste ich seine Rechenaufgaben gleich selbst, damit wir früher draußen spielen konnten. Auf der Straße nahm er immer meine Hand, und so gingen wir auch zur Schule. Oma gefiel das nicht, zwei Jungen Hand in Hand. Auf ihrem Nachttisch stand ein Foto ihres Mannes, der auf der Straße zwischen Toblach und Cortina d'Ampezzo verunglückt war, im Winter, als er kurz vor einer Kurve einen Touristen überholen wollte. Freunde hatten ein Holzkreuz gezimmert und in der Kurve am Straßenrand aufgestellt, aber Amalia wollte den Unglücksort nie besuchen. Es war das, was ihr Vater seinen Töchtern mit auf den Weg gegeben hatte: dass man aus den Trümmern kriechen und weitermachen muss.

Am Anfang der Sommerferien fuhren wir nach Rotterdam, die Schwester unserer Mutter begleitete uns auf der Zugreise. Wir hatten unsere Eltern dann vier Monate nicht gesehen. Das Frühjahr war vorbeigegangen, das Gras war hellgrün geworden, der Löwenzahn war herausgekommen und hatte die Wiesen gelb erglühen lassen, die Sonne hatte täglich an Kraft gewonnen, und all das so unfassbar schnell, als würde ein Film vorgespult, trotzdem war die Zeit für uns so langsam vergangen wie gefrorene Dezembertage. In den letzten Wochen hatten wir dem Wiedersehen geradezu entgegengefiebert.

Ich erinnere mich an die Tränen meiner Mutter und daran, wie ihre Arme uns umschlossen und nicht mehr losließen.

»Und ich?«, fragte mein Vater. »Darf ich auch mal?«

Dann zerquetschte er uns fast. Seine stacheligen Wangen scheuerten über unsere glatten Gesichter, aber das machte uns nichts aus. Es störte mich erst, als auch meine Stoppeln zu pieksen begannen.

Wir halfen im Eiscafé und genossen die Sommertage, die länger waren als in den Bergen. Meine Eltern standen meistens im Café, während Luca und ich in der Küche Eis machten. Wir versuchten, Rezepte zu verbessern.

»Hast du das Mangoeis probiert?«, fragte Luca. »Zu wenig Zucker, es ist viel zu hart.«

»Erst mal sollten wir was mit dem Vanilleeis machen«, entgegnete ich. »Es könnte glatter sein, und die Vanille ist nicht gleichmäßig verteilt.«

Das war vor der Entdeckung der Poesie. Wie in

dem Gedicht von Shelley brannte in unserem Hirn nur ein Gedanke. Eis.

»Was, wenn man hier weiße Schokolade dazugeben würde?«

»Wassermeloneneis mit weißer Schokolade?«

»Ja«, antwortete mein Bruder. »Stracciatella, nur anders. Ganz anders.«

»Lass bloß Beppi das nicht hören.«

Wir hatten schon öfter vorgeschlagen, neue Geschmacksrichtungen einzuführen. Banane-Karamel, Orange-Spekulatius, Erdnuss, sowohl süß als auch salzig.

»Das wollen unsere Kunden nicht«, antwortete mein Vater dann. »Die wollen jeden Tag das gleiche Eis essen.«

»Können wir es nicht wenigstens mal ausprobieren?«

»Später«, erwiderte er. »Später, wenn ihr das Eiscafé übernommen habt.«

Wir schworen uns, die ausgefallensten Eissorten herzustellen, sobald wir im Venezia das Sagen hätten.

Wenn wir abends im Dachgeschoss im Bett lagen, jeder in seinem eigenen, gönnten wir uns einen Vorschuss auf diese fantastische Zukunft. Es war pure Eisgeschmack-Science-Fiction.

»Honigeis«, sagte mein Bruder.

»Ricotta mit Pinienkernen.«

»Kokos-Zimt.«

»Möhre-Nuss.«

»Im April Spargeleis!«

»Gurkensorbet.«

»Eis aus Blut.«

»Wie in Blutwurst?«

»Ja, nur eben in Eis.«

Viel später, als Luca das Eiscafé übernommen hatte und ich in fliegenden Blechbüchsen von einem Ende der Welt zum anderen reiste, stellte er tatsächlich all die nachts aufgezählten Eissorten her und noch viel mehr. Und bei all seinem Konservatismus konnte da nicht einmal unser Vater widerstehen. Wenn Luca ihm den Löffel zum Probieren hinhielt, nahm er neugierig wie ein Kind gleich alles in den Mund. »Wunderbar«, sagte er, die Augen geschlossen wie die Dorfbewohner, als sie das Eis seines Großvaters gekostet hatten. »Aber was ist es?«

»Blauschimmelkäse mit Apfel und Birne«, antwortete mein Bruder.

»Unglaublich.«

Als ich einmal mit ein paar jungen Dichtern auf der Terrasse Eis gegessen hatte und bei meinem Vater zahlte, fragte er: »Musst du diese Schnorrer aushalten?«

»Sie sind Dichter.«

Er musterte sie mit verächtlichem Blick. »Wenn sie mal einen richtigen Künstler sehen wollen, müssen sie zu Luca kommen.«

Mein Bruder war immer schon der bessere Eismacher von uns beiden gewesen. Er konnte in einer Viertelstunde dreihundertsechzig Eier trennen, während ich für die gleiche Menge fast vierzig Minuten brauchte. Er machte aber nie eine Bemerkung über solche Dinge. Zwischen uns gab es keine Rivalität, keine Spannungen. Wir machten zusammen Eis, hatten die gleichen Träume, wurden zur gleichen Zeit von der Sehnsucht nach unseren Eltern gepackt – noch bevor der letzte Tag in Rotterdam angebrochen war.

Anfang September mussten wir nach Venas zurück, das Eiscafé blieb bis Ende Oktober geöffnet. Zwei Monate würden wir wieder bei Oma wohnen, ihren vertrauten Geruch wahrnehmen, ihre Hände auf unseren Köpfen spüren, ihre Kraft bewundern, aber wenn endlich der Winter kam, konnten wir uns wieder als Teil einer Familie mit starken Wurzeln fühlen. Zu viert saßen wir in der Küche am Tisch vor dem Herd, jeder auf seinem Stammplatz, und drehten unsere Gabeln in tiefen Tellern.

Die Rückkehr der Eismacher ließ das Dorf erwachen, wie der Frühling der Natur neues Leben einhaucht. Nur spielte sich das Erwachen von Venas innerhalb weniger Tage ab, der achtmonatige Schlummer war plötzlich vorbei. Überall hörte man Motorengebrumm und Gehupe, Läden wurden aufgestoßen, in den Fenstern dahinter erschienen neugierige Gesichter. Es war wie beim Einzug von Befreiern.

In der Pizzeria herrschte wieder Hochbetrieb, beim Bäcker standen die Leute Schlange und tratschten über die Umsätze, die dieser und jener angeblich gemacht hatte, über Eismacher, die in einem neuen Mercedes zurückgekehrt waren, und auch in der Metzgerei war der Andrang kaum zu bewältigen. Auf den Straßen sah man nicht mehr nur Alte und Kinder. Abends gingen Männer in die Kneipe, spielten Karten und schwankten Stunden später unter blassen Sternen nach Hause, sturzbetrunken und überglücklich, erlöst von den langen Arbeitstagen in Utrecht, Arnheim oder Maastricht. Auf denselben schmalen Gehwegen waren an den Sonntagen lange Reihen von Menschen in ihren besten Sachen unterwegs, ganze Familien, sämtliche Kirchenbänke füllten sich. Nach dem Gottesdienst verteilte sich die Menge rasch. Zu Hause gab es zum Festtagsbraten Rotwein aus kleinen Gläsern, die Aussicht auf die Berge, Gespräche über andere Familien und schließlich das Blubbern der Kaffeemaschine auf dem Herd, die ihren vertrauten Duft verbreitete.

Ein Wirbelwind fuhr durch das ganze Tal von San Vito bis Lorenzago di Cadore. Es war wie Weihnachten; die gleiche Freude und Ausgelassenheit, nur zwei Monate früher. Alle fühlten sich frei. Dafür hatten sie geschuftet, dafür ihren Sommer geopfert. Der Körper kam zur Ruhe, so manches Wehwehchen verschwand spurlos, Kinder wurden gezeugt. Die meisten Eismacherkinder kommen im Sommer zur Welt, auch Luca und ich wurden an einem der Hundstage geboren.

Natürlich konkurrierte man miteinander um den Ruhm, das beste Eis herzustellen. Welcher Eismacher hatte die leckersten Sorten? Wer konnte das perfekte Eis aus Joghurt machen? Doch diese Konkurrenz wurde eher in den Niederlanden ausgetragen, obwohl manche auch in den Bergen gegenüber anderen mit ihrem angeblich schöneren und geschmackvolleren, eben einfach besseren Eis angaben. Das konnte auch ausarten. Berühmt war ein in aller Öffentlichkeit ausgetragener Streit zwischen den Besitzern zweier Eiscafés in Zwolle.

»Dein Erdbeereis schmeckt nach Himbeere«, rief der eine seinem Konkurrenten über die Straße zu.

»Und dein Bananeneis nach Birne«, rief der zurück.

»Dein Vanilleeis kann man nicht von Rotze unterscheiden!«

»Und dein Schokoladeneis ist Kuhscheiße!«

Dann kam die Steigerung, die niemand erwartet hatte und die auch nicht jeder gleich verstand.

»Mein Aprikoseneis schmeckt nach deiner Frau!«

Die Eismacher trafen in der Mitte der Straße aufeinander und ballten die Fäuste. Sie prügelten sich wie Halbstarke auf einem Schulhof, bis sie von Guido Zardus getrennt wurden. Guido war so stark wie sein Großvater, der Münzen mit den Fingern verbogen hatte.

Am nächsten Tag machten ein paar Männer in der Bar Posta Scherze über den Zwischenfall. »Mein Heidelbeereis ist so blau wie das rechte Auge von Gregori.«

»Mein Kirscheis ist so dunkel wie das Blut von Belfi!«

Noch ein anderer Streit wurde ausgetragen. Weniger blutig, aber fast ebenso heftig. In den meisten Dörfern im Cadore – Venas, Vodo, Pieve, Valle, Calalzo, Cibiano – gab es einen Eismacher, der behauptete, sein Großvater oder Urgroßvater sei derjenige gewesen, der das Speiseeis erfunden habe. Manche beteiligten sich nur zum Zeitvertreib an diesem Streit, anderen war es damit todernst. Luca und ich unternahmen zusammen den Versuch, das Geheimnis zu ergründen, und besuchten etliche runzlige Greise, deren Kinder Eiscafés in Österreich, Ungarn, Deutschland oder den Niederlanden besaßen.

Manchmal standen wir nach einer Minute wieder draußen, weil wir es mit einem stocktauben Greis zu tun hatten. Andere alte Männer konnten wir kaum verstehen. Das Wort *gelato* ging noch, der Rest war ein Rätsel.

Signor Zampieri versuchte, uns zu bestechen.

»Wir haben gehört, dass Ihr Großvater das Eis erfunden hat«, sagten wir, als wir das erste Mal bei ihm klingelten. »Haben Sie Beweise dafür?«

»Kommt rein, Jungs«, sagte Signor Zampieri. »Ich hab wunderbare Schokoladenkekse.«

Im Wohnzimmer setzte er uns eine Schale mit Keksen vor, wir sollten so viele nehmen, wie wir wollten.

»Mein Großvater hat in Dresden auf dem Markt angefangen«, erzählte Signor Zampieri. »Er machte das Eis mit der Hand, aber zuerst wollte niemand welches kaufen. Die Leute kannten es nicht, sie hatten noch nie davon gehört. Weil es anfing zu schmelzen, hat er es dann irgendwann an Passanten verschenkt. ›Eis kostenlos!‹, rief er. Meine Großmutter dachte, er wäre verrückt geworden. Alles umsonst wegzugeben! Aber als die Leute erst einmal gekostet hatten, verkaufte sich das Eis gut.«

»Wann war das?«, fragte Luca.

»Lass mich nachdenken«, sagte Signor Zampieri. »Nehmt euch noch Kekse, Jungs.«

Ein paar Minuten später erzählte er eine andere Geschichte. »Ach, es waren so schwere Zeiten früher. Mein Vater ist im Winter auf dem Fahrrad nach Italien zurückgefahren, um Geld zu sparen, den ganzen Weg von Holland hierher. Als er in Venas ankam, war meine Mutter wütend. Drei Hosen hatte er verschlissen! Das kostete ihn genauso viel wie eine Fahrkarte.«

»Signor Zampieri«, sagte ich, »mein Bruder fragte, ob Sie vielleicht wissen, *wann* Ihr Großvater in Dresden Eis verkauft hat.«

»Vor langer Zeit«, antwortete er. »Bevor ihr geboren wurdet, bevor ich geboren wurde.« Er zeigte in Richtung des Fensters, auf die Dolomiten. »Es weiß auch niemand, wann genau die Berge entstanden sind.«

Ich sah meinen Bruder an. Er nahm noch einen Keks.

»Wisst ihr, dass wir auf Gold wohnen? Wir kommen nur nicht dran, es liegt zu tief unter der Erde.«

»Könnten wir bitte beim Thema bleiben?«

»Ach ja, Eis. Früher haben wir mit italienischen Straßenhändlern gearbeitet«, erzählte Signor Zampieri. »Ich bezahlte ihnen die Hin- und Rückreise, und sie bekamen bei uns Kost und Logis. Sie kriegten 600 Lire im Monat plus zehn Turmac-Zigaretten am Tag.« Er dachte einen Moment nach, vielleicht rechnete er alles zusammen. Dann sagte er: »Wenn ihr schlau seid, fangt ihr an zu graben. Vielleicht schafft ihr es, das Gold raufzuholen.«

Luca schaute ihn an, als wäre er interessiert, doch dann fragte er: »Warum glauben Sie, dass Ihr Großvater das Speiseeis erfunden hat?«

»Er hat versucht, es in Dresden auf dem Markt zu verkaufen«, sagte der alte Mann wieder. »Aber niemand wollte sein Eis, weil man es nicht kannte. Niemand kannte Eis! Er hatte es nämlich gerade erst erfunden.«

Mein Bruder schüttelte den Kopf.

»Signor Marinello aus Pieve sagt, dass *sein* Großvater das Eis erfunden hat«, entgegnete ich.

»Marinello ist über neunzig. Sein Gedächtnis ist so löchrig wie ein Schweizer Käse.«

Wir waren am Vortag bei dem steinalten Eismacher in Pieve gewesen. Nachdem er sich uns gegenüber in seinem Sessel niedergelassen hatte, war er eingeschlafen. Wir hatten uns nicht getraut, ihn zu wecken.

»Wenn man den fragt, ob seine Familie den Hamburger erfunden hat, sagt er auch Ja.« Signor Zampieri erhob sich und holte ein Fotoalbum aus dem Schrank. »Das bin ich«, erklärte er. »Damals war ich noch jung und hübsch.« Das Foto zeigte einen Mann, der einen Hut in der Hand hielt. »Seht ihr den Bahnhof? Das ist in Zuel, kurz vor Cortina. Den Bahnhof gibt's nicht mehr, der stand da, wo heute die Sprungschanze ist. Ich meine, gleich gegenüber.«

»Haben Sie auch ein Foto von Ihrem Großvater?«, fragte ich, aber die Frage wurde ignoriert.

»Wenn man Marinello fragt, ob er bei den Olympischen Winterspielen 1956 als Skispringer angetreten ist, sagt er auch Ja.« Dann kam ihm ein Gedanke: »Das Eis wurde früher erfunden als die Fotografie.«

»Sie können also nicht beweisen, dass Ihr Großvater das Eis erfunden hat«, bemerkte Luca.

»Niemand kann das beweisen«, rief Signor Zampieri leicht verärgert. »So wie auch niemand beweisen kann, dass seine Großmutter die Spaghetti alla carbonara erfunden hat.«

Er zeigte uns seinen rechten Daumen, einen ebenso schwieligen Daumen, wie unser Vater ihn hatte, wie mein Bruder ihn bekommen sollte und ich nicht. An meinen Daumen bildet sich keine Hornhaut, ganz gleich, wie viele Gedichte ich lese, wie viele Seiten mit Lyrik ich umblättere. Die Haut bleibt glatt und glänzt im Licht der Leselampe.

»Das ist der Beweis«, verkündete Signor Zampieri. »Dieser raue, rostige Daumen und die Geschichten, die man mir erzählt hat, von den drei Hosen meines Vaters, von dem Eis, das mein Großvater in Dresden auf dem Markt verschenkt hat, von meiner Großmutter, die dachte, dass er verrückt geworden wäre.«

Die Keksschale war leer, aber die Geschichten würden Signor Zampieri noch lange nicht ausgehen.

»Kommt ihr bald mal wieder vorbei?«, fragte er.

Wir versprachen es und verabschiedeten uns rasch. Kurz darauf gingen wir durch das Tal der Eismacher zurück nach Hause, Hand in Hand. An dieser Gewohnheit hielten wir immer noch fest, auch wenn unsere Eltern in Venas waren. Manchmal schauten uns Leute nach, weil sie den Anblick seltsam fanden.

Es war ein strahlender Wintertag, die Luft klar und kalt, die Umrisse der Berge scharf. Bisher hatte es noch nicht geschneit. Noch neun Tage vergingen, bis die ersten Flocken fielen, so hauchzart, als bestünden sie aus einem einzigen Kristall. Sie wurden durch das Tal geweht wie Flaumfedern und erreichten nur mit Mühe den Boden. Wenn sie endlich die Erde berührten, schienen sie nicht zu schmelzen, sondern zu sublimieren, es sah so aus, als würden sie von den Straßen und Wiesen verschluckt. So war es am Morgen des ersten Schneetags; gegen Mittag war das Schneetreiben so dicht wie ein Heuschreckenschwarm. Die Berge waren unsichtbar.

Es hatte immer etwas Magisches, trotzdem war es für die Menschen in den Bergen auch ganz irdisch. Sie hatten es gewusst, geahnt, manche hatten den Schnee gerochen. Er lag in der Luft. Schon drei Tage vor den ersten Flocken drehten sich alle Gespräche um Schnee. Er kommt bald, sagten alle. Er kommt morgen oder übermorgen, darüber war man sich einig.

Er kam.

Wir holten den Schlitten vom Dachboden und sausten die von Neuschnee bedeckten Wiesen hinunter, die Kufen sanken tief ein. Ich saß vorn, Luca hinten, wir streckten die Beine vor, mein Rücken lag auf seinem Bauch. Wir stellten uns vor, dass wir im Bob durch den Eiskanal rasten, und versuchten, nicht zu bremsen. Die Brüder Enrico und Italo De Lorenzo aus Pieve waren in den Sechzigerjahren Bob-Weltmeister geworden. Sie hatten jetzt ein Eiscafé in Utrecht. In unseren Träumen sah auch unsere Zukunft so aus.

Wir baten Beppi, einen Schlitten mit kürzeren Kufen für uns zu bauen, damit wir noch schneller fahren konnten. Er verschwand im Keller und kam nach ein paar Tagen mit einem Mitteldling aus Schlitten und Bob wieder heraus, einer Art Kokon auf Kufen, den man anschieben und in den man dann nacheinander hineinspringen musste.

»Jetzt«, schrie Luca, ich schlüpfte in den Kokon und spürte weniger als eine Sekunde später Lucas Körper im Rücken. Am Anfang ging es oft schief, wir kippten um, überschlugen uns, purzelten übereinander. Schnee in der Unterhose, Lucas rote Wangen nur einen Zentimeter vor meinem lachenden Mund. Nach einiger Zeit beherrschten wir die Technik und rasten wie richtige Bobfahrer die Hänge hinunter, sprangen über Buckel, nahmen unmögliche Kurven und sausten der Zukunft immer schneller entgegen, und doch sollte der Traum nicht wahr werden.

Beim Abendessen wurden wir über unsere Suche ausgefragt. »Ihr müsst auch mit Serafino Dall'Asta sprechen«, sagte mein Vater. »Er weiß, von wem die Eistüte erfunden wurde, vielleicht weiß er dann auch, wer das Eis erfunden hat.«

Wir glaubten nicht mehr, dass wir den Ursprüngen des Eises auf die Spur kommen würden. Bei unserem zweiten Besuch bei Signor Marinello war er zwar die ganze Zeit wach gewesen, aber seine Geschichte hatte uns der Wahrheit nicht nähergebracht.

»Ist es nicht herrlich?«, hatte er bei einem Blick aus dem Fenster gefragt.

»Was?«

»Der Schnee.«

Luca und ich schwiegen. Schon seit Tagen schneite es ununterbrochen, es hätte gern auch einmal aufhören können.

»Es ist der gleiche Schnee, durch den auch mein Großvater gegangen ist«, erklärte Signor Marinello. »Er war im Winter in der Poebene gewesen und hatte sich in der Kunst der Feinbäckerei geübt. Und in Venedig hatte er gelernt, wie man ein Teiggemisch kühlt. Das dafür nötige Salz kam aus Sizilien.«

Er klang nicht wie jemand, der alles vergisst und plötzlich behaupten würde, dass seine Großtante den Hamburger erfunden hätte.

»Wann war das ungefähr?«, fragte Luca. »Wann war Ihr Großvater in Venedig?«

»Es kann auch der Vater meines Großvaters gewesen sein«, antwortete Signor Marinello. »Vielleicht sogar der Vater meines Ururgroßvaters.«

Lucas linke Augenbraue hob sich, aber ich wollte der Geschichte noch eine Chance geben.

»Ich wurde vor fast hundert Jahren geboren«, sagte Signor Marinello. »Mein Ururgroßvater müsste dann noch einmal hundert Jahre früher geboren worden sein.«

Der zeitliche Abstand überstieg unser Fassungsvermögen. Praktisch nichts war erhalten, keine Fotos, keine Gegenstände. Nur eine Geschichte, die von jeder Generation weiter verdreht und veredelt wurde.

»Es liegt am Schnee«, erklärte Signor Marinello. »Alles begräbt er, die Spuren sind ausgelöscht.«

Dennoch sahen viele ihren Großvater als jungen Mann in den Bergen stehen, die Ärmel hochgekrempelt, eine Spitzhacke in der Hand. Vielleicht konnten sie ihn so sehen, weil ihr Vater in seine Fußstapfen getreten war und sie selbst wiederum in die ihres Vaters, und vielleicht konnten manche von ihnen gerade wegen des Schnees, der damals nicht anders gewesen war als der Schnee in ihrem eigenen Leben, noch weiter in die Vergangenheit blicken. Irgendwann musste der allererste Eismacher an einem Gletscher gestanden haben, in Dunst gehüllt, in der blendenden, gefrorenen Landschaft.

Schnee. Es schneit unglaublich oft in der Lyrik, noch öfter, als Herbstblätter fallen. Der fröhliche Schnee von Ralph Waldo Emerson, der mal männliche, dann wieder weibliche Schnee bei Ted Hughes, Henry Wadsworth Longfellows »still und sacht und langsam« rieselnde Flocken, Alexander Puschkins hastende Flocken und natürlich *les neiges d'antan* bei François Villon. Doch erst nachdem ich ein Gedicht der englischen Lyrikerin Maura Dooley gelesen hatte, sah ich den Schnee wirklich anders. Das war mehr als drei Jahrzehnte nach dem Gespräch mit Signor Marinello. Ein gewaltiger Schritt, gewiss, und doch wurde ich, als ich in dem Gedicht »Die umgekehrte Welt« auf die Formulierung »ein Geflecht aus Schnee« stieß, in die Vergangenheit zurückkatapultiert.

… Alles zerfloss, lichtete sich
zu Leere, Muster, das jedes Muster
verlor, eine Blässe, die zu bestimmen
Wilson Bentley ein Leben lang brauchte.
Schneeflocke, keine zwei Eisblumen gleich.

Es war der Name Wilson Bentley, den ich vergessen hatte, der aber nicht ganz verloren gegangen war. Als mein Blick über die Buchstaben glitt, war es, als würde der Zündkopf eines Streichholzes über eine Reibfläche gezogen. Sofort flammte eine Geschichte auf.

»Ich möchte euch etwas zeigen«, sagte Signor Marinello. Er erhob sich mühsam aus seinem Sessel und ging zum Bücherregal. Zuerst dachte ich, er würde wie Signor Zampieri ein Fotoalbum holen. Aber es war etwas anderes. Zwar auch ein Buch mit Fotos, doch nicht von ihm als hübschem jungem Mann auf einem Bahnhof, den es nicht mehr gab.

»Dieses Buch enthält 2500 Fotos von Schneekristallen«, erklärte er. »Aufgenommen von Wilson Alwyn Bentley.« Er erzählte, dass Bentley in Jericho gelebt hatte, einer Kleinstadt in Vermont. Schon in seiner Jugend war er fasziniert von Schneeflocken und versuchte, sie mithilfe eines Mikroskops zu zeichnen, aber die Eiskristalle waren zu komplex, um sie abzubilden, bevor sie sich verflüchtigten. Eine Fachkamera, ein Fotoapparat mit einem Balgen, löste das Problem. Bentley befestigte sie an seinem Mikroskop und fing Schneeflocken mit einem Stück Samt auf. Es war sehr schwierig, da Schneekristalle sogar bei Temperaturen unter dem Gefrierpunkt verdampfen können, ohne erst zu schmelzen. Dennoch gelang Wilson am 15. Januar 1885 sein erstes Foto. Viele weitere folgten, im Laufe seines Lebens fotografierte er mehr als 5000 Schneekristalle.

»Bei jedem Foto hat er den Atem angehalten«, sagte Signor Marinello.

Trotz der eingeschränkten technischen Möglichkeiten waren seine Fotos so gut, dass beinahe hundert Jahre lang fast niemand anders Schneekristalle fotografierte. Später versuchte Bentley, die Größe von Regentropfen zu messen.

»Er starb an einer Lungenentzündung, die er sich geholt hatte, als er sechs Meilen zu Fuß durch einen Schneesturm ging.«

Wir starrten auf die Seiten mit den vielen Fotos,

den schwindelerregenden Eiskristallen. Für Bentley war jede ein einzigartiges Meisterwerk, aber wir blätterten so in dem Buch, wie wir durch die weißen Straßen gingen. Jung und gleichgültig.

»Er sah durch den Schnee hindurch«, fuhr Signor Marinello fort, »und er sah kleine Wunder an Schönheit. So nannte er seine Schneekristalle.«

Wir gaben still und leise die Hoffnung auf. Vielleicht hatte es mit dem Mädchen zu tun, das vor Kurzem in unser Dorf gezogen war. Es gab keinen direkten Zusammenhang, und doch fiel das Ende unserer Suche nach dem Ur-Eismacher von Cadore nicht rein zufällig mit unserer ersten Verliebtheit zusammen.

Wir hatten sie im Schneegestöber gesehen. Sie hatte den Kopf in den Nacken gelegt und den Mund weit geöffnet. Sie musste längst gemerkt haben, dass wir sie anstarrten, denn plötzlich sagte sie: »Lustig, dass ihr euch an der Hand haltet.« Danach war sie weitergegangen und im Gewirr aus Schnee verschwunden.

Luca hatte mit einem Ruck seine Hand weggezogen.

Erst ein paar Tage später begegneten wir ihr wieder, und dann sahen wir auch, wie lang ihre Zunge war. Sie konnte damit mühelos ihre Nasenspitze berühren.

»Könnt ihr das nicht?«, fragte sie überrascht. Sie hatte graugrüne Augen.

Luca versuchte es zuerst, dann ich. Aber es gelang keinem von uns.

»Noch mal«, sagte sie und zog, ohne zu fragen, Lucas Nasenspitze abwärts. »Jetzt geht es fast«, stellte sie fest. »Fehlt nur noch ein Millimeter.«

Dann war ich an der Reihe. Ich spürte ihre kalten Finger an den Nasenflügeln und streckte die Zunge möglichst weit heraus. Sie zog so stark, wie sie konnte. Es tat weh. Auch Luca musste es wehgetan haben, aber er hatte keinen Laut von sich gegeben.

Sie schüttelte den Kopf. »Bei dir klappt es auch nicht.«

»Ich bin Sophia«, fügte sie dann hinzu.

Wir stellten uns vor und sagten ihr, wo wir wohnten. Sie kam aus dem Süden, aus Modena. Ihre Eltern waren keine Eismacher, ihr Vater hatte gerade die Leitung einer der Brillenfabriken in unserer Gegend übernommen.

»Ich kann zwei Schneeflocken gleichzeitig auffangen.«

Wir sahen ihre lange, schmale rosa Zunge, die in der kalten Luft zu schweben schien, und die Meisterwerke, die darauf landeten. Wir hielten den Atem an.

Als wir an diesem Abend in unseren Betten lagen, fragte Luca: »Woran denkst du?«

Ich hatte an Sophias Zunge gedacht, sagte aber: »An eine neue Sprungschanze für den Schlitten.«

»Ich auch.«

Sie war dreizehn, ein Jahr jünger als ich, ein Jahr älter als Luca. Bisher galt die stillschweigende Abmachung, dass Jungen in seinem Alter seine und die in meinem Alter meine Freunde waren. Da Sophia altersmäßig zwischen uns lag, stellte sich nun die Frage, zu wem sie gehörte.

Am nächsten Morgen klingelten wir bei ihr. Ihre Mutter öffnete die Tür. Sie hatte wie ihre Tochter blondes Haar und einen breiten Mund, aber auch lange, glatte, gebräunte Beine unter ihrem kurzen gelben Morgenrock. Wir waren noch zu jung, um diesen Anblick voll zu würdigen, wie auch den ihres Hinterns, den sie in einen engen Rock hüllte, wenn sie das Haus verließ. Die Männer im Dorf waren nicht zu jung, trauten aber zunächst kaum ihren Augen. Eine Sinnestäuschung, eine Frau, die mitten im Winter den Sommer brachte. Alle fragten sich, was sie hier machte, diese großstädtische Schönheit. Das Gleiche galt für ihre Tochter. Sie stellte unsere Welt auf den Kopf.

Luca, der sonst so gesprächig war, brachte kein Wort heraus. Ich musste das Reden übernehmen.

»Wir haben einen Schlitten«, sagte ich. »Hast du Lust mitzukommen?«

»Ich will erst noch drin bleiben«, antwortete Sophia.

»Gut.«

Wir blieben also noch drin, aber uns fiel nichts ein, was wir hätten spielen können.

»Ihr könnt ruhig eure Jacken ausziehen«, sagte Sophia nach einer Weile.

Ihre Mutter brachte uns Tee und zog sich danach um, denn als sie kurz darauf wieder das Wohnzimmer betrat, trug sie ein violettes Kleid mit Blumen. Auf dem Kleid war Juli, und die Sonne stand hoch am Himmel. Sophia lächelte, als sie ihre Mutter anschaute.

Wir hatten in der Zwischenzeit nichts gesagt, sondern nur abwechselnd einen Schluck von dem heißen Tee getrunken.

Schließlich fragte Sophia: »Wer von euch will mein Haar bürsten?«

Und plötzlich war es Luca, der blitzschnell reagierte.

Er bekam die Bürste gereicht und nahm sich Sophias blonder Haarpracht an. Sie glänzte wie die Aureolen der Heiligenbilder in der Kirche. Unsere Mutter hatte dichtes schwarzes Haar mit einem bläulichen Schimmer. Früher hatten wir es ziemlich oft gebürstet und wussten deshalb, welche Bewegungen man machen musste und wie man Verfilzungen auflöste, ohne dass es wehtat. Trotzdem verzog Sophia manchmal das Gesicht, aber das konnte auch gespielt sein. Vielleicht wollte sie nur nicht zeigen, wie sehr sie das Bürsten genoss. Bei meiner Mutter hatte ich immer die eine Hälfte gebürstet und Luca die andere, aber er gab die Bürste nicht aus der Hand.

»Hast du noch geübt?«, fragte mich Sophia.

Ich wusste nicht, was sie meinte. Sie streckte die Zunge heraus und berührte wieder mit der Spitze ihre Nase.

Ich schüttelte den Kopf. »Bringt es denn was, wenn man übt?«

»Bei meinem Vater hat es was gebracht«, antwortete sie, »er kann's jetzt.«

Wir hatten ihren Vater noch nicht gesehen. Beim Essen am Küchentisch hatten wir gehört, dass er Direktor einer der größeren Brillenfabriken war. »Sie haben ihn eingestellt, um den Chinesen einen Schritt voraus zu bleiben«, hatte mein Vater erklärt. »Um sie fertigzumachen.«

»Au«, sagte Sophia mit einem Lächeln.

Sie war noch schöner als vorher. Luca legte die Bürste auf den Tisch.

»Und jetzt?«

Ich betrachtete die Bürste, in der ein kleines Knäuel goldener Haare hängen geblieben war. Ich musste mich beherrschen, um sie nicht herauszuzupfen und in die Tasche zu stecken.

Da Luca es nicht sagte, sagte ich es: »Jetzt gehen wir raus.«

Wir passten nicht zu dritt in den Kokon des Schlittens, weshalb Luca und ich abwechselnd mit Sophia den Hang hinunterrasten. Ich wusste nicht, ob Luca etwas sagte, wenn er mit ihr allein war, ob er sie festhielt und wie groß oder klein der Abstand zwischen seinem Mund und ihren Wangen war, wenn sie nach einem Sturz im Schnee lagen. Ich wusste nur, was geschah, wenn ich mit ihr auf den weißen Wiesen abwärts sauste und über Buckel sprang. Ich hatte ihre Haare im Mund, als wir aus der Kurve geflogen waren, sie zog sie mit Daumen und Zeigefinger heraus. Ihr Blick wanderte von meinen Lippen zu meinen Augen und wieder zurück. Ich hatte nicht geahnt, wie lang ein einziger Moment sein kann.

An jenem Abend lagen wir wieder wach.

»Woran denkst du?«, fragte Luca.

Jeder Gedanke an etwas anderes als sie schien sich sofort aufzulösen und die Form eines Mädchengesichts anzunehmen. »An Signor Zampieri«, log ich. »An seine Kekse.«

»Ich denke an Sophia.«

Es blieb einen Augenblick still.

»Ich denke an ihr Haar, ich möchte es wieder bürsten.«

Mein Bruder hatte sich entschlossen, ehrlich zu sein, wir waren es gewohnt, einander alles zu erzählen. Er schüttete mir sein Herz aus, während meines verschlossen blieb.

»Du bist verliebt«, stellte ich fest.

»Du nicht?«, fragte er in einem Ton, als könne er sich das nicht vorstellen.

»Nein«, antwortete ich, konnte es mir aber auch nicht vorstellen. Deshalb ging ich noch einen Schritt weiter, damit es kein Zurück mehr gab. »Du kannst sie haben.«

Luca schwieg. Erst nach einer ganzen Weile sagte er: »Du musst mir helfen. Ich weiß nicht, was ich machen soll.«

»Ich helfe dir«, versprach ich. Schließlich war ich sein großer Bruder, der ihm immer helfen würde.

Das bedeutete, dass ich ihn jedes Mal zu ihr begleiten musste. Ich erklärte ihm, es wäre besser, wenn ich zu Hause bleiben und er allein zu ihr gehen würde, aber er traute sich nicht.

»Dann musst du aber mit ihr reden«, sagte ich.

»Was soll ich denn sagen?«

»Was weiß ich. Sag doch, dass du von ihr geträumt hast.«

Aber er beherrschte die Sprache der Liebe nicht.

Zum Glück war es nicht so schlimm wie bei unserem Urgroßvater, der vor der Liebe geflohen war. Wenn Luca Sophia sah, sagte er: »Hallo.« Und wenn er ging: »*Ciao*.« Oder: »Bis bald.« Doch dazwischen blieb er schauderhaft still, weshalb ich dafür sorgen musste, dass wir nicht für zwei kontaktunfähige Idioten gehalten wurden.

Sophia machte es uns nicht leicht. Als sie eines Morgens wieder Schneeflocken auffing, fragte sie: »Schmeckt ihr beide auch gleich?«

Sie blieb einfach stehen, den Kopf in den Nacken gelegt, und wartete auf eine Antwort, während hin und wieder eine Flocke auf ihre Zunge herabwirbelte.

»Und?«, fragte sie nach einer Weile und schaute uns an, zuerst Luca, dann mich. Sie kam einen Schritt auf uns zu, und noch einen. Ich wusste, dass ich jetzt etwas sagen musste.

»Ich schmecke nach Brokkoli«, behauptete ich, »und Luca nach Erdbeer-Bavarois.«

»Brokkoli ist mein Lieblingsgemüse«, antwortete Sophia sofort, »aber Nachtisch mit Erdbeergeschmack mag ich auch sehr gern.«

Das Zweite hatte Luca entweder schon nicht mehr gehört, oder er empfand es als Trostpreis, denn als wir am Abend in unseren Betten lagen, gab er sich keine Mühe, seine Wut zu verbergen.

»Du hättest sagen müssen, dass du nach Pferdepisse schmeckst.«

»Wer schmeckt denn schon nach Pferdepisse?«

»Und wer schmeckt nach Brokkoli?!«

Natürlich wusste ich genauso wenig über die Liebe wie Luca, aber wenigstens war ich nicht schüchtern oder ängstlich. Damit fing es an. Vielleicht sah sie ja seine lähmende Verliebtheit, aber sie sah auch etwas anderes, sie sah, wie ich all meine Liebe zu verschlucken, in meinem Inneren zu verbergen suchte.

Luca und ich spielten beide eine absurde Variante des alten Ich-bin-nicht-verliebt-Spiels, und irgendwann konnte ein Dritter mit unserer Beute das Weite suchen. Doch dazu kam es nicht, es trat nie ein Dritter in Erscheinung.

Abends schlüpfte ich in die Rolle des Cyrano de Bergerac und flüsterte Luca ein, was er zu ihr sagen könnte.

»Sag ihr, du wüsstest gerne, wonach *sie* schmeckt.«

»Sag ihr, du möchtest ihre Nasenspitze mit deiner Zunge berühren.«

»Sag ihr, du wärst gern eine Schneeflocke auf ihrer Zunge.«

Aber er sagte es nicht.

»Sag ihr, du willst den Rest deines Lebens ihr Haar bürsten.«

»Sag, dass du den Atem nicht mehr anhalten kannst, dass du ohne ihre Liebe erstickst und stirbst.«

Er sagte keinen Ton.

Ich weiß ja auch nicht, was geschehen wäre, wenn er all das wirklich gesagt hätte. Es heißt, Liebe sei eine chemische Reaktion im Gehirn, doch ich empfinde sie eher als einen vollkommen unlogischen Mechanismus. Gibt man sich zu viel Mühe, stößt man den anderen ab. Tut man nichts, kann es sein, dass der andere einen will, aber auch, dass man gar nicht bemerkt wird. Was wissen wir schon darüber, wie das Herz funktioniert? Wie man es schneller schlagen lassen, wie man es erobern und für immer behalten kann?

An dem Tag, als es zu schneien aufhörte, verkündete Sophia plötzlich: »Meine Mutter sagt, ihr seid in mich verliebt.«

Wir saßen bei ihr zu Hause im Wohnzimmer und nippten an unserem Tee. Es waren sehr kleine Schlucke, trotzdem verschluckte sich Luca.

»Sie sagt, ich muss mich entscheiden.« Sophia blickte uns abwechselnd an. Ich fühlte mich nicht gerade wohl in meiner Haut, erwiderte aber ihren Blick. Luca hustete und prustete, er hatte Tränen in den Augen.

Ich beschloss, ihm auf den Rücken zu klopfen. Nach ein paar Schlägen ging es ihm besser, und wir saßen wieder still vor unseren Gläsern, als wäre nichts geschehen.

Ich wartete noch eine Weile, alle drei nippten wir zweimal an unserem Tee, und dann sagte ich: »Ich bin nicht in dich verliebt.«

Und was sagte mein Bruder? Der Trottel, der Tölpel, der Sprachlose sagte: »Ich auch nicht.«

Da konnte auch Sophia nicht mehr zurückstehen: »Ich bin auch nicht in euch verliebt.«

Ich hätte mein Glas in einem Zug leer trinken, die Jacke anziehen und die beiden allein lassen sollen, zu zweit allein in dem großen Wohnzimmer. Aber ich befürchtete, dass Sophia mir folgen würde, und wenn sie das nicht tat, würde bestimmt Luca sein Glas leer trinken und hinter mir herrennen.

Und so blieben wir zu dritt sitzen und tranken den Kräutertee, den Sophias Mutter für uns aufgebrüht hatte. Und ich war derjenige, der schließlich fragte: »Sollen wir rausgehen?«

Eine dünne Wolkenschicht bedeckte den Himmel, ein Schleier, den die Sonne zu zerreißen versuchte. Es fielen keine Flocken mehr.

Sophia bückte sich, raffte mit beiden Händen Schnee zusammen und warf ihn in die Luft. Es war wie dichtes Schneegestöber. Wir folgten ihrem Beispiel.

Natürlich öffnete Sophia den Mund und versuchte, mit der Zunge die wirbelnden Flocken aufzufangen. Der Schnee landete aber auch in ihrem Haar und ihrem Kragen. Schnell entwickelte sich eine Schneeballschlacht, allerdings nahmen wir uns zu wenig Zeit für das Formen der Bälle, die sich schon im Flug in immer größere Wolken auflösten. Zuerst bewarf Luca nur mich und ich nur ihn, während Sophia auf uns beide zielte, doch irgendwann warfen wir zurück, gleichzeitig, und sie wurde reichlich mit Schnee eingedeckt. Sehr viel davon fand den Weg in ihren Kragen, sie musste das kalte Nass zwischen den Schulterblättern spüren, an den Armen, auf ihren Brüsten, die noch aufgehen mussten, auf dem Bauch. Fast überall. Ich warf und raffte Schnee und überschüttete Sophia damit.

Sie bat um Gnade. »Stopp!«, rief sie. »Hört auf!«

Aber ich machte weiter. Am liebsten hätte ich gerufen: Du musst dich entscheiden. Für einen von uns. Jetzt!

Dann fiel sie hin und wurde auch noch voll am Kopf getroffen. Von einem Schneeball, den ich geworfen hatte. Doch sie gab nicht auf, raffte mit ihren kleinen Händen so viel Schnee zusammen, wie sie konnte, und schleuderte ihn mit aller Kraft in meine Richtung.

Es war fröhlicher Schnee und hastender Schnee, es war männlicher und weiblicher Schnee und auch der Schnee von einst, der gleiche Schnee, durch den der Großvater von Signor Marinello gestapft war, der gleiche, in dem mein Großvater gestanden hatte und mein Urgroßvater. Es war eine Wolke, die von der fernen Vergangenheit bis in die Zukunft reichte. Bis heute. Erst heute sehe ich auch, dass keine zwei Schneeflocken gleich sind, wie Maura Dooley es in ihrem Gedicht von den Eisblumen sagt, und erst heute kann ich durch den Schnee hindurchschauen und endlich das Wunder sehen.

Luca warf einen Schneeball nach mir, einen Ball, für den er sich Zeit genommen hatte, steinhart, unerwartet, wie ein Schlag ins Gesicht. Die Kälte explodierte an meiner Stirn und kroch an meinem Gesicht und Hals hinunter bis auf meine Brust, und dann fühlte ich den Verrat. Luca schlug sich auf Sophias Seite, er beschützte sie. Er warf noch einmal, einen Ball, der sich in einen Nebel auflöste und mir für einen kurzen Moment die Sicht nahm. Es war das Wunder, dessen ich mir damals nicht bewusst war; ein unbegreiflicher Mechanismus war in Gang gesetzt worden. Luca hatte nicht zu viel getan und nicht zu wenig. Er hatte genau das Richtige getan.

Ich wankte und fiel und wurde mit Schnee überhäuft. Von vier Händen gleichzeitig. Schnee in den Augen, Schnee im Mund, Schnee in der Nase.

Ich begriff nicht, was geschah, und sollte es noch lange nicht begreifen. Aber heute weiß ich, dass der Schneeball, der für mich aus dem Nichts kam, die Entscheidung brachte. Mein Bruder hätte sein Ziel nicht anders erreichen können, es war für ihn die einzige Möglichkeit. Ohne Worte, ohne sanfte Gesten. Ein Schlag, so hart, dass ich zu Boden ging.

Jahre später, als ich dem Eiscafé den Rücken gekehrt hatte, bekam mein Bruder Sophia, wurde sie seine Frau. Aber schon damals war die Entscheidung gefallen, damals im Schnee, als ich auf dem Boden lag und die letzten Flocken still und sacht und langsam auf mich herabrieselten.

In Amsterdam

Nach meinem Studium unternahm ich einen Anlauf zur Promotion, verbrachte aber meine Zeit lieber in Kneipen, unter Schriftstellern, Journalisten und Lektoren. In dichtem Zigarettenrauch und im Lärm alkoholgeschwängerter Gespräche bekam ich das Angebot, für einen Verlag zu arbeiten. Eigentlich war es eher eine Aufforderung als ein Angebot, doch solche Unterschiede verschwammen am Ende des Abends. Der Verkünder der Botschaft war ein kleiner Mann, der einen Bierkelch mit weiter Öffnung in der Hand hielt. Seine Augen waren kaum zu sehen, weil er sie zusammenkniff, als könne er das Licht nicht ertragen. In Wirklichkeit gehörte das einfach zum freigebigen Lächeln dieses Robert Berendsen, der neben der Literatur auch das Leben grenzenlos liebte.

»Komm morgen mal vorbei«, sagte er. »Ich suche einen Lektor für Lyrik.«

Wie an allen anderen Abenden drehte sich das Gespräch um Bücher und Schriftsteller. Jemand hatte den ersten Gedichtband von K. Michel erwähnt, *Ja! Nackt wie die Steine*, der ein paar Tage vorher erschienen war.

Es gab Dichter, die Michels Lyrik als bloßen Krawall empfanden. »Zu viele Ausrufezeichen«, rief jemand, »ich hab irgendwann aufgehört zu zählen.«

Andere meinten, es sei ein sensationelles Debüt mit einem völlig neuen Ton. »Ich habe so etwas noch nie gelesen«, sagte ein Kritiker. »Es ist frivol und frisch und zugleich tiefgründig.«

»Für mich ist das keine Poesie«, warf jemand anders ein.

Diese Bemerkung bekam man praktisch jede Woche einmal zu hören, und nur selten antwortete jemand darauf. Manche Leute erwarteten von Poesie das Gleiche wie von Leitungswasser, sie sollte vor allem klar sein. Trotzdem waren die Kneipengespräche fast immer interessant, allein schon, weil jeder eine andere Meinung über einen bestimmten Dichter oder Gedichtband hatte. Und weil viel getrunken wurde. Die Diskussionen konnten ziemlich hitzig werden. Hin und wieder redete man sich so in Rage, dass der Streit in wüstes Geschimpfe ausartete und der Barmann eingriff. »Raus«, sagte er dann, »prügelt euch draußen.«

Während des Studiums hatten wir uns vor allem mit Autoren beschäftigt, die schon unter der Erde und unter unzähligen Schichten Literaturgeschichte und Literaturkritik lagen. Wir sollten uns zwar unsere eigene Meinung bilden, fühlten uns aber nicht frei. Jetzt standen wir mitten im literarischen Leben, diskutierten in Rauch und Lärm, während ein paar Häuser weiter Lyrik geschrieben wurde, und konnten über sie sagen, was noch keiner gesagt hatte.

Eine junge Frau meldete sich zu Wort. »Ich mag dieses Staunen bei Michel«, sagte sie. »Diese völlig andere Art, normale Dinge zu sehen.«

Es drängte mich, das zu relativieren. Ich fand Michels Gedichte zwar außerordentlich stark, aber Sprache und Form waren nicht neu.

»Diesen fremden Blick«, erwiderte ich, »den hat doch auch die *Martian Poetry*, oder nicht? Und die ist schon vor zehn Jahren entstanden.« Es war eine Strömung, die Ende der Siebzigerjahre in England von sich reden machte, mit Craig Raine und Christopher Reid als Pionieren. In ihren Gedichten sahen sie unsere vertraute Welt, wie ein Wesen vom Mars sie sehen könnte. *In homes, a haunted apparatus sleeps, / that snores when you pick it up.*

»Ich fand es vor allem wohltuend, mal Gedichte zu lesen, die ausnahmsweise nicht von einem Melancholiker geschrieben wurden.«

Robert Berendsen nickte. »Weg mit der Wehmut!«

Wir bestellten noch eine Runde Bier.

»Auf die Dichter vom Mars«, sagte jemand.

K. Michel sollte im folgenden Jahr für den C.-Buddingh'-Preis nominiert werden, der für das beste Lyrik-Debüt vergeben wird, ging aber leer aus. Was nichts daran änderte, dass er einen grandiosen Start hingelegt hatte. Er hatte die niederländische Literatur wachgerüttelt, jedenfalls einen Teil davon, das Kostbarste, die Poesie. Seine Gedichte öffneten vielen eine Tür zu einer anderen Welt, junge Dichter versuchten, die Dinge um sie herum mit noch mehr Verwunderung zu sehen. Man experimentierte, schrie, halluzinierte. Und in dieser Zeit, die vor Neuerungsdrang vibrierte, wurde ich Lektor bei einem Verlag, der auf eine mehr als hundertjährige Tradition zurückblicken konnte.

»Komm morgen mal vorbei.« Es klang ein wenig nach einer dieser Versprechungen, die ihre Gültigkeit schon verlieren, sobald man die Kneipe verlässt, aber als ich am nächsten Tag die kleine Vortreppe des vornehmen Grachtenhauses hinaufgestiegen war und eintrat, wurde ich vom Verleger herzlich empfangen. Robert Berendsen schien die Augen noch mehr zusammenzukneifen. Ich konnte in der nächsten Woche anfangen.

Im Eiscafé teilte ich die Neuigkeit meinen Eltern mit. Wir saßen am Esstisch im ersten Stock, mein Bruder war unten und brühte Kaffee für die ersten Gäste. »Ich habe eine Stelle«, verkündete ich, »nächste Woche fange ich als Lektor für Lyrik in einem Verlag an.«

»Und deine Doktorarbeit?«, fragte meine Mutter.

Ich hatte diese Frage schon erwartet, aber keine wirkliche Antwort darauf, weil ich selbst nicht wusste, wie es mit mir und den anonymen Dichtern weitergehen sollte. »Ich will arbeiten«, sagte ich. »Diese Chance kann ich mir nicht entgehen lassen.«

»Er sagt, er will arbeiten«, rief mein Vater aus. »Er kann es kaum erwarten anzufangen. Gut, weißt du was? Es ist August, nimm eine *spatola* und fang an zu arbeiten. Dann ruhe ich mich mal eine Stunde aus.«

Er stand auf und ging zur Tür, die zum Flachdach über der Küche führt. Dort stand ein Liegestuhl, auf dem mein Vater seinen müden Körper ausstreckte. Wir hörten das Knirschen der Rohre unter dem gestrafften Stoff. Erst viel später, als mein Vater aufgehört hatte zu arbeiten, sollte er über seine tausend Schmerzen klagen, im Rücken, in den Beinen, in den Händen. Überall tat ihm etwas weh, sogar in der Leistengegend und im Kiefer. Sein Leben lang hatte er gegen die Schmerzen gekämpft, hatte sich nicht von ihnen kleinkriegen lassen, sondern weitergemacht. Bücken, Tragen, Entkernen, Stampfen, Pürieren, Pressen, Servieren, zahllose Kilometer von der Theke zu den Tischen auf der Terrasse und zurück. Er hatte keine Zeit gehabt zu leiden.

»Er kann sich nur schwer damit abfinden«, sagte meine Mutter nach einer Weile. »Immer noch.«

Ich ging ins Eiscafé hinunter. Mein Bruder stand an der Vitrine und bediente einen kleinen Jungen mit kurzem borstigem Haar. Eine kurze Schlange hatte sich gebildet, Kinder mit ihren Eltern. Es war ein warmer Morgen.

Ich band mir eine Schürze um und stellte mich neben Luca. »Hallo«, sagte ich, und als keine Antwort kam: »Ich helfe euch.«

Luca nickte, auch vor einer halben Stunde, als ich eingetreten war, hatte er nur genickt.

»Ich habe eine Stelle«, berichtete ich, während ich einen Becher mit Vanille- und Erdbeereis füllte.

Er sagte nicht »gratuliere«, er sagte überhaupt nichts. Er schaute mich an, als käme ich vom Mars.

In den Jahren danach gab sich Luca die größte Mühe, so wenig wie irgend möglich mit mir zu sprechen. Wie er damals fast nichts zu Sophia gesagt hatte, so blieb er jetzt mir gegenüber einsilbig. Nur wenn ich einmal eine Mitteilung oder Frage wiederholte, sagte er: »Ich hab's gehört.« Das sollte eine Antwort sein, war es aber nicht. Manchmal hätte ich ihn am liebsten mit der *spatola* geschlagen.

Mein Vater sprach mit mir, aber in allem, was er sagte, schwang laut die Hoffnung mit, dass ich mich eines Tages wieder zum Eis bekehren würde. Ich war vom Weg abgekommen, und ihm kam es zu, mich zu der Einsicht zu bringen, dass ich die falsche Entscheidung getroffen hatte. Für ein Leben ohne das Eiscafé, ohne Familie. Eine Entscheidung, die ich früher oder später bereuen würde.

»Hörst du die Musik?«, fragte er. »Das ist Rino Gaetano.«

Es war nach Mitternacht; die Terrassenstühle waren aufgestapelt, die Türen geschlossen. Mein Vater hatte die Stereoanlage angestellt, was er nur tat, wenn es ein guter Tag gewesen war. Ein guter Tag für einen Eismacher ist ein Tag, an dem es brütend heiß ist und er wie ein Pferd schuften muss.

Ich kannte das Lied. »Ma il cielo è sempre più blu.« »Aber der Himmel ist immer blauer« – ein wunderbares Lied, wenn man es hörte, musste man einfach mitsingen. Schon als Kinder hatten wir oft mitgegrölt, ohne alle Einzelheiten zu verstehen.

Mein Vater fing an: »*Wer in einer Baracke lebt, wer für seinen Lohn schwitzt / wer die Liebe liebt und die Träume vom Ruhm*«. Luca stimmte ein: »*Wer*

Pensionsgelder raubt, wer ein kurzes Gedächtnis hat / wer einmal am Tag isst, wer auf Zielscheiben schießt …«

Ich fühlte mich ausgeschlossen. Es war ein Protestlied, geschrieben für Menschen, die litten, jeden Tag. Nicht für mich, nicht für jemanden, dem ein Job in den Schoß fiel, der einen Sommer hatte, der mit engelhaften jungen Frauen ins Bett ging und bis mittags ausschlief. Aber als Gaetano immer lauter sang, als der Refrain anschwoll, musste auch ich mitsingen: »*Ma il cielo è sempre piú blu uh uh, uh uh / ma il cielo è sempre piú blu uh uh, uh uh, uh uh …*«

Meiner Mutter traten die Tränen in die Augen, als sie uns singen und brüllen hörte. Mit ebenso viel Kraft wie Gaetano, der in Crotone zur Welt gekommen war, einer Provinzstadt am Ionischen Meer, dann ins große Rom gezogen war, dort immense Erfolge gefeiert hatte, zu einem Nationalhelden geworden und mit dreißig bei einem Autounfall gestorben war. Das Leben ist ungerecht, aber der Himmel ist blau, immer blauer.

Vielleicht waren es die Verse in der Mitte, die mein Vater am meisten liebte, jedenfalls sang er sie aus voller Brust, mit einem Ausrufezeichen hinter jedem Relativsatz:

wer Heimweh hat, wer allein ist
wer wenig verdient, wer mit dem Feuer spielt
wer in Kalabrien wohnt, wer von der Liebe lebt
wer im Krieg gekämpft hat, wer kaum
durchkommt
wer bald achtzig wird, wer bei der Arbeit stirbt …

Mein Vater verdiente nicht wenig, lebte nicht in Kalabrien und hatte nicht im Krieg gekämpft, aber er starb bei der Arbeit. Nicht im Wortsinn, aber sie brachte ihn ganz allmählich um, das war für ihn das Wesentliche an diesem Lied, an seinem Leben.

Als es zu Ende war und wir drei synchron nach Luft schnappten, sagte mein Vater: »Das ist wahre Poesie.«

Immer ein Seitenhieb.

Und das Nachtreten: »Rino Gaetano ist der größte Dichter der Welt.«

Die Fortsetzung hätte lauten können: »Nicht Shelley, nicht Szymborska, nicht Kaváfis, nicht Atwood«, aber die Namen all der Dichter »mit ihren komplizierten Wörtern und unverständlichen Sätzen« kannte er nicht.

Für meinen Vater gab es nur *einen* Dichter, der sich einen Weg in seine Brust zu bahnen und seine unsichtbare Seele aufzuspüren vermochte, und das war Rino Gaetano. Der junge Mann aus Crotone hielt sich selbst eher für einen Dichter als für einen Sänger. Als er im Plattenstudio sein erstes Album ablieferte, hat er angeblich gesagt, man solle jemanden suchen, der seine Lieder singen könne. Seine eigene Stimme fand er nicht gut genug, zu rau, zu roh. Man musste ihn in den Aufnahmeraum schieben.

Meiner Ansicht nach kann man beides sein, Dichter und Sänger. Barde. Wie der, von dem der Zorn des Achill besungen wurde, oder jener andere, der uns das Lied von Mr. Tambourine Man geschenkt hat. Ich habe Bob Dylan mehrmals zum World Poetry Festival eingeladen, wurde aber nie einer Antwort für würdig befunden. Vielleicht wartet er auf den Literatur-Nobelpreis. Früher teilte sich die Welt in Gefangene und Bewacher, heute in diejenigen, die ihm den Nobelpreis gönnen würden, und die anderen, die schon die bloße Vorstellung empörend finden.

Ich schlief in jener Nacht in Rotterdam im Dachgeschoss bei meinem Bruder. Er stellte sich schlafend, aber ich konnte an seinem Atem hören, dass er wach war. Ich wartete auf die Frage, die er in unserer Jugend oft gestellt hatte, ich hoffte, er würde fragen, woran ich dachte.

Ich dachte an ihn, oder eigentlich an uns. An das Schweigen zwischen uns.

»Denkst du an Sophia?«, fragte ich nach einiger Zeit.

Es kam keine Antwort.

»Ich hab gefragt, ob du an Sophia denkst.«

Im vergangenen Winter war ich nicht in Venas gewesen, weil ich mir vorgenommen hatte, doch wieder an meiner Dissertation zu arbeiten. Es war das erste Mal, dass ich nicht nach Italien mitgefahren war. Im Winter davor hatte ich mit meinem Bruder im Wald eine Fichte gefällt, wir hatten zusammen Weihnachten gefeiert und mit Sophia bis spät in die Nacht in der Bar Posta Bier und Wein getrunken. Sie saß zwischen uns auf der Eckbank, und wir spielten Uno. Der Vorteil vieler Kartenspiele ist, dass man nicht viel dabei reden muss. Luca tat so, als würde er um einen astronomischen Betrag spielen, zehn Millionen Lire. Er konzentrierte sich auf seine Karten und schwieg wie ein Poker-Profi.

Ich sah, dass er sein rechtes Bein an Sophias linkes Bein drückte. Kurz danach spürte ich ihr rechtes Bein an meinem linken.

Er ließ sie gewinnen, aber nur ich als sein Bruder durchschaute das. Wenn wir zu Hause in der warmen Küche Uno spielten, nahmen mein Vater und Luca das Spiel todernst. Sie waren beide schlechte Verlierer, schlugen wütend auf den Tisch oder riefen: »Ihr schummelt! Ihr steckt unter einer Decke!«

»Ihr«, das waren immer meine Mutter und ich. Es gab zwei Parteien in unserer Familie.

Irgendwann wurde es mir zu viel, das Schweigen, die Heuchelei.

»Du lässt sie gewinnen«, sagte ich und legte meine Karten hin. »So macht es keinen Spaß mehr.«

Mein Bruder sagte nichts, natürlich sagte er nichts.

Sophia drehte meine Karten um. »Damit hättest du nie gewinnen können«, erklärte sie und blickte mich an, ohne auch nur einmal die Lider zu senken. »Du bist einfach ein schlechter Verlierer.«

Manchmal schien es auch in der Bar Posta zwei Parteien zu geben, dann war ich ihr gemeinsamer Gegner. Es kam aber auch vor, dass Sophia sich freute, wenn Luca Pech hatte, oder dass sie mich aufforderte, eine Zieh-Zwei-Karte gegen ihn auszuspielen. Der Schneeball war geworfen worden, ich war zu Boden gegangen, aber noch nicht endgültig abserviert.

»Sollen wir weiterspielen?«

»Ja«, antwortete Luca, der Leisetreter.

Die Karten wurden erneut gemischt und verteilt. Diesmal gewann ich. Ich empfand es als Rache.

Wir spielten, bis die letzte Runde angekündigt wurde. Danach konnten wir noch eine halbe Stunde bleiben.

»Erzähl was von Amsterdam«, sagte Sophia. Das tat sie immer am Ende eines Abends. Ich hatte schon von den verrauchten Kneipen voller Schriftsteller und von Partys nach Eröffnungsabenden und Buchpräsentationen erzählt, aber sie wollte immer mehr wissen.

»Du erzählst nicht alles«, behauptete sie. »Du verschweigst uns was.«

»Was denn?«

»Du sprichst nie von Mädchen, von Frauen.«

Luca sagte nichts. Sophia konnte nicht ahnen, dass er nicht mit mir sprach. Er hatte immer geschwiegen, wenn wir zu dritt waren.

»Soll ich von Rosa erzählen?«

Sophia nickte. »Lass mich raten«, sagte sie. »Sie ist groß und blond.«

»Nein.«

»Sie ist klein und hat lange, gelbe Zähne.«

»Nein.«

»Sie ist fünfzehn.«

»Nein.«

»Sie ist fünfzig.«

»Fast.«

Ich war froh, dass Luca sich nicht an seinem Bier verschluckte.

»Sie ist zweiundvierzig«, sagte ich.

»Meine Mutter ist vierundvierzig.«

»Du hast eine junge Mutter«, antwortete ich.

Wir hatten sie erst kürzlich wieder auf der Straße gesehen. Nichts von ihrem Glanz war verloren gegangen, sie leuchtete. Beim Bäcker tratschten die Dorffrauen über sie. Es wurde behauptet, sie betrüge ihren Mann mit dem Dachdecker. Im Sommer habe man sie von einer Wiese kommen sehen, Heu im Haar, und wenige Minuten später sei der starke, ein wenig plumpe Salvatore Grigio ihr gefolgt.

Diese Geschichte ließ das Dorf vor Spannung vibrieren, man verlangte nach mehr.

Luca und ich waren jetzt im richtigen Alter für ihren engen Rock, wir drehten uns um und starrten ihr nach. Ich wollte zu Luca sagen: Sophia ist für dich, ihre Mutter für mich, aber er war schon weitergegangen.

»Ich will alles wissen«, sagte Sophia. Wieder blickte sie mich an, ohne die Lider zu senken.

Alles. Das schloss auch den Gedichtband ein, über den ich mit Rosa gesprochen hatte, und die Frage, die immer in Diskussionen über Lyrik auftaucht, das *to be or not to be* der Poesie. In Martinus Nijhoffs Worten: »Soll ein Dichter schreiben, was wir fühlen, oder sollen wir fühlen, was der Dichter schreibt?« Doch daran war Sophia nicht interessiert. Ich konnte die Poesie überspringen.

»Wie sieht sie aus? Was hatte sie an?«

»Sie trug ein Kleid, und sie hat Brüste, wie jede Frau sie gern einen Tag lang hätte.«

Gegen Sophias Brüste war nichts einzuwenden. Nicht zu groß, nicht zu klein. Birnen, weiß ich heute. Schöne Birnen.

Rosas Brüste waren einfach eine andere Klasse, doppelte Portionen. Aber auch keine Riesenbrüste, die ohne BH zu Wackelpudding werden. Sie blieben fest und rund und saftig, Früchte, die man mit beiden Händen ernten muss.

»Woher wusstest du das?«

»Das wusste ich da noch nicht, aber man konnte es ahnen.«

Sie hatte erigierte Brustwarzen, als wäre in jede Brust eine Mandel eingepflanzt worden. Vielleicht lag es am Durchzug, der jedes Mal entstand, wenn die Tür geöffnet wurde. Es war bei einer Buchvorstellung im Verlag, im repräsentativen Vestibül mit dem Boden aus großen Marmorfliesen und der Holztreppe, die zu den Büros in den oberen Etagen hinaufführt. Am Anfang kamen nur etwa zwanzig Leute, aber im Lauf des Abends wurden es dreimal so viele.

Manchmal spricht man mit jemandem und erwartet nicht, dass etwas geschehen wird, nichts deutet darauf hin, und dann verändert eine Bemerkung alles.

Wir sprachen über *polka dots*. Eine junge Frau,

die lange Zöpfe hatte und ein Kleid voller fröhlicher Punkte trug, war an uns vorbeigegangen.

»Ich liebe Punkte«, sagte ich. »Auch bei Männern, auf Hemden oder Socken.«

»Liebst du denn auch Muttermale?«, fragte Rosa.

Es geschah ganz von selbst, mein Blick schoss zu ihrem Hals, ihren Armen, ihren Brüsten. Kaum geringer als die Geschwindigkeit des Lichts ist die der Pupillen. Ich sah überall Muttermale.

Von der Poesie zu den *polka dots*, von den Muttermalen zum Laken des Bettes, das uns in einem beinah leeren Dachgeschoss erwartete.

Ich durfte mich nicht selbst ausziehen.

»Warte«, sagte sie. »Das will ich machen.« Sie knöpfte mein Hemd auf, ihre Finger waren noch kalt, aber das stört nur Verheiratete. Ich strich mit den Händen über ihre durchscheinende schwarze Strumpfhose und knetete ihren Hintern.

»Langsam«, flüsterte sie.

Es war der Altersunterschied. Gut anderthalb Jahrzehnte. Man sah davon nichts an ihrem Körper, an dieser Haut, die weich und straff zugleich war. Ich wollte sie überall berühren.

»Du hast wundervolle Finger.« Sie war die Erste, die mir das sagte.

»Du hast atemberaubende Brüste.« Ich konnte unmöglich der Erste sein, der ihr das sagte.

Ich streifte ihr die Träger ihres Kleides von den Schultern, aber den BH durfte ich ihr noch nicht ausziehen.

»Warum so eilig?«

»Ich will dich.«

Sie lachte und schaute auf meine Hose, unter deren Stoff sich eine Erektion abzeichnete.

»Du kennst doch sicher den Unterschied zwischen einer Frau und einem Mädchen.«

Ich wusste einen Moment nicht, was ich tun sollte, welches der nächste Schritt war. Vor mir stand eine Frau, deren Brüste ich entblößen wollte, doch für diese Zeremonie war es noch zu früh.

»Küss mich«, flüsterte sie.

Ich küsste ihre Haut, ich küsste jedes Muttermal, das ich finden konnte. Es war eine Spur, die vom Hals zur Achsel und von dort weiter zu ihren Brüsten führte. Sie seufzte leise.

»Ich will sie sehen«, sagte ich.

Sie nahm meine Hand und führte mich zum Bett, ganz ohne Eile. Ich ließ mich auf die Matratze fallen, und erst jetzt hörte ich die Musik im Zimmer. Rosa musste die Anlage eingeschaltet haben, als wir hereingekommen waren. Eine tiefe Männerstimme, begleitet von einem behäbigen Kontrabass, klassischer Soul. Ich blickte mich kurz um. Ich hatte keine Ahnung, wo ich war, an welcher Gracht.

Rosa schlüpfte aus ihren hochhackigen Schuhen und kniete sich über mich. Ihre Finger fanden die Knöpfe meiner Hose, sie öffnete sie mit einer Hand, Knopf für Knopf. Mein Schwanz schnellte hoch. Ich versuchte, mich aufzurichten, wurde aber aufs Bett zurückgedrückt. Sie formte ihren Mund zu einem O und schloss die Lippen um den Stoff meiner Boxershorts.

»O Gott.« Ich zog sie an den Handgelenken zu mir heran, bis ihr Gesicht meinem ganz nah war. Sie hatte rote Wangen, sah ich, und Krähenfüße.

»Was ist?«, fragte sie.

»Nichts.«

»Doch, das sehe ich.«

»Ich finde dich umwerfend.«

Der BH fiel, sie zog ihn selbst aus. Welche Schönheit.

Ich berührte ihre Brüste zuerst nur mit den Fingerspitzen, es war wie ein Sakrileg.

Sie sagte etwas Vulgäres, sehr leise sagte sie es. Es war gerade noch zu verstehen, oder hatte ich es doch falsch verstanden? Ich nahm ihre Brüste in die Hand und näherte meinen Mund einer ihrer Brustwarzen.

Sie sträubte sich nicht mehr, ließ meine Hände überallhin. Ich streifte ihr die Strumpfhose von den Beinen. Ihr Slip war feucht und roch nach ihr. Sie küsste mich wild, ihre Finger legten sich um meinen Schwanz.

»Willst du in meinen Mund?«

Sie begann sehr behutsam, umschloss erst nur die Eichel mit den Lippen, aber als ich fast ganz in ihrem Mund war, durfte ich ihr die Hände auf den Kopf legen und ihre Bewegungen lenken.

Ich erhöhte das Tempo.

Es war zu viel. Ich schloss die Augen.

Sie merkte etwas und hörte abrupt auf. »Du darfst nicht kommen«, sagte sie. »Noch nicht.«

Und dann: »Fick mich.«

Ich glitt von hinten in einer einzigen Bewegung in sie hinein, wie ein Kanu ins Wasser. Sie hatte sich auf den Bauch gelegt, richtete sich aber nach einiger Zeit auf, stützte sich mit den Händen ab und blickte sich um. Ich sah die hauchzarten Fältchen in ihrem Augenwinkel, die tiefer wurden, je mehr sie sich anstrengte. Sie bewegte ihren Po, ihren göttlichen Hintern.

»Mach weiter«, sagte sie.

Diese Einzelheiten habe ich sicher nicht erzählt, aber ich kann mich auch nicht erinnern, wo genau ich den Bericht abgebrochen habe. Ich fragte mich, ob Sophia sich den Rest denken konnte. Luca hatte sein Glas leer getrunken und schaute den Barmann an, der auch nach Hause wollte.

»Könnte ich doch von hier weg«, seufzte Sophia, als wir uns unter dem wundervoll klaren Dezemberhimmel auf den Heimweg machten.

Sie arbeitete in der Brillenfabrik, die ihr Vater leitete, in der Verwaltung. Die Tage waren eintönig, immer dieselben Menschen und immer dieselbe Arbeit. Es passte nicht zu ihrer lebenslustigen Art, zu dieser Frau, die immer noch Schneeflocken auffing und mit der Zunge ihre Nasenspitze berühren konnte. Sie war älter geworden, aber trotzdem noch sehr jung und schöner, als ihre Mutter je gewesen war. Anmutig und unschuldig, mit einem offenen, furchtlosen Blick.

»Weshalb sagst du mir nicht, was dich ärgert?«, fragte ich meinen Bruder. Er antwortete nicht. Natürlich konnte ich es mir denken. Er würde unserem Vater immer ähnlicher werden. Angefangen hatte es mit den Schwielen am Daumen, irgendwann würden die körperlichen Beschwerden kommen, Stiche im Rücken, Schmerzen in den Knien. Er würde immer gebeugter gehen und die Welt mit wachsender Verbitterung sehen, die Welt, die ihn verraten, seiner Ewigkeit ein Grabmal erbaut hatte. Und schließlich würde er anfangen, die Frau zu hassen, die er einmal so sehr geliebt hatte.

Ich überlegte, ob Sophia nach mir gefragt hatte, ob sie mich vielleicht vermisste.

»Hast du sie geküsst?«

Immer noch keine Antwort.

»Na?«

Mein Bruder drehte sich auf die andere Seite.

»Schlaf gut.« Ich zählte bis zwanzig. »Ich hab gesagt: Schlaf gut.«

»Ich hab's gehört.«

In Amsterdam betreute ich die Lyriker unseres Verlags. Sie kamen zu mir ins Büro, und wir sprachen ihre Manuskripte durch. Die Begabtesten brauchte ich nur vorsichtig auf ein weniger gelungenes Gedicht hinzuweisen, eine verdächtige Auster in einem größeren Haufen. Wir redeten über einzelne Wörter, ihre Bedeutungen, das Gewicht, das sie an einer bestimmten Stelle bekamen, ihren Klang. Es waren Gespräche, die sonst niemand führte, als würden wir die Sprache unter dem Mikroskop betrachten. Es gab auch Gedichte, die ich stundenlang gelesen und angestarrt hatte, ohne sagen zu können, worum es darin ging. Wenn ich dann mit dem Autor darüber sprach, kam meistens eine stockende Erklärung, die den Schleier ein klein wenig lüftete, doch manchmal wurde das Rätsel nur noch größer.

»Ich verstehe es selbst auch nicht«, sagte einmal eine Dichterin zu mir.

»Wie, was?«

»Dieses Gedicht, ich verstehe es auch nicht. Oder vielleicht sollte ich sagen: nur zum Teil.«

Ich starrte sie an. Sie meinte es vollkommen ernst.

»Es ist wie ein Traum«, erklärte sie nach einer Weile.

Mir fiel ein Gespräch mit Heiman über T. S. Eliot ein. Eliot habe gesagt: *Manchmal habe ich ein Gedicht geschrieben, und dann verstehe ich es selbst nicht.* Unbezahlbar, dieser Satz, meinte Heiman, damit nähere man sich dem Wesenskern der Poesie. Für Lyrik brauche man mehr Geduld als für Prosa, sie nehme keine Rücksicht auf das Auffassungsvermögen der Leser; so manches Gedicht lege anscheinend gar keinen Wert darauf, gelesen zu werden. »Ein Roman spricht zum Leser«, hatte Heiman gesagt, »der Autor erzählt eine Geschichte. Ein Lyriker spricht vor allem zu sich selbst.« Natürlich gebe es Gedichte, die einen unmittelbar berührten, die wie ein Pfeil ins Herz träfen, trotzdem könne das Verstehen auch dann eine Weile auf sich warten lassen.

Es gebe keine Regeln, kein Rezept. Poesie könne überwältigen, rühren, trösten, schwer sein oder gewichtlos. Und noch viel mehr. Unverständlich und doch brillant.

Im Sommer stand das Schiebefenster offen, und mit der frischen Luft strömten die Geräusche von der Gracht ins Büro. Man konnte Frauen lachen hören. Wenn man ans Fenster trat, sah man sie am Heck eines kleinen Bootes sitzen. Langes blondes Haar und nackte Schultern, das Wasser spiegelte ihre Schönheit. Die ganze Welt war ein Spiegel, alles und jeder sagte ihnen, wie schön sie waren, voller Selbstvertrauen glitten sie vorüber, es war ihre Zeit. Sie gehörten zu einer anderen Kategorie von Frauen als die in den verräucherten Kneipen; unnahbare Frauen waren sie, Frauen, die schon vergeben waren oder dazu bestimmt, einen reichen Anwalt oder Erben mit langem Familiennamen zu heiraten. Wenn ich Frauen wie diese kennenlernte, waren sie schon viele Jahre älter, Ende vierzig, immer noch blond, nur war es nicht mehr ihre Zeit. Sie hatten lange, waagerechte Falten auf der Stirn. Ihre Männer alterten, die Kinder waren aus dem Haus. Manche hatten sich einen Hund zugelegt, einen Foxterrier oder einen Dackel, mit dem sie täglich in den Amsterdamer Stadtwald fuhren. Andere wollten mehr, sie meinten, dass nun sie an der Reihe waren; sie hatten die Kinder großgezogen, während ihre Männer Karriere machten. Man sah sie oft bei Lesungen. Sie trugen teure Schuhe, ihre Beine waren immer noch perfekt, als wären sie balsamiert statt in glänzendes Nylon gehüllt. Manche zwängten sich in ein Korsett. Vielleicht hatten sie schon früher gern gelesen oder waren einmal in ein Buch verliebt gewesen, einen Roman, den sie in ihrem Jugendzimmer verschlungen hatten. Jedenfalls gehörte die Literatur zu den Dingen, mit denen sie sich gern beschäftigten. Sie hatten in der Regel nicht studiert oder ihr Studium nicht abgeschlossen, aber ihrer Ansicht nach besaßen Menschen, die Bücher lasen, eine ebensolche Aura von Bildung wie jeder Akademiker, davon waren sie fest überzeugt.

Eine dieser Frauen war Joan Foks. Sie war nicht mehr verheiratet und trug kein Korsett, gehörte aber diesem speziellen Kreis von gutsituierten lesenden Frauen an. Ihr Mann, ein bekannter Orthopäde, war unerwartet gestorben. Sie musste überirdisch schön gewesen sein, als ich laufen gelernt hatte; als ich sie kennenlernte, sah man, dass ein Äderchen in ihrem Gesicht geplatzt war. Nicht gerade erst, sondern ein paar Monate zuvor. Das Alter kam als Dieb in der Nacht. Robert Berendsen hatte sie zu einem Abendessen in seiner Wohnung eingeladen, zu dem noch fünf weitere Gäste kamen. Seine Frau hatte gekocht, vier Gänge, schon am Vormittag hatte sie angefangen. Im täglichen Leben war sie Anwältin, Teilhaberin einer renommierten, auf Seerecht spezialisierten Kanzlei, aber sie kannte alle wichtigen Autoren aus unserem Programm persönlich. Der Verlag bedeutete ihr viel, manchmal las sie auf Bitten ihres Mannes auch Manuskripte. Im Gegensatz zu vielen Frauen in ihrem Umkreis war sie wirklich unabhängig, und sie wurde beneidet, um ihre Intelligenz ebenso wie um ihren Geschmack in Sachen Mode.

Ich war der Einzige der Anwesenden, der noch nicht bei den Berendsens zu Hause gewesen war. Robert stellte mich als »Poesie-Professor« vor. »Er weiß fast so viel wie ich«, sage er.

Joan Foks und Robert waren sich bei einer Aufführung von Shakespeares *Sommernachtstraum* begegnet. Seine Frau war krank gewesen, und Joan war allein ins Theater gegangen, weil sie keine Lust hatte, herumzutelefonieren, bis sie jemanden fand, der sie begleiten wollte. In der Pause waren sie ins Gespräch gekommen. Sie hatte hinter ihm in der Schlange an der Bar gestanden, aber vor ihm ihr Getränk bekommen.

»*C'est la vie*«, hatte sie geantwortet, als er eine Bemerkung darüber machte.

»Es wäre nett gewesen, hätten Sie für mich mitbestellt.«

»Ich bestelle nie für Männer.«

Es war ein Scherz, in dem sich aber auch ein wenig Ernst verbarg. »Eine fantastische Bearbeitung«, sagte Joan, um das Gespräch in eine andere Richtung zu lenken.

Robert Berendsen berichtete stolz, dass die Übersetzung und Bearbeitung von einem Autor seines Verlags stammten. So kam es, dass sie am nächsten Tag die Treppe zu seinem Büro hinaufstieg. Das Klacken ihrer Absätze war im ganzen Gebäude zu hören.

Sie aßen zusammen zu Mittag, und Robert hörte zu, während sie aus ihrem Leben erzählte. Ihrem Mann war in einem Restaurant plötzlich übel geworden. Er dachte, es läge an der Krebssuppe, aber es war das Herz. Er sackte zusammen und starb zwischen weißen Tischdecken und Gästen in Abendkleidung. Sie werde nie die Frau vergessen, die einfach weitergegessen habe. »Ich sah, wie sie immer wieder die Gabel zum Mund hob«, sagte Joan. »Zugegeben, die Küche war exquisit.«

Robert lächelte. Sie trug eine Seidenbluse an der Grenze zum Durchsichtigen. Ihre Nase war vollkommen gerade wie die der Venus in der Villa Borghese, Canovas Marmorskulptur der ruhenden Venus, für die ihm Pauline Bonaparte, Napoleons Lieblingsschwester, Modell gesessen hatte.

Joan war mehrmals in Rom gewesen und kannte die Skulptur.

»Bin ich der Erste, der die Ähnlichkeit sieht?«

Sie antwortete nicht, jedenfalls ging sie nicht direkt auf Roberts Frage ein. »Man fragt sich, ob sie nackt posiert hat.«

»Was glauben Sie?«, fragte Robert.

»Sie hat überall herumerzählt, im Atelier sei es recht warm gewesen.«

»Das klingt nicht gerade unverdächtig.«

»Sie war eine promiskuitive Frau. Canova hatte sie eigentlich als Diana verewigen wollen, aber sie bestand darauf, als Venus Victrix abgebildet zu werden, mit dem goldenen Apfel in der Hand.«

Im hölzernen Sockel verbarg sich ursprünglich ein Drehmechanismus, sodass Besucher die Skulptur von allen Seiten betrachten konnten, abends bei Kerzenschein. Canova hatte die Oberfläche des Marmors mit Wachs behandelt und ihr so einen glühenden Schimmer verliehen.

»Angeblich hat Pauline die Sache später bereut«, sagte Joan, »und ihren Mann gebeten, die Skulptur zu entfernen. Er kam ihrer Bitte nach und ließ die Venus in einer Holzkiste einlagern.«

»Schade«, war das Einzige, was Robert herausbrachte. In Gedanken war er bei ihrer Haut, von Kerzenlicht beschienen.

Sie selbst habe ihren Mann nie betrogen, behauptete Joan. Sie kenne mindestens vier Fälle von Ehebruch in ihrem Bekanntenkreis, das heißt, vier Frauen, die einen Liebhaber hätten. Das sei nicht in Ordnung. Wenn man heirate, lege man ein Gelöbnis ab, und wenn man so ein Gelöbnis nicht halten könne oder nicht daran glaube, solle man nicht heiraten. Aber vielleicht habe sie leicht reden. Sie habe spät geheiratet, und bis dahin habe es in ihrem Leben viele Männer gegeben. Was allerdings nicht heißen solle, dass sie unkompliziert sei. Sie habe schon bestimmte Normen, Kriterien.

Die Anzüge ihres Mannes hingen immer noch im Kleiderschrank, auch alle Hemden, sorgfältig gebügelt und nach Farben geordnet. Einmal habe er etwas ganz Romantisches getan, er habe ihr einen Flügel geschenkt, auf dem vor langer Zeit Eric Satie gespielt hatte.

»Spielen Sie ein Instrument?«

Robert schüttelte den Kopf. Er hatte in jungen Jahren Hockey gespielt, danach war die Liebe zur Literatur gekommen.

Sie erzählte, dass sie schon früh mit dem Klavierspielen angefangen habe. Die Lehrerin, die ins Haus kam, habe zu Joans Mutter gesagt, dass sie noch nie einem so begabten Kind begegnet sei. Sie selbst habe es gehört und sich gemerkt. Es sei eine strahlende Erinnerung.

»Ich sollte zur Musikhochschule, aber dann kam etwas dazwischen, und ich bin ins Ausland gegangen.«

Sie schwieg, anscheinend fand sie, es sei noch zu früh für eine Lebensbeichte. Vielleicht kam ihr plötzlich eine andere Erinnerung, sah sie ihr jüngeres Selbst auf der Promenade eines französischen Badeortes. Vorgebeugt, eine unbeschreibliche junge Schönheit, die ihr Haar auswrang; eine Kette silberner Tropfen fiel prasselnd auf die heißen Steine, beinahe erwartete sie, dass es zischte.

»Auf jeden Fall«, sagte sie, »war dieser Flügel das Schönste, was ich in meinem Leben geschenkt bekommen habe.«

Es war die Art von Wetter, bei dem man im Restaurant den Mantel vergisst, aber zwischen ihnen geschah weiter nichts, als dass sie sich für den nächsten Tag zum Mittagessen verabredeten. Das geschah bald so oft, dass es auffiel und Robert Berendsen sich gezwungen sah, sie zu sich nach Hause einzuladen. Sie aßen zu dritt zu Abend, allen war ein wenig unbehaglich dabei, und Roberts Frau sagte später im Bett: »Meine Güte, wie schön sie ist.«

Aber jetzt saß Joan als gute Freundin an dem großen Esstisch im Wohnzimmer. Sie sah umwerfend aus, zehn Jahre jünger, als sie tatsächlich war. Das Gespräch drehte sich um die Berufe von Dichtern. Nicht um ihre Berufung, das Heilige, sondern um den schnöden Broterwerb.

»Joost van den Vondel war Strumpfhändler«, sagte einer der Gäste, der Lektor bei einem anderen Verlag war. »Er hatte einen Laden in der Warmoesstraat.«

»Gottfried Benn hat eine Zeit lang als Pathologe gearbeitet«, entgegnete ein anderer, der mehrere Biografien geschrieben hatte.

»Was für Gedichte schreibt so jemand?«

»Wundervolle, verdorbene Gedichte.«

»Rimbaud hat mit Waffen gehandelt«, sagte die junge Begleiterin des Lektors.

»Aber zu der Zeit hatte er schon aufgehört zu schreiben.«

»Ich wusste gar nicht, dass er je aufgehört hat.«

»Mit zwanzig«, erklärte Robert. »Danach ist er nur noch gereist. Europa, Indonesien, Afrika.«

»Kann man aufhören zu dichten?«, fragte der Biograf.

»Borges hat es versucht«, antwortete ich. »Nach einer Pause von dreißig Jahren hat er aber wieder angefangen und noch zehn Gedichtbände veröffentlicht.«

»Da war er schon blind.«

»Beethoven war taub, als er die Neunte komponiert hat.«

»Aber nicht völlig, oder?«

»Doch«, sagte Joan. »Bei der Uraufführung musste man ihn am Schluss in Richtung Publikum drehen, damit er sah, wie es ihm zujubelte.«

Niemand wusste mit Sicherheit, ob Borges am Ende noch etwas sehen konnte.

»Er hat in seinen Erinnerungen gelebt«, meinte Robert. »Seine Gedichte bestehen aus Aufzählungen. Aber sie sind nie ermüdend.«

Seiner Frau fiel etwas ein. »François Villon war ein Dieb.«

»Hat er nicht auch jemanden umgebracht?«

»Ja«, antwortete ich, »aber er wurde begnadigt. Der andere war vermutlich ein Nebenbuhler. Ins Gefängnis kam er wegen Diebstahl.«

»Wenn man reich werden will, sollte man jedenfalls nicht ausgerechnet Lyriker werden«, bemerkte Robert.

»Von Byrons *Corsair* wurden schon am Erscheinungstag zehntausend Exemplare verkauft«, gab der Biograf zu bedenken.

»Das war vor bald zwei Jahrhunderten.«

»Man kann den Nobelpreis bekommen«, sagte der Lektor. »Dann ist man auf einen Schlag Millionär.«

»Und wie viele Lyriker haben den bekommen?«

»Schon der erste Literaturnobelpreisträger war Lyriker, Sully Prudhomme.«

»Es gibt viele: Pablo Neruda, Czesław Miłosz, Joseph Brodsky.«

»Yeats«, ergänzte die junge Frau.

»T. S. Eliot.«

»Salvatore Quasimodo«, sagte ich.

»Wer?«, fragte jemand.

»Ein sehr bedeutender italienischer Dichter.«

»Sagt ein Italiener«, bemerkte Robert lachend.

»Er selbst fand sein Werk besser als das von Shakespeare.«

»Gibt es niederländische Übersetzungen?«, fragte der Biograf.

Robert dachte einen Moment nach. »Keine Ahnung.«

»Seine Frau hat gesagt, der Nobelpreis sei der Anfang vom Ende gewesen«, sagte ich.

»Warum?«, fragte Joan.

»22 Millionen Lire auf einen Schlag«, antwortete ich, »endlich hatten sie Geld, aber Quasimodo warf es buchstäblich zum Fenster hinaus. Natürlich mit anderen Frauen. Das Jahr des Nobelpreises war auch das ihrer Scheidung, 1959.«

»Ich hatte mal ein Verhältnis mit einem Milliardär«, sagte Joan. »Ach, was heißt Verhältnis, ich war eine von vielen. Ist lange her, ich war noch sehr jung. Ich könnte nicht einmal mehr sagen, in welcher Währung er Milliardär war. Drachme? Dinar?«

Ihr Lachen war ansteckend. Es war ja auch eine reizvolle Geschichte. Welche Frau konnte schon von sich sagen, dass sie das Bett mit einem Milliardär geteilt hatte, aber nicht mehr wusste, was für ein Milliardär er gewesen war?

»Er besaß eine Schweizer Armbanduhr, die mehr gekostet hatte als zehn Lamborghinis. Das wiederholte er ständig, bis zum Überdruss, aber damals war ich beeindruckt.«

Alle schauten sie an, schließlich sagte sie: »*C'est la vie.*«

Der Abend neigte sich dem Ende zu. Die Dessertteller waren geleert, das Besteck darauf abgelegt. Roberts Frau brachte Kaffee, Robert ging mit einer Flasche Armagnac von einem zum anderen. Das Gespräch verband nicht mehr die ganze Runde, man unterhielt sich mit Einzelnen, die junge Frau mit der Gastgeberin, Joan Foks mit mir.

Sie erzählte, dass sie oft in Italien gewesen sei, aber nie im Norden. »Oder doch einmal, in Cortina d'Ampezzo.«

»Da kann man wunderbar Ski fahren«, sagte ich.

»Ach, ich habe die Berge gar nicht gesehen. Wir haben nur auf der Durchreise dort übernachtet, in dem Hotel, das auch in dem einen James-Bond-Film vorkommt.«

»*In tödlicher Mission.*«

»Richtig«, entgegnete sie. »Der wurde aber erst viel später gedreht. Als wir da waren, war ich Anfang zwanzig.«

»Ich habe damals Roger Moore gesehen«, behauptete ich. In Wirklichkeit hatte ich nur einen Mann in einem blauen Skianzug zu Gesicht bekommen, der angeblich Roger Moore war, nach Lucas Überzeugung aber ein Stuntman. Wir waren mit dem Bus nach Cortina gefahren, weil wir hofften, den Filmstars zu begegnen, mussten uns aber mit dem Autogramm eines erfolgreichen Skisportlers begnügen.

»Das Marimonti!«, sagte Joan. »So hieß es.«

Sie berichtete von ihren drei Leben: vor der Heirat, während ihrer Ehe und nach dem Tod ihres Mannes. In diesem Leben ließ sie nun ganz allmählich wieder Menschen an sich heran. Man hätte sie für schüchtern halten können, doch das war sie nicht; natürlich kam es vor, dass sie jemanden nicht mochte und deshalb keine Lust hatte, mit ihm zu sprechen. Früher hatten die Männer um ihre Beachtung gekämpft, die meisten hatten aber nicht die kleinste Chance gehabt.

Sie habe jeden gefragt, ob er verheiratet sei, und meistens habe die Antwort Ja gelautet.

Man konnte nicht anders, man musste einfach versuchen, sie sich als die junge Frau vorzustellen, die sie einmal gewesen war, unverheiratet, noch zu haben. Eine Venus. Die Lust, sie anzuschauen, mit ihr zu sprechen, sie zu berühren.

»Ich habe eine Wohnung an der Herengracht gemietet«, sagte sie. Es hätte eine Einladung sein können, die jedem weiteren Wort einen Doppelsinn verliehen hätte, doch dann erklärte sie: »Ich hätte sie gekauft, wenn der Flügel durchs Fenster gepasst hätte.« Das Instrument hatte in dem frei stehenden Haus in Haarlem bleiben müssen, das sie nicht verkaufen wollte und in dem die Hemden ihres Mannes im Kleiderschrank hingen und immer ein Licht für ihn brannte. Wenn sie mit dem Wagen auf den Kiesweg einbog, sah sie es im Fenster leuchten.

Ich fragte, ob sie Kinder habe.

Sie schüttelte den Kopf. »Gewollt hätte ich schon.«

Das Gespräch stockte. Vielleicht empfand sie die Frage als aufdringlich, oder es fiel ihr schwer, über das Thema zu reden. Ich hatte eigentlich erwartet, dass sie Kinder hätte, Söhne, die im Ausland studierten oder vielleicht durch Südeuropa reisten und nicht an die Zukunft dachten.

»Willst du Kinder?«, fragte sie plötzlich.

»Ich bin vierundzwanzig«, entgegnete ich.

»Ein schönes Alter.«

»Für Kinder?«

»Für alles.«

»Ich glaube nicht, dass ich fürs Familienleben tauge.«

»Das habe ich auch gedacht«, sagte sie und sah mir in die Augen. »Bis es zu spät war.«

Ich wich ihrem Blick aus und schaute auf das geplatzte Äderchen. Es gehörte nicht in dieses sonst so vollkommene Gesicht.

»Aber das Problem haben Männer nicht.«

Ich dachte an Simon Vestdijk, der vierundzwanzig Gedichtbände veröffentlicht und in weit fortgeschrittenem Alter einen Sohn und eine Tochter bekommen hatte. Seine Frau war vierzig Jahre jünger.

Joan schob ihren Stuhl zurück, anscheinend wollte sie aufbrechen. Ich musste in die entgegengesetzte Richtung, bot aber trotzdem an, sie zur Herengracht zu begleiten.

»Das ist nicht nötig«, sagte sie. »Wirklich nicht.«

Einen Moment schwiegen wir verlegen, als hätte ich eigentlich etwas anderes gewollt. Doch so war es nicht. Sie war einfach eine Frau, von der man sich ungern verabschiedete.

»*Bye-bye*«, sagte sie.

Von den meisten Gedichtbänden, die wir herausgaben, wurden um die fünfhundert Exemplare verkauft, manchmal weniger, sehr selten gab es einen Ausreißer nach oben. Betriebswirtschaftlich gesehen waren Lyrikausgaben völlig uninteressant, sie besaßen für den Verlag einen anderen Wert: Sein Ruf gründete sich nicht zuletzt auf die veröffentlichte Lyrik, denn für nicht wenige Leser ist die Poesie noch immer das Höchste in der Literatur. Zu meinen Aufgaben gehörte es auch, dafür zu sorgen, dass möglichst viele Lyriker unseres Verlags für Preise nominiert wurden. Man musste den Kontakt zu Literaturkritikern pflegen, die den Jurys angehörten. Wenn man ihnen einen Gedichtband mit einem persönlichen Begleitschreiben zusandte oder sie zum Essen einlud und dann ungeniert einen bestimmten Dichter als Kandidaten vorschlug, konnte das unter Umständen helfen.

»Versuchst du, mich zu bestechen?«, fragte mich einmal ein weibliches Jurymitglied.

»Das würde ich nicht wagen.«

»Ich glaube doch.«

»Ich esse öfter mit Kollegen zu Mittag, das gehört zu meiner Arbeit.«

»Bin ich denn eine Kollegin?«

»Wir sind doch sozusagen im gleichen Verein«, erklärte ich. »Natürlich gibt es da unterschiedliche Ebenen und verschiedene Interessen, aber letztlich haben wir das gleiche Ziel.«

»Und das wäre?«

»Wir dienen der Literatur.«

»Und deshalb bezahlst du die Rechnung?«

»Der Verlag bezahlt«, antwortete ich. »Robert Berendsen.«

Ich zahlte mit der Kreditkarte, setzte meine Unterschrift auf den Bon und legte den Kugelschreiber aufs weiße Tischtuch.

»Gehst du auch mit den anderen Jurymitgliedern essen?«

Sie wollte mich necken, ich sah es an ihrer Oberlippe.

»Der Vorsitzende steht noch auf meiner Liste. Aber dann essen wir in einem teureren Restaurant. Hättest du einen Vorschlag?«

»Das Excelsior. Das hat einen Michelin-Stern.«

»Scheint mir eine gute Wahl zu sein.«

»Ich könnte noch ein Kleid gebrauchen«, sagte sie.

»Für die Preisverleihung?«

»Ja«, antwortete sie. »Und ein Paar hohe Schuhe.«

Sie konnte das Lachen nicht mehr unterdrücken.

PR-Arbeit war manchmal wie Flirten, nur weniger egoistisch, es ging ja nicht um mich, sondern um den Dichter und sein Werk. Der Erfolg war aber keineswegs garantiert. In diesem Fall zum Beispiel ging der Preis an jemand anders, einen etablierten Autor. Eine nicht besonders mutige Entscheidung, wie es häufig bei den großen Preisen der Fall ist.

Die Frau aus der Jury, die ich zum Essen eingeladen hatte, sprach mich nach der Preisverleihung an. Sie trug ein rotes Seidenkleid, das ihren Rücken frei ließ.

»Und?«, fragte sie.

»Das Kleid ist schöner als das preisgekrönte Werk.«

Um junge Talente zu gewinnen, gründete ich mit ein paar Autoren des Verlags eine Lyrikzeitschrift. Sie sollte monatlich erscheinen und auch übersetzte Lyrik enthalten. Deshalb wandte ich mich an die Leitung des World Poetry Festival. Seit Richard Heimans Tod war ich nicht mehr in dem Büro gegenüber dem Eiscafé gewesen, hatte aber jedes Jahr das Festival besucht.

Der neue Direktor war älter als Heiman, aber seine Leidenschaft für die Poesie nicht geringer. Er hieß Victor Larssen und trug schöne Schuhe, Brogues in zwei Farben, Braun und Dunkelgrün. In einem Korb neben seinem Schreibtisch lag ein Mops. Der Hund schaute mich mit Knopfaugen an, die auch die Augen eines kleinen Mädchens hätten sein können.

Es war der Schreibtisch, an dem Heiman seine Briefe geschrieben hatte. Und auch die Porträtfotos von Dichtern und Dichterinnen hingen noch an der Wand: Clara Janés, Seamus Heaney, Herman de Coninck, Margaret Atwood, Hans Magnus Enzensberger, Sarah Kirsch, Tomas Tranströmer – Gesichter, die einem weniger Literaturbeflissenen nichts sagten. Sie alle waren schon beim Festival aufgetreten. Und außer ihnen Hunderte von Dichtern aus aller Welt. Im Regal standen gebundene Anthologien ohne Schutzumschlag, jede in einer anderen Farbe. Es waren Ausgaben für den internen Gebrauch, in kleiner Auflage gedruckt, nicht mehr als zehn Exemplare. Manchmal wurde eines davon antiquarisch angeboten. Sie enthielten sämtliche Gedichte, die beim World Poetry Festival vorgetragen worden waren, in der Originalsprache und in der Übersetzung. Das Papier war dicker als bei einem Gebetbuch, das Format größer, aber wenn man zu lesen begann, spürte man die gleiche Kraft.

Außerdem gab es Tonaufnahmen auf zahllosen Bändern. Schon vom allerersten Festival im Jahr 1969 an waren die Vorträge aufgezeichnet worden. Oft hatte Heiman mir plötzlich einen Kopfhörer aufgesetzt. »Hör mal«, sagte er, »das ist 1973.« Ich hörte ein Band starten, Rauschen, Knacken und dann die Stimme des Dichters. Sprachen, die ich nicht verstand, Chinesisch, Ungarisch, Norwegisch; trotzdem war es ein Genuss, auf die Klänge zu lauschen, auf den Rhythmus, die Pausen.

Die Fotos, die Bücher, die Tonbänder – es war

eine grenzenlose, wunderbare Welt. Die Menschheitsgeschichte in Gedichten. Alles fand sich darin: Kriege, Attentate, Flutkatastrophen, aber auch die Stimmen des Sommers, die Geburt von Kindern, die Verschrottung eines Chevrolet Impala.

Es war ein schönes Gefühl, wieder dort zu sein. In der Verlagswelt stand man immer unter Zeitdruck. Am laufenden Band mussten Bücher herausgebracht und neue Autoren entdeckt werden. Wer nicht wachsam genug war, riskierte, dass ihm ein vielversprechender Debütant vor der Nase weggeschnappt wurde. Für die Lyrik galt all das zwar in geringerem Maße, aber ich war umgeben von Lektorenkollegen, die ihr Mittagessen hinunterschlangen, während sie schnell noch einen Anruf erledigten. Auch Robert Berendsen lief im Hamsterrad mit. Einmal kaufte er einen ausländischen Titel, ohne ihn gelesen zu haben. Es wurde ein Bestseller; schließlich kann man auch beim Roulette Glück haben.

»Haben Sie Patrick Lane gelesen?«, fragte Larssen, nachdem wir über das letzte Festival gesprochen hatten. »Ich glaube, der wäre etwas für eure Zeitschrift.«

Ich kannte den Namen, vielleicht hatte ich sogar schon einmal ein Gedicht von ihm gelesen, aber ich konnte mich nicht erinnern.

»Ein kanadischer Lyriker.«

Der Mops richtete sich auf und bellte.

»Hardy«, sagte Larssen, »ruhig!«

Der Hund legte sich wieder und starrte mit diesen entwaffnenden Äuglein im faltigen Gesicht vor sich hin.

»Ich habe ein großartiges Gedicht von ihm gelesen«, fuhr Larssen fort. »Über einen Waldarbeiter, der sich eine Hand abgesägt hat.« Er neigte sich zur Seite und streichelte seinen Hund geistesabwesend zwischen den Ohren. »Das kennen Sie doch noch nicht?«

Ich schüttelte den Kopf.

»Es war ein Unfall. Ein Kollege bringt ihn zum Krankenhaus, fünf Stunden Fahrt auf Bergstraßen, die Hand in einem Eimer mit Eis zwischen ihnen. Im Krankenhaus will die Frau an der Aufnahme seinen Namen und sein Geburtsdatum wissen und seine Adresse aufgeschrieben bekommen, da hebt der Kollege den Arm des Waldarbeiters hoch. Die Frau wendet sich ab, der Anblick der durchtrennten Sehnen und Adern ist zu viel. Die Ärzte untersuchen die Wunde, aber es ist zu spät, die Hand ist tot und kann nicht mehr angenäht werden. Der Kollege fährt zurück in den Norden. Nach einiger Zeit hält er vor einer Brücke über einen Fluss an und nimmt die Hand aus dem Eimer. Er kann sie nicht aufheben und auch nicht der Frau des Waldarbeiters geben. Zuerst will er sie begraben, aber es ist kalt, und inzwischen ist es Nacht, und morgen hat er Frühschicht. Er wirft die Hand in hohem Bogen von der Brücke, und einen winzigen Augenblick sieht es so aus, als ob sie den Mond fängt.«

Victor Larssen schob mir einen kleinen Stapel Blätter hin. »Schauen Sie, ob Sie damit etwas anfangen können«, sagte er. Und er fügte hinzu: »Dieses Bild einer durch die Nachtluft taumelnden Hand, die einen Moment den Mond zu packen scheint, das finde ich phänomenal.«

Er lachte. Larssen hatte nicht das Jungenhafte von Heiman, aber den gleichen unerschütterlichen Glauben an die Poesie. Ohne sie war das Leben weniger schön.

Wir sprachen über die Lyriker, die ich betreute, und über Robert Berendsen, den Larssen kannte, weil sie beide einmal für dieselbe Universitätszeitung geschrieben hatten. Dann gab er mir die Hand und begleitete mich zur Tür. Er fragte nicht, ob wir ein Gläschen trinken oder in einem Restaurant in der Nähe etwas essen sollten, wie Heiman es oft getan hatte. Vielleicht kam das noch. Immerhin hatten wir schon einen Termin für ein weiteres Gespräch ausgemacht und dass ich ihm die Druckfahnen der Zeitschrift schicken würde.

Auf dem Gehweg vor dem World-Poetry-Büro schaute ich zum Eiscafé hinüber. Es war November. Die Markise war aufgerollt, alles war dunkel. Ich ging zur Eingangstür. An der Scheibe war innen ein Blatt Papier mit der Aufschrift »Auf Wiedersehen im März!« befestigt. Es war die Handschrift meiner Mutter, über den Text war eine Sonne gezeichnet. Früher hatten Luca und ich das tun dürfen. Er eine Sonne und ich eine Sonne, dann gab es keinen Streit.

Ich blieb eine Weile stehen und versuchte nicht, die Gedanken zu unterdrücken, die sich ankündigten. Sollen sie doch kommen, sagte eine rebellische Stimme in mir. Kommt doch! Mit euch werd ich schon fertig! Sie kamen, sie umzingelten mich. Die Gedanken und Fragen, die Erinnerungen, die Bilder. Hatte es in Venas schon geschneit? Wonach roch es in der Küche? Ich sah meine Eltern mit Luca am Esstisch sitzen, ich sah meinen Stuhl. Was tat Sophia? Ging sie durchs Dorf, schaute sie durch die Fensterscheiben, hinter denen ein warmes Licht schien? Bis zum März war es noch lange hin. Aber das galt nicht für Eismacher. Für sie war der März nie weit entfernt, und jeden Tag kam er näher.

Am Abend übersetzte ich im Bett das Gedicht von Patrick Lane. Eis, das im Eimer geschmolzen ist, Wasser, das weggegossen wird, die Hand auf dem Boden des Eimers, eine *dunkelblaue schlafende Spinne*. Und dann die Frage: *Was macht man mit den Teilen seiner selbst, die man verliert?*

Wie der Hintern von Sophia Loren

Im nächsten Frühjahr arbeitete Sophia im Eiscafé. Sie trug ihr langes blondes Haar in einem dicken Zopf auf dem Rücken, hielt meistens eine *spatola* in der Hand und bediente zusammen mit meiner Mutter die Kunden an der Eistheke. Beppi brühte Kaffee und pendelte zwischen Küche, Theke und Terrasse, Luca stand in der Küche, kochte Milch und machte ein unerhört cremiges Sahneeis. Sie waren wieder zu viert.

Es war im letzten Winter geschehen, oder in dem davor, von Luca sollte ich es nie erfahren. Er sprach immer noch nicht mit mir. Dass er Sophia für sich gewonnen und sie meine Stelle im Eiscafé eingenommen hatte, änderte für ihn nichts. Dennoch konnte er ein Lächeln nicht unterdrücken, als ich Ende Februar das Eiscafé betrat und unsere Blicke sich kreuzten. Ich hatte Sophia schon gesehen. Ich hatte sie sofort gesehen, noch bevor meine Hand den Türgriff berührt hatte, durch das Glas, das meine Mutter in ihrer blauen Schürze gerade wienerte, hinter meinem Vater, der die Espressomaschine mit einem Tuch polierte. Da stand sie. Es war unvorstellbar und gleichzeitig so selbstverständlich. Sie hatte einen Scheuerlappen in der Hand und begrüßte mich mit einem Kuss auf die Wange.

»Hallo, Schwager«, sagte sie lächelnd.

Ich entdeckte Luca hinter dem Fenster der Küchentür, und auch er lächelte, aber es war ein hämisches Lächeln wie das eines Boxers, der seinen Gegner auf der Matte liegen sieht.

Alle waren mit Saubermachen beschäftigt, mit den letzten Vorbereitungen, denn das Eiscafé sollte bald geöffnet werden. Vielleicht schon morgen.

»Es bleibt trocken«, verkündete meine Mutter fröhlich. »Heute Nachmittag zunehmend heiter, gegen Ende der Woche steigende Temperaturen. Mäßiger Südwestwind.«

Ich wusste es. Der Frühling lag in der Luft.

Mein Vater brühte einen Espresso für mich. »Du darfst als Erster kosten«, sagte er. »Ich habe die Maschine gerade erst eingeschaltet, die Bohnen sind frisch gemahlen.«

Ich trank einen Schluck. Der Kaffee war nicht richtig heiß und deshalb ein wenig sauer, aber das lag daran, dass die Maschine noch nicht die volle Betriebstemperatur erreicht hatte.

»Gut«, sagte ich, »aber sehr wenig. Ich kann den Boden der Tasse sehen.«

Ich bekam keinen Eimer Wasser, sondern eine Umarmung. Ich spürte seine Stoppeln und er meine. Der erste Tag der Saison war noch ein Tag ohne Groll. Der würde erst nach einigen Wochen zurückkehren, wenn die Eismaschinen auf Hochtouren liefen, die Espressomaschine fauchte und die Gelenke meines Vaters knackten. Dann würde er mich verfluchen und mich plötzlich vor sich sehen, auf einem Stuhl, einen Gedichtband in der Hand, während er zum hundertsten Mal zwischen Terrasse und Theke hin- und herlief – eine Vision in der grellen Sonne.

Er befestigte einen Doppelsiebträger an der Maschine und drückte auf eine Taste. Zwei karamellfarbene Rinnsale fanden den Weg in die vorgewärmten Tässchen. Genau sechsundzwanzig Sekunden dauerte das Brühen, keinen Herzschlag kürzer und keinen Wimpernschlag länger.

Bei den meisten Eismachern war der Kaffee Nebensache. Sie verkauften ihn morgens oder lockten damit an verregneten Tagen Gäste an, und natürlich war es schön, dass sie selbst richtigen Espresso trinken konnten. Aber das Eigentliche war für sie das Eis. Für viele war das Eis ihre große Leidenschaft und noch mehr als das: Es gab Eismacher, die nicht aufhören konnten, über ihre Arbeit zu sprechen, den ganzen Winter. Endlose Gespräche in der Bar Posta über Eismaschinen mit Vertikal- und mit Horizontalsystem, über die ideale Temperatur, über Mengenverhältnisse, Diskussionen, die nicht selten am Küchentisch fortgesetzt wurden. Manche Ehefrauen trieb es an den Rand des Wahnsinns.

Mein Vater verschwand im Winter einfach im Keller, in seiner Schatzkammer voller Schraubenzieher und Schleifmaschinen. Er redete selten über Eis, doch wenn über Kaffee gesprochen wurde, meldete er sich gern zu Wort. Andere Eismacher sprachen über Kaffeearomen, besangen den einzigartigen Duft ihres Kaffees, Schokolade, Zimt, Muskatnuss, Zedernholz. Einer behauptete sogar, sein Espresso rieche wie die Buntstifte seiner Kindheit.

Mein Vater dagegen schwor auf eine Durchlaufzeit von sechsundzwanzig Sekunden. Das Gerede über Aromen war für ihn Blödsinn, Geschwätz.

»Ein guter Espresso riecht nach Espresso, wie Joghurteis nach Joghurt schmeckt«, pflegte er zu sagen.

Er versuchte, andere Eismacher zu der idealen Brühzeit zu bekehren, die er nach jahrelangem Experimentieren gefunden hatte.

»Warum nicht achtundzwanzig Sekunden?«, fragte ein Eismacher aus Vodo, um ihn zu necken. »Oder vierundzwanzig?«

»Achtundzwanzig Sekunden sind viel zu lang«, antwortete mein Vater todernst. »Dann wird der Kaffee bitter, das Röstaroma tritt zu stark hervor. Bei vierundzwanzig Sekunden wird der Kaffee sauer und wässrig, weil zu wenig Zeit für die Extraktion bleibt.«

»Und bei dreiundzwanzig Sekunden, Beppi?«

»Bei dreiundzwanzig Sekunden kann die Tasse explodieren.«

»Sechsundzwanzig Sekunden pro Tasse?«, fragte ein anderer Eismacher, als hätte er gerade eine komplizierte Berechnung angestellt. »So viel Zeit hab ich nicht.«

»Warum diese Hast?«, entgegnete Beppi. »Bei minus fünfzehn Grad schmilzt Eis nicht.«

»Aber die Leute laufen weg, wenn sie zu lange warten müssen.«

»Sollen sie doch laufen.«

Die anderen schauten ihn stirnrunzelnd an.

Vielleicht war das Espressobrühen auch eine kleine Flucht, er konnte sich dann immer für einen Moment zurückziehen. Hinter die Faema E61 mit ihrem verchromten Gehäuse, ihren Dampfhähnen und Manometern. Sechsundzwanzig Sekunden pro Tasse. Atomsekunden.

Als alter, verbitterter Mann, gestrandet in Venas di Cadore, sollte mein Vater bekennen: »Zuerst hab ich nur das Eis gehasst, aber dann fing ich an, auch die Menschen zu hassen, die es bestellten.«

Wann genau diese Abneigung gegen das Eis entstanden ist und wann daraus diese sehr seltene Form von Misanthropie wurde, ist schwer zu sagen. Mein Vater hatte kein Eismacher werden wollen und war nie Eismacher aus Überzeugung gewesen. Fest steht, dass er sich umso seltener in der Küche zeigte, je älter wir wurden und je mehr wir uns um das Eis kümmerten. Als ich mein Studium begann und Luca das Eiscafé übernahm, musste mein Vater ihm oft auch beim Eismachen helfen, aber verantwortlich für das Eis war mein Bruder.

Die Maschine schwieg, die Espressi waren fertig.

»Für dich und deinen Bruder«, sagte mein Vater.

Ich nahm die beiden Tassen und ging damit in die Küche.

»So«, war das Erste, was ich zu Luca sagte. »Du bist also verlobt.«

Er erwiderte nichts, er schaute mich nicht einmal an. Er starrte auf den gefliesten Boden und lauschte auf die Cattabriga. Auf die Schlagwelle, die *slll*, *slll*, *slll* machte. Ein guter Eismacher braucht nicht in den Zylinder zu schauen, er hört an den Geräuschen der Maschine, wann das Eis fertig ist. »Es ist wie eine Ehe«, hat einmal ein alter Eismacher aus Tai di Cadore in der Bar Posta gesagt. Er war schon ziemlich angeheitert, aber nicht richtig betrunken. »Ich kenne das Eis, und das Eis kennt mich«, fuhr er fort. »Es spricht mit mir.« Die anderen Eismacher, die auch schon rot unterlaufene Augen hatten, nickten.

Wir schwiegen und leerten gleichzeitig unsere Tassen.

Vielleicht gab es auch gar nichts zu sagen. Was geschehen war, hatte so kommen müssen. Ich als der Ältere hätte mit meinem Bruder das Eiscafé übernehmen sollen, hatte aber darauf verzichtet. Luca nicht, und er hatte Sophia als Zugabe bekommen. Es verstand sich fast von selbst. Er brauchte sie, ich nicht. Darüber musste man keine Worte verlieren.

Andere Themen gab es nicht, und wahrscheinlich empfand mein Bruder das genauso. Unsere beiden Leben waren zu gegensätzlich geworden. Ich las, ich schrieb, ich redigierte. Ich verabredete mich mit vielen Leuten, diskutierte an kalten Buffets mit Dichtern und besuchte Buchpräsentationen. Er arbeitete sechzehn Stunden am Tag, machte Eis, verkaufte Eis, reinigte die Maschinen und fiel am späten Abend wie ein Klotz ins Bett. Seine Welt war das Eiscafé, meine begann dort, wo die Terrasse aufhörte.

Slll, slll, slll.

Luca schaltete die Maschine aus und nahm den *spatolone*. Sein Daumen schloss sich um den metallenen Stiel, er beugte sich über den Zylinder und richtete sich wieder auf. Sein linker Mundwinkel war ein wenig hochgezogen. Es war kein Lächeln, es war eine Bestätigung. Er sah, was er erwartet hatte, das Eis war gut.

Er hatte Vanilleeis gemacht, es löste sich zäh wie Zement von dem großen Löffel und klatschte in den Metallbehälter.

Luca merkte, dass ich auf das Eis starrte. Wie die Geschwister unseres Urgroßvaters auf dessen Sahneeis gestarrt hatten, wie jeder Eis anstarrt. Was ist leckerer als Eis? Wer kennt jemanden, der kein Eis mag? Wer erfreut sich nicht am Anblick eines Eiscafés? Die Eistüte versetzt uns in unsere Kindheit zurück, oder der Eisbecher, in dem wir alle einmal mit einem flachen Plastiklöffelchen so lange gerührt haben, bis eine neue Farbe und ein neuer Geschmack entstanden. Wer wird jemals zu alt für Eis? Auf der Terrasse des Venezia steht eine Rieseneistüte mit drei Kugeln: Erdbeere, Vanille und Schokolade. Das Ding ist aus Polyester, gefüllt mit Styropor, aber ich habe zahllose Kinder auf die Eistüte zugehen und daran lecken sehen. Sie werden sich später nicht mehr daran erinnert haben, aber das Verlangen wird nie vergehen.

Luca kam mit dem Eisbehälter auf mich zu. Das Eis schaukelte nicht hin und her bei seinen Schritten, es war fest und weich zugleich.

»Wie der Hintern von Sophia Loren in *Ieri, oggi, domani*«, würde mein Vater sagen, wenn er davon kostete.

Mein Bruder hielt mir einen Löffel mit Eis vor den Mund. Ich schaute in seine Kalamata-Augen, ich erwiderte den Blick. Dann öffnete ich den Mund, und er fütterte mich mit seinem Eis. Die Textur war unglaublich fein und glatt, samtig. Es lag an den Millionen winziger Eiskristalle in der Masse. Sie gaben ihr die Festigkeit, obwohl sie nur einen Bruchteil des Gesamtvolumens ausmachten. Die Luftbläschen, die beim Drehen eingeschlossen wurden, hatten die Masse lockerer, aber nicht schwammig werden lassen; dieses Sahneeis konnte man fast kauen. Schließlich schmolz es auf meiner Zunge, und meine Augen schlossen sich ganz von selbst. Es war wie Schweben, so wie man sich beim Küssen für einen Augenblick von allem löst. Luca hatte das Rezept verbessert, vervollkommnet. Die Textur war cremiger, der Geschmack voller und die Vanille gleichmäßiger verteilt. Ich schluckte und öffnete die Augen. Sein Blick hatte mich keinen Moment losgelassen. Das hämische Lächeln war verschwunden, beide Mundwinkel waren hochgezogen, zwischen den Lippen war ein schmaler waagerechter Spalt. Er wusste, was ich wusste. Ich hatte ihm geholfen, indem ich nichts tat, indem ich nicht da war, indem ich nicht zurückkehrte. Deshalb hatte er das schönste Mädchen des Dorfes bekommen. Er konnte es nicht sagen, sein Eis musste es tun.

An diesem Mittag aßen wir zu fünft am Esstisch im ersten Stock. Meine Mutter hatte Pasta gekocht, Spaghetti mit Tomaten, Knoblauch, Kapern und Anchovis. Eine Flasche Rotwein stand auf dem Tisch. Es war wie an einem Samstag in den Bergen.

Sophia war aus dem Dachgeschoss heruntergekommen, sie hatte sich umgezogen. Wir schauten sie alle an und sahen eine Wiese voller Narzissen. Sie trug neuerdings die Kleider ihrer Mutter, so wie Luca in die Arbeitssachen meines Vaters schlüpfte. Ich schielte auf ihre nackten braunen Beine und fragte mich, ob mein Bruder sie heute Morgen berührt hatte. Sie drehte ihre Gabel in den Spaghetti und führte sie zum Mund, ohne ihr Kleid zu bespritzen.

Meine Mutter konnte es nicht lassen, vom Wetter zu sprechen. Im Radio hatte sie gehört, dass es morgen siebzehn Grad werden sollten. »So warm ist es am ersten Tag noch nie gewesen«, sagte sie mit leuchtenden Augen.

Beppi erzählte, einmal hätten sie bei der Ankunft

in Rotterdam zehn Grad unter null gehabt. »An den Laternen hingen Eiszapfen, auf dem Westersingel konnte man Schlittschuh laufen.«

»Waren Giovanni und Luca da schon geboren?«, fragte Sophia.

»Giovanni ja«, antwortete meine Mutter, »Luca nicht. Der war noch in meinem Bauch.«

»Wir sind beide im Sommer zur Welt gekommen«, erklärte ich. »Eismacher tun es nur im Winter.« Das hatte ein Scherz sein sollen, aber niemand lachte. Es wurde still. Nur das Drehen von Lucas Gabel war zu hören.

Er sagte während des Essens kein einziges Wort. Ich fragte mich, ob er wohl mit Sophia sprach, ob er inzwischen den Mut dazu fand. Auch zu ihr hatte ich ihn noch nichts sagen hören.

Als die Teller leer waren und wir alle ein Glas Wein getrunken hatten, schwärmte mein Vater von einer Schlagbohrmaschine, die er beim *Werkzeugkasten*, einem kleinen Baumarkt in derselben Straße, im Schaufenster entdeckt hatte.

»Eine Schönheit.«

»Lass es bloß sein«, sagte meine Mutter warnend.

»Ich hab sie schon gekauft.«

Sophia und ich lachten.

Mein Bruder schaute sich um, wahrscheinlich war er mit den Gedanken schon wieder beim Eis.

Ich kannte diese Nervosität von meinem Vater, der früher auch keine Mahlzeit genießen konnte. Jedenfalls nicht in Rotterdam. Immer wartete irgendeine Arbeit, Eier trennen, Ananas pürieren, Orangen auspressen. Es gab zwei Eismaschinen, aber zweiundzwanzig Sorten. Vom Eismacher hing alles ab, wenn er sich einmal verschätzte, geriet alles durcheinander. Das Schlimmste war, wenn einem eine Sorte ausging. Ein leerer Eisbehälter in der Vitrine, ein Kind, das in Tränen ausbrach und zu kreischen anfing. Man hatte nie frei, konnte sich nie ausruhen. Drehen, drehen, drehen.

»Kann ich noch ein Glas Wein haben?«, fragte Sophia.

»Natürlich«, antwortete Beppi und goss ihr den Rest aus der Flasche ein. Er war begeistert von seiner zukünftigen Schwiegertochter.

»Meine Frau trinkt nie mehr als ein Gläschen«, sagte er.

»Einer von uns muss ja klar im Kopf bleiben.«

»Ich bin noch nie betrunken gewesen«, entgegnete Beppi.

»Alle Betrunkenen halten sich für nüchtern.«

Meinem Vater fiel etwas ein. »Stefano Coletti hat mal versucht, aus seinem Urin Eis zu machen.«

»Beppi!«, rief meine Mutter. »Wir sitzen am Esstisch!«

»Sind doch alle fertig.«

»Solche Geschichten erzählt man einer jungen Dame nicht.«

Sophia sollte im Lauf der Zeit sämtliche Geschichten zu hören bekommen, mit den dazugehörigen Namen der Eismacher. Wir hatten sie auch alle gehört. Stefano Coletti aus Pieve di Cadore hatte eines Nachts stockbesoffen seine Blase in den Zylinder der Eismaschine geleert und die Maschine eingeschaltet. Es wurde ein körniges, hartes Sorbet, das er in einen Eisbehälter umfüllte und in den Gefrierschrank stellte. Am nächsten Morgen, als er trotz dickem Kopf zur gewöhnlichen Zeit an die Arbeit musste, trug er die Eisbehälter zur Vitrine. Er schaute nicht so genau hin und stellte den Behälter mit der neuen Sorte auf den Platz, an dem sonst das Zitroneneis stand, aber als anderthalb Stunden später seine Frau eine Portion davon nehmen wollte, kam sie mit der *spatola* nicht in die Masse hinein. Weil er keinen Zucker hinzugefügt hatte, war das Eis bei minus achtzehn Grad steinhart geworden.

»Stefano!«, rief seine Frau. »Komm mal her!«

Er starrte das Eis an, hatte aber keine Erinnerung an die Nacht.

»Was ist das?«, fragte seine Frau.

»Zitroneneis.«

»Es ist knochenhart.«

»Komisch«, sagte er nur.

In der Küche kostete er, und erst dann flatterten die ersten Erinnerungsfetzen durch seinen Kopf.

»Er fand den Geschmack gar nicht so schlecht«, erzählte mein Vater. »Er hat sogar noch mal probiert!«

Es gab unzählige Geschichten über Eismacher und ihre Maschinen. Die tragischste war die von Ettore Pravisani aus Valle di Cadore. Ein gepflegter Herr, der ein Eiscafé in Den Haag besaß und immer eine Krawatte trug. An einem Julimorgen stellte er Erdbeereis her, bei ihm wie in vielen Eiscafés die beliebteste Sorte. Die Maschine machte *slll*, *slll*, *slll*, aber Signor Pravisani konnte es dem Eis nicht anhören, wann es fertig war. Deshalb beugte er sich über die Maschine und schaute in den Zylinder. Die Krawatte wurde vom Rührwerk der Cattabriga erfasst und Signor Pravisani über dem roten Eis erwürgt.

Diese Geschichte blieb Sophia vorerst erspart.

»Als kleines Mädchen hab ich einmal von meinem Urin probiert«, sagte sie, »aber er hat mir überhaupt nicht geschmeckt.«

»Vielleicht schmeckt er kalt besser als warm«, meinte mein Vater.

Er musste selbst darüber lachen, und wir lachten mit. Außer meinem Bruder, der aufstand und sagte: »Ich geh wieder an die Arbeit.«

Es war Samstag, der Nachmittag war wie ein Fleck, der sich ausbreitet, aber wir waren nicht in den Bergen.

Es wurde eine gute Saison. Ein warmer Frühling, ein tropischer Sommer. Ich dachte oft an das Eiscafé, wenn das Thermometer auf über dreißig Grad stieg. Das Fenster meines Büros stand offen, auf dem Schreibtisch lag ein Papierstapel, daneben ein Bleistift. Ich hatte mir die Ärmel hochgekrempelt und las neue Gedichte von Autoren unseres Verlags. Gedichte zu lesen, die noch niemand sonst hatte sehen dürfen, übte einen besonderen Zauber auf mich aus, wie Gehen in jungfräulichem Schnee. Es hing mit der Stille zusammen, mit dem Alleinsein und damit, dass ich Wörter las, nach denen gesucht worden war wie nach Gold. Es kam aber auch vor, dass ich mich zwischen zwei Versen verirrte und meine Gedanken mitten am Tag auf einmal beim Eiscafé waren. Ich stellte mir vor, welches Kleid Sophia wohl anhatte und wie viele Männer ihr in den Ausschnitt zu spähen versuchten, während sie sich über die Eisbehälter beugte.

Am Ende des Sommers bat mich Victor Larssen, nach Rotterdam zu kommen. Er wolle etwas mit mir besprechen, worüber man schlecht am Telefon reden könne. Wir verabredeten, uns auf der Terrasse des Venezia zu treffen. Es war später Nachmittag, alle Tische und Stühle standen in der Sonne. Luca half meinem Vater auf der Terrasse, aber es war Beppi, der unsere Bestellung entgegennahm.

»Für mich bitte einen kleinen Becher mit Vanille und Himbeere.«

Larssen wollte eine Waffel mit Haselnuss, Mokka und Zimt.

»Mit Sahne?«, fragte mein Vater, wartete aber die Antwort nicht ab. Er hatte Larssen schon oft bedient und wusste, dass er immer Sahne wollte. Sogar ich konnte mich noch daran erinnern, welche Sorten Eis bestimmte Leute bestellten. Es gab einen Mann, der schon länger als zehn Jahre kam und jedes Mal das Gleiche verlangte: einen Becher, in den fünf Kugeln passten, nur mit Pistazieneis. Sein Hund bekam bei jedem Besuch eine Waffel ohne Eis, die er, halb unter dem Stuhl seines Herrchens liegend, hinunterschlang.

Daran, wie mein Vater ging, konnte ich sehen, dass ihm seine Gelenke zu schaffen machten. Wie oft war er an diesem Tag schon hin- und hergelaufen? Wie oft in dieser Saison? Es waren die Monate, auf die es ankam, er musste sich weiterquälen, wie Sisyphos in der Unterwelt. Ich war mir sicher, dass er gleich eine bissige Bemerkung machen würde, er hatte mich an den heißesten Tagen des Sommers verflucht, und jetzt saß ich hier an einem immer noch drückend warmen Spätnachmittag, ganz lässig im T-Shirt, und brachte es fertig, bei ihm ein Eis zu bestellen. Bei einem Mann Ende fünfzig, einem Mann, der um halb sechs aufgestanden war, um seinem jüngeren Sohn beim Schälen von Äpfeln zu helfen, einem Mann, der seit seinem sechzehnten Lebensjahr arbeitete, der schon mehr als vier Jahrzehnte keinen Sommer gehabt hatte, der Eis hasste. Ihn ließ ich für mich laufen, während ich in der Sonne saß.

Sophia füllte Eis in einen Becher, meine Mutter stand links von ihr und bediente einen anderen Kunden. Eine Schlange hatte sich gebildet, die um die Rieseneistüte und die Straßenlaterne herumführte. Ich suchte Sophias Blick, doch immer, wenn ich zu ihr hinschaute, beugte sie sich über das Eis. Larssen sagte, die letzten Ausgaben unserer Zeitschrift hätten ihm gut gefallen, und er sei sehr beeindruckt von den Übersetzungen.

Wir wurden von meinem Vater unterbrochen, der mit einem Tablett an unserem Tisch erschien. Er stellte mir den Becher mit Vanille- und Himbeereis hin und reichte Larssen die Waffel. Danach blieb er stehen, vielleicht gar nicht besonders lange; einem Fremden, einem anderen Gast wäre es nicht aufgefallen, er hätte nur einen Mann mittleren Alters ein wenig trödeln sehen. Larssen merkte auch nichts, aber ich wusste, dass es jetzt kommen würde. Irgendwie würde mein Vater seiner Verbitterung Luft machen, seinem aufgestauten Groll.

»Was für ein Wetter«, sagte er. »Wie gut, dass wir eine Terrasse haben, auf der man schön in der Sonne sitzen kann.«

Ich nickte, ich hoffte, er würde es dabei bewenden lassen. Aber er blieb stehen.

»Du musst schnell essen, sonst schmilzt dir das Eis weg.« Er sprach jetzt nur noch mit mir.

Larssen hatte schon etwas von seinem Eis gegessen, Zimt mit Sahne. Ich wagte meins nicht anzurühren.

»Oder soll ich dich füttern, Giovanni?«

Vielleicht hatte er damals schon angefangen, auch die Menschen zu hassen, die Eis bestellten, vielleicht hasste er mich in diesem Moment.

Ich fasste mir ein Herz und nahm etwas Vanilleeis auf den Plastiklöffel.

»Schmeckt's?«, fragte mein Vater.

Ich hatte es kaum erwarten können, wieder Lucas Vanilleeis zu kosten, so wie man sich einen Geschmack oder Duft aus seiner Jugend zurückwünscht. In Amsterdam hatte ich bei Tofani einen kleinen Becher Vanilleeis gegessen und mich später auch bei Gamba und Verona Gelati in die Schlange gestellt, aber ihr Vanilleeis reichte an das meines Bruders nicht heran.

Meine Augen schlossen sich ganz von selbst, aber ich öffnete sie gleich wieder. Das Eis war genauso fest und weich wie an jenem Vorfrühlingstag, an dem Luca mir in der Küche den Löffel vorgehalten hatte. Unglaublich cremig. Die Zeit schien stillzustehen, während es vom festen in den flüssigen Zustand überging.

»Wie der Hintern von Sophia Loren in *Ieri, oggi, domani*«, sagte mein Vater. Er wandte sich jetzt auch wieder an Larssen. »Luca ist ein Genie.«

»Mein Bruder«, erklärte ich.

»Mein anderer Sohn«, sagte mein Vater. »Sein Vanilleeis ist so fest und unwiderstehlich wie der Hintern von Sophia Loren.«

Larssen starrte ihn an. Peinlich berührt, dachte ich im ersten Moment, aber dann sagte er: »Jetzt weiß ich, von wem Ihr Sohn seine Liebe zur Poesie hat.«

Wir mussten beide lachen, mein Vater und ich. Aber er wurde rot und verschluckte sich fast. So etwas hatte er noch nie gehört. Wie damals, als der alte Mann behauptet hatte, Eis wäre eine chinesische Erfindung, und dann eine Eistüte auf den Kopf geklatscht bekam und sich in Sicherheit bringen musste.

Victor Larssen durfte sitzen bleiben und in Ruhe sein Eis schlecken. Mein Vater hatte sich umgedreht und ging ins Eiscafé zurück, langsam, müde, verbraucht. Er wälzte einen unsichtbaren Felsblock vor sich her.

»Wo ist Hardy?« Als ich ankam, hatte ich auf Larssens handgefertigte Schuhe und dann unter seinen Stuhl geschaut, doch der Mops mit dem traurigen Gesicht war nicht da.

»Er ist drüben im Büro«, antwortete Larssen, »und hält die Stellung.«

»Und wenn du verreist?«

»Dann kümmert sich meine Frau um ihn.«

Er meinte seine Lebensgefährtin, sie waren nicht verheiratet, was er mir aber erst später erzählen sollte. Victor Larssen wollte keinen Ehering mehr, er hatte zweiundzwanzig Jahre lang einen getragen, den er jeden Abend neben der Zahnbürste abzulegen pflegte. Er hatte auch Kinder, sogar einen Enkel. Nach der Scheidung – gleich nach dem Auszug der jüngeren Tochter, die noch ihre Kartons auspackte, als beim Anwalt schon die Papiere unterzeichnet wurden –, war er einer Französin begegnet, einer Mitarbeiterin der Botschaft ihres Landes. Sie hieß Valérie, Larssen und sie wohnten zusammen und empfanden großen Respekt füreinander, lebten aber sehr unterschiedliche Leben. Nicht, was Interessen oder Liebhabereien anging, klassische Musik, Literatur, Wein, sondern wegen ihrer beruflichen Verpflichtungen. Sie machte unzählige Überstunden, er war oft unterwegs, doch das führte nie zu Missklängen. Im Sommer waren sie einen Monat lang unzertrennlich, dann segelten sie auf dem Mittelmeer und schliefen unter Deck eng aneinandergeschmiegt.

Seine jüngere Tochter war in meinem Alter. Sie war Verwaltungsbeamtin in Utrecht, dem Stadtkämmerer unterstellt. »Sie kann mit Poesie nichts anfangen«, sagte Larssen.

»Mein Vater auch nicht«, sagte ich. »Und mein Bruder vielleicht noch weniger. Es ist kaum zu glauben, dass wir die gleichen Gene haben.«

»Es gab eine Zeit, da habe ich mich gefragt, ob sie wirklich meine Tochter ist.« Er lachte. »Leider hat sie meine Nase.«

Seine Nase war nicht groß, aber sehr markant, mit einem deutlichen Knick: eine Hakennase.

»Früher habe ich mir manchmal ausgemalt, ich wäre adoptiert worden und eines Tages würden meine richtigen Eltern vor der Tür stehen. Ein Brasilianer mit weißem Hut, ein Vater wie Carlos Drummond de Andrade.«

»Und deine Mutter?«

»Antjie Krog.«

»Warum?«

»Wenn ich mir vorstelle, sie würde am Fußende meines Bettes sitzen und eins ihrer Gedichte rezitieren«, antwortete ich, »in der rauen Sprache der Buren, aber mit dieser betörenden, sanften Stimme: *ich will dich so gern glücklich machen / ich will für dich Verse schreiben / schlicht und schmiegsam wie du selbst / ich will für dich singen / nachts, während du schläfst.*«

»Hat sie das nicht für ihren Mann geschrieben?«, fragte Larssen.

»Das ist egal.«

Endlich trafen sich Sophias und mein Blick, die *spatola* in ihrer rechten Hand war auf dem Weg vom Eisbehälter zu dem Becher in ihrer Linken, aber währenddessen schauten wir uns den Bruchteil einer Sekunde lang in die Augen.

»Ich wollte dich sprechen«, sagte Larssen, »weil ich dich etwas fragen möchte, oder eigentlich ist es ein Vorschlag.« Er rutschte auf seinem Stuhl etwas nach hinten und streckte den Rücken. Dann redete er weiter, aber mir entging ein Teil von dem, was er sagte, der entscheidende.

Sie hatte gelächelt, und auch ich musste gelächelt haben, denn Larssen fragte: »Bedeutet dieses Lächeln, dass du die Stelle haben willst?«

Als ich nicht gleich antwortete, sagte er: »Es ist

ein Traumjob, als Festivalredakteur bereist du die ganze Welt. Zagreb, Havanna, Québec…«

Ich kannte die magische Liste von Städten. Struga, Istanbul, Morelia; wenn Heiman wieder einmal sonnengebräunt von einem Festival am anderen Ende der Welt zurückgekehrt war, hatte ich wie gebannt seinen Bericht angehört.

»Ich arbeite… im Verlag«, stammelte ich, »ich habe schon eine Stelle.«

»Robert Berendsen wird Verständnis haben. Er gönnt es dir bestimmt.«

Ich schaute zu Sophia hinüber. Wieder trafen sich unsere Blicke, ihr Mund war ein klein wenig geöffnet.

»Würde dich die Stelle interessieren?«

»Natürlich«, antwortete ich. »Natürlich möchte ich Redakteur des schönsten Poesiefestivals der Welt werden.«

Ich dachte an Heiman, an den Leuchtturm von Alexandria, mit dem er World Poetry verglich. Er hatte mich in diesen Hafen geführt, jetzt war es Zeit, an Land zu gehen.

»Dann haben wir etwas zu feiern«, sagte Larssen. »Bekommt man hier auch Sekt?«

Ich schüttelte den Kopf. Das Festlichste auf der Eiskarte war die Coupe Gondola mit Früchten, Eis und Schlagsahne. Aber mein Bruder würde mich umbringen, wenn ich so etwas bestellen würde. Was fiel mir ein? Mich bei achtundzwanzig Grad auf die Terrasse setzen und dann auch noch einen großen Eisbecher wollen! Hatte er nicht auch so schon alle Hände voll zu tun?

Ich schaute Luca an, der aber den Blickkontakt vermied. Er sah müde aus, ein Eismacher im Sommer. Noch anderthalb Monate, die letzten beiden Septemberwochen und der Oktober, dann ging es zurück nach Venas. Dann konnte er sich endlich in einen Sessel setzen, fernsehen, nach dem Mittagessen schlafen und am Abend, nach einem Besuch in der Bar Posta, ein Kind zeugen. *Un piccolo gelataio*, der eines Tages auch einen schwieligen Daumen haben würde wie sein Vater, sein Großvater, sein Urgroßvater und sein Ururgroßvater. Das war der Lauf der Dinge. Und eines Tages würde dieser neue Spross vom Stamm der Talaminis das Eiscafé übernehmen und selbst ein Kind in die Welt setzen, das Eis machen sollte.

Auch ich würde in diesem Winter nach Italien fahren. Im Dezember wollten Sophia und Luca in der Kirche San Marco Nuovo heiraten. Er hatte mich zwar noch nicht gebeten, Trauzeuge zu sein, aber für meine Mutter stand das fest.

»Gehen wir zum Veerhaven und trinken dort etwas«, schlug ich vor. Larssen zahlte am Tisch bei meinem Vater. Ein Geldschein wurde überreicht, Münzen zurückgegeben. Worte wurden nicht gewechselt. Das Schweigen war nicht weniger schlimm als eine bissige Bemerkung.

Während Larssen seinen Hund holte, wartete ich auf dem Gehweg und schaute zum Eiscafé hinüber. Auf unseren Stühlen saßen schon wieder andere Gäste. Mein Bruder nahm ihre Bestellung entgegen, wobei er freundlich lächelte. Kinder rannten quietschend vor Lachen mehrmals um die Terrasse. Es war etwas windig geworden, der Rand der Markise flatterte. Ein Gewitter im Anzug. Mein Vater versteckte sich hinter der Espressomaschine.

Die Tür des Büros öffnete sich. Als Erster kam Larssen heraus, der Mops trottete hinter ihm her.

»Hardy braucht auch einen Drink«, sagte Larssen.

Ich sah, dass meine Mutter mir zuwinkte, mit der freien Hand, der Hand ohne *spatola*. Auch Sophia winkte, über die Köpfe der Kinder hinweg, der Väter, der Mütter, der Touristen, der Alten, der Verliebten, der Einsamen, der Reichen, der Armen, die an diesem brütend heißen Tag alle ein Eis wollten.

Am nächsten Morgen sah ich sie wieder. In der Nacht hatte es geregnet, ein sommerlicher Gewitterschauer, auf den Gehwegen standen noch große Pfützen, aber der Asphalt war schon fast trocken.

Ich kam mit einer Frau, die ich am Vorabend kennengelernt hatte, Kitty. Sie arbeitete bei einer PR- und Marketingagentur im Stadtzentrum und hatte mich an diesem Morgen um sieben geweckt, weil sie in der Woche zu dieser Uhrzeit aufstand.

»Da ist ja unser Stammgast«, sagte mein Vater, als er an unseren Tisch kam.

Natürlich konnte ich mir so nur Ärger einhandeln, aber Kitty hatte darauf bestanden, zum Venezia zu gehen und einen Cappuccino zu trinken. Ich war ihr in der Bar begegnet, in der Larssen und ich mit Champagner auf unsere Zusammenarbeit angestoßen hatten. Irgendwann waren wir beide mit jemand anderem ins Gespräch gekommen, er mit einem befreundeten Architekten, ich mit einer unbekannten Frau, deren Rückenausschnitt viel sonnenverbrannte Haut sehen ließ. Jede Berührung hinterließ für kurze Zeit einen weißen Abdruck.

Ich hatte sie ausgefragt und danach sie mich, so ungeniert neugierig, wie nur Menschen sind, die sich gerade erst kennengelernt haben. Heiman hatte mir einmal erzählt, dass Isaak Babel von schönen Frauen einfach alles wissen wollte, er habe sie sogar gebeten, in ihre Handtaschen schauen zu dürfen. »Hat Babel denn Gedichte geschrieben?«, fragte ich überrascht. »Nein«, antwortete Heiman. »Aber viele Frauen geliebt.«

So hatte ich erfahren, dass Kitty fast ein Jahr lang die Geliebte eines plastischen Chirurgen gewesen war, und sie, dass ich aus einer Familie von Eismachern stammte.

»Ist das dein Bruder?«, fragte sie nach dem ersten Schluck Cappuccino. Ich schaute von meinem Espresso auf und sah Luca im Eiscafé stehen, in jeder Hand einen Eisbehälter. Meine Mutter nahm sie ihm ab. Sophia war vermutlich oben. Es war früh und noch nicht sehr warm. Bis jemand das erste Eis des Tages verlangte, konnte noch etwas Zeit vergehen.

»Er sieht dir unglaublich ähnlich«, sagte Kitty. »Die gleiche Figur und die gleiche Haltung.«

»Ich bin drei Zentimeter größer.«

»Er hat auch die gleiche Nase.«

»Aber ansonsten sind wir völlig verschieden.«

»Deine Haut ist etwas dunkler. Du hast mehr in der Sonne gesessen.«

»Mein Bruder arbeitet den ganzen Sommer.«

»Er hat auch mehr Muskeln.«

Luca kam heraus und blieb einen Moment in der Nähe der Tür stehen, doch er schaute nicht mich an, sondern glotzte auf die Beine von Kitty. Sie trug einen ziemlich kurzen Rock und darunter einen hellblauen Spitzenslip, der hoffentlich nicht zu sehen war.

»Ihr habt genau die gleichen Ohren«, stellte Kitty fest.

»Du machst dich über mich lustig.«

»Ganz süße, kleine Ohren.«

Sie trank wieder einen Schluck Cappuccino.

»Und ich vermute, ihr habt auch den gleichen Hintern, aber um da sicher zu sein, müsste er sich mal umdrehen.«

»Soll ich ihn darum bitten?«

Sie wandte sich wieder mir zu und küsste mich auf den Mund. Ich schmeckte den Milchschaum des Cappuccinos. »Er hat aber, glaube ich, nicht so schöne lange Wimpern wie du«, flüsterte sie.

Sophia war nach unten gekommen. Sie stand hinter der Vitrine und starrte wie mein Bruder auf Kittys Beine. Aus ihrem Blick glaubte ich schließen zu müssen, dass sie die Farbe des Spitzenslips erkennen konnte. Dann trafen sich unsere Blicke, aber kein Lächeln, kein Nicken, kein Winken war mir vergönnt.

»Wer ist das?«, fragte Kitty.

»Das ist die Verlobte meines Bruders. Im kommenden Winter heiraten sie.«

»Wie schön sie ist.«

Sophia drehte sich um und blieb mit dem Rücken zur Terrasse stehen.

»Ist sie Italienerin?«

»Ja, sie kommt ursprünglich aus Modena. Mit dreizehn ist sie in unser Dorf gezogen.«

»Erzähl ein bisschen mehr von ihr.«

»Was soll ich denn da erzählen?«

»Warst du nie in sie verliebt?«

»Sie ist die zukünftige Frau meines Bruders.«

»Aber früher doch nicht.«

Luca war wieder hineingegangen, er zog sich in die Küche zurück. Plötzlich überfiel mich eine Art Heimweh, ein heftiges Verlangen nach den Eismaschinen. Ich konnte nichts dagegen tun, es war einfach da. Ich hätte so gern mit Luca in der Küche gestanden, Obst und Beeren gewaschen, Nüsse gemahlen, den Zylinder der Cattabriga gefüllt. Mit ihm zusammen der Schlagwelle zugehört.

»Doch, auch früher«, antwortete ich.

Kitty schaute auf Sophias Rücken, auf den blonden Zopf zwischen den Schulterblättern. »Weißt du, wie die Frau des Chirurgen von unserem Verhältnis erfahren hat?«, fragte sie dann.

»Hat sie euch in flagranti ertappt?«

»Nein. Das wäre peinlich gewesen.« Sie betastete kurz ihren Rücken, der immer noch rot war. »Sie konnte es ihm ansehen. So hat sie es ausgedrückt, eines Morgens beim Frühstück. Dabei war in der Nacht davor gar nichts passiert. Trotzdem sah sie es ihm an.«

»Möchten Sie noch etwas bestellen?« Es war mein Vater, der hinter uns stand. Er spürte den neuen Tag noch nicht in den Beinen, der Groll war zwar da, aber nicht so scharf. »Vielleicht einen zweiten Kaffee?«

»Eigentlich hätte ich Lust auf ein Eis«, sagte Kitty. »Sollen wir uns einen Becher teilen?«

»Einen Becher für beide zusammen?«, fragte mein Vater. »Und welches Eis?«

»Das überlasse ich dir.« Kitty schaute mich lächelnd an. Sie hatte einen kleinen Mund, schmale, bewegliche Lippen.

»Bitte sehr, der Herr«, sagte Beppi. Auch er lächelte mich an. Er hatte Spaß an seiner Rolle, es konnte ihm gar nicht lange genug dauern. Ich brauchte nicht zu spielen, ich *war* ein Gast, ich saß auf seiner Terrasse.

»Drei Sorten bitte«, antwortete ich.

»Und welche dürfen es sein?«

Es ließ sich nicht mehr aufschieben. »Vanille, Mango und Heidelbeere«, sagte ich. Ich bestellte das erste Eis des Tages.

Die Hochzeit meines Bruders und der Vogel meines Vaters

Die Hochzeit in Venas fand an einem strahlend blauen Tag statt. Als die Sonne über den Bergen aufging, entzündete sie den Himmel. Auf den steilen Wiesen lag hoher Schnee, und auch die Zweige der Lärchen trugen weiße Lasten, aber die Straßen waren frei. Mein Vater holte mich am Bahnhof von Toblach ab. Ich kam aus Neu-Delhi, wo ich mit Victor Larssen ein Poesiefestival besucht hatte. Die meiste Zeit waren wir in einem Kleinbus herumgefahren worden. In verschiedenen Sälen in der Stadt fanden Lesungen statt, aber Zuhörer erschienen kaum. Larssen erklärte, der Zweck des Festivals sei, dass Dichter aus verschiedenen Ländern sich begegneten und gemeinsam ihre Werke übersetzten. »Das Publikum ist Nebensache.« In meinem Hotelzimmer mit Aussicht auf den Connaught Place suchte eine Ratte die ganze Nacht einen Ausweg aus einem

Luftkanal der Klimaanlage. Ich hatte kein Auge zugetan.

Mein Vater sah gut aus, erholt und fröhlich, ein Eismacher im Winter.

»Wie war die Reise?«, fragte er, als wir Toblach verließen. Er war mit dem weißen Land Rover gekommen. Mein Vater liebte das tiefe Brummen des Motors beim Gasgeben. Er hatte den Geländewagen speziell für die Berge gekauft. Für die weiten Strecken, die jährlichen Fahrten nach Rotterdam und zurück, hatte er einen grünen Mercedes, der fast geräuschlos fuhr.

»Lang«, antwortete ich. Ich war von Delhi nach Rom geflogen, hatte den Nachtzug nach Verona genommen und war von dort über Bozen und Fortezza nach Toblach gefahren. Ein Teil von mir schien noch unterwegs zu sein.

»Hier«, sagte mein Vater. »Deine Mutter hat eine Piadina für dich gebacken.«

Ich öffnete die Alufolie, biss in den Fladen und schmeckte Prosciutto und Stracchino. Warm war die Piadina noch besser, aber jetzt war sie auch kalt genau das Richtige. Ich schlang sie hinunter.

»Luca ist sehr nervös«, sagte mein Vater. »Ich kann mich nicht erinnern, dass ich an meinem Hochzeitstag so aufgeregt war. Deine Mutter hat ihm mit den Manschettenknöpfen helfen müssen.«

Er lachte und gab mehr Gas. »Vielleicht hat er Angst, dass sie Nein sagt!«

Der Motor brummte wie ein Bär, wir sausten durch die weiße Winterlandschaft. Wenn der Wagen sich in einer Haarnadelkurve zur Seite neigte, hielt ich mich am Handgriff fest. Manchmal fielen mir die Augen zu, dann schreckte ich wieder auf, wenn mein Kopf an die Tür stieß.

Als wir durch die Hauptstraße von Cortina d'Ampezzo fuhren, nahm mein Vater den Faden wieder auf. »Ich bin gespannt, ob die Kirche voll sein wird. Als Valentino und Anna geheiratet haben, mussten sogar ein paar Leute stehen.« Valentino war der Sohn seines Bruders. »Fast das ganze Dorf war gekommen.« Er hätte es nicht zugegeben, aber auch er war nervös.

»Ich würde schon gern etwas trinken«, sagte er kurz vor Venas, »aber ich habe versprochen, dass wir direkt nach Hause fahren. Deine Mutter hat natürlich Angst, dass wir zu spät kommen.« Trotzdem fing er an zu bremsen, als wir uns einer Bar an der Landstraße näherten.

»Nein, Papa«, sagte ich. »Wir müssen rechtzeitig da sein.«

»Es ist noch Zeit genug.«

»Nein.«

»Nur ein Bierchen«, sagte er. »*Una bella bionda.*«

»Beppi!«

»Wie seine Mutter«, murmelte mein Vater und gab wieder Gas. »Das war's dann mit meiner *bionda*, das war's.«

Im Winter trank er morgens gern ein Bier, wie fast alle Eismacher. Nur konnten die meisten nicht Maß halten; wenn sie erst einmal im Ruhestand waren, wurden ihre Nasen immer röter. Es lag an den leeren Tagen, den ausgestorbenen Straßen.

Wir fuhren an dem großen Haus von Sophias Eltern vorbei. In sämtlichen Räumen brannte Licht. Der Vater saß im Wohnzimmer. Mutter und Tochter konnte ich nicht sehen, vielleicht waren sie im Badezimmer an der Rückseite des Hauses. Ich dachte an Sophias langes blondes Haar, das Haar, das ich nie gebürstet hatte.

Vom Schornstein unseres Hauses stieg Rauch auf, das Grau löste sich im kalten Blau des Morgens auf. Mein Vater parkte den Land Rover neben dem Mercedes. Vor der Garage stand ein Zementmischer. »Der ist neu«, sagte mein Vater stolz.

»Du hattest doch schon einen Zementmischer.«

»Aber nicht so einen. Dieser hat eine größere Trommel, und er ist orangefarben.«

Nie im Leben würde er Zement oder Beton mischen. Nicht in diesem Leben.

Meine Mutter umarmte mich und sagte, wie

sehr sie sich über das schöne Wetter freue. Sie strahlte.

»Komm«, sagte sie, »mach dich schnell frisch und zieh dich um. Wir unterhalten uns, wenn wir in der Kirche sind.«

Luca verließ gerade das Badezimmer. Er trug einen nagelneuen Anzug und hatte sich das Haar zurückgekämmt, es glänzte wie Ebenholz. Um in der schmalen Diele aneinander vorbeizukommen, mussten wir uns beide seitwärts drehen, und so standen wir uns einen Moment mit dem Rücken zur Wand gegenüber, fast Bauch an Bauch und Nase an Nase. Ich sah die Ringe unter seinen Augen und er wahrscheinlich das Gleiche bei mir.

»Der große Tag«, sagte ich.

»Ja.«

»Du siehst sehr gut aus.«

»Bis gleich.«

Dann ging er weiter und ließ mich in der Diele stehen, seinen älteren Bruder, seinen Trauzeugen. Drei Wörter hatte er zu mir gesagt, drei in einem ganzen Jahr, und sie hatten so gut wie keine Bedeutung. Es waren eher Laute als Wörter: a, i, ei.

Das Badezimmer roch nach ihm, es war der Körpergeruch, den ich aus seinem Zimmer kannte, aber vor allem aus dem Dachgeschoss in Rotterdam, von der Bettdecke, die er morgens zurückschlug, der warmen Luft, die sich dann ausbreitete und meine Nasenlöcher erreichte, manchmal in einem Traum.

Ich wusch mir das Gesicht und zog den Anzug an, den ich mehr als zehntausend Kilometer hierher transportiert hatte. Das Jackett war etwas knittrig, aber die Hose hatte noch scharfe Bügelfalten.

Zu viert gingen wir zur Kirche, unsere Absätze klopften auf das Pflaster. Meine Mutter schaute immer wieder lächelnd Luca an und danach mich. Sie sah grenzenlos glücklich aus, dabei stand die Hochzeitszeremonie erst noch bevor.

Auf dem ovalen Platz vor San Marco Nuovo waren schon viele Menschen versammelt. Alle hatten sich fein gemacht, die Männer trugen Krawatten, manche auch Hüte, die Frauen dufteten nach Seife, und ihre Kleider ließen mehr Bein sehen als an anderen Tagen. Sie sahen jung aus, ihre Töchter dafür ein paar Jahre älter, als sie waren. Eismacher begrüßten sich, Hände wurden geschüttelt, man wechselte noch schnell ein paar Worte, aus allen Mündern kamen Wölkchen. Dann begannen schon die Kirchenglocken zu läuten, und alle gingen hinein.

Ich setzte mich in die erste Reihe neben meine Eltern und Sophias Mutter, die ebenfalls Trauzeugin war. Sie trug eine Pelzstola, die aber kaum verbergen konnte, dass sie als einzige Frau in der Kirche nackte Schultern und Arme hatte. Ihr dunkelblauer Rock reichte kaum bis zu den Knien.

Der Organist begann zu spielen, und sämtliche Köpfe wandten sich fast gleichzeitig in Richtung Kirchentür. Am Arm ihres Vaters kam Sophia herein. Sie trug Weiß, ein langes Kleid, dessen Oberteil auf der Brust wie das Innere einer Auster glänzte. Ihr blondes Haar war zu einem Zopf geflochten, der rings um den Kopf festgesteckt war, eine goldene Krone. Bildschön und selbstsicher schritt sie über den glatten Steinboden, ohne nach rechts oder links zu blicken. Luca strahlte, als sie auf ihn zukam.

In der vollen Kirche – alle Bänke waren besetzt, hinten mussten einige Leute stehen – war es mäuschenstill, als die eigentliche Trauzeremonie begann. Der Priester im goldbestickten Messgewand mit violetter Stola schaute Braut und Bräutigam lange an, bevor er sie bat, sich zu erheben und einander die Hand zu reichen. Dann sprach er die jahrhundertealten Worte, die Luca und Sophia wiederholen mussten.

Ich war Trauzeuge, ich beobachtete, ich lauschte, immer würde ich mich an all dies erinnern, doch etwas in mir wollte nicht dort sein, nicht in dieser Kirche, sondern in Indien, auf dem Indira Gandhi International Airport, hoffnungslos verspätet, und auf ein himmelblaues Flugzeug warten, während eine englische Lautsprecherstimme Namen aufruft und eine neue Ladung Fluggäste hereingeschwemmt wird.

Es war, als hätten alle den Atem angehalten und würden sich nun entspannen, sich gehen lassen. Applaus brandete auf, meine Mutter weinte, Sophias Mutter tupfte sich mit einem Taschentuch Tränen von den Wangen. Das Brautpaar drehte sich um. Lucas Blick fand die Blicke meiner Eltern, meiner den von Sophia. Das Winterlicht fiel auf ihr Gesicht und ihr magisches Kleid. Erst jetzt sah ich, wie sie sich verwandelt hatte, aus einem Mädchen, das mit der Zunge Schneeflocken auffing, in eine blühende Frau. Sie lächelte, und ich erwiderte ihr Lächeln. Es war wie eine Berührung.

Vor der Kirche warfen Kinder Händevoll Reis auf das Brautpaar. Sophia senkte den Kopf und schloss die Augen. Luca drehte sich zu ihr hin, dann küssten sich die beiden im weißen Regen. Auch ich beteiligte mich am Werfen. Mein Gedächtnis schlug eine Brücke zu der Schneeballschlacht, bei der ich zu Boden gegangen war.

Sophia und Luca bestiegen den alten Alfa Romeo, den man in Belluno mieten konnte und der schon unzählige frisch Vermählte ins Eheleben gefahren hatte. Der Chauffeur trug eine Schirmmütze und roch nach Tabak, seine Fingernägel waren gelb, aber im Lack des Oldtimers war nicht der kleinste Kratzer. Ich blieb vor der Kirche stehen und schaute dem wegfahrenden Wagen nach wie ein Schiffbrüchiger auf einer einsamen Insel einem Dampfer am Horizont.

Zum Berühren braucht einer nicht nah bei dir zu sein / aus der Ferne zu berühren ist ebenfalls möglich. Es war die Stimme des auf Hindi schreibenden Dichters Mangalesh Dabral, gehört in Neu-Delhi, die nun über die Meere zu mir kam. *Berühre, wie lange Grashalme sich strecken, um die Strahlen des Mondes zu erreichen.*

Meine Eltern machten sich auf den Heimweg, andere folgten. Lange Reihen von Menschen zogen wie an den Sonntagen über die schmalen Gehwege, ganze Familien in ihren besten Sachen.

»Die nächste Hochzeit ist deine«, sagte jemand, und eine große, starke Hand mit schwieligem Daumen legte sich auf meine Schulter.

Wir sahen uns im Frühling wieder. Ich hatte erwartet, dass sich schon ein Bäuchlein abzeichnen würde, aber Sophia war so schlank wie eh und je. Ein wenig gelangweilt stand sie hinter der Eisvitrine.

»Hallo, Schwager.« Sie begrüßte mich mit einem Lächeln. »Ich würde dir ja einen Kuss geben, aber ich bin nicht groß genug, um mich so weit vorzubeugen.«

»Du kannst mich auch mit einem Espresso glücklich machen.«

Ich setzte mich drinnen an einen Tisch und horchte auf die Geräusche der Espressomaschine. Ich zählte die Sekunden, bis der Kaffee in die Tasse gelaufen war. Sechsundzwanzig, keinen Wimpernschlag länger, und die Maschine setzte aus wie ein Motor.

»Es regnet schon den ganzen Morgen«, sagte Sophia, als sie mit einem Tablett in den Händen zu mir kam. »Mittags soll es etwas wärmer werden, aber der Regen hält an.«

»Willkommen in den Niederlanden.«

»Bis zum Wochenende bewölkt und zunehmend windig.«

Ich glaubte, meine Mutter zu hören.

Sie hätten schon vor einer Woche geöffnet, erzählte Sophia, aber es sei ein schlechter Saisonbeginn, die Leute wollten lieber Kaffee als Eis.

Meine Eltern erledigten Einkäufe, Luca stand in der Küche, ich hatte ihn durch das Fenster in der Tür gesehen, er mich wahrscheinlich auch.

Ich warf noch einen prüfenden Blick auf den Mittelteil von Sophias Schürze, aber darunter war nichts Verdächtiges zu sehen. Auch im Gesicht war sie unverändert.

Das Eiscafé an regnerischen Tagen. Früher hatten wir dann Eiswaffeln gebacken, aber seit die fertig geliefert wurden, war genug Zeit zum Tropfenzählen. Ich hatte als Einziger gelesen, Lyrikbände, die Richard Heiman mir geliehen oder die ich selbst in der Buchhandlung nebenan gekauft hatte, nur zwei Häuser weiter. Einer Buchhandlung mit hohem Schaufenster und einem roten Kater, der vor den gut gefüllten Regalen herumstolzierte. Die blonde Buchhändlerin hatte selbst ein paar Bücher geschrieben, damit aber wenig Erfolg gehabt. Für ihren Laden galt die umgekehrte Eiscafé-Regel: An kalten und dunklen Tagen herrschte Hochbetrieb, an schwülen blieben die Kunden weg. Um das zu ändern, trug sie im Sommer dünne Blusen mit tiefem Ausschnitt. Manche Männer starrten sich darin fest, während sie Bücher in Geschenkpapier einwickelte. Einmal hat sie angeblich gefragt: »Soll ich die beiden mit einpacken?«

Um Punkt fünf pflegte sie eine Flasche Wein zu öffnen, manchmal auch früher, wenn der Kater sich im Schaufenster in der Sonne räkelte.

Im Nachhinein erscheint es mir unvermeidlich, dass ich diesen Weg eingeschlagen habe. Gegenüber dem Eiscafé das Büro des World Poetry Festival und keine zehn Meter entfernt eine Buchhandlung – in dieser Straße gab es ein Kraftfeld. Verwunderlich ist eher, dass meine Eltern und mein Bruder davon nichts spürten und an verregneten Tagen vor sich hin stierten. Wenn ich auf dem Eislagerschrank ein Buch liegen ließ, nahm es keiner in die Hand.

Auch Sophia schien nichts von dem Kraftfeld zu spüren. Sie fragte zwar manchmal nach meiner Arbeit, aber in der Regel interessierte sie sich nur für die Städte, in denen ich gewesen war. Für die Cafés, die Restaurants, das Nachtleben. Wenn ich, was selten vorkam, ein Gedicht vorlas, beschäftigte sie sich schnell mit etwas anderem, als täte ich etwas Verbotenes. Sie war die Frau meines Bruders und wusste, dass Eismachen und Poesie sich nicht vertrugen. Entweder das eine oder das andere. Wer dem Gesang der Sirenen lauschte, war verloren.

Die Küchentür öffnete sich. Luca brachte zwei Esslöffel mit Eis, wir sollten kosten.

»Tomate!«, sagte Sophia.

»Und Basilikum«, ergänzte ich.

»Fantastisch.«

»Ganz außergewöhnlich. Bin gespannt, was Beppi dazu sagt.«

Luca hatte sich schon umgedreht und war in der Küche verschwunden.

In jenem trüben Frühjahr geschah dreierlei, scheinbar ohne Zusammenhang. Mein Vater kaufte sich zwei Vögel, mein Bruder erfand wie wild neue Eissorten, und ich zog nach Rotterdam.

Seit dem Beginn meines Studiums hatte ich in Amsterdam gewohnt, wo ich noch einen Tag pro Woche im Verlag arbeitete. Robert Berendsen hatte mir zwei Versprechen abverlangt: dass ich weiterhin die Lyrikzeitschrift mit herausgeben und möglichst viele Autoren des Verlags zum World Poetry Festival einladen würde. Es waren Kneipenversprechen. Ich hatte ihm die Neuigkeit nach seinem ersten Schluck De Koninck erzählt; an jenem Abend sollten noch viele Gläser folgen. Wie von Victor Larssen prophezeit, hatte Robert Verständnis, er gönnte mir diese Chance. »Ich freue mich für dich«, sagte er, »und ich bin sehr neugierig auf die Dichter, die du entdecken wirst.«

Wir sprachen über die Festivals, die er selbst besucht hatte. »In Lüttich ist die Atmosphäre sehr gemütlich, es ist das älteste Lyrikfestival überhaupt, die Dichter sitzen fast bei einem auf dem Schoß«, erzählte er. »Aber Medellín stellt alles in den Schatten. Da werden mehr als hundert Dichter eingeladen und lesen an vielen ganz unterschiedlichen Orten, in Cafés, in obskuren Hinterhofsälen, auf der Straße, in der Universität. Man könnte meinen, die Poesie hätte die Macht über die Stadt übernommen, man traut seinen Augen kaum, wenn man sieht, was da los ist. Am Eröffnungsabend verfolgen Tausende von Menschen sieben Stunden lang unter freiem Himmel die Dichterlesungen. Wenn es anfängt zu regnen, bleibt man einfach sitzen. Es dauert bis tief in die Nacht.«

Seine Augen wurden immer kleiner, wir gehörten zu den letzten Gästen. »Ich freue mich für dich«, wiederholte er, als wir unsere Jacken anzogen, und fügte mit einem breiten Lächeln hinzu: »Und natürlich für unsere Dichter, die jetzt alle nach Rotterdam eingeladen werden.«

Mit Victor Larssens Einverständnis plante ich eine Partnerschaft zwischen dem World Poetry Festival und der Lyrikzeitschrift: Jedes Jahr sollte eine gemeinsam herausgegebene Sonderausgabe zum Festival erscheinen, Gedichte der auftretenden Lyriker, ergänzt um Interviews und Essays. Das erste Festival mit mir als Redakteur stand noch bevor, und schon jetzt war ich den ganzen Tag mit Lesen, Übersetzen, Herumtelefonieren und Korrespondenz beschäftigt. Unterstützt wurde ich von einer Praktikantin, die in Sankt Petersburg aufgewachsen war und Slawistik studierte. Sie verkündete gleich zu Anfang, es gebe keine größere Dichterin als Marina Zwetajewa.

Ich bekam keine Zeit für eine Erwiderung.

»*Durch Gedanken an das Wahre und Unauffind-*

bare erschöpft, habe ich im ganzen Garten Mohnblume um Mohnblume geköpft. So wird einst der Tod, eines trockenen Sommers am Ackerrand, meinen Kopf pflücken, unbewegt und mit achtloser Hand.«

Xenia hieß sie. Hochblond, blasses Gesicht, knallrote Lippen. Meistens holte ihr Freund sie am späten Nachmittag ab, er hatte dann schwarze Hände und manchmal auch Schmiere im Gesicht. Von der Arbeit in der Autowerkstatt, in der sie ihn auch kennengelernt hatte, als sie ihren VW zur Reparatur brachte; der Keilriemen quietschte und musste ersetzt werden. Sie hatte sich sofort verliebt.

»Liest er auch Lyrik?«, fragte ich, als sie davon sprach.

»Nein, natürlich nicht. Er ist Automechaniker, er liebt blonde Frauen mit langen Beinen.«

»Und du ihn?«

»Ja«, antwortete sie. »Hältst du mich jetzt für verrückt?«

Ich wusste nicht, was ich antworten sollte. Ich fand eine solche Kombination etwas seltsam, wollte aber nicht konservativ erscheinen.

Xenia erzählte von einer ihrer Dozentinnen, die während ihres eigenen Studiums jahrelang ein Verhältnis mit einem Professor gehabt hatte, heute aber mit einem Fensterputzer verheiratet war. Sie hatten zwei Kinder und ein wunderschön eingerichtetes

Haus. Wenn sie zur Universität fuhr, war er mit Leiter, Eimer, Schwamm und Wischern in den Außenbezirken unterwegs.

»Und du glaubst, die beiden sind glücklich?«

»Ja, das glaube ich. Nein: Das weiß ich.«

Mein Vater war mit einer Frau verheiratet, die selbst aus einer Eismacherfamilie stammte. Als sie jung war, hatte meine Mutter sich vorgenommen, nie in einem Eiscafé zu arbeiten, sondern Krankenschwester oder Kindergärtnerin zu werden, doch es hatte nicht so sein sollen. Sie hatte nicht anders gekonnt. Das Mädchen, an das Luca sein Herz verloren hatte, war die Tochter eines Fabrikdirektors aus Modena, aber sie hatte zur *spatola* gegriffen, als hätte sie nie etwas anderes getan.

Ich hatte mir in Rotterdam eine Wohnung gekauft, die aus einer zweiten Etage und dem darüberliegenden Dachgeschoss bestand, nur dass die Zwischendecke irgendwann herausgebrochen worden war; der Abstand vom Fußboden bis zum Dachfirst betrug sechs Meter. Es war ein einziger Wohnraum, aber nicht besonders groß, mit offener Küche; mein Bett stand hinter Wandschirmen. Zuwachs war nicht einkalkuliert.

Die Wohnung lag fünf Gehminuten vom Büro des World Poetry Festival entfernt, also auch vom Eiscafé. Wenn ich zur Arbeit ging, war das Venezia noch geschlossen, aber meistens sah ich im Halbdunkel eine Gestalt hinter den Scheiben. Manchmal forderte mein Vater mich mit Gesten dazu auf, einen Espresso bei ihm zu trinken. Eines Morgens zeigte er mir einen Käfig mit zwei kleinen exotischen Vögeln. Er hatte sie einem Surinamer abgekauft, der regelmäßig mit ein paar Freunden ins Eiscafé kam.

»Es sind Singvögel«, sagte mein Vater. »Das heißt, das Männchen singt.«

»Und das Weibchen?«

Er zuckte mit den Schultern. »Er muss für sie singen.«

Ich betrachtete die Vögelchen im Käfig. Sie saßen still auf ihren Stangen und schienen mir ziemlich ängstlich zu sein.

»Der Mann, bei dem ich sie gekauft habe, ist Vorsitzender des Surinamer Singvogelvereins«, erklärte mein Vater. »Sie veranstalten Wettkämpfe im Park.«

»Was für Wettkämpfe?«

»Gesangswettkämpfe, was sonst?«

»Singen sie schön?«

»Darauf kommt's nicht an. Ein Singvogel muss keine Puccini-Arie pfeifen können, es geht darum, dass er möglichst viel singt, egal, wie falsch oder wie schrill.« Er holte einen zweiten Käfig und setzte das Weibchen dort hinein. »Man muss sie voneinander trennen«, sagte er. »Dann gibt sich das Männchen besonders viel Mühe.« Aber das Männchen fing nicht an zu singen. Stattdessen flatterte es im Käfig hin und her und pickte wild in der Futterschale herum, Körner landeten auf dem Fußboden.

Ich fragte mich, was meine Mutter wohl von diesem neuen Hobby hielt.

»Willst du ihn auch an diesen Wettkämpfen teilnehmen lassen?«

»Das geht nicht«, antwortete mein Vater barsch. »Ich muss arbeiten, ich muss deinem Bruder helfen.«

Es wurde Zeit, auf die andere Straßenseite zu wechseln. Ich sah es an seiner Miene, an seinem Blick. Er hatte alles, was er brauchte, um bedeutende Erfindungen zu machen, musste aber in einem Eiscafé arbeiten. Er besaß einen Singvogel, konnte ihn aber aus dem gleichen Grund nicht an Wettkämpfen teilnehmen lassen.

»Na komm«, sagte er zu dem Männchen. »Sing für dein Weibchen. Los.«

Genau das Gleiche hörte ich ihn einige Tage später wieder sagen, allerdings lauter und weniger freundlich. Meine Mutter stand hinter ihm.

»Sie wollen nicht«, sagte sie.

»Sing für dein Weibchen, verflixt noch mal. Sing! Los!«

»Wenn du so schreist, kriegen sie Angst.«

Er stellte den Käfig mit dem Weibchen weiter weg, der Abstand betrug nun ungefähr drei Meter, doch das Männchen sang immer noch nicht. Es flog von einer Ecke des Käfigs in die andere.

»Hör auf rumzuflattern!«, rief mein Vater. »Du sollst nicht flattern, sondern singen. Soll ich es dir vormachen? Hä? *Fiet! Fiet!* Ist das denn so schwer? *Fiet! Fiet!*

»Beppi, lass die Vögel doch in Ruhe.«

»Lass du mich in Ruhe!«, entgegnete er. »Du machst mich wahnsinnig. Ich darf dies nicht, ich darf das nicht. Den ganzen Tag beobachtest du mich. Lass mich doch *einmal* in Ruhe. Ich will mit meinen Vögeln allein sein. Geh weg!«

So hatte ich ihn gegenüber meiner Mutter noch nie toben hören. Es hatte oft genug Meinungsverschiedenheiten gegeben, aber niemals hatte er meine Mutter angeschrien. Immer hatte er den Wortwechsel mit einem Scherz beendet, manchmal mit einem leicht unpassenden, aber immerhin.

Es war, wie sich bald zeigte, eine Ouvertüre, das Vorspiel zu vielen heftigen Auseinandersetzungen, zu Jahren voller Boshaftigkeit.

»Ich will meine Ruhe!«, brüllte er durchs Eiscafé.

Mein Bruder schaute nicht durchs Fenster der Küchentür. Er wog Zucker ab, trennte Eier und experimentierte mit neuen Zutaten. Er mischte, er lauschte, er kostete, er verbesserte. Er arbeitete noch mehr, als mein Vater es je getan hatte, an manchen Tagen achtzehn, neunzehn Stunden. Alles für eine neue Geschmacksrichtung. Eis aus Gorgonzola; Eis aus Rosmarin und Schokolade; Eis aus Joghurt und Amarenakirschen, ein Eis, in dem das Weiß und das Rot einen Tanz vollführten.

Sophia lag noch im Bett, sie kam immer später herunter. Das Eiscafé wurde um zehn geöffnet, aber sie erschien manchmal erst gegen elf. Ich wusste es von meiner Mutter. »Vielleicht liegt es am Wetter«, sagte sie. »Wenn erst mal die Sonne scheint, fühlt sie sich wahrscheinlich ganz von selbst besser.«

Ihr Haar war dunkler geworden, matt wie das Gold eines Rahmens um ein altes Gemälde. Es lag an dem Sommer im Eiscafé, dem Winter in Italien, dem Frühjahr, in dem sie nicht über Wiesen voller Löwenzahn hatte laufen können. Die Strahlen der Sonne hatten sie kaum erreicht.

Plötzlich starb das Weibchen. Es lag tot auf dem Boden des Käfigs, den Schnabel im Kot des Männchens, oder im eigenen. So hatte mein Vater es eines Morgens vorgefunden. Zuerst war er untröstlich und wollte mit niemandem sprechen.

»Tot«, murmelte er. »Tot.«

Ich brühte einen Espresso für ihn, doch er ließ

ihn stehen. Er starrte ununterbrochen auf das leblose Weibchen in seinen Händen.

»Tot, tot, tot.«

Als sähe er sich selbst.

»Beppi, wir können doch einen neuen Vogel kaufen.«

Er reagierte nicht auf den Vorschlag meiner Mutter, so außergewöhnlich er auch war. Endlich hatte sie einmal nichts dagegen, dass er sich etwas kaufte.

Wir ließen ihn mit seinem Kummer allein. Doch als ich an diesem Mittag das Büro des World Poetry verließ, um essen zu gehen, sah ich meinen Vater fröhlich winken und gestikulieren, offensichtlich wollte er mir etwas mitteilen. War das Weibchen auferstanden? War es nur ohnmächtig gewesen?

»Das Männchen singt«, sagte mein Vater, glücklich wie ein Kind. »Es singt, es flötet, es zwitschert. Hör mal.«

Ich hatte es schon gehört. Jeder im Eiscafé konnte es hören, das Männchen lärmte wie eine ganze Voliere voller Vögel. Es sang inbrünstig und leidenschaftlich, als hätte es die ganze Zeit einen Stöpsel in der Kehle gehabt, der sich nun gelöst hatte.

»Es ist froh«, sagte mein Vater. »Sein Weibchen ist tot.«

Der Vogel hörte nicht auf zu pfeifen und zu zwitschern, aber meine Mutter und Sophia waren still.

Sie standen an der Vitrine, obwohl niemand kam, der ein Eis haben wollte. Sie hatten alle Zeit der Welt, in den Regen hinauszustarren.

»Schau mal, wie fröhlich er ist. Als ob er etwas zu feiern hätte. Wunderbar!«

Ich betrachtete das verwandelte Männchen. Es hatte keine Ähnlichkeit mit dem Vogel, der immer geschwiegen hatte.

»Was hast du mit dem Weibchen gemacht?«

»Mit dem Weibchen?«, antwortete mein Vater. »Vergiss das Weibchen, das ist Vergangenheit. Hör doch, wie er singt. Wie ein Weltmeister.«

»Hast du es begraben?«

»Er hat die ganze Zeit nicht singen können, weil er so unglücklich war, weil er bedrückt war, vielleicht sogar depressiv.«

Er sagte es, als hätte er eine Entdeckung gemacht oder die Erfindung seines Lebens. Wieder schien er sich mit einem Vogel zu identifizieren, nur diesmal mit einem lebendigen.

»Ja, gut so. Du brauchst nicht mehr traurig zu sein.«

Meine Mutter fing plötzlich an zu weinen. Man hörte es nicht, und ich konnte ihre Tränen auch nicht sehen, weil sie mir den Rücken zuwandte. Ich wusste es, als Sophia ihr die Hand auf die Schulter legte.

Mein Vater merkte nichts von dem Schweigen, er hörte nur seinen Vogel tirilieren. Es war ein Höllenlärm mit nur kurzen Unterbrechungen. Der einzige Vorteil war, dass man ihn irgendwann nicht mehr hörte, wie das Ticken einer Uhr. Aber für Gäste, die drinnen eine Tasse Kaffee trinken wollten, war es eine Zumutung.

»Er ist fröhlich«, erklärte mein Vater jedem Gast, »sein Weibchen ist gestorben.«

Manche lachten, andere schüttelten den Kopf.

Einer sagte: »Sie müssen ein Tuch über den Käfig hängen.«

»Er hat schon genug gelitten«, antwortete mein Vater nur.

Es war schließlich mein Bruder, der den Vogel in die Wohnküche auf der ersten Etage verbannte. Die Gäste des Eiscafés wurden nun nicht mehr gestört, aber meine Mutter musste ihn jeden Tag sehen und hören. Das Schlafzimmer meiner Eltern grenzte direkt an die Wohnküche.

Jedes Mal, wenn ich mit ihr sprach, beklagte sie sich. »Morgens fängt er schon um fünf Uhr an zu singen, und dann springt Beppi aus dem Bett und lobt ihn auch noch dafür. Dann geht er runter und holt einen Löffel Streusel. Als Belohnung.« Sie meinte die bunten Zuckerstreusel, die Kinder gern auf ihrem Eis haben wollten, die meisten nannten sie »Perlen«. »Mama, kann ich Perlen haben?« Diese Frage wurde an manchen Tagen dreihundertmal gestellt.

»Wenn mal einen Moment nichts zu tun ist, geht er sofort rauf, um ihn zwitschern zu hören.«

Ich fragte mich, ob sie sein Getue mit dem Vogel schlimmer fand als das trostlose Wetter. Der Wetterbericht versprach für die kommenden Tage keine Besserung. Es war vielleicht der schlechteste Saisonbeginn seit Jahren. Natürlich gab es Leute, die immer gern Eis aßen, bei Wind und Wetter. »Unterm Schirm schmeckt's genauso gut«, sagten sie, oder: »Von so ein paar Tropfen lassen wir uns doch nicht unterkriegen.«

Rotterdamer Nüchternheit, aber in Wirklichkeit sehnten sich alle nach Sonne und langen, faulen Tagen.

Sophia trug ein rosafarbenes Kleid, und ihr Lippenstift und das Band in ihrem Zopf hatten die gleiche Farbe. Wie ihre Mutter in den Bergen eine unwirkliche Erscheinung gewesen war, so war sie es in der grauen Stadt. Einen winzigen Augenblick lächelte sie mich an, aber es war nicht wie eine Berührung.

Luca stand in der Küche und experimentierte mit Eis, mein Vater war bei seinem Vogel, und ich ging nach Hause in meine Wohnung, um mich mit einem Gedichtband in den Secondhand-Chesterfield-Sessel zu setzen, den ich mir vor Kurzem geleistet hatte. Alle drei sonderten wir uns ab.

Jahre später, in einem Hotelzimmer in Paris, wo ich das Festival Marché de la poésie besuchte, legte ich mich nach dem Duschen nackt aufs Bett und betrachtete die rosafarbene Tapete. Während ich das wiederkehrende Muster aus Mohnblumen und Schnörkeln anstarrte, fiel mir seltsamerweise zum ersten Mal auf, dass praktisch alles in dem Raum rosa war: der Teppichboden, die Vorhänge, die Bettwäsche, die Nachtschränkchen, der Tisch, das Telefon, die Zimmerdecke. Zu meinem Schreck stellte ich fest, dass meine Eichel genau den gleichen Farbton hatte. Und in diesem Moment, an einem einsamen Tag in Paris, stieg die Erinnerung an Sophias Sommerkleid auf, und ich entwirrte endlich die Fäden, die sich in jenem trüben Frühjahr miteinander verwickelt hatten.

Ich sah, weshalb mein Bruder aus Olivenöl Eis zu machen versuchte, warum er Melone mit Minze mischte, warum er bis tief in die Nacht über Rezepten brütete. Ich sah, warum Sophia manchmal bis halb elf im Bett blieb und den ganzen Tag auf die Pfützen starrte, in denen kleine Kinder mit ihren Stiefeln herumplanschten.

Schließlich kam der Sommer, und was für einer, mit allem, was die Jahreszeit zu bieten hat: hellblauer Himmel, verschwitzte Bettwäsche und kurze Röcke, späte Sonnenuntergänge und verführerisch blinzelnde Sterne, Sommersprossen, Wespen, Hagelkörner und verbrannte Nasen. Ein Sommer, der zu wissen schien, dass er nur wenig Zeit hatte, und sich deshalb verausgabte.

Ein beliebter Eismacherspruch lautet: »Besser ein schlechter Frühling als ein schlechter Sommer.« In der Bar Posta konnte man aber spätabends auch eine andere Weisheit hören: »Besser Durst im Winter als Durst im Sommer.«

Mit der Wärme kamen auch Lucas neue Eissorten. Zum ersten Mal in der Geschichte des Venezia wurde die Ordnung in der Vitrine geändert. Manchen Stammkunden verwirrte das. Plötzlich stand neben dem Schokoladeneis nicht mehr das Himbeersorbet, sondern Feigen-Mandel-Eis; in der Woche darauf konnte das Himbeersorbet wieder an seinem alten Platz, dafür aber das Schokoladeneis durch Kaffee-Kardamom-Eis ersetzt sein.

»Du vergraulst all deine Kunden«, sagte mein Vater zu Luca.

»*Ein* Löffelchen von den neuen Sorten, und sie sind überzeugt.«

»Aber da wagen sie sich nicht ran. Ich verkaufe seit über vierzig Jahren Eis und kenne die Leute. Sie wollen keine Überraschungen, sondern Erdbeere, Vanille, Mango, Schokolade, die Standardsorten. Dann gibt's noch ein paar Exzentriker, die Zimt oder After Eight möchten. Aber nichts Verrücktes, keine komischen Mischungen und schon gar nicht irgendwelche Zutaten, die sie erst im Lexikon suchen müssen.«

»Ich lasse sie doch vorher kosten.«

»Das kannst du nicht machen«, entgegnete mein Vater. »Du darfst dein Eis nicht wegschenken.«

»Ich verschenke ja nichts, ich lasse die Leute nur von Eissorten kosten, die sie nicht kennen.«

»Damit darfst du gar nicht erst anfangen. Du weißt, wie Niederländer sind, die wollen dann gleich das ganze Eiscafé verkosten. Einen Löffel hiervon, einen Löffel davon, und dann noch einen Löffel dies und einen Löffel das. Genau wie im Supermarkt, da dürfen sie auch kosten und nehmen dann nichts. Hab ich selbst erlebt. Alle schieben ihre Wägelchen zu dem Stand, an dem eine Frau ein asiatisches Wokgericht zubereitet. Möchten Sie vielleicht einmal probieren? Und? Wie schmeckt's? Köstlich! Nicht wahr? Aber an der Kasse legen sie dann doch nur Brot, eine Packung Milch und ein Pfund Brechbohnen aufs Band.«

»Hast du denn selbst schon mal gekostet?«, fragte mein Bruder und hielt ihm einen Löffel hin. Feigen-Mandel-Eis.

»Du ruinierst dich, wenn du jeden kosten lässt, so hoch sind die Gewinnspannen nun mal nicht. Ich habe all die Jahre geschuftet, damit der Laden gut läuft, nicht um zusehen zu müssen, wie du ihn innerhalb von ein paar Monaten zugrunde richtest.«

»Mund auf.«

Luca schob ihm den Löffel in den Mund wie einem Kleinkind, das nicht essen will.

Es war einen Moment still. Dann lächelte mein Vater. »Fantastisch«, sagte er. »Wunderbar, ganz köstlich.«

Die Nachricht von den ausgefallenen Geschmacksrichtungen verbreitete sich wie ein Lauffeuer in der Stadt. Die Leute kamen, um zu kosten, und waren begeistert. Die Schlange vor dem Eiscafé wurde immer länger, die Zeitungen berichteten darüber. Aus allen Himmelsrichtungen kamen die Menschen, sogar aus den Nachbarländern. Selten war der Andrang so groß gewesen.

Auch ich musste mich anstellen, auf der Terrasse war kein Stuhl mehr frei. Die Sommerferien hatten begonnen, und es war ein strahlend schöner Tag. Mütter hielten zappelige Kinder an den Händen. »Ich möchte Erdbeere mit Perlen«, hörte ich vor mir, und hinter mir riefen zwei Brüder fast synchron: »Mama, kriegen wir Schokolade mit Perlen?«

Meine Mutter und Sophia beugten sich über die Eisbehälter und füllten Becher und Waffeln. Ich konnte sie beobachten, ohne selbst gesehen zu werden, ich kam mir fast vor wie ein Spanner, ließ sie aber trotzdem nicht aus den Augen. Meine Mutter war schneller als Sophia, sie bewegte sich flotter. Es war die Erfahrung, obwohl auch ihre *spatola* manchmal über Behältern mit neuen Eissorten erst einen Moment in der Luft stehen blieb.

»Ich möchte Perlen«, hörte ich ein kleines Mädchen zu Sophia sagen.

»Und welches Eis möchtest du?«

»Mit Perlen.«

»Ja, aber welche Sorte Eis?«, sagte die Mutter. »Du musst auch sagen, welche Sorte du möchtest.«

Das Mädchen dachte lange nach und antwortete dann: »Ich weiß nicht mehr.«

Ich sah die bunten Haarspangen an den blonden Zöpfchen, die fast die Schultern des Mädchens berührten, nicht den kleinen glänzenden Mund, nicht die goldgelben Augenbrauen, nicht die tiefblauen oder graugrünen Augen.

»Vanille?«, fragte die Mutter.

»O ja, Vanille mit Perlen!«, rief die Kleine begeistert.

Doch Sophias linke Hand griff nicht nach einer Eiswaffel, die *spatola* in ihrer Rechten bewegte sich nicht in Richtung Vanille. Niemand in der Schlange merkte etwas, alle sprachen über das Eis, über die Sorten, die sie haben wollten, aber ich sah, wie meine Mutter Sophia die Hand auf die Schulter legte.

»Und für mich bitte einen kleinen Becher mit Ananas-Grapefruit und Quark mit Pflaume«, sagte die Mutter des Mädchens. »Ich bin sehr gespannt, wie das schmeckt.«

Die Nachricht von den neuen Eissorten erreichte auch Venas di Cadore. Serafino Dall'Asta schrieb einen Bericht für die Lokalzeitung *L'Amico del Popolo*. Der Journalist hatte Luca angerufen und gefragt, ob er sich all diese Geschmacksrichtungen selbst ausgedacht habe. Mein Bruder hatte geantwortet, er experimentiere stundenlang mit den unterschiedlichsten Kombinationen, sei aber auch offen für Anregungen von Kunden. So wie vor langer Zeit unser Urgroßvater von Leuten aus dem Dorf Früchte gebracht bekam, so bekam Luca heute allerlei Vorschläge: Kirsche-Schokolade, Banane-Kokos, Brombeere-Vanille.

Und wie unser Urgroßvater schuf Luca immer wieder neue Sorten. Bald gab es ein »Eis der Woche«, und auf einer Tafel wurden Spezialitäten aufgeführt, die man bestellen konnte. Eine zweite Vitrine wurde in die Theke eingebaut, um mehr Eisbehälter unterbringen zu können. So verging der Sommer mit langen Schlangen, mit nackten Beinen auf der Terrasse, mit fröhlichem Lachen und strahlenden Gesichtern um Mitternacht.

Ich begleitete Victor Larssen zu verschiedenen Poesiefestivals in Europa, und Ende Juli, als auf dem Asphalt der Startbahnen zischend dicke Regentropfen verdampften, zum ersten Mal nach Medellín. Die Eröffnung fand in einem Amphitheater statt, das auf halber Höhe des Cerro Nutibara aus den Felsen gehauen war. Wir wurden mit Dichtern und anderen Festival-Teilnehmern in großen Bussen zu dem Hügel gefahren, mitten durchs Zentrum einer der größten Städte Südamerikas. Überall wimmelte es von Autos und Motorrollern. Larssen erinnerte daran, dass Medellín vor nicht allzu langer Zeit noch die Stadt mit der meisten Gewaltkriminalität in der Welt gewesen war. Die Menschen hatten sich kaum noch aus ihren Häusern gewagt, täglich mussten die Zeitungen über Morde berichten, die Straßen wurden zum Schauplatz von Massakern. Die meisten Opfer waren jung und namenlos, aber auch Bandenchefs, FARC-Kommandeure und hohe Militärs lagen in ihrem Blut. »Das Festival ist eine Antwort darauf«, sagte Larssen. »Es wurde von Dichtern und Redakteuren der lateinamerikanischen Lyrikzeitschrift *Prometeo* ins Leben gerufen. Sie wollten ein Zeichen setzen gegen die Korruption, gegen die Gewalt, die brutalen Morde am helllichten Tag, und das haben sie geschafft. Was früher die Verbrechenshauptstadt Südamerikas war, ist heute die Stadt mit dem größten Poesiefestival der Welt.«

Ich blickte auf den Gebirgszug vor uns. Medellín liegt wie auf dem Boden einer Schale in einem weiten Tal, umringt von Bergen, aber zum Cerro Nutibara am Westufer des Rio Medellín ist es nicht weit. Die Straße stieg jetzt steil an, manchmal quälte sich der Bus in einem zu hohen Gang aufwärts. Wir fuhren durch eine urwaldähnliche Parklandschaft, auf beiden Seiten standen Bäume mit tiefgrünen Blättern, durch die offenen Fenster hörte man die zirpenden Laute von Insekten und hin und wieder den lauten Schrei eines Vogels.

In unserem Bus saßen Lyriker aus Italien, Somalia, Mexiko, Kanada, Norwegen. Insgesamt sollten am Eröffnungsabend siebzig Dichter aus ihren Werken vorlesen. Ich hatte schon allerhand darüber gehört: Tausende von Zuhörern in den steinernen Sitzreihen, Applaus, der bis in den Himmel aufzusteigen schien. »Man traut seinen Augen und Ohren nicht«, hatte Robert Berendsen gesagt.

Der Bus hielt in einer Parkbucht am Straßenrand, an einer Stelle, an der vor wenigen Jahren vielleicht noch Leichen aus Autos geworfen worden waren. Einige der Dichter fragten, ob wir hier denn richtig seien, es kam ihnen komisch vor. Konnte der Parnass ein unheimlicher Ort in einem Wald sein?

Wir stiegen aus und mussten eine steile Steintreppe hinuntersteigen. Die älteren Dichter taperten zaghaft und langsam abwärts, hinter ihnen drängten sich ihre jüngeren Kollegen. Manchmal kam alles ins Stocken, weil einer stehen blieb und in die Tiefe starrte, aber von dem Theater war nichts zu sehen. Am Ende der Treppe stand ein Häuschen, um das man herumgehen musste. Dann sah man es: ein riesiges Amphitheater mit ansteigenden Steinreihen, eine Arena im Urwald. An manchen Stellen saßen schon Leute, durch Tore an den Seiten strömte das Publikum herein.

»Man erreicht das Theater auch von unten«, hörte ich Larssen über mir sagen. »Am Fuß des Hügels gibt es einen Parkplatz, von dort geht es eine steile Treppe hinauf. Aber wir haben den schöneren Weg genommen, so taucht es ganz plötzlich vor einem auf.« Wie ein Platz in Rom, nachdem man durch unzählige Gassen gegangen ist. Unerwartet und grandios.

Ich stieg bis zur Bühne hinunter, die überdacht und sicher vierzig Meter breit war. An einem Gerüst war links und rechts eine beeindruckende Menge von Lautsprechern aufgehängt. Die Scheinwerfer waren noch ausgeschaltet, aber schon auf die siebzig weißen Plastikstühle gerichtet, genau solche Stühle wie auf der Terrasse des Venezia. Mein Vater stellte sie jeden Morgen auf und stapelte sie nachts wieder ineinander. Vorne standen zwei Pulte mit Mikrofonen, eins für den Dichter, eins für den Übersetzer.

Für uns waren Plätze in der ersten Reihe vorgesehen, aber Larssen wollte höher sitzen, mitten im Publikum. Auch bei anderen Festivals setzte er sich selten auf die Stühle mit den weißen »Reserviert«-Zetteln. Während des World Poetry stand er sogar immer in einem Seitengang des Saals, allerdings nur, weil er zum Sitzen zu nervös war.

Die steinernen Reihen füllten sich. Schon eine halbe Stunde vor dem geplanten Beginn um sieben Uhr war alles besetzt. Hier und dort kletterten Männer und Frauen auf Bäume, und auch auf einer höher gelegenen Lichtung waren Leute zu sehen.

Es war wie bei einem Freiluftkonzert oder einem Sport-Großereignis. Man sah gewöhnliche Menschen aus der Stadt, Arbeiter, Busfahrer, Markthändler, aber auch ganze Familien mit Kindern. Sie brachten Verpflegung mit, frittierte Empanadas mit Chorizos und gegrillten Maiskolben, dazu Getränke, Coca-Cola, Águila-Bier, billigen Whisky. Der Himmel war klar, es würde nicht regnen wie damals, als Robert Berendsen hier gewesen war und die Leute einfach sitzen geblieben waren, unter Ponchos oder Schirmen, um Poesie aus dem Mund von Dichtern zu hören.

Die hatten inzwischen alle auf den weißen Plastikstühlen Platz genommen. Ich erkannte Lars Gustafsson und Breyten Breytenbach, sah aber auch Dichter, die mir völlig unbekannt waren und deren Namen im Programmheft mir nichts sagten.

Wie bei Konzerten spürte das Publikum, dass es bald losgehen würde, viele pfiffen auf den Fingern oder klatschten, Kinder standen auf und machten mit. »Nur noch einen winzigen Augenblick«, sagte Larssen. Ich dachte an den Schnee im Cadore-Tal, den Schnee, der in der Luft liegt, den die Menschen riechen können; jeder wusste, dass es nun jeden Moment so weit sein konnte.

Die Scheinwerfer blieben aus, sie sollten erst einige Stunden später aufleuchten, als der Himmel tiefblau war. Der Festivaldirektor hieß Publikum und Dichter willkommen, er ballte die Faust und peitschte die Jubelnden auf, es war, als würde er Kampfparolen skandieren. »Das ist noch gar nichts«, sagte Larssen, »warte, bis er seine Reden hält.«

Jeder Lyriker trug zehn Gedichte vor, auf jedes folgte die spanische Übersetzung. Immer wieder erhob sich ein Mann oder eine Frau von einem der weißen Stühle und ging nach vorn zum Mikrofon. Siebenhundert Gedichte an einem Abend. Es war eine Marathonveranstaltung, und die Dichter taten alles, um das Interesse des Publikums wachzuhalten. Einige begannen mit einer Liebeserklärung an Medellín oder einer tiefen Verbeugung. »Heute ist der schönste Tag meines Lebens«, sagte ein kongolesischer Dichter. Der Applaus war eine Brandungswelle, die von der obersten Reihe in die Tiefe stürzte.

Um ein Uhr nachts hörten wir immer noch Gedichtvorträgen zu, die sich regelmäßig mit kämpferischen Ansprachen des Festivaldirektors abwechselten. Die Poesie könne die Menschheit von Kapitalismus und Imperialismus befreien, brüllte er ins Mikrofon, und die Menschenmasse unter dem klaren Himmel johlte und klatschte. Danach stand wieder ein Dichter auf und las den Tausenden aus seinem Werk vor. Ich vergaß all die Dichterlesungen in spärlich beleuchteten Bibliotheksräumen, die von Stimmengewirr übertönten Lesungen in Kneipen, die trostlosen literarischen Nachmittage mit pflichtschuldigem Klatschen nach jedem Gedicht, manchmal sogar, wenn der Dichter nur eine Pause zwischen zwei Strophen einschob. Ich legte den Kopf in den Nacken und hielt Ausschau nach

Sternschnuppen, während ich Poesie in mich einströmen ließ. So musste ihr Zauber auf dem Parnass gewirkt haben. So musste es ursprünglich gedacht gewesen sein.

Nach dem Eröffnungsabend übernahm die Poesie ganz Medellín. Acht Tage lang wurden die Schriftsteller in Kleinbussen durch die Millionenstadt gekarrt, und überall strömten die Menschen in großer Zahl zusammen, um ihre Gedichte zu hören, in Theatern, unter freiem Himmel, in der Universität. Larssen und ich stürzten uns in dieses Meer aus Poesie und tauchten erst nach einer Woche im Parque Lleras wieder auf, wo wir ein eiskaltes Águila tranken.

In Rotterdam stellte mein Bruder immer merkwürdigere Eissorten her: Heringeis, Roseneis, Eis aus Fenchel mit Birne und Basilikum. Nur selten misslang ein Eis oder entsprach das Ergebnis nicht seinen Vorstellungen. Ein Italiener hatte ihn gefragt, ob er Eis aus *prosciutto crudo* machen könne, aus rohem Schinken. Luca zögerte nicht, mischte fantasievoll Zutaten, lauschte auf das Geräusch der Schlagwelle. Die Eismasse hatte genau die richtige Konsistenz, das sah er gleich, aber als er davon kostete, ekelte er sich vor dem Geschmack. Das Zeug war widerlich, in Eisform war Schinken einfach ungenießbar, selbst der fanatischste Fleischfresser würde dieses Eis nicht mögen.

Als problematisch erwies sich auch Eis aus alkoholischen Getränken. Einmal hatte Luca Eis aus dem Dessertwein Moscato d'Asti gemacht, und nun experimentierte er mit der Kombination Prosecco und rote Johannisbeere. Er war nicht zufrieden, beide Sorten kamen nicht in die Vitrine. Doch er gab nicht auf, feilte weiter an den Rezepturen, zog sich tagelang in die Küche zurück.

Noch zwei Jahre vergingen, zwei kurze Winter, zwei lange Eismachersommer, zwei Jahre, in denen Sophias Haar seinen Glanz verlor und der Vogel meines Vaters immer schriller zwitscherte, zwei Jahre, in denen ich durch die Welt reiste, von Festival zu Festival, und mich in meiner Wohnung wie ein Fremder fühlte. Noch zwei Jahre, übervoll mit Poesie und Eis, bis mein Bruder wieder mit mir sprach, bis er mich zu sich in die Küche zog. Ich sah, dass er neue Geräte zur Verarbeitung trockener Zutaten hatte, und auch der Eislagerschrank war neu. Außerdem hatte er eine dritte Eismaschine angeschafft, mit Horizontalsystem. Die weißen Kacheln an der Wand waren blitzsauber, die Arbeitsplatte glänzte wie nie zuvor. Oder war sie auch neu? So viele Jahre hatten wir nicht miteinander gesprochen, wir hatten uns an das Schweigen gewöhnt, so unbehaglich und peinlich es am Anfang auch gewesen war.

Zwei Jahre plus zehn Jahre. So lange hatte er geschwiegen.

»Du musst mir helfen«, sagte er schließlich und schaute mich mit diesen dunklen Augen an, die auch ich hatte. »Du musst Sophia schwängern.«

Whirlpools und Bügelbretter

An der Rezeption von Hotels stehen fast immer Frauen, und der Nachtportier ist ein Mann Ende vierzig. Die Flure sind lang wie Straßen, die Türen auf beiden Seiten immer gleich. Das Licht ist diffus, die Wände sind matt, der Teppichboden dämpft alle Geräusche, das Klopfen von Absätzen, das Rattern von Rollkoffern, Stimmen tief in der Nacht. Manchmal steht auf halber Strecke wie aus dem Boden gewachsen ein Schuhputzautomat.

Alle Hotelketten haben Schlüsselkarten, aber in manchen kleineren Hotels wird einem noch ein Schlüssel mit einem Anhänger ausgehändigt, auf dem die Zimmernummer steht. Im Hotel Center in Ljubljana war der Schlüsselanhänger ein fluoreszierender Wichtel, im Hotel Royal in Tetovo hing der Schlüssel an einer bleischweren Kugel. »*Do not loose key*«, war das Einzige, was die Frau an der Rezeption beim Einchecken sagte. Die Wahrscheinlichkeit, dass man die Tür seines Hotelzimmers nicht öffnen kann, ist bei Schlüsselkarten sehr viel höher als bei Schlüsseln. Es gibt vier verschiedene Möglichkeiten, sie in den Schlitz zu stecken, aber auch wenn man es richtig macht, kann das elektronische Schloss das Öffnen verweigern, sodass einem nichts anderes übrig bleibt, als zur Rezeption zurückzukehren.

Ob zwei, drei, vier oder fünf Sterne, im Zimmer gibt es einen Stuhl, einen Schreibtisch, eine Tischlampe, einen Fernseher. Vor dem Fenster Vorhänge an Schienen, links und rechts vom Bett einen Nachttisch. Meistens liegt in einer Schublade des linken eine Bibel. In Oslo, im Rica Hotel, fand ich auch eine angebrochene Schachtel Kondome. In Medellín lagen Kondome in Folienverpackung oben auf dem Nachttisch, neben einem Päckchen Lucky Strike und einem Streifen Paracetamol. In Brisbane wartete ein glänzender grüner Apfel auf mich, in Edmonton ein Döschen Pfefferminzpastillen.

Auf dem Schreibtisch liegt eine Mappe mit Informationen über das Hotel, der Speisekarte des Restaurants, einem touristischen Prospekt oder Stadtplan, zwei Bogen Briefpapier und zwei Umschlägen. Auf einem Tablett steht ein Wasserkocher. Der Willkommenstext im Fernseher ist manchmal zwei-, manchmal dreisprachig. Im Hotel Metropole in Brüssel sind es neun Sprachen.

Im Garderobenschrank gibt es einen kleinen Tresor, das Bügelbrett ist ausklappbar oder lehnt an der Wand. Im Kleiderschrank hängen Bügel; im Van der Valk Hotel in Maastricht genau ein Plastikbügel, im Grand Hotel Karel V in Utrecht vierundzwanzig Holzbügel. Eine Wolldecke liegt im untersten Fach. Im Badezimmer stehen zwei Zahnputzgläser. Ein Schuhputzschwamm und eine Duschhaube sind in Plastikbeutel verpackt, der Föhn liegt in einer Schublade. Es gibt ein kleines Stück Seife, außerdem Shampoo und Duschgel oder beides in einem. Ein Nähset, Streichhölzer und ein Kugelschreiber mit dem Logo des Hotels sind meistens auch irgendwo zu finden.

Farblich herrscht große Vielfalt, aber vor allem Gelb, Rosa und Hellblau sind beliebt. In modernen Hotelzimmern sind die Wände zahnarztpraxisweiß. Die Bilder hängen niemals schief. In neun von zehn Fällen sind es Reproduktionen, manchmal von Gemälden alter Meister, sehr oft Raffaels Engelchen, noch öfter irgendetwas von Picasso. Auch Jim Morrison ist populär, bestimmt zwanzigmal bin ich in einem Hotelzimmer mit ihm aufgewacht. Morrison mit entblößtem Oberkörper, in Pop-Art-Farben oder schwarz-silbern. In Zimmer 9 des Hotels The Albany in St. Andrews hängen drei völlig identische Reproduktionen an der Wand. Eine Abbildung aus einem Botanik-Lehrbuch, die Schwarz-Weiß-Zeichnung einer Mariendistel. Ich brauchte vier Tage, um zu sehen, dass es dreimal genau die gleiche Zeichnung in genau dem gleichen Rahmen war.

Im Frühstückssaal des Hotels Monasterium in Gent, einem ehemaligen Klostergebäude, hängen Zeichnungen nackter menschlicher Körper mit üppigem Schamhaar.

Manche Ketten richten ihre Zimmer überall gleich ein. Von Betten aus, die zweitausend Kilometer voneinander entfernt stehen, schaut man auf die gleichen Lampen, Tische und Schränke. Auch Wände, Decken und Teppichböden sind einheitlich. Der Hotelgast kann beim Aufwachen nicht sehen, ob er in Berlin, Toronto oder São Paulo ist. Der Unterschied liegt in der Aussicht: von den hohen Fenstern in Berlin auf die Museumsinsel, in Toronto auf den CN Tower und in São Paulo auf ein Geschäft für Elektrogroßgeräte, das auch Sofas aus zweiter Hand verkauft. Das Hotel Panorama in Bologna hat keine Aussicht.

Vom Sea View Hotel in Durban, in dem auf jedem Flur ein Wachmann sitzt, schaut man tatsächlich auf den Indischen Ozean. Im Hôtel du Lac in Cotonou bildet der Atlantik die Aussicht; wer auf den Balkon tritt, kann mit bloßem Auge Rückenflossen von Walen aus dem Wasser tauchen sehen.

Das Eckzimmer muss man drei Monate im Voraus reservieren.

In Dublin ist in Zimmer 16 des Roxford Lodge Hotel eine Sauna eingebaut. Wer aus dem Bett steigt, stößt sich an der hölzernen Wand; die Tür der Toilette lässt sich gerade so weit öffnen, dass man durch den Spalt hindurchpasst. Alle Zimmer des Bristol Hotel in Odessa verfügen über einen Whirlpool. Die Mappe mit Informationen über das Hotel und der Speisekarte enthält auch den Prospekt einer *marriage agency*. Über dem Bett von Zimmer 402 des First Hotel in Paris hängt ein Spiegel, die Vorhänge sind aus glänzend schwarzem Satin. Der Portier des Hotels The Courtyard by Marriott in Tbilisi trägt eine prachtvolle blaue Uniform, hilft, das Gepäck zum Aufzug zu befördern, und bietet flüsternd an, für die Nacht junge Frauen aufs Zimmer zu schicken. Der Fernseher im Cinema Hotel in Tel Aviv hat zwei kostenlose Pornokanäle.

In kaum einem Zimmer gibt es Fischgrätparkett.

Die Klimaanlage im Hotel Tryp by Wyndham lässt sich nicht abschalten. In Zimmer 126 des Novotel in Beaune verursacht das Bügeleisen einen Kurzschluss. Zu den Dingen, die in Hotelzimmern defekt sein können, gehören: die Lampen, der Fernseher, der Wasserkocher, das Telefon, der Wecker, der Föhn. Der Duschkopfhalter ist in unzähligen

Hotelzimmer-Bädern kaputt. In Zimmer 13 des Hotel Balkan in Belgrad sieht die WC-Brille aus, als hätte jemand ein Stück herausgebissen. Normalerweise werden Mängel nach einem Anruf bei der Rezeption behoben, doch die Strategie dieses Hotels besteht darin, den Gast zu beschuldigen. Ich bekomme zu hören, dass die Brille morgens noch heil gewesen und erst nach meiner Ankunft im Hotel beschädigt worden wäre. Das kann nur eines bedeuten: Ich selbst habe ein Stück herausgebissen.

Das Dach des Oovotel in Ulaanbaatar ist undicht.

In Zimmer 404 des Bayclub Hotel in Haifa entdecke ich Nägel in der Fensterbank.

Die Zimmermädchen des Hotel Catalunya in Barcelona kommen auch dann ins Zimmer, wenn das *Do-not-disturb*-Schild an der Klinke hängt. Das Reinigungs- und Servicepersonal des Novo Hotel Impero in Triest besteht aus bildschönen Sloweninnen – aus dem Hosenbund des Zimmermädchens in meinem Flur schaut rote Spitze heraus –, doch meistens sieht man stämmige Damen in grauen Kittelschürzen. Fast nie tragen sie die weißen Hauben, von denen Gabriel Dan in *Hotel Savoy* träumt.

Auch frische Blumen auf dem Tisch oder ein Gedicht auf dem Kopfkissen sind eine Seltenheit. In Zimmer 612 des Royal Marine in Dún Laoghaire hängt der Kopf eines Keilers.

Pagen sind vom Aussterben bedroht.

Manche Hotels haben so viele Zimmer, dass sie sämtliche Teilnehmer einer großen Tagung unterbringen können. Schon vor sieben Uhr morgens herrscht in den Fluren ein solcher Lärm, als würde dort ein Markt aufgebaut. Im Travelodge in London sind die Wände aus Pappe. Wenn im Nebenzimmer jemand unter der Bettdecke furzt, klingt das so, als hätte man es selbst getan.

Im Hotel Spreebogen in Berlin klopft es mitten in der Nacht an meiner Tür.

In Zimmer 109 des Hotels Het Paleis in Groningen steht das Bett in einem Alkoven.

Geschultes Personal ruft den Gast fünf Minuten nach dem Einchecken in seinem Zimmer an und fragt, ob alles seinen Wünschen entspricht und ob er vielleicht etwas zu essen oder zu trinken bestellen möchte.

Das Hotel in Bombay ist eingerüstet, die beiden oberen Etagen müssen noch fertig gebaut werden. Hoch über mir wird gebohrt und gehämmert, manchmal lässt ein gewaltiger Schlag das ganze Gebäude erzittern. Die Fenster meines Zimmers bieten Aussicht auf den Müllabladeplatz der Bauarbeiter. Räudige Straßenhunde rennen vor einem Bulldozer her, in mehreren Feuern werden Abfälle verbrannt. Die Dunstabzugsanlage der Hotelküche funktioniert noch nicht; im ganzen Hotel riecht es nach Zwiebeln. Durch die langen, kahlen Flure huschen Ratten. Aus einem Rohr in einer Ecke des Zimmers spritzen rostbraune Tropfen auf den unbehandelten Beton. In der Badewanne liegt eine dicke Schicht Staub und Sand.

Alle dreißig Minuten klingelt das Telefon neben dem Bett, und jemand von der Rezeption fragt: »*Are you comfortable in your room, sir?*«

Die Spermien meines Bruders

Sie versuchten es schon seit drei oder vier Jahren. »Es klappt nicht«, hatte mein Bruder gesagt, als ich auf seine Bitte nicht antwortete. Wir standen uns in der Küche gegenüber. Eine der Eismaschinen lief.

Ich wusste nicht, was ich sagen sollte. In meinem Kopf purzelten zahllose Fragen durcheinander, aber es gelang mir nicht, eine davon zu formulieren. Wir hatten so lange nicht miteinander gesprochen.

»Es geht nicht«, sagte Luca. »Es liegt an mir.«

Jahrelang hatte ich versucht, mit ihm zu reden, die Wand zu durchstoßen, die er zwischen uns errichtet hatte. Er hatte mich ignoriert, mich angeschaut, als wäre ich ein vollkommen Fremder, sich umgedreht, sich über die Cattabriga gebeugt, sich schlafend gestellt. Und jetzt, nachdem ich es schon aufgegeben hatte, weil wir ganz unterschiedliche Leben lebten und wirklich eher Fremde als Brüder waren, brach er das Schweigen.

»Meine Spermien sind nicht in Ordnung, sie bewegen sich nicht.« Er deutete nicht nach unten zwischen seine Beine, sein Blick ließ mich nicht los. »Wir sind im Krankenhaus gewesen, zigmal. Zuerst hat man uns gesagt, wir müssten einfach Geduld haben. Wir wären doch jung und hätten noch viel Zeit. Aber gerade das hat mich beunruhigt, ich meine, dass wir jung waren und es trotzdem nicht klappte.«

Ich selbst hatte ein paarmal große Angst gehabt, dass ich eine Freundin geschwängert hätte. Nicht immer hatte ich ein Kondom benutzt; manchmal hatte ich keins bei mir, oder sie waren aufgebraucht. Einmal hatte eine Frau die Pille danach genommen. Bei mindestens vier Freundinnen habe ich Blut und Wasser geschwitzt, als ihre Periode ausblieb, zweimal habe ich mit auf das Teststäbchen gestarrt, auf dem langsam der erste Strich erschien, Gott sei Dank aber nicht der zweite.

Eine Mitstudentin hatte mir von einer Abtreibung erzählt; sie war in Portugal von einem jungen Mann schwanger geworden, von dem sie nur den Vornamen kannte, Eduardo. Die Schwangerschaft einer anderen hatte mit einer Fehlgeburt geendet, worüber sie unendlich erleichtert gewesen war. Beide hatten sich geschworen, nie wieder ungeschützt Sex zu haben, und holten ein Kondom aus ihrem Portemonnaie.

Näher war ich der Vaterschaft nie gekommen. Um mich herum sah ich Altersgenossen – Freunde aus Rotterdam, Dichter, frühere Kommilitonen – Kinderwagen vor sich herschieben, und an warmen Tagen füllte sich die Terrasse des Venezia mit jungen Müttern und fotogenen Babys. Doch bei mir war der Kinderwunsch noch nicht geweckt, ich konnte mir für mich kein Familienleben vorstellen.

Luca horchte einen Moment auf die Geräusche der Eismaschine, tat aber nichts; die Schlagwelle sagte ihm, dass genug Zeit für seine Geschichte blieb. »Wir spürten ständig die Blicke von anderen«, fuhr er fort. »Die Winter waren schrecklich. Sophias Mutter fragte dauernd: ›Und? Ist schon was unterwegs?‹ Oder: ›Werde ich denn bald Oma?‹ Wenn man heiratet, hat man sofort Nachwuchs zu bekommen, neun Monate darf es dauern, höchstens. Auch Beppi hat immer wieder gefragt, beim Essen in der Küche. Ob wir denn auch genug ›schmusen‹ würden! Was soll man da sagen? Kann man da was anderes tun, als auf seinen Teller zu starren? Wir haben uns so geschämt, manchmal haben wir uns den ganzen Tag im Haus verkrochen. Beppi war im Keller, Mama hantierte in der Küche, und wir saßen auf dem Sofa im Fernsehzimmer. Ein kinderloser Winter in Venas ist so bedrückend wie der

Sommer dort. Sophia errechnete den günstigsten Zeitpunkt, und wenn der gekommen war, zogen wir uns im Dunkeln aus. Als hätte jemand in die Hände geklatscht. Manchmal hat sie auch nur ihre Schlafanzughose runtergestreift. Ich hörte das Bett ächzen, ich hörte die Matratze quietschen, ich hörte Dielenbretter knarren, alles hörte ich, ich hörte die Kirchenglocke zweimal schlagen, nur Sophia hörte ich nicht. Die blieb mäuschenstill und zog ihre Hose wieder hoch, wenn es vorbei war.«

Er hielt nichts verborgen, er schüttete mir sein Herz aus, wie er es in unserer Jugend getan hatte, als er sich in Sophia verliebte und mich um Rat fragte, als ich ihm Sätze einflüsterte und ihn jedes Mal zu ihr begleitete. Er hatte mir alles erzählt und ich ihm zugehört.

»Und wenn ich einfach nur mit ihr schlafen wollte, weil ich Lust hatte, sagte sie, es wäre nicht die richtige Zeit. Dann hat sie sich so zu mir hingedreht, dass ich ihre spitzen Knie an meinem Bauch spürte.«

Das jahrelange Schweigen war bedeutungslos. Es war leer, man konnte es leicht zusammendrücken, bis es gar nichts mehr war. Zwölf Jahre, jedes Jahr eine Schneeflocke, die sich schon aufgelöst hatte, noch bevor sie den Boden berührte.

»Irgendwann hat man uns endlich an Spezialisten überwiesen, und dann kam eine Untersuchung nach der anderen. Es war furchtbar. Dieses Rumsitzen in Krankenhaus-Wartezimmern, zum Verrücktwerden, wir beide zwischen lauter Frauen mit dicken Bäuchen.« Er schwieg einen Moment, als wollte er kontrollieren, ob ich noch zuhörte. Ich nickte, er konnte weitersprechen. »Bei Sophia war alles in Ordnung«, erklärte er. »Eierstöcke, Ovulation, alles so, wie es sein soll. Es liegt an mir, ich bin das Problem. Meine Spermien.«

Ich war niemals offen zu meinem Bruder gewesen, ich hatte immer alles in mir verschlossen. Bis auf das eine Mal in der Bar Posta, als wir Karten gespielt hatten, aber da war Sophia bei uns gewesen, sie war es, der ich von Rosa und mir erzählte. Er hatte nur dabeigesessen und in sein leeres Bierglas gestarrt.

»Sie sind zum großen Teil tot, und die lebenden bewegen sich nicht. Die Wahrscheinlichkeit einer Schwangerschaft ist gleich null, sagte der Gynäkologe. Nur ein Wunder könnte uns helfen.«

Ich blickte unwillkürlich auf seinen Hosenschlitz, nur einen kurzen Moment, aber Luca sah es.

»Ich hab mich entmannt gefühlt«, sagte er. »Mein Sperma war wertlos, ich war zu nichts nütze.«

Ich musste an eine Geschichte denken, die ich in Amsterdam gehört hatte, als ich bei Tofani arbeitete. Es war eine der unzähligen Eismacher-Anekdoten, aber diese hatte unseren Esstisch nie erreicht, ich hatte mich nicht getraut, sie zu erzählen, und wusste auch nicht, wie glaubwürdig sie war. Einmal spielte sie in einem Eiscafé in Zwolle, dann wieder in Breda. Es ging um einen jungen Eismacher, nicht um den Sohn des Besitzers, sondern einen Gehilfen aus dem Cadore-Tal. Er war sehr hässlich, sein Gesicht von Pickeln entstellt. Für all die wundervollen jungen Frauen, die in Sommerkleidern auf der Terrasse saßen und Eis schleckten, war er Luft. Aber er musste sie den ganzen Sommer über sehen. An manchen Tagen waren es so viele, als wäre draußen ein bunter Schmetterlingsschwarm gelandet.

Der hässliche junge Mann rächte sich in der Küche. Er dachte an all die nackten Beine und glänzenden Lippen, während er über einer Eismischung, die noch in die Maschine musste, masturbierte. Draußen im strahlenden Sonnenschein würdigten die jungen Frauen den Eismacher keines Blickes, aber auch die Schönsten der Stadt leckten an dem Eis mit seinem Sperma.

Mein Bruder hatte die Allerschönste erobert, doch sein Sperma konnte sie nicht schwängern.

»Ich weiß noch, wie wir das Sprechzimmer des Gynäkologen verließen und den Aufzug nahmen. Ein paar Männer in weißen Kitteln mit Pieper in der Brusttasche standen schon drin, und zwei oder drei andere Leute. Ich sah, dass Sophia Tränen über die Wangen liefen, ich hätte ihr gern den Arm um die Schultern gelegt, aber ich hatte Angst, dass sie ihn wegschieben würde, ich dachte, sie wäre wütend auf mich, weil es meine Schuld war. Als wir am Haupteingang durch die automatischen Türen nach draußen gingen, blendete uns das Licht. Auf dem Weg zum Eiscafé haben wir kein Wort gesprochen. Vom Krankenhaus sind es zu Fuß vielleicht fünf Minuten, aber sie kamen mir vor wie fünf Tage. Ich erinnere mich, dass ich an einer Ampel bei Rot rüberging und Sophia stehen blieb. Das ist eins dieser Bilder, die man später auch mit geschlossenen Augen sieht, die nie mehr verschwinden. Sie stand auf der einen Seite, ich auf der anderen, zwischen uns rasten Autos vorbei, ein Motorrad röhrte, als der Fahrer Gas gab. Ich schaute zu Sophia hinüber und sah eine unglückliche Frau. Als wir ankamen, band sie sich die Schürze um und nahm eine *spatola*, ich ging nach hinten in die Küche und stürzte mich in die Arbeit. Es war ein schwüler Tag, nicht nur warm, sondern richtig drückend, mit großen Wolken wie Atompilze. Aber es kam kein Gewitter. Am Nachmittag konnte man das Ende der Schlange schon nicht mehr sehen, Sophia war am Rücken nass geschwitzt, Mama und Beppi genauso.

Ich schleppte Eisbehälter nach vorne und flüchtete mich schnell wieder in die Küche. Die Maschinen liefen ununterbrochen, noch bis tief in die Nacht. Am nächsten Tag sollte es noch wärmer werden, es waren die Hundstage, und an diesem einen wurde uns klar, dass wir keine Kinder haben würden. Als ich auch endlich raufging, lag Sophia vielleicht schon seit Stunden im Bett, aber an ihrem Atem konnte ich hören, dass sie nicht schlief. Ich dachte, sie würde gerne mit mir sprechen, und ich suchte unter der Decke ihre Hand. ›Lass mich‹, sagte sie, das war das Einzige, was sie in dieser Woche zu mir gesagt hat.«

Luca brach ab. Auch zwischen uns herrschte einen Moment Schweigen. Nur drei, vier Sekunden, aber das reichte, um einen Gedanken entstehen und sich entfalten zu lassen, während wir uns anschauten: Wir waren keine Fremden und würden es nie werden. Ich war älter, er war stärker, ich war dunkler, er war kleiner, aber wir waren Brüder.

»Künstliche Befruchtung geht bei uns nicht, und es gibt auch keine anderen Behandlungen. Wir konnten nur auf ein Wunder hoffen, wie der Gynäkologe gesagt hat. Man hatte uns eine Broschüre über Adoption mitgegeben, aber die hat Sophia weggeworfen. Sie wollte ein eigenes Kind, das sagte mir jeder ihrer Blicke. Und dass ich versagt habe, dass es meine Schuld ist. Irgendwann hab ich gar nicht mehr gewagt, sie anzusehen. Wir haben nur noch im Dunkeln miteinander gesprochen, im Bett, wenn ich kaputt war vom Eismachen und sie alle Tränen rausließ, die sie tagsüber zurückgehalten hatte. Sie wollte es nicht akzeptieren, sie konnte es nicht. ›Für dich ist es anders‹, meinte sie. ›Nein‹, hab ich gesagt, ›ist es nicht.‹ ›Ist es doch.‹ Aber sie hat nicht gesagt, *was* anders ist. Wahrscheinlich hat sie sogar recht, ein Teil von mir hatte sich schon damit abgefunden. Vielleicht gerade weil es an mir liegt. Ich bin unfruchtbar, nicht sie, deshalb kann ich es akzeptieren. Das ist so eine Art natürlicher Mechanismus, ich weiß nicht, wie ich es anders ausdrücken soll. Aber versteh mich nicht falsch, ich hatte auch von einem Kind geträumt. Von einem Jungen, den ich auf den Schultern rumtragen und mit dem ich Fußball spielen könnte, von einer Tochter wie Sophia, so bezaubernd und blond.«

Ich roch Pistazie und ganz schwach eine Zitrusfrucht. Der Duft des Eises entfaltete sich. Es lag an den Luftbläschen, die sich bildeten, die in der Eismasse ihren Platz zwischen den Kristallen beanspruchten. Das Eis wurde langsam heller und lockerer, sein Volumen nahm zu. Es war Orange, jetzt war ich mir fast sicher. Pistazien-Orangen-Eis.

»Kleinigkeiten können sie aus der Fassung bringen, ein Satz, den sie irgendwo liest, ein Lied im Radio, irgendeine Bemerkung, ein kleines Kind, das Eis haben will. Du weißt ja, wie sie vor der Vitrine stehen. Sie sind gerade groß genug, um das Eis sehen zu können, und die Auswahl überfordert sie. Meistens dürfen sie sich nur zwei Sorten aussuchen, zwei von zweiundzwanzig, das ist für ein vierjähriges Kind unglaublich schwierig, sie versuchen sich alle möglichen Kombinationen vorzustellen und bringen alles durcheinander. Sophia bewegt schon die Hand mit der *spatola* und fragt, welches Eis das Kind möchte, aber das antwortet nicht, und die Zeit steht still, während sie sich ansehen. Ich fühlte mich immer schuldiger. Zwischen uns schien etwas kaputtzugehen, so wie damals zwischen dir und mir, als du nach Amsterdam gegangen bist. Als dir deine Poesie wichtiger war und du das Eiscafé im Stich gelassen hast. Als du mich im Stich gelassen hast. Glaubst du, ich hätte keine Träume gehabt? Glaubst du, ich hätte nur an Eis gedacht? Was bedeutete das wohl für mich, als du dich hier verabschiedet hast? Na? So viele Möglichkeiten gibt es ja nicht: Ich musste hierbleiben, ich musste den Laden übernehmen.«

Dieser Moment sollte in meiner Erinnerung noch oft zurückkehren. Diese Sätze, diese Beschuldigung. Sie kamen, wenn ich nicht einschlafen konnte, in einer anderen Zeitzone, in einem kleinen Zimmer mit einem Stuhl, einem Schreibtisch, einer Tischlampe und einem Fernseher. Draußen war es Nacht, aber mein Geist war hellwach und fuhr Karussell. *Na?* Immer wieder hörte ich meinen Bruder fragen, in New Brunswick, in Sydney, in Chicago. Warum hatte ich nicht geantwortet? Weil ich nie daran gezweifelt hatte, dass Luca das Eiscafé übernehmen wollte? Der Gedanke, dass er vielleicht von etwas anderem träumte, dass auch er den vorgezeichneten Weg verlassen wollte, war mir nie gekommen. Ich war achtzehn gewesen und nur mit mir selbst beschäftigt.

Na?

Andererseits bekam ich auch gar keine Gelegenheit zu antworten, Luca redete weiter. Ich hätte ihn unterbrechen können, doch vielleicht spürte ich wie er, dass dafür keine Zeit blieb, weil das Eis nicht mehr lange brauchte. Es war locker und cremig, das *slll, slll, slll* der Schlagwelle zog sich immer mehr in die Länge. Ich konnte dem Eis zwar nicht anhören, wann es fertig sein würde, aber wenn es bald so weit sein würde, hörte ich das. Es war bald so weit.

»Als du weggingst«, fuhr Luca fort, »hatte ich keine Wahl mehr. Da musste ich. Und ja, ich habe mich reingekniet und bald die Verantwortung für den Laden übernommen. Aber ich wollte kein

Wort mehr mit dir reden, nicht eine Silbe. Und auch wenn du es noch so oft versucht hast, ich hielt den Mund. Ich dachte, er kann mich mal mit seiner Poesie und mit seinen Reisen nach Südamerika und Asien, während ich hier schufte wie ein Pferd. Aber jetzt muss ich mit dir sprechen, weil es so nicht mehr weitergehen kann. Weil alle schweigen. Sophia ist den ganzen Tag traurig und wird immer verschlossener. Und Beppi und Mama … ich kann ihnen fast nicht mehr in die Augen sehen. Sie fragen nicht mehr, aber das heißt nicht, dass es sie nicht beschäftigt. Mama murmelt den ganzen Tag Gebete vor sich hin. Wenn sie Eis in Becher füllt, wenn sie das Wechselgeld zählt, wenn sie in den Regen starrt.«

Ich hatte meine Mutter beten sehen, öfter als gewöhnlich, aber ich hatte angenommen, dass sie für Beppi betete, für seine geistige Gesundheit.

»Manchmal frage ich mich, wieso eigentlich. Wie kann man solchen Kummer wegen etwas haben, was man nicht hat? Aber dann schaue ich Sophia an und sehe ihr glanzloses Haar und ihre roten Augen, und das letzte Restchen Glück verschwindet. Ich bin niedergeschlagen, weil sie niedergeschlagen ist, mir geht es nicht gut, weil es ihr nicht gut geht. Wir können nur noch Eis machen und Eis verkaufen.«

So viele Bilder konnte ich mit geschlossenen Augen sehen. Sophia, die ihre Zunge herausstreckt und Schneeflocken auffängt, Sophia, die mit kalten Fingern an meiner Nase zieht und dann den Kopf schüttelt, Sophia in den Sommerkleidern ihrer Mutter. Das kleine Knäuel goldener Haare in der Bürste. Ihr Lächeln vor dem Altar, während das Winterlicht auf ihr glänzendes Kleid fällt.

»Du musst mir helfen«, wiederholte Luca.

Dieses »musst«. Als wäre ich ihm immer noch etwas schuldig.

Ich hatte ihm geholfen, indem ich mit ihm zu Sophia ging und sprach, wenn er schwieg. Ich hatte ihm geholfen, indem ich nicht da war und nicht mehr zurückkehrte. Und nun musste ich ihm wieder helfen.

Mein jüngerer, stärkerer Bruder, ihm musste ich helfen.

»Hast du schon mit Sophia darüber gesprochen?«

»Ja.«

»War es ihre Idee?«

»Nein.«

Es war, als würde er wieder nur Laute statt Wörter von sich geben. A, ei.

»Was sagt sie dazu?«

Luca antwortete nicht. All das musste schrecklich für ihn sein. Aber es blieb keine Zeit für Schweigen, die Schlagwelle, die das Eis von der Wand des

Zylinders schabte, schabte auch in seinem Ohr. Jeden Moment konnte das Eis zu ihm sprechen, wie es das bei guten Eismachern tut. Es würde sagen, dass es fest und weich war, seufzen, dass es dick und cremig war und nicht mehr warten konnte.

»Sie will ein Baby, sie will ein Kind. Sie will es in den Armen halten und stillen.« Ich sah in seinem linken Auge etwas schimmern. Er wischte die Träne weg, riss sich zusammen. Als kleiner Junge hatte er im Internat oft geheult, aber ich konnte mich nicht erinnern, ihn später jemals weinen gesehen zu haben. Eismacher weinen nicht, sie schwitzen. Sie leiden, sie haben keinen Sommer, sie haben kein Leben.

Als er mich wieder anschaute, hatte er Tränen in den schwarzen Augen. Ich war ihm immer noch etwas schuldig. Er hatte meinen Platz im Eiscafé eingenommen, jetzt musste ich seinen einnehmen.

Vielleicht hatte ich eine Kopfbewegung gemacht, oder er sah es an meinem Blick. Ein stummer Seufzer ließ seinen Brustkorb zucken. Dann sagte er: »Du darfst Mama und Beppi nichts davon sagen. Niemals darfst du irgendwem davon erzählen.«

Ich antwortete mit einem diesmal unmissverständlichen Nicken. Wobei mir nicht bewusst war, nicht in diesem Augenblick, dass ich es auch gegenüber dem Kind verschweigen musste, das ich zeugen sollte. Dem Kind, das Sophias und mein Kind sein würde.

»Dann lass mich jetzt mal arbeiten, das Eis ist fertig.«

Kommt es auf die paar Sekunden an?

Die Bäume kommen immer näher. Das fällt mir in den letzten Jahren in Venas di Cadore immer häufiger auf. Mein Vater meint, das sei Unsinn. »Bäume können nicht laufen«, sagt er am Lenkrad seines weißen Land Rover. »Bäume haben Wurzeln.« Vielleicht habe ich ja zu viel Shakespeare gelesen. Aber ich sehe wirklich an Stellen, an denen früher keine Bäume standen, dünne, biegsame Lärchen. »Da«, sage ich. »Und da!« Beppi schaut zwar, wohin mein Finger zeigt, schüttelt aber den Kopf. Er will nichts Neues sehen.

Mein Vater hat mich abgeholt. Als ich aus dem Zug stieg, sah ich ihn auf dem Bahnsteig stehen. Einen alten Mann mit Gehstock.

»Du bist dicker geworden«, sagte er.

»Du bist lahmer geworden«, antwortete ich.

Wir umarmten uns, und einen unteilbaren Moment lang rieben sich unsere Stoppeln aneinander.

Nachdem mein Vater endlich den Schlüssel in der richtigen Tasche gefunden und seinen Gurt angelegt hatte, startete er den Land Rover und gab lächelnd Gas. Der Motor brummte wie ein Bär. Es war inzwischen wieder ein anderer Wagen, ein neueres Modell, aber er hörte sich genauso an wie die früheren.

»Siehst du das Haus da?«, fragte er, als wir durch Toblach fuhren. »In dem wohnte früher ein Mann, der im Lotto gewonnen hat. Über eine Million! Und eine Woche danach fand man ihn tot in seinem Bett. Herzinfarkt.«

Gleich darauf kamen wir am Grand Hotel Toblach vorüber, einem märchenhaften Bauwerk im österreichisch-ungarischen Stil der 1870er-Jahre, das ich nie von innen gesehen hatte. Es zählte siebenundfünfzig Zimmer, in einem der Flügel gab es eine Hauskapelle. Mein Vater fuhr einen Moment langsamer und sagte: »Der Besitzer hat sich im letzten Winter umgebracht.«

»Kanntest du ihn?«

»Jeder kannte ihn.«

»Ich meine, persönlich.«

»Das spielt keine Rolle.«

Er schien verärgert zu sein, aber das konnte täuschen. Vielleicht hatten sich diese Falten auf der Stirn so tief eingegraben, dass sie nicht mehr weggingen; zu oft hatte er ein böses Gesicht gemacht.

»Weißt du, warum er es getan hat?«

»Er hatte keine Schulden, keine Probleme«, antwortete mein Vater. »Er war zehn Jahre jünger als ich. In der Garage seines Hauses stand ein weißer Sportwagen.«

Ich dachte, es würde noch etwas kommen, aber er ließ den Bären unter der Motorhaube wieder brummen, und schon sausten wir über die einsame Landstraße nach Cortina d'Ampezzo.

Es war Ende September und frisch. Auf vielen Gipfeln lag Schnee, aber es war noch zu früh für Wintersportler und zu spät für Wanderer. Die entgegenkommenden Wagen ließen sich an einer Hand abzählen. Ein Mercedes, ein Toyota, ein VW. In den Haarnadelkurven hielt ich mich am Handgriff fest.

Ungefähr nach einer halben Stunde erreichten wir die Stelle, von der aus die Tre Cime di Lavaredo zu sehen sind, die drei gewaltigen Felszinnen, deren mittlere 2999 Meter hoch ist. Die markanten Türme locken jedes Jahr Tausende von Alpinisten, sie sind das beliebteste Fotomotiv in den gesamten Dolomiten; wer vor ihnen steht, kann sich nicht sattsehen. Doch die Eismacher aus dem Cadore-Tal kannten die Tre Cime nur von Weitem, von der Lücke zwischen zwei Bergen an der Straße zwischen Cortina und Toblach, von den anderthalb Sekunden, die das Wunder durchs Autofenster zu sehen ist. Etwas länger als einen Wimpernschlag. Immerhin wussten sie genau, wann sie nach links (wenn sie von Toblach her kamen) oder nach rechts schauen mussten (wenn sie aus Venas, Vodo, Pieve, Valle, Calalzo oder Cibiano kamen). Ich kann mich noch gut daran erinnern, wie mein Vater mir die Tre Cime zum ersten Mal zeigte. »Schnell, Giovanni«, sagte er, »schau mal nach rechts!« Aber ich war nicht schnell genug und wusste nicht, was er mir zeigen wollte. Luca schlief im Auto.

Die beste Zeit für eine Wanderung zu der gigantischen Felsformation fiel mitten in die Eissaison. Und so hatten weder mein Vater noch Luca je davorgestanden, den Kopf in den Nacken gelegt und den Blick von einem Gipfel zum anderen springen lassen, bis er an der Cima Grande mit ihrer fünfhundert Meter hohen, senkrechten Nordwand hängen blieb.

In Vodo fuhr mein Vater an die Seite und parkte den Wagen halb auf dem Bordstein. Ich dachte, er wollte in der Bäckerei Brot kaufen, aber er ließ den Motor weiterlaufen und blieb sitzen.

»Fühlst du dich nicht gut?«, fragte ich.

Er antwortete nicht, sondern starrte auf den asphaltierten Gehweg.

»Hier ist Oswaldo Belfi zusammengebrochen«, sagte er schließlich. »Von einem Moment auf den anderen, auf der Straße. Achtundsiebzig war er.«

Ich betrachtete meinen Vater, die schlaffe Haut unter dem Kinn, die trüben Augen. Vor Kurzem war er achtzig geworden, hatte aber seinen Geburtstag nicht gefeiert. Ich hatte ihn aus Hermannstadt angerufen. Das Gespräch hatte zwei Minuten gedauert, er sah gerade fern, einen der tausend Kanäle, die der Satellit überträgt. Vielleicht einen arktischen Naturfilm oder einen Bericht über einen Vulkanausbruch in Ecuador, vielleicht suchte er Betty Heidler, die bei einem Diamond-League-Wettkampf antrat, oder er hatte ihren Hammer schon am Himmel von Berlin oder Paris gesehen.

»Und da hat früher Ernesto Zangrando gewohnt.« Sein Finger zeigte auf ein Haus am Hang.

Ich erwartete, dass er etwas mehr erzählen würde, aber es kam nichts. Belfi, Zangrando, das waren Namen von Eismachern, zu denen Geschichten gehörten, von Karren mit Eisbehältern aus Messing, zerbrochenen Eiswaffeln, Liebe, Großmüttern, die glaubten, dass ihr Mann verrückt geworden wäre. Doch mein Vater gab Gas und lenkte den Land Rover aus dem Dorf hinaus.

Je näher wir Venas kamen, desto mehr Schemen aus der Vergangenheit sah er. Sie traten aus den verlassenen Häusern an der Straße, aus den verzogenen Holztüren, durch deren Ritzen der Wind pfiff. Läden hingen schief, Fensterbänke verrotteten, in den Dachrinnen hatten Vögel ihre Nester gebaut.

»Da wohnte die Familie Tamburini.«

Wieder keine Erläuterungen, keine Biografie. Er schien mit sich selbst zu sprechen, sein Gedächtnis zu testen.

»Und da wohnten die Gregoris. Oder waren es die Battistuzzis?«

Ich wusste es nicht. Ich erinnerte mich nicht an die Namen, dafür aber an die Farbe der Fensterläden und an die Blumen in den Balkonkästen. Rote Geranien.

Es waren Familien, die nicht mehr zurückgekommen waren. Viele Eismacher, die ein Eiscafé irgendwo in den Niederlanden oder Deutschland besaßen, blieben inzwischen das ganze Jahr über dort. Manche hatten auch im Winter geöffnet und boten außer Kaffee belegte Brötchen und Suppe an.

»Da wohnte Elio Toscani«, sagte mein Vater, als wir in Venas angekommen waren. »Und da Pietro Soravia.« Die Fensterläden der Häuser, die er meinte, waren geöffnet, die Vorhänge zur Seite gezogen. Hinter den Scheiben war noch Leben, langsames, schlurfendes. Alte und sehr alte Frauen, Witwen, die nachmittags auf dem Sofa einnickten. Ihre Kinder lebten in Deventer, Groningen, Hamburg, Mannheim. Mitten am Tag konnte plötzlich das Telefon klingeln.

»Tito Dall'Asta ist auch gestorben.«

Der lange, fröhliche Tito. Er hatte mir das Skifahren beigebracht, seine Tochter und ich waren in derselben Klasse gewesen.

»Er hatte ein gutes Eiscafé«, fuhr mein Vater fort, »aber eine schwierige Frau.«

Wir fuhren an dem Haus vorbei. Auf dem Balkon hing Wäsche, große weiße Unterhosen, Strümpfe, Geschirrtücher. Die Frauen lebten in Venas länger als die Männer, in ganz Cadore. Die Männer arbeiteten sich kaputt. Wenn sie aufhörten, waren ihre Körper verbraucht.

»Fausto Olivo erlebt den kommenden Winter auch nicht mehr. Er ist vorige Woche gestorben. Auf dem Grab liegen noch die Blumen von der Beerdigung.«

»Bist du hingegangen?«

»Ja, ich gehe zu jeder Beerdigung. Das wird auch erwartet. Leute in meinem Alter haben keine Entschuldigung, wir haben ja nichts anderes zu tun.«

Der Land Rover bog in die steile Straße ein, an der unser Haus steht. In schneller Fahrt ging es bergauf.

Beppi kicherte. »Allmählich wird es ein zeitraubendes Hobby. Die Eismacher hier sterben aus.«

Deshalb das Vorrücken der Bäume, sie wurden nicht mehr gefällt, um mit ihrem Holz zu kochen oder zu heizen. Deshalb die leeren, kalten Häuser mit Wänden voller Risse.

Meine Mutter steht in der Küche. Sie umarmt mich. Ich spüre ihre Knochen. Sie ist dünner geworden. »Die Sonne scheint«, sagt sie, nachdem wir uns losgelassen haben, »aber es ist nicht sehr warm.« Während sie über die weiteren Aussichten für die Provinz Belluno und den Großraum Rotterdam spricht, sehe ich meinen Vater aus der Küche in die Diele schlüpfen, in Richtung Keller, seiner Schatzkammer voller Werkzeug.

»Arbeitet er immer noch an dem Herz?«, frage ich meine Muter.

»Er hat schon drei gemacht.«

»Will er sie ihr schicken?«

»Ich habe keine Ahnung, was er damit vorhat. Hauptsache, er will sie nicht werfen.«

Sie nimmt den hölzernen Kochlöffel und rührt damit im Topf auf dem Herd. Eine Sauce aus Tomaten, Speck, Zwiebeln und Zucchini zu der Pasta, die wir gleich essen werden. Der Tisch ist schon gedeckt.

Ich betrachte die Fotos auf den Schränkchen. Ein Schwarz-Weiß-Foto von Luca und mir, aufgenommen im Fotostudio von Alfredo Vissa in Pieve di Cadore, nicht weit vom Geburtshaus Tizians entfernt, der vermutlich seine ersten zwölf Lebensjahre in Pieve verbracht hatte, bevor er bei Giovanni Bellini in Venedig in die Lehre ging und Heilige und Dogen malte. Wir waren als Jungen mit dicken Wangen verewigt, Brüder, vierzehn und zwölf Jahre alt, das Haar ordentlich gescheitelt. Für dieses Foto hatten wir extra zum Friseur gehen müssen. Ich erinnere mich an die Blitzlampen und an die Süßigkeiten, die der Fotograf uns gab, aber nicht daran, ob Luca und ich den Weg zum Studio Hand in Hand zurückgelegt haben. Als einziges der Fotos in der Küche hat es einen weißen Wellenrand. Die anderen sind neueren Datums, die meisten Farbfotos. Auf einem davon ist die Familie vor dem Eiscafé in Rotterdam zu sehen. Es ist unscharf, die Farben sind verblasst. Man muss zweimal hinschauen, um die Gesichter zu erkennen, um zu sehen, wer Luca ist und wer ich.

Es gibt auch Fotos von Lucas Familie. Sophia, in ihren Armen ihr neugeborener Sohn. Ein Baby mit Sorgenfalten auf der Stirn. Giuseppe, nach seinem Großvater und Ururgroßvater. Er hatte die dunklen Augen der beiden, aber das blonde Haar seiner Mutter. Jeder musste ihm übers Haar streichen, über die ersten, weichen, dünnen Halme. Bald zeigte sich, dass er von seiner Mutter außerdem die lange Zunge geerbt hatte. Auch das wurde fotografisch dokumentiert, auf dem Bild sieht man Sophia und ihren Sohn, die beide mit der Zunge ihre Nasenspitze berühren. Dieses Foto steht aber nicht hier. Es fällt auf, dass sein Haar im Lauf der Zeit immer dunkler geworden ist. Auf dem neuesten Foto ist er siebzehn und hat halblanges, fast schwarzes Haar. »Eine schreckliche Frisur«, meinte Luca. »Unmöglich für einen Eismacher. Gefährlich und dazu unhygienisch.«

Meine Mutter kostet von der Sauce und gibt dann eine Prise Salz hinein. Ihr Rücken ist krumm. Die *spatola* hat sie sicher schon einige Jahre nicht mehr in der Hand gehabt, aber ihre Haltung ist immer noch die der Eisverkäuferin, die sich über die Vitrine beugt.

»Kannst du Beppi holen?«, fragt sie. »Das Essen ist in zehn Minuten fertig.«

»Brauche ich so lange, um ihn raufzuholen?«

»Wahrscheinlich noch viel länger. Er würde am liebsten den ganzen Tag unten bleiben.«

Ich gehe an der Federhaube vorbei und die Treppe zum Bunker meines Vaters hinunter.

Er hört mich nicht, da er mit Schleifen beschäftigt ist. Weißgoldene Funken spritzen von dem Metall in den Raum, der Boden ist mit Feilstaub und glitzernden Spänen bedeckt. Weil ich ihn nicht erschrecken will, setze ich mich erst einmal auf die unterste Treppenstufe, von dort beobachte ich eine Weile den Eismacher, der Erfinder hatte werden wollen. Vor acht Jahren hatte er aufgehört zu arbeiten, erst dann hielt er sich in Rotterdam für entbehrlich. »Sonst fließt noch Blut«, hatte er zu meiner Mutter gesagt. Siebenundfünfzig Sommer waren genug.

Meine Mutter wollte von Aufhören nichts wissen, aber sie war auch fast sieben Jahre jünger. Sie könne Luca nicht im Stich lassen, er brauche dringend ihre Hilfe. In den ersten Jahren war sie Ende Februar noch mit nach Rotterdam gefahren, sodass Beppi allein in Venas blieb. Für acht Monate, die gesamte Eissaison. Jeden Abend rief meine Mutter ihn um Punkt sieben an und fragte, wie es ihm ging. »Immer besser«, lautete seine Standardantwort.

In Wirklichkeit stapelten sich in der Küche schmutzige Teller und verkrustete Töpfe. Er wusch seine Sachen nicht, sondern kaufte wöchentlich neue Socken und Unterhosen. Seine Bettwäsche roch säuerlich, das Kopfkissen war gelb. Er schleppte Maschinen in die Garage und fuhr an einem Tag in der Woche zu anderen Männern mit schwarzen

Fingern, um über Kronenbohrer, Sägeblätter und Schleifscheiben zu fachsimpeln. Die übrige Zeit verbrachte er im Keller oder mit den tausend Kanälen des Fernsehers.

Als ich ihn im Sommer besuchte, erschrak ich über den Zustand des Hauses.

»Was machst du?«, fragte er verwundert, als ich sämtliche Fenster öffnete.

»Riechst du nicht den Mief hier drinnen?«

»Stört mich nicht.«

»Willst du nicht hin und wieder mal das Geschirr spülen?«

»Dafür hab ich keine Zeit.«

Er musste im Keller schleifen, bohren, sägen und feilen.

Ich zog sein Bett ab, wusch etliche Maschinenladungen schmutziger Wäsche, spülte das benutzte Geschirr und Besteck, saugte, fegte, wischte und scheuerte und hängte die Wäsche draußen in der Sonne auf.

»*Jetzt* könnte man mal etwas frische Luft reinlassen«, sagte mein Vater. »Wonach riecht es hier?«

»Putzmittel, Lavendel.«

»Es stinkt.«

Ich war mir sicher, dass er zufrieden gewesen wäre, hätte nicht ich, sondern Luca bei ihm aufgeräumt und sauber gemacht. Ich war immer noch der Sohn, der ihm nichts recht machen konnte, und würde es immer bleiben. Dass ich Victor Larssen als Direktor des World Poetry Festival abgelöst hatte und im vergangenen Jahr Vorsitzender der Jury des wichtigsten Lyrikpreises im niederländischen Sprachgebiet gewesen war, änderte nichts.

Ich nahm ihn ins Restaurant Il Portico in Valle mit, in dem er immer die gleiche Pizza aß, eine Margherita mit Bresaola und Rucola. Und natürlich trank er dazu *una bella bionda*. Er leerte sein Glas in null Komma nichts und bestellte bei der Kellnerin ein zweites. Beim Aufräumen hatte ich zig leere Bierdosen gefunden, alle mit einem Knick in der Mitte, als hätte ein gelangweilter Schuljunge sie malträtiert. Einmal ertappte ich ihn dabei, wie er einer gerade geleerten Dose einen Handkantenschlag verpasste. »Jahaa! Zack!«, hatte er dabei gesagt.

»Vermisst du Mama nicht?«, fragte ich.

»Ich habe eben erst mit ihr telefoniert.«

Er schnitt ein Stück von seiner Pizza ab. Ich überlegte, wie ähnlich ich ihm eigentlich war. Hatte ich es von ihm, dass ich nie eine Frau vermisst hatte, dass ich nie »mit einer Möwe im Bauch« aufgewacht war, wie es in einem Gedicht heißt?

»Liebst du sie eigentlich noch?«

»Mein Gott, Giovanni, lass mich doch in Ruhe essen.«

»Hast du sie denn früher vermisst? Damals, als ihr euch verliebt habt, musste Mama doch nach Ulm, um ihren Eltern im Eiscafé zu helfen, und du musstest in Rotterdam arbeiten. Wie war das für dich, dieser Sommer?«

»Woher weißt du das?«

»Mama hat es mir erzählt.«

Er aß das nächste Stück Pizza; ein herunterhängendes Stück Bresaola schob er mit den Fingern in den Mund.

»Hast du ihr damals Briefe geschrieben? Wie hast du dich gefühlt?«

Mein Vater verschluckte sich fast an dem Streifen getrockneten Rindfleischs.

»Hast du sie jemals vermisst?«

»Darf ich denn nicht mal meine Pizza genießen? Was soll das?«

Ich wusste selbst nicht, warum ich ihm so direkte Fragen stellte. Vielleicht, weil wir uns zum ersten Mal in einem Restaurant gegenübersaßen und allein miteinander sprechen konnten.

»Die Ehe ist eine sehr komplizierte Angelegenheit«, sagte er schließlich, »aber die Erfahrung wirst du ja nie machen.« Es war ein Seitenhieb, ein Messerstich, und einen Moment hatte ich das Gefühl, dass er mich auch um diesen Teil meines Lebens beneidete. Um den einsamen. Als hätte er nicht nur

Eismacher werden, sondern deshalb auch heiraten *müssen*, weil man in einem Eiscafé nun einmal eine Frau brauchte.

Wir aßen schweigend weiter und betrachteten die scheußlichen Fresken, die der Restaurantbesitzer auf die Wände hatte pinseln lassen. Beppi wollte keinen Espresso, er bestellte ein drittes Bier.

»Ich fahre morgen Nachmittag wieder weg«, sagte ich.

Keine Antwort, nur nach einer Weile ein kurzes Lächeln. Mehr nicht.

Beim Auto bekamen wir fast Streit, weil er fahren wollte.

»Du hast zu viel getrunken.«

»Hier wird kaum kontrolliert«, erwiderte er. »Und es ist nur ein kurzes Stück.«

»Ich will aber noch nach Pieve.«

»Pieve? Was willst du denn da?«

»Ich hätte gerne ein Eis.«

»Du hast nicht alle Tassen im Schrank.«

»Ich habe wirklich Lust drauf.«

»Und ich auf noch ein Bier.«

»Dann fahren wir erst zum Eiscafé in Pieve und danach zur Bar Posta.«

Schmollend wie ein Kind nahm er auf dem Beifahrersitz Platz. Er sprach keine Silbe mehr. Bis wir Pieve erreichten. »Ich warte auf der Straße«, erklärte er.

Ich dachte, es wäre ein Scherz, aber als ich den Wagen geparkt hatte und wir in Richtung Eiscafé gingen, blieb er an der Ecke etwa zwanzig Meter davor stehen.

Die Gelateria al Centro gab es schon seit fast fünfzehn Jahren. Ihre Besitzer hatten vorher ein Eiscafé in Tilburg gehabt, aber nicht mehr acht Monate im Jahr von zu Hause fort sein wollen. Ein Eiscafé im Cadore-Tal – daran hatten sich die Leute erst einmal gewöhnen müssen. »Wie ein Restaurant in einem Stall«, hatte jemand in der Bar Posta gesagt. Dass sich die Dörfer in den letzten Jahren immer mehr leerten, war natürlich auch nicht gerade günstig fürs Geschäft, und doch lief der Laden. Es gab dort vorzügliches Sorbet aus Früchten aus den Bergen. Erdbeeren, die in 1736 Metern Höhe wuchsen.

Ich nahm einen Becher mit zwei Kugeln Himbeereis und ging zu meinem Vater zurück.

»Geh weg!«, rief er.

»Ich darf mich doch wohl zu dir stellen?«

»Komm mir nicht zu nah!«

»Ich bin dein Sohn.«

»Ich will nicht, dass du mit diesem Eis zu mir kommst.«

»Es explodiert nicht.«

Er lachte nicht.

Ich empfand sein Verhalten als Anstellerei und ging weiter auf ihn zu, aber er machte ein paar Schritte rückwärts.

»Möchtest du denn nicht kosten?«

»Ich sterbe lieber!«

»Gut«, sagte ich. »Dann esse ich es hier auf.« Ich setzte mich auf ein Mäuerchen und fing an zu löffeln. Es war ein milder Abend, hier und da standen Fenster offen, Kinder rannten durch die schmalen Straßen. Das Eis schmeckte frisch und süß. Man erzählte sich, dass die Himbeeren und Erdbeeren in den Bergen von Frauen geerntet wurden, die dabei nur ihre Unterwäsche anhatten. Ich hatte sie nie in den Obstgärten oder auf den Erdbeerfeldern arbeiten sehen, in der brennenden Sonne, gebückt, und wahrscheinlich war es auch nur das übliche Eismachergerede. Aber wenn man daran glaubte, schmeckte einem das Eis noch besser.

Ich ließ den Rest auf meiner Zunge schmelzen und versuchte, den Genuss möglichst lange festzuhalten. Mein Vater hatte mir und dem Eiscafé den Rücken zugewandt und starrte auf den Asphalt wie in einen Abgrund.

Im Wagen wollte ich ihm den Arm um die Schultern legen. Es sollte keine dramatische Geste sein, nur ein kurzes Drücken. Doch er sprang fast an die Decke.

»Was machst du?«, rief er. »Fass mich nicht an mit deinen klebrigen Fingern!«

Die Schleifmaschine wird ausgeschaltet. Mein Vater lässt seinen schwieligen Daumen über den Rand des Metalls gleiten.

»Das Essen ist fast fertig«, sage ich ganz leise.

»Dann haben wir ja noch ein paar Minuten«, antwortet er. »Sieh mal, wie schön es wird.«

Ich gehe zu ihm und betrachte das Herz, das aus dem dunklen Stück Metall zum Vorschein kommt.

»Es müssen genau vier Kilo werden, einschließlich Griff«, erklärt er. »Das ist das Schwierige daran. Fünfzehn Gramm Abweichung sind erlaubt, aber das ist nichts.«

Er zeigt mir die anderen Herzen, wie ein Bildhauer, der seine Werke präsentiert. Sie sind alle unterschiedlich. »Dies ist das größte«, sagt er, »aber dafür musste es flacher sein.«

Ich nehme ein anderes in die Hand, das kürzer und dicker ist.

»Fantastisch, nicht wahr?«, fragt er. »Ich will eine ganze Serie machen, vielleicht zehn.«

Die Wehmut ist verflogen, die Schemen haben sich aufgelöst. Hier unten in seinem Keller ist er der Junge, der in einer Werkstatt in Calalzo Schrauben gedreht und Muttern gefräst hatte.

»Ich möchte noch eins mit einem eleganten Schweif machen. Stell dir vor, dass Betty Heidler damit Weltmeisterin wird.«

Ich kann es mir nicht vorstellen.

»Vielleicht verbessert sie dann ihren eigenen Weltrekord.«

»Kommst du mit rauf?«

»Die magische Grenze von achtzig Metern! Eine unglaubliche Weite.«

Ich betrachte die Säulenbohrmaschinen. Früher sind sie mir riesig vorgekommen, jetzt überragen sie mich nur noch um wenige Zentimeter. Luca und ich durften sie nie anfassen. Die Cattabriga füllen und einschalten durften wir schon.

»Hast du mal ein Foto von ihr gesehen?«, fragt Beppi.

Ich nicke, vor einiger Zeit hatte ich im Internet Fotos von ihr gefunden. Eine rothaarige Frau mit gewaltigen Oberarmen. Es war mir ein Rätsel, was er an ihr fand. Aber als er jetzt das kleinste Herz nimmt, es auf den Handflächen wie in einer Schale hält und ihm zärtliche Worte zuflüstert, springt mein Gedächtnis zwei Jahrzehnte zurück, und zwei Bilder schieben sich langsam übereinander.

Aus dem Singvogel ist eine Hammerwerferin geworden.

Wir sitzen am Esstisch. Mein Vater, meine Mutter und ich. Alle drei drehen wir unsere Gabeln in den tiefen Tellern. Wenn sie leer und die Servietten voller Tomatenflecken sind, werden wir reden müssen, um die Stille nicht zu hören. Noch ist es nicht so weit. Wir kauen, wir schlucken, wir trinken Rotwein. Hin und wieder schaue ich meine Mutter an, sehe die graue Iris ihrer Augen unter den langen, schmalen Brauen, das Craquelé ihrer Haut. Genau einmal beobachte ich, dass meine Eltern sich ansehen.

Es liegt an dem leeren Stuhl. Giuseppes Stuhl. Schon fast zwei Monate ist Giuseppe unterwegs, durch Mexiko, Guatemala, Belize. Ein einziges Mal hat er angerufen, nach dem Flug nach Mexiko, um zu sagen, dass er gut angekommen ist. Luca hat das Gespräch entgegengenommen. Aber das war an einem warmen Samstagnachmittag, die Terrasse war voll besetzt, vor der Vitrine herrschte Gedränge. Das Telefon hatte wahrscheinlich schon zehnmal geklingelt, bevor mein Bruder abnahm.

»Eiscafé Venezia, Luca, Guten Tag.« Bestimmt konnte man ihm die schlechte Laune anhören. Aber das war nie anders, wenn man ihn im Sommer anrief.

Zuerst waren nur ein Rauschen und ein schwaches Pfeifen zu hören, dann nach einer ganzen Weile die Stimme von Giuseppe: »Ich bin's.«

Es war noch früh in Mexiko-Stadt, ein heller, kühler Morgen, aber der Smog war schon da. Ich kannte den Aeropuerto Internacional Benito Juárez, zweimal war auch ich dort angekommen. Das erste Mal wollte ich zum Festival in Morelia, das zweite Mal zu einem neuen in Colima. Am Taxistand gab es Telefonsäulen. Ich erinnere mich an eine junge Frau in einem engen Rock und mit spiegelnder schwarzer Sonnenbrille, die sich beim Telefonieren an die Säule lehnte, den Arm über dem Kopf. Aber vielleicht gab es auch in der riesigen Halle Telefone, vielleicht rief Giuseppe von dort aus an. Mein Bruder weiß es nicht. Er kann sich nicht erinnern, ob er im Hintergrund Autos und Busse gehört hat oder den Lärm im Ankunftsbereich des Flughafens, das Durcheinander von Hunderten Stimmen, Kindergeschrei, die Geräusche von Gepäckwagen und hastig gezogenen Rollkoffern.

»Ich hatte einen Behälter Eis in der einen und das Telefon in der anderen Hand«, erzählte mir Luca. »Es war Samstag und sonnig, die halbe Stadt stand bei uns Schlange.«

»Was für Eis war es?«

»Spielt das eine Rolle?«

»Ja.« Ich wollte alles wissen.

»Zitrone-Salbei.«

Davon hatte ich noch nie gehört. Ich versuchte, mir die Kombination vorzustellen, den frischsauren Geschmack von Zitrone und das intensive Aroma von Salbeiöl. Himmlisch an einem Sommertag.

»Ich konnte ihn kaum verstehen«, sagte mein Bruder. »Die Verbindung war schlecht.«

»Was hast du gesagt?«

»Nicht viel.«

»Was hat er gesagt?«

»Das hab ich dir schon zehnmal erzählt. Dass er gut angekommen war und in der Stadt ein Hostel suchen wollte.«

»Und du hast gar nichts gesagt?«

»Nicht viel«, wiederholte er. »Ich hatte keine Zeit fürs Telefonieren, und das hätte ihm klar sein müssen. Er wusste, wie viel Uhr es in Rotterdam war und wie voll es dann bei uns ist.«

»Kommt es auf die paar Sekunden an?«

»Ja, vielleicht weißt *du* es nicht oder hast es vergessen. Aber Giuseppe wusste es, verdammt gut wusste er es. Die Rührwerke der Eismaschinen drehen sich. Den ganzen Tag. Drehen, drehen, drehen. Aber wenn sie sich zu lange drehen, wird das Eis zu körnig und misslingt. Dann kann man von vorn anfangen.«

Luca hatte es ihm übel genommen, dass er darauf

bestanden hatte, im Sommer zu reisen, dass er unbedingt die Welt sehen musste, während sein Vater Siebzehn-Stunden-Schichten schob.

»Wer von euch hat aufgelegt?«

»Weiß ich nicht.«

»Doch, das weißt du.«

»Na gut, ich hab aufgelegt.«

Die Teller sind leer. Mein Vater wischt sich die Lippen mit der Serviette ab und trinkt den letzten Schluck Wein aus seinem Glas. Ich bin gespannt, ob meine Mutter sofort vom Wetter sprechen wird oder ob sich Beppi schon vorher in den Keller absetzen kann.

»Er hat eine neue Dusche einbauen lassen«, sagt meine Mutter. »Mit Sitz.«

»Die alte taugte nichts mehr.«

»Das sagst du.«

»Willst du sie sehen?«, fragt mein Vater. »Sie hat acht einstellbare Massagedüsen.«

»Was?«

»Plus Handbrause und Überkopfbrause.«

»Es ist ein Plastikungetüm.«

»Es ist eine Duschkabine, und zwar aus Acryl und Sicherheitsglas.«

»In dem Ding gibt's keine Hähne, die man aufdrehen kann.«

»Alles wird elektronisch geregelt«, erklärt mein Vater stolz.

»Wenn man auf den falschen Knopf drückt, kommt ein Schwall von oben, als ob einem jemand einen Eimer Wasser über dem Kopf auskippt.«

Ich traue meinen Ohren nicht.

»Deine Mutter hat Angst, sich darin hinzusetzen.«

»Ich *brauche* mich nicht zu setzen, ich kann noch sehr gut stehen.«

»Giovanni, probier sie heute Abend mal aus. Einfach hinsetzen und die Massagedüsen einschalten.«

»Das ist ein Gefühl, als ob einen von allen Seiten Kinder mit Wasserpistolen bespritzen«, sagt meine Mutter. »Und weißt du, was das Ding gekostet hat?«

»Sie war billiger als eine Ramme.«

Meine Mutter schlägt sich auf die Stirn. »Ich will kein Wort von dieser Ramme hören!«

»Eine wunderbare Maschine, Giovanni. Die schönste, die du je gesehen hast. Und kaum größer als die Duschkabine. Neunzig Zentimeter breit und zwei Meter hoch.«

Einen Augenblick ist es still, aber es fällt den beiden nicht schwer, die Stille wieder zu vertreiben.

»Er ist achtzig und will eine Ramme anschaffen«, sagt meine Mutter. »Wenn das nicht Alzheimer ist, dann weiß ich es nicht.«

»Sie verursacht fast keine Erschütterungen. Das liegt daran, dass sie im Hochfrequenzbereich arbeitet.«

»Hier wird nicht gerammt!«

»Ich will die Ramme doch nicht zum Rammen!«, entgegnet mein Vater. »Ich will sie nur ansehen.«

»Es wird immer schlimmer.«

»Ich würde gerne noch einen Kaffee trinken«, sage ich.

Meine Mutter steht auf, nimmt die Moka aus einem der Schränkchen und füllt den Fuß mit Wasser. Als sie die Tassen auf den Tisch gestellt und sich wieder gesetzt hat, schaut sie einen Moment aus dem Fenster. Dann sieht sie mich an und sagt: »In der Duschkabine hängt ein Spiegel, aber der ist ständig beschlagen.«

Es geht wieder von vorne los.

»Du musst eben die eingebaute Lüftung einschalten.«

»Ich will meine alte Dusche wiederhaben.«

Man könnte meinen, sie wären beide dement. Ihr Enkel ist in Mittelamerika und hat schon zwei Monate nichts von sich hören lassen, aber sie reden über eine Duschkabine und eine Ramme.

Während wir darauf warten, dass der Kaffee fertig wird, starren wir auf die leeren Tassen vor uns auf dem Tisch. Als die Moka zu blubbern beginnt, wird das Schweigen erst richtig auffällig. Das Aroma des Kaffees füllt die Küche und findet den Weg in unsere Nasenlöcher. Aus denen meines Vaters wachsen schwarze Haare, die er früher mit einer Nagelschere stutzte, was mein Friseur bei mir inzwischen ungefragt mit einem Nasenhaarschneider tut.

Wie man an der Schlagwelle hören kann, ob das Eis aus der Maschine geholt werden will, oder an Gedichten, ob der Dichter den Gipfel des Parnass erreicht hat, so hört man es dieser alten Moka an, wenn der Kaffee fertig ist, denn der Deckel klappert, als wollte er davonflattern.

Manchmal, wenn ich sehr weit weg bin, erinnert sich meine Nase plötzlich an das feine, warme Aroma des Kaffees aus dieser glänzenden Metallkanne mit dem schwarzen Griff, der schrecklich heiß werden kann. Seltsamerweise passiert mir das gerade in großen, modernen Flughäfen, voll klimatisiert und steril. Während ich über die glatten, quadratischen Fliesen des Terminals gehe, erscheint vor meinen Augen die Küche in Venas: Decke und Fußboden, Küchenschränke und Tisch, Stühle und Hängelampe, Gewürzregal und Kalender.

Meine Mutter nimmt die Kanne vom Herd und füllt unsere kleinen Tassen. Nichts ist so vertraut wie dieser Kaffee, und doch ist jetzt alles anders.

»Tja«, sagt mein Vater, nachdem er seine Tasse geleert hat, »dann geh ich mal wieder runter.«

Ein paar Tage später bringt Beppi mich zurück nach Toblach, zum Zug nach Verona, von wo aus ich zum Flughafen Mailand-Bergamo weiterfahren werde. Am Abend geht mein Flug zum Rotterdam The Hague Airport, kurz vor Mitternacht bin ich dann zu Hause.

Wir fahren an den verfallenden Häusern vorüber, an den Bäumen, die immer näher kommen. Ich warte auf seine Wehmut, auf Schemen, die er heraufbeschwört. Doch er nennt keine Namen von Familien, von Eismachern, die in seiner Erinnerung noch leben und lachen. Stattdessen ruft er »Salami!«, als vor uns ein Auto rasant auf die Landstraße einbiegt. Bald darauf murmelt er: »Frauen bringen Unglück.«

Einen Moment befürchte ich, dass es eine lange Fahrt voller Groll und Missgunst wird, aber nachdem Beppi den Bären unter der Motorhaube hat brummen lassen, scheint er mit jedem Kilometer ruhiger zu werden. Als wir das Tal der Eismacher verlassen, sagt er: »Wir wohnen auf Gold, aber wir kommen nicht dran.«

»Ja«, antworte ich, »das sagt man.«

Ich blicke durchs Seitenfenster auf die steilen

Hänge, auf denen in einem Monat die ersten Skifahrer ins Tal rasen werden. Auch wenn es nicht schneit, dann sorgen hypermoderne Schneekanonen für weiße Pisten.

»Es stimmt wirklich«, sagt mein Vater. »Venas kommt von ›*vena*‹, von Ader.«

»Ich glaube, das ist nur Gerede.«

»Das Gold liegt sehr tief unter der Erde, der Abbau wäre zu teuer.«

Wir haben in der Schule die Geologie der Dolomiten durchgenommen, auch die des Gesteins unter Venas, die verschiedenen Schichten mit Millionen Jahre alten fossilen Muscheln und Seeigeln, aber von einer Goldader tief unter unserem Dorf ist nie die Rede gewesen.

»Hat denn irgendwann jemand versucht, es abzubauen?«

Mein Vater antwortet nicht, sagt aber nach einer Weile: »Da wohne ich mein Leben lang auf Gold.« Er kichert. »Großartig!«, ruft er. »Was für ein Witz!«

Sein Vater habe sein Leben lang auf Gold gewohnt, fährt er fort, als er genug gelacht hat. Und sein Großvater. Wie hätten sie geschuftet und sich abgerackert, bis ihre Wirbel und Gelenke kaputt waren, dabei hätten sie die ganze Zeit eine Ader reinen Goldes unter ihren Füßen gehabt, tief unten, verborgen wie etwas streng Geheimes.

Dann hätten wir alle dieses Gold unter den Füßen gehabt. Luca und ich. In unserer Jugend, in den vielen Wintern, im Schnee mit Sophia.

In Toblach kommen wir wieder am Haus des Lottogewinners vorbei. Die Vorhänge sind geschlossen, im Garten steht ein verrosteter Trockenständer. Mein Vater fährt etwas langsamer. »Es bleibt unglaublich«, sagt er. »Eine Million gewinnen und dann sterben. Vielleicht hat er das Geld nicht mal mehr auf seinem Konto gesehen.«

Ich muss an Friedrich Hölderlin denken. Nicht, als ich mit meinem Vater auf dem leeren Bahnsteig stehe und wir schweigend an den Gleisen entlang in die Ferne starren, auch nicht, als ich in Verona zwischen zahllosen anderen Reisenden auf den Zug nach Mailand warte. Nicht im Flughafen, in dem ständig Passagiere aufgerufen werden. Sondern Stunden später, am dunklen Himmel, hoch über dem Stückchen Erde mit Gold.

Es gibt Dichter, die in die dunkelsten Regionen ihrer Seele hinabsteigen und nicht zurückkehren, und es gibt Dichter, die dem Licht zustreben, dem wahren Glück.

Das Flugzeug bohrt sich durch die Nacht, gerät aber in Turbulenzen. Wir werden in unseren Sitzen durchgeschüttelt. Die Frau neben mir hält ihre Handtasche fest, sie umfasst die Henkel, als wären es Zügel. In der Ferne ist ein Gewitter zu sehen, tiefer hängende Wolken, die kurz aufleuchten.

Hölderlin schrieb in einem Brief an einen betrübten Freund, nur wenigen sei es gegeben, den Blitz mit bloßen Händen zu fangen.

Die Nacht, in der mein Bruder Eis aus Grappa machte und ich meinen Neffen zeugte

Nachdem Luca mich gebeten hatte, Sophia zu schwängern, musste ich zum internationalen Festival Struga Poetry Evenings in Mazedonien abreisen. Larssen kam nicht mit, er und seine Frau segelten auf dem Mittelmeer, nicht weit von der Stelle entfernt, an der Shelley mit den Gedichten von Keats in der Tasche ertrunken ist. Xenia begleitete mich. Es war das erste Mal, dass sie zu einem Festival im Ausland mitreiste.

Der Direktor der Struga Poetry Evenings holte uns am Flughafen von Skopje ab. Ein dicker Mann in einem zu knappen Anzug, die Knöpfe des Jacketts hätte er nicht schließen können. Er erwartete uns unten an der Treppe und begrüßte mich mit einem kräftigen Händedruck. »*How many poets died at your festival?*«, war seine erste Frage.

Einmal hatte sich ein Dichter aus Nigeria in der Stadt verirrt und war erst nach drei Tagen wieder aufgetaucht. Ein Pole war zu betrunken gewesen, um vorlesen zu können. Eine Chilenin war nie angekommen. Aber niemals war ein Dichter in Rotterdam gestorben.

In seinem Wagen, der von einem Chauffeur gefahren wurde, erzählte der Direktor, er habe schon zweimal einen Sarg nach Russland begleiten müssen. Dichter, die nach einer Rundfahrt auf dem Ohridsee das Schiff zu früh verlassen hätten. »Russische Dichter lieben das Trinken«, sagte er, »können aber nicht gut schwimmen.« Xenia konnte nicht darüber lachen.

Die Auswahlkriterien des Festivals waren gelinde gesagt seltsam. Der Direktor lud Jahr für Jahr zwanzig russische Autoren ein. Meistens immer dieselben Saufbrüder, hin und wieder war aber auch ein Neuling dabei. Sie wurden eingeladen, weil der Direktor dafür von seinen Freunden Geld kassierte. Von der Unabhängigkeit, auf die das World Poetry so stolz war, konnte in Struga keine Rede sein, doch solche Schönheitsfehler wurden durch das Erscheinen von zehn international angesehenen Dichtern kompensiert, die der Kurator einlud. Er hieß Clive Farrow, war Anglistikdozent an der Universität und arbeitete schon seit Jahren für das Festival, ein Dinosaurier der Bücher. Obwohl er angeblich wie ein Eremit lebte, schritt am Eröffnungsabend eine bildschöne Frau an seinem Arm über die erleuchtete Treppe des Kulturzentrums. Auden, Ginsberg, Enzensberger, Neruda, Hughes – sie alle hatte er schon nach Struga geholt.

Die zwanzig Russen mischten sich nicht unter die anderen Dichter. Sie bewegten sich durch das Festival, als wären sie ein autonomer Teil davon, eine verirrte Karawane. Zerfurcht und schmuddelig, immer durstig.

Xenia wurde gleich am ersten Abend von ihnen belästigt. Sie hatte geduscht und kam in einem langen Kleid die Treppe herunter. Wenn man auch nicht mehr als die Knöchel und einen Teil der Waden sah, ihre Beine waren nackt. Die Russen waren sofort entflammt, umdrängten sie und kämpften um ihre Aufmerksamkeit.

Die meisten Dichter waren im Laufe des Nachmittags angekommen und schlossen in der Bar des Hotels Drim Bekanntschaft, einige wenige sollten am nächsten Vormittag eintreffen, rechtzeitig zur Eröffnungszeremonie am Abend. Der Direktor hatte jedem die Hand geschüttelt, jetzt war er von einer Gruppe Männer umringt, die wahrscheinlich das Festival sponserten. Sie waren groß und schwer und rauchten eine Zigarette nach der anderen. Draußen stand eine Kolonne von teuren Wagen, manche mit getönten Scheiben.

Ich sprach mit dem israelischen Dichter Yehuda Amichai, dem Ehrengast des Festivals, der mit dem Goldenen Kranz ausgezeichnet werden sollte, einem erstmals 1966 vergebenen Preis. Für die Ehrengäste der Poetry Evenings wurden außerdem Gedenksteine im Park of Poetry aufgestellt, in dem sie einen Baum pflanzen durften. Yehuda Amichai war mit seiner Frau angereist; für die Partner der Ehrengäste übernahm das Festival die Reisekosten, ein weiteres Privileg gegenüber den anderen Dichtern.

Sie war eine fürsorgliche Frau, einen Kopf größer als ihr Ehemann, holte Getränke für ihn und beantwortete manchmal sogar eine Frage, die ich ihm stellte. Dergleichen war ich schon vom World Poetry Festival gewöhnt. Frauen von großen, international bekannten Dichtern sorgten häufig außerordentlich liebevoll für ihren Ehemann und nahmen ihm alles ab, damit er sich ganz auf seine Poesie konzentrieren konnte, auf das Heilige. Immer gingen sie voraus, zur Hotelrezeption, zum Buffet, zum Moderator einer Lesung.

So war es auch hier. Als die Gattin des Ehrengastes mit der Bemerkung, morgen sei ein anstrengender Tag, den Fahrstuhl ansteuerte, folgte ihr der

Dichter ohne ein weiteres Wort und verschwand gleich darauf hinter den glänzenden Schiebetüren.

»Ich hab ihnen gesagt, du wärst mein Verlobter«, sagte Xenia. Sie hatte mir die Hand auf die Schulter gelegt. Ich spürte ihren Oberkörper an meinem, deutlicher noch spürte ich aber den heißen Atem von zwanzig betrunkenen russischen Dichtern, die mich mit glasigen Augen anschauten. Schon vor einiger Zeit war mir aufgefallen, dass sie immer lauter sprachen.

»Ich glaube, sie würden ihr Leben für dich geben.«

»Du musst mich beschützen.«

»Sie sind zwanzig.«

»Mein Freund hätte keine Angst vor ihnen.«

Der junge Mann mit den schwarzen Händen, der Automechaniker. Xenia hatte erzählt, dass er ihr in Kneipen die Männer vom Leib halten müsse. Einmal habe er einen Rollgabelschlüssel aus einer Tasche seiner Arbeitshose gezogen und damit gedroht. Ich hatte nur einen Gedichtband.

»Könntest du nicht sagen, dass du die Nacht mit dem Stärksten verbringst?«

»Ich habe gesagt, dass ich die Nacht mit dir verbringe.«

»Sie werden mich lynchen.«

»Das werden sie nicht.«

»Es sind Russen«, sagte ich. »Und sie haben getrunken.«

»Ich glaube, russische Dichter sind gar nicht gewalttätig. Mir fällt spontan nur eine einzige Ausnahme ein, Suchovo-Kobylin, aber der war Dramatiker.«

»Was hat er getan?«

»Er soll seine Geliebte ermordet haben.«

Das beruhigte mich nicht gerade. Die Russen an der Bar ließen uns nicht aus den Augen. Sie waren wie hungrige Wölfe. Von der Bar aus sahen sie Xenias Rücken, das Kleid, das sich eng um ihre Hüften schloss.

»Das Umgekehrte kommt viel häufiger vor«, sagte Xenia. »Die Liste der ermordeten Autoren ist lang. Und die der Dichter, die Selbstmord begangen haben.« Sie trank einen Schluck aus ihrem Weinglas. »Nur die Liste der Russen, die in einen See fallen und im Sarg in die Heimat gebracht werden, ist kurz«, fügte sie hinzu. »Bis jetzt jedenfalls.«

Die meisten Dichter hatten sich schon in ihre Hotelzimmer zurückgezogen. Auch das Gefolge des Direktors hatte sich halbiert.

»Sollen wir gehen?«, fragte ich.

»Ach ja, wir verbringen doch die Nacht miteinander.«

Im Fahrstuhl waren wir allein, sprachen aber

nicht. In Hotelfahrstühlen herrscht meistens Schweigen, es gehört dazu wie die Sprechanlage und der Spiegel als Rückwand. Im Hotel Rinno in Vilnius stand im Aufzug eine Vase mit Plastiklilien, im Jianguo Hotel in Peking sickerte süßliche Musik aus unsichtbaren Lautsprechern. Der Fahrstuhl im Ramada Hotel in Berlin roch nach Äpfeln.

Xenia schaute mich einen Moment von der Seite an, kurz bevor sich mit einem hellen Glockenton die Türen öffneten. Wir gingen durch den Flur, der wie zahllose andere Hotelflure aussah; der dicke Teppichboden schluckte jedes Geräusch. Sogar Xenia in ihren hochhackigen Schuhen ging lautlos, ein Reh, das sich anmutig und schnell bewegte. Von den Zimmern in diesem Flügel hatte man Aussicht auf den Ohridsee. Am Morgen lagen die Balkone im gleißenden Sonnenlicht, die Oberfläche des Sees war leicht gekräuselt.

»Sollen wir ein bisschen lauschen?«, fragte ich.

»Wen willst du belauschen?«

»Dichter in der Nacht.«

Richard Heiman hatte das jahrelang immer wieder getan, wie er mir einmal gestand. Wenn alle in ihren Zimmern waren, streifte er über die langen Flure des Hilton in Rotterdam und hielt sein Ohr an Türen. Er hatte Dichter husten und schnarchen, sich wälzen und im Schlaf sprechen hören. Manche lagen auch die halbe Nacht wach, Stimmen und Geräusche aus dem Fernseher füllten ihr Zimmer, oder sie telefonierten mit der Heimatfront, mit der Frau in Rumänien, die über Rechnungen klagte und über Kinder, die nicht aus dem Bett kamen.

Ich legte mein Ohr an eine Tür.

»Und?«, fragte Xenia.

»Nichts.«

Sie ging zur nächsten Tür und lauschte. »Ein Ochse«, kicherte sie. »Oder ein Bär?«

Ich stellte mich hinter sie, brauchte aber das Ohr nicht der Tür zu nähern. »Meine Güte, was für ein Geräusch.«

»Wer mag das sein?«

»Vielleicht Yehuda Amichai.«

»Oder seine Frau?«

Richard Heiman hatte wahrscheinlich gewusst, wer welches Zimmer hatte, welche Geräusche also zu welchem Dichter gehörten. Wer nachts Besuch hatte.

»Gute Nacht«, sagte ich, als wir beide vor unseren Türen standen.

»Gute Nacht, mein Verlobter.«

Sie lächelte schelmisch, wie eine Frau lächelt, die das Heft in der Hand hat. Ich verzichtete auf einen Gegenzug, ich wollte nicht abgewiesen werden. Doch kaum eine Minute später klopfte es. Nicht an der Tür zum Flur, sondern an der zweiten in der Seitenwand des Zimmers. Sonderbarerweise steckte der Schlüssel auf meiner Seite. Ich drehte ihn herum und öffnete die Tür. Vor mir stand Xenia.

»Ein geheimer Durchgang«, sagte sie und schlüpfte ins Zimmer.

Ich hatte schon öfter in Hotelzimmern übernachtet, die mit einem Nachbarzimmer verbunden werden konnten, aber noch nie an die Tür geklopft. Die Wahrscheinlichkeit, dass dann eine junge, blonde Frau, die alles über Poesie wusste, zu mir ins Zimmer kommen würde, hatte ich immer für äußerst gering gehalten.

»In der Minibar steht eine Flasche Wodka«, sagte Xenia.

Ich öffnete den würfelförmigen kleinen Kühlschrank, der außer mehreren Flaschen Mineralwasser, Limonade und Fruchtsaft auch eine Halbliterflasche Wodka enthielt. Die Gläser standen neben dem Wasserkocher auf dem Schreibtisch.

Xenia öffnete die Schiebetür des Balkons, setzte sich auf einen der Plastik-Gartenstühle und legte die nackten Füße aufs Geländer, sie war schon barfuß hereingekommen. Das lange Kleid rutschte ihr von den Knien.

Wir nippten an unseren Gläsern und schauten auf den dunklen See. Vorne am Kai konnte man die Uferlinie erkennen, aber weiter hinten war nur ein riesiger schwarzer Fleck. Es war eine warme Augustnacht, von irgendwoher wehte Musik heran.

»Der Wodka ist gut«, sagte Xenia.

»Ja.«

Sie gab sich nicht gerade Mühe, ein Gespräch in Gang zu bringen. Vielleicht empfand sie das als meine Aufgabe, oder es genügte ihr, nach dem langen Tag hier draußen zu sitzen, die Füße auf dem Geländer und ein Glas kalten Wodka in den Händen.

»Was wollten die Russen von dir wissen?«, fragte ich nach einer Weile.

»Nichts Besonderes«, antwortete sie. »Was Männer so wissen wollen, wenn sie trinken.«

»Also waren sie unverschämt?«

»Erst haben sie gefragt, wo ich herkomme. Dann wollten sie mich mit ihrer Kenntnis russischer Dichter beeindrucken, mit den Großen, Puschkin, Lermontow, Tjuttschew, aber auch Lyrikern aus dem 20. Jahrhundert. Hielten mich wohl für ein dummes junges Gänschen. Sie haben Gedichte zitiert, und ich sollte sagen, wer sie geschrieben hat. Lauter Klassiker, von Blok und Bunin zum Beispiel, die man in jeder Anthologie findet. Ich habe mit einem Gedicht von Sergei Jessenin zurückgeschlagen, der am Ende seines Lebens vielleicht noch eine Stunde am Tag nüchtern war, aber in dieser einen

Stunde brillante Lyrik geschrieben hat. Sein letztes Gedicht hat er mit seinem eigenen Blut geschrieben, weil er keine Tinte hatte.«

»Und das hast du zitiert?«

»Ich war mir sicher, dass sie es nicht kannten. Sie tranken weiter, aber ich hatte sie entlarvt.« Sie rieb mit dem einen Bein über das andere, Wade über Schienbein. »Dann fragte einer, mit wie vielen Männern ich geschlafen hätte, und seine Freunde lachten.«

»Was hast du gesagt?«

»Erst haben sie selbst Zahlen genannt. Ein paar haben natürlich behauptet, ich wäre noch Jungfrau. Ich habe dann gesagt: ›Die Zahl entspricht der Anzahl der Gedichtbände von Boris Pasternak, die zu seinen Lebzeiten veröffentlicht worden sind.‹«

Ich hatte nicht die geringste Ahnung, wie viele das waren. Sehr viele konnten es nicht sein, von keinem russischen Dichter war damals viel veröffentlicht worden.

»Acht«, sagte Xenia. »Das hab ich ihnen aber nicht erzählt, darüber sollten sie sich ruhig den Kopf zerbrechen.«

Wir schwiegen. Ich betrachtete ihre weißen Fußknöchel, die passend zum Kleid violett lackierten Zehennägel. Sie hatte schneller getrunken als ich und schenkte sich Wodka nach.

»Und was wollen Frauen wissen, wenn sie trinken?«

»Alles.«

Sie trank einen großen Schluck und fragte dann: »Und, wie viele?«

»Ich weiß es nicht«, antwortete ich.

»Kommst du mit dem Zählen nicht mehr nach?«

»Nein, ich habe sie überhaupt nie gezählt. Ich finde es nicht wichtig.«

»Puschkin hat seine hundertdreizehnte Geliebte geheiratet. Hat er zumindest selbst behauptet.«

»So viele waren es nicht, bei Weitem nicht. Ich bin gerade mal dreißig.«

»So alt war Puschkin auch, als er geheiratet hat.«

Sie schaute auf mein Glas und goss mir nach.

»Ich glaube, du bist jemand, der nie heiraten und keine Kinder haben wird«, erklärte sie dann.

»Klingt so, als ob mich das disqualifiziert.«

»So meine ich das nicht«, antwortete sie. »Aber ich glaube, das Leben ist dann … langweilig.« Wahrscheinlich hatte sie zwischen verschiedenen Adjektiven geschwankt – »einsam«, »oberflächlich« – und dann ein harmloseres gewählt.

Es war mir schon öfter aufgefallen: Wenn jemand keinen Partner hatte, glaubten die Leute, dass sich hinter dem Namen im Grunde kein Leben verbarg. Keine Geschichte.

»Ich könnte es mir bei dir auch nicht vorstellen«, sagte Xenia. »Du bist ständig auf Reisen, und bei jeder sich bietenden Gelegenheit versteckst du dich hinter einem Gedichtband.«

Ich konnte es mir auch nicht vorstellen, und doch sollte es zu meiner Geschichte gehören. Nicht das Heiraten, aber ein Kind. Jedenfalls, wenn ich nicht unfruchtbar war wie Luca.

»Woher kommt das?«

»Woher kommt was?«

»Das viele Reisen, die Liebe zur Poesie.«

»Von meiner Familie habe ich es nicht. Obwohl mein Urgroßvater einmal mit dem Schiff nach Amerika gefahren ist. Dort hat er an einem Wolkenkratzer mitgebaut und Bisons gejagt. Aber dass er Gedichte gelesen hat, bezweifle ich.«

»Puschkins Urgroßvater mütterlicherseits war ein Patenkind von Peter dem Großen. Der hatte ihn als Sklaven geschenkt bekommen, einen knapp zehnjährigen Jungen aus Äthiopien.«

»Das wusste ich nicht.«

»Manche schreiben Puschkins Leidenschaftlichkeit diesem dunkelhäutigen Ahnen zu.«

Es klang wie ausgedacht, eine magische Geschichte aus einer Epoche der Paläste und Seidenbrokat-Gewänder und Kutschen mit schneeweißen Pferden, eine Geschichte, die von jeder Generation verdreht, veredelt, ins Mythische erhoben wurde. Die Geschichte von einem Mohren, einem Zaren und dem größten aller Dichter.

Welche Geschichten sich hinter einem Namen verbergen können.

Zwei Tage nachdem die Abschlussfeier stattgefunden und mehr als zweitausend Menschen den Dichtern zugehört hatten, die auf der Holzbrücke über den Drin aus ihren Werken vorlasen, sollte ich Sophia schwängern. Bis dahin hatte Yehuda Amichai mithilfe seiner Frau einen Baum gepflanzt – »wie es russische Kosmonauten vor ihrem Flug in den Weltraum tun«, sagte Xenia. Im Park of Poetry war mit einer feierlichen Zeremonie ein Gedenkstein aufgestellt worden, und wir waren auf einem Ausflugsschiff zu der Insel gefahren, die Struga gegenüberliegt. Dort gibt es bei einem alten Kloster einen Brunnen, in dem ein ewiges Rauschen zu hören ist. Die Dichter beugten sich nacheinander über den Rand und lauschten, als wäre der Brunnen die Kastalische Quelle am Fuß des Parnass, deren Wasser die Dichtergabe verlieh. Obwohl die Russen getrunken hatten, ging keiner zu früh von Bord. Und so kehrten alle wohlbehalten nach Hause zurück.

Xenia wurde auf Schiphol von ihrem Freund abgeholt. Sie fragte, ob sie mich mitnehmen sollten, aber ich beschloss, mit dem Zug zu fahren. Der junge Mann mit den schwarzen Händen musterte mich misstrauisch, wie Männer eben einen anderen Mann ansehen, der ein paar Tage mit ihrer Frau verbracht hat. (Auf dem Balkon, in einer anderen Nacht mit einer anderen Flasche, hatte Xenia gebeichtet, dass sie einmal fremdgegangen sei. »Hat Pasternak also neun Gedichtbände veröffentlicht?«, fragte ich. »Manche sagen sogar, es seien zehn«, antwortete sie mit einem schelmischen Lächeln.)

Im Zug nach Rotterdam las ich die Prosagedichte von Charles Simic, die ich in Struga von Clive Farrow bekommen hatte. Simic ist ein serbisch-amerikanischer Dichter, der damals schon den Pulitzer-Preis gewonnen hatte, aber bei den Kritikern höchst umstritten war. Nicht jeder ist begeistert von Gedichten in Prosa, obwohl es ja nicht die Geringsten sind, die sich in diesem Genre versucht haben: Baudelaire, Lautréamont, Rimbaud.

Irgendwo bei Delft blätterte ich um und las: *Ich wurde von den Zigeunern gestohlen. Meine Eltern stahlen mich zurück. Da stahlen mich die Zigeuner wieder. So ging es hin und her.* Den einen Tag trank das Kind an der dunklen Brust seiner neuen Mutter, am nächsten saß es an einem langen Tisch und aß Brei mit einem silbernen Löffel. *Und nun war der erste Tag des Frühlings. Einer meiner Väter sang in der Wanne, der andere bemalte einen lebenden Sperling in den Farben eines tropischen Vogels.*

Es war ein kurzes Prosagedicht, zwei Absätze, doch ich erwachte erst daraus, als der Zug schon eine Weile im Hauptbahnhof Rotterdam stand und der Wagen verlassen war. Ich bewegte mich mit der Menschenmasse in die Stadt, zwischen Hunderten abgestellter Fahrräder und klingelnden Straßenbahnen. Dem Bahnhof gegenüber standen damals noch die Brückenaufbauten eines alten Motorschiffs, die einem Knabenchor als Probenraum dienten, einem dieser Matrosenanzug-Chöre. Wenn man daran vorbeiging, konnte man manchmal die hohen Knabenstimmen hören. *O Lamm Gottes, unschuldig am Stamm des Kreuzes geschlachtet.*

Ich kannte jede Straße und jeden Stein, aber diese Stadt war unaufhörlich im Umbruch. Einmal kam ich aus Südafrika zurück, und ein ganzes Gebäude, das ich täglich vom Fahrrad aus gesehen hatte, war weg. Neue Türme schossen in die Höhe, Plätze verwandelten sich bis zur Unkenntlichkeit, eine Straßenbahnlinie verschwand unter der Erde. In Struga war ich jetzt zum zweiten Mal gewesen, seit meinem ersten Besuch waren sechs Jahre vergangen, trotzdem hatte ich keine großen Veränderungen bemerkt, nirgendwo waren glänzende Hochhäuser aus dem Boden gestampft worden, die Stadt kam mir vertraut vor. In Rotterdam war das einzig Vertraute das Dröhnen der Rammen.

Auf dem Küchentisch meiner Wohnung lagen ein paar Briefe. Die Haushaltshilfe war da gewesen, die Spüle glänzte, die Arbeitsplatte war leer. In Hotels legte ich mich meistens erst einen Moment aufs Bett, ohne die Schuhe auszuziehen, und betrachtete das Muster der Tapeten, die Deckenlampe mit dem Fliegenkot. In meiner Wohnung musste ich der Versuchung widerstehen, das Gleiche zu tun.

Am Abend ging ich zum Eiscafé, machte aber an der Straßenecke kehrt. Vor der Vitrine hatte sich eine lange Schlange gebildet. Vielleicht war es besser, am nächsten Tag zu kommen. Im Flugzeug hatte ich gehört, dass eine Abkühlung und Regen erwartet wurden. Touristen auf dem Heimflug sind ebenso aufs Wetter fixiert wie Eismacher.

Tatsächlich war es der letzte schöne Tag des Sommers. Als ich am Abend darauf wieder zum Eiscafé ging, standen überall große Pfützen. Es war kurz vor zehn und still. Meine Mutter stand allein an der Vitrine, mein Vater wartete an der Espressomaschine. An einem Tisch saßen drei Somalier. Sie waren Stammgäste, tranken Kaffee und unterhielten sich in ihrer Muttersprache über Themen, die wir nicht einmal erraten konnten. Luca stand in der Küche. Er bereitete Eis zu.

Ich begrüßte meine Eltern und ging an der Theke und der Kasse vorbei, durch die Tür zur Treppe, die ich schon seit Monaten nicht mehr hinaufgestiegen war. Niemand stellte eine Frage, Beppi nicht, meine Mutter nicht. Als hätten sie mich erwartet und wüssten, was ich vorhatte. Als ich Luca Jahre später danach fragte und den Verdacht äußerte, dass er ihnen alles erzählt habe, wurde er wütend. »Ja, ich habe ihnen gesagt, dass du kommen würdest!«, rief er. »Und nein, natürlich habe ich nicht gesagt, dass du kommst, um mit Sophia ins Bett zu gehen. Wofür hältst du mich? Ich bin doch nicht schwachsinnig!« Er habe ihnen erzählt, dass ich Sophia Gedichte vorlesen wollte, in der Hoffnung, dass sie sich ein wenig besser fühlen würde, wenn man sie auf andere Gedanken brachte. Meine Mutter habe sich nicht dazu geäußert, mein Vater den Kopf geschüttelt und geknurrt: »Würde mich nicht wundern, wenn sie dann gar nicht mehr aus dem Bett kommt.«

Ich hatte erwartet, dass es im Dachgeschoss dunkel sein würde, dass es muffig riechen würde. Ich dachte, Sophia würde mit geschlossenen Augen unter der Bettdecke warten und kein Wort sagen. Bestimmt hatte sie sich nach der Arbeit nicht gewaschen und war müde und erschöpft. Ein trauriges Gesicht hatte ich erwartet, trockene Lippen und

Ringe unter den Augen, lange Haarsträhnen wie die Tentakel eines Kraken auf dem Kissen. Doch Sophia öffnete die Tür, noch bevor ich die letzte Stufe nahm, und empfing mich mit geflochtenem Haar und geröteten Wangen. Sie sah bezaubernd aus in ihrem Kleid mit Pfingstrosenmuster, rosa, violett und weiß.

Einen Moment standen wir uns gegenüber, ohne zu sprechen. Dann sagte sie lächelnd: »Hallo, Schwager.« Genau wie damals, als ich sie zum ersten Mal im Eiscafé antraf und sie einen Scheuerlappen in der Hand hatte. Es war zugleich unvorstellbar und selbstverständlich gewesen. So musste es auch jetzt sein, so unvorstellbar wie selbstverständlich.

Ich drückte ihr einen Kuss auf die Wange und spürte, dass sie meine Hand nahm. Sie führte mich nicht zu den Betten, in denen früher Luca und ich geschlafen hatten und die jetzt zusammengerückt waren, sondern in die Mitte des Raums zu einem Teppich unter dem kleinen quadratischen Dachfenster. Wäre der Himmel klar gewesen, hätten wir uns unter den Sternen küssen können. Nun fanden sich unsere Lippen unter gewaltigen blauen Wolken. Sophias Augen schlossen sich, sie drückte sanft meine Hand, presste sich an mich. Ich sah ihre strohigen Brauen und die Unebenheiten in ihrer Haut, die Pigmentfleckchen, die winzigen Dellen auf ihrer Stirn.

Ihre Lippen lösten sich von meinen. »Giovanni«, flüsterte sie, »schließ die Augen.«

Ich gehorchte und spürte ihre Hand in meinem Gesicht. Ihre weiche Hand, die runden Fingerkuppen, mit denen sie mir über die Wangen strich, über die Lippen. Sie küsste mich lautlos aufs Ohr.

Meine rechte Hand wurde zu ihrer Hüfte geführt. »Fass mich an«, sagte sie leise und küsste mich wieder auf den Mund. Ihre Lippen öffneten sich. Ich dachte an Schnee, an unzählige Flocken, Millionen Eiskristalle. Ich dachte auch an meinen Bruder, an Luca als Jungen, und daran, wie uns das Mädchen bezaubert hatte.

Sie duftete wundervoll. Sie hatte geduscht, aber nicht extra für mich. Ihr Haar war nicht feucht. Ich nahm den Geruch ihres Körpers wahr, den ich nie hatte berühren, nie hatte sehen dürfen. Nur ihre nackten Arme und Beine. Den Glanz, das Spiel des Lichts auf ihrer Haut. Ihr Dekolleté.

Ich hatte von ihren Brüsten geträumt, hatte sie mir hundert- und aberhundertmal vorzustellen versucht. Sie waren vollkommen, sie passten in meine Hände. Die Warzenhöfe waren mädchenhaft, hell und klein, fast durchscheinend. Aber all das hatte ich niemals gesehen. Das Licht kam nicht so weit, das Spiel wurde abgebrochen, ganz gleich, wie weit sie sich vorbeugte, lächelnd.

Als wir zu den Betten gingen, hörte ich die Dielen knarren. Ich dachte, alle müssten es hören, Beppi und meine Mutter zwei Etagen tiefer, Luca in der Küche, die Somalier an ihrem Tisch. Alle wussten es. Jetzt waren wir am Bett angekommen, jetzt würde es geschehen.

Sophia drehte sich um und hob mit beiden Händen ihren Zopf, an ihren Schultern bildeten sich kleine Kuhlen. So blieb sie einen Moment stehen, wie das Modell eines Künstlers. Ich wusste nicht, was sie wollte, was sie von mir wollte.

»Den Reißverschluss«, sagte sie kichernd.

Es war wie beim ersten Mal, die gleiche Unsicherheit, die gleiche Unbeholfenheit.

Ich nahm den kalten Griff des Schiebers und zog ihn ganz nach unten. Die Haut bei ihren Lendengrübchen war weiß wie Milch. Sie ließ ihr Kleid auf den Boden fallen und entstieg den Pfingstrosen rings um ihre Füße. Dann legte sie sich aufs Bett, auf die Seite, mit einer Hand stützte sie den Kopf.

»Komm«, sagte sie.

»Ist das nicht völlig verrückt?«

»Ein bisschen.«

»Nur ein bisschen?«

Ihre Brust hob und senkte sich. »Ja, ein bisschen.«

Sie richtete sich auf und knöpfte mir das Hemd auf. Meine Sachen fielen neben ihrem Kleid auf den

Boden. Ich spürte ihre Hand auf dem Stoff meiner Boxershorts und dann ihre Finger hinter dem Gummiband. Sie küsste meinen Schwanz.

»Du schmeckst gar nicht nach Brokkoli«, sagte sie. »Und Luca nicht nach Erdbeer-Bavarois.« Sie lachte laut.

Wie war es möglich, dass sie die Sache so leichtnahm? Die schöne junge Frau, die schon so lange niedergeschlagen und schwermütig war, die manchmal ganze Tage schwieg. Die Frau, der schon die Tränen kamen, wenn ein kleiner Junge Eis bei ihr bestellte. Hatte sie in der Dunkelheit eine Verbindung zur Vergangenheit gefunden, zu dem Zauberwesen, das sie gewesen war, das mit der Zunge die Nasenspitze berühren konnte?

Sie streichelte mich wieder, und auch meine Hände glitten über ihre Haut. Über ihre seidenweichen Waden, ihre wundervollen warmen Schenkel. Warum musste es mit so viel Zärtlichkeit geschehen? Konnten wir es nicht einfach tun? Schnell und hart. Sophia kniend, ich hinter ihr, in sie stoßend wie ein Stier.

Stattdessen küssten wir uns, als hätte die Zeit keinen Riesensprung gemacht, als wären wir noch jung und unschuldig. Ich öffnete ihren BH. Brüste, die größer werden, Warzenhöfe, die sich dunkler färben würden, aber jetzt waren sie noch klein und rosa.

Die Leichtigkeit war weg. Wir begehrten einander; Körper, die noch nicht mit dem anderen vertraut waren, aber alles kennenlernen wollten. Jede noch so kleine Stelle, jeden Millimeter Haut.

Sie zog selbst ihren Slip aus. Die Haut darunter war weißer, das Schamhaar kraus. Meine Finger glitten ganz von selbst zwischen ihre Beine. *Nicht Hyazinthen und nicht Blütenmuscheln haben solche feine Haut*, dichtete Federico García Lorca, *selbst Kristalle unter Mondlicht schimmern nicht mit solchem Glanz.*

»Nimm den Daumen«, flüsterte sie. »Ich will deinen Daumen spüren.«

Ich wusste nicht, was sie meinte, nicht sofort, nicht in dem Augenblick, als sie es flüsterte. Als sie es aber wiederholte, fordernd, wie einen Befehl, tat ich, was sie sagte. Ich berührte sie mit meinem glatten, heilen Daumen. Nicht mit einem schwieligen Eismacherdaumen, sondern dem Daumen, der unzählige Seiten von Gedichtbänden umgeblättert hatte. Dem Daumen, den Luca nicht hatte.

Sie wimmerte und wand sich, als hätte ein Schmerz sie durchzuckt. Erst jetzt sah ich, wie blass ihre Haut war und wie glanzlos und dunkel ihr Haar. Ich sah die Frau meines Bruders. Unglücklich, zu lange ohne Sonnenlicht. Die Röte auf ihren Wangen war Rouge.

»Mach weiter«, sagte sie.

»Wir dürfen das nicht.«

»Er findet es in Ordnung.«

»Aber es ist nicht in Ordnung.«

Sie legte mir den Finger auf die Lippen. »Er kommt nicht, er macht Eis.«

Einen Moment sah ich ihn vor mir, in der weiß gekachelten Küche. Die Eismaschinen liefen, lispelten ihm in die Ohren. Am nächsten Tag hörte ich, welches Eis er hergestellt hatte, während ich mit seiner Frau im Bett gewesen war. Überall wurde davon gesprochen. Zum ersten Mal hatte Luca Eis auf der Grundlage eines alkoholischen Getränks in der Vitrine. Grappa, in Eichenholzfässern gereift, 43 Prozent. Schwierigeres Eis gab es nicht.

Trotz des Regens bildete sich eine Schlange vor dem Eiscafé. Es waren die Stammgäste der Kneipe schräg gegenüber, die von der neuen Sorte gehört hatten und nun ein Grappa-Eis nach dem anderen kauften. Es hatte eine traumhafte Textur, und das war ein kleines Wunder. Alkohol senkt den Gefrierpunkt; je höher der Alkoholgehalt, desto schneller kristallisiert Eis, es wird körnig und matschig. Doch Luca hatte alle Schwierigkeiten gemeistert, sein Grappa-Eis war perfekt. Vielleicht hatte er die ganze Nacht und zehn Flaschen dafür gebraucht. Als ich am Morgen aus dem Fenster meines Büros schaute, sah ich, wie er sich auf die Vitrine lehnte, als hätte er einen schweren Kater.

Aber Sophia strahlte und lächelte und flatterte wie ein Schmetterling durchs Eiscafé. Angeblich kennen manche Frauen ihren Körper so gut, dass sie es spüren können, wenn eine Eizelle befruchtet wird. Sophia schien es gespürt zu haben, und sie war überglücklich.

Sie küsste mich. Der frische Geschmack ihrer Lippen riss mich aus meinen Grübeleien. Ihre Hände glitten über meine Schenkel, meine Leisten, meine Hoden, meinen Schwanz.

»Möchtest du Öl?«

Sie ließ mir keine Zeit zu antworten, sondern beugte sich zum Nachttisch hinüber, nahm ein Fläschchen heraus, träufelte sich Öl auf die rechte Handfläche und begann meinen Schwanz zu massieren. Ihre Faust glitt langsam auf und ab und umfasste meine Eichel.

»Gut so?«

Ja, verdammt gut. Das durften wir wirklich nicht.

»Hast du noch andere Wünsche?« Sie lächelte und machte weiter. Jetzt mit beiden Händen, die Finger ineinander verschränkt. Sie hatte eine spezielle Technik mit einer Art Wellenbewegung, ich spürte einen beständigen Druck. Es war himmlisch.

»Du darfst noch nicht kommen«, sagte sie und quetschte mein Geschlecht zusammen.

Ich öffnete wieder die Augen. Es ist unglaublich, was man in einem solchen Moment sehen kann. Ich sah die Stäbe mit dem abgeschabten Lack. Es war Lucas Bett, wir lagen in seinem Bett. Als kleiner Junge hatte er den Lack von den Stäben gekratzt, wenn er wütend war, weil wir nicht draußen spielen durften. Wie gut ich mich daran erinnerte.

Warum hatte ich nicht ein Hotelzimmer für uns gebucht? Die Executive Rooms im Bilderberg Parkhotel waren geräumig und hell, seit einigen Jahren brachten wir die Dichter des World Poetry Festival dort unter. Man hatte eine großartige Aussicht aufs Stadtzentrum.

Ihre Hände waren überall. Ihr ganzer Körper, ihre Beine, ihr Mund, ihr Haar. Alles schien sich um mich zu drehen, Bettlaken, Kissen, ihre nackten Füße. Oder schwindelte mich beim Gedanken an meinen Bruder vor den Eismaschinen? Drehen, drehen, drehen.

Ich spürte ihre Fingernägel im Rücken. Sie hatte sich auf mich gesetzt, schaute mich an und begann sich langsam zu bewegen. Sie fand einen Rhythmus, beherrscht, unendlich geduldig.

»Giovanni«, sagte sie nach einiger Zeit. »Wo bist du mit deinen Gedanken?«

»Nirgendwo.«

»Stimmt nicht.«

Ich war in Venas di Cadore. Am Tag ihrer Hochzeit.

Die Bewegung kam ins Stocken.

»Nicht aufhören«, bat ich.

»Ihr behaltet gerne alles für euch.«

»Was?«

»Du und dein Bruder. Eure ganze Familie.« Die wundervolle Bewegung, ihre Möse um meinen Schwanz, hatte aufgehört.

Ich hatte es mit ihrer Mutter getrieben. Nach der Hochzeitsfeier hatte ich sie verführt, als ihr Mann schon heimgekehrt war. Sie hatte zu viel getrunken, und wir gingen hinaus, ohne uns zu verabschieden. Draußen, auf dem kleinen Platz hinter der Bäckerei, machten wir es im Stehen. Die Pelzstola um die Schultern, den dunkelblauen Rock bis zur Taille hochgestreift, stützte sie sich mit den Händen an der gegipsten Wand ab. Ihre Mutter.

Mit einer einzigen Bewegung drückte ich sie auf die Matratze, auf den Bauch. Zuerst schaute sie sich erschrocken zu mir um, entspannte sich aber, als ich ihr mit den Fingern über den Rücken strich. Sie war makellos. Diese weiße Haut mit den Lendengrübchen, die Wölbung ihrer Hüften. Ich drang in sie ein und begann zu stoßen, rein, raus, immer härter. Ich stützte mich auf die Hände. Sie biss in meine Finger.

Ich durfte nicht an meinen Bruder denken, nicht an das Eis in den Maschinen. Nicht an den zerkratzten Lack des Bettes. Nicht an ihre Mutter. Verse kamen heran wie Wellen eines wilden Gewässers, stürzten aus großer Höhe in meinen Geist und wuschen alles rein.

So war es, als durchritte ich in jener Nacht, wie es in García Lorcas Gedicht heißt, *wohl den schönsten aller Wege auf einem Fohlen aus Perlmutt ohne Zügel, ohne Bügel.*

»Ein Atmen aus Flaum«

Mein Sohn wurde an einem kalten Morgen im Mai geboren. Es hatte geregnet, als Sophia und Luca zum Krankenhaus gefahren waren, eilig und nervös, einen kleinen Koffer mit Babysachen auf dem Rücksitz. Mitten in der Nacht, durch stille Straßen, vorbei an blinkenden Ampeln. Die Geburt dauerte Stunden. Im Kreißsaal stand Luca hinter Sophia und hielt ihre Hände. Nie zuvor hatte er sich mit seiner Frau so verbunden gefühlt, nicht vor dem Altar, nicht im Bett. Er strich ihr über die Stirn und sprach ihr Mut zu. Als die Abstände zwischen den Wehen immer kürzer wurden, waren die Wolken in nördlicher Richtung abgezogen. Über dem Strom ging die Sonne auf, der Himmel färbte sich blassgrau, dann blau, Containerschiffe nahmen Kurs aufs Meer. Giuseppe Talamini, zerknautscht und nass, wurde in die Arme der Geburtshelferin gespült. Bescheidene fünf Pfund, zugekniffene Augen, glänzende Lippen, kaum ein Haar auf dem Kopf. Vögel sangen in den blühenden Bäumen.

Ich war in Barcelona. Die Nacht war klar gewesen, der Vormittag warm und voller Leben. In kleinen Bars tranken Männer in Anzügen stehend ihren Kaffee, Autos schoben sich dicht an dicht über die breiten Boulevards. Die Nachricht aus Rotterdam erreichte mich erst am Abend. Ich hatte den ganzen Tag Dichtern und Audiokünstlern zugehört, die beim Festival Internacional de Poesia de Barcelona mit Wörtern und Klängen experimentierten. Der Vortrag eines französischen Dichters wurde von dem Gesang von Sanddünen begleitet, der eines anderen klang so verzerrt, dass man nichts verstehen konnte, was wohl beabsichtigt war.

Die Rezeptionistin des Hotels Catalunya reichte mir zusammen mit meinem Schlüssel einen zusammengefalteten Zettel. Darauf stand die Telefonnummer des Eiscafés. Ich wusste sofort, dass Sophia ihr Kind bekommen hatte. Einen Jungen, wie sie mir an dem Tag anvertraut hatte, als das Eiscafé wieder öffnete.

»Komm mal näher«, hatte sie gesagt. »Ich möchte dir was sagen.«

Ich stand vor der Vitrine, sie dahinter, eine *spatola* in der Hand.

Wir beugten uns über das erste Eis der Saison

hinweg aufeinander zu. »Es ist ein Junge«, flüsterte sie.

Ich wusste nicht, wie ich reagieren, was ich sagen sollte.

»Wir bekommen einen Sohn«, fügte sie hinzu.

Ich konnte sie nur anschauen. Ihre Wangen waren voller, die Augenbrauen buschiger, unter der blauen Schürze zeichneten sich ihr Sechsmonatsbauch und ihre größer gewordenen Brüste ab.

»Sag es niemandem«, flüsterte sie. »Beppi und deine Mutter wissen es noch nicht.« Danach richtete sie sich wieder auf.

»Bist du glücklich?«, fragte ich.

»Ja, sehr glücklich.«

Sie strahlte. Es war, als hätte sie es selbst gerade erst erfahren und mir als Erstem davon erzählt. In ihr wuchs ein gekrümmtes kleines Wesen mit Händen und Füßen, Nägeln und Haaren. Ein Junge, Sohn meines Bruders und mein Sohn.

»Ich glaube, er schläft jetzt«, sagte Sophia, immer noch flüsternd. »Aber wenn er wach ist, kannst du spüren, wie er sich bewegt.«

Ein paar Tage später bekam ich die Gelegenheit dazu. Ich stand vor der Tür des Büros, den Schlüssel in der Hand, sie rannte über die Straße. Es war Morgen, das Eiscafé war noch nicht geöffnet. Sophia war ohne Schürze, aber mir kam es so vor, als hätte sie überhaupt nichts an, ihr Körper sprengte seine Hüllen. Alles sah ich: Hüften, Hintern, Brüste. Und ihren Bauch. Sie nahm meine Hand und legte sie auf den straff gespannten Stoff ihres T-Shirts.

»Spürst du ihn?«

Nicht gleich, aber nach einigen Sekunden spürte ich deutlich eine schwache Bewegung unter meiner Handfläche.

Sophia legte ihre Hand neben meine, ihre Finger berührten meine Finger. So war es also, wenn man Vater und Mutter wurde. Wir standen still, während alles um uns herum sich bewegte. Die Wolken, die Blätter der Bäume, die Straßenbahnen auf dem Westersingel, die Autos, die Schüler auf ihren Fahrrädern, das rotierende Messer der Schneidemaschine in der Metzgerei.

Luca war herausgekommen. Ich zog meine Hand weg, unwillkürlich, es war ein Reflex.

»Guten Morgen, Onkel«, sagte er.

Ja, das war meine Rolle, meine Funktion.

»Er hat ihn gespürt«, sagte Sophia.

»Sein Händchen«, sagte Luca mit einem Lächeln. »Er träumt, dass er Eis macht.«

Wir hatten kaum noch miteinander gesprochen. Ich war im Herbst ständig auf Reisen gewesen, und dann war der Winter gekommen. Die ganze Familie in Venas und ich in Rotterdam.

Sophia ging ins Eiscafé zurück. Die Arbeit rief.

»Ein Junge«, sagte ich zu meinem Bruder.

»Ja, großartig.«

»Ist alles dran? Ist er gesund?«

»Der Gynäkologe sagt, dass er sich gut entwickelt.«

»Fein.«

»Wie geht es dir?«

Ich antwortete nicht gleich. Noch nie hatte er gefragt, wie es mir ging.

»Viel zu tun«, sagte ich dann.

Luca schwieg.

»Viel zu lesen«, präzisierte ich.

»Bleibst du noch ein bisschen in Rotterdam?«

»In zwei Wochen reise ich nach Schottland.«

Vielleicht waren wir uns seit dem September auch einfach aus dem Weg gegangen. Schließlich hatte ich mit seiner Frau geschlafen.

»Welchen Namen würdest du ihm geben?«, fragte er.

»Darüber hab ich noch gar nicht nachgedacht.«

»Welchen findest du schön?«

»Du überrumpelst mich.«

»Aber irgendeiner fällt dir doch sicher ein!«

Ich dachte einen Moment nach. »Otello.«

»Otello? Woher kommt der? Ist bestimmt ein Dichter.«

»Nein. Shakespeare hat ein Stück geschrieben, das so heißt, eine Tragödie. Aber ich meinte eigentlich Otello ohne h.« Natürlich wollte ich Sophias und Lucas Sohn nicht den Namen eines Mannes aufhalsen, der seine Frau ermordet und danach sich selbst umbringt. »Den Vornamen des Erfinders der automatischen Eismaschine«, erklärte ich. »Otello Cattabriga.«

Luca nickte. Er verbrachte mehr Stunden mit den Maschinen als mit Menschen. Zwei davon hatte schon mein Vater aus zweiter Hand erworben. Sie hielten länger durch als ein Eismacher.

Der Klang des Namens gefiel mir sehr, der Rhythmus, die Kombination von kurzen und langen Vokalen. Er weckte Vorstellungen von etwas Außergewöhnlichem; wer so hieß, musste doch eines Tages eine bedeutende Erfindung machen. Nachdem Otello Cattabriga 1927 das Patent für seinen Schlagwellenmechanismus erhalten hatte, eroberte seine Eismaschine die ganze Welt. Otello Talamini. Hätte mein Vater diesen Namen gehabt, hätte er vielleicht auch etwas Außergewöhnliches erfunden.

»Wir denken an Giuseppe«, sagte mein Bruder. »Den Namen seines Opas.«

»Und seines Ururgroßvaters.«

»Ja.«

Ein traditioneller Name, der Name eines Eismachers.

Meine Mutter sprach den Namen aus, als ich mit dem schnurlosen Telefon in meinem Hotelzimmer die Nummer des Eiscafés gewählt hatte. Es war das Erste, was sie sagte. »Es ist ein Junge«, rief sie dann. Sie wusste nicht, dass ich das schon wusste, sie wusste von nichts.

Ich legte mich aufs Bett und drückte das Telefon an mich.

»So ein wunderschöner Junge«, sagte sie. »Ein entzückendes Baby. Er hat kaum ein Härchen auf dem Kopf.« Die Freude einer frischgebackenen Oma.

Dann war mein Vater am Apparat. »Giovanni«, sagte er. »Wo bist du? Du musst gleich kommen. Du hast noch nie so einen hübschen kleinen Kerl gesehen.«

»Ich fliege übermorgen zurück und komme dann sofort zu euch.«

»Er lächelt im Schlaf. Es ist unglaublich. Ein Wunder!«

In der Leitung rauschte es. Oder war es das Eiscafé? Mein Blick fiel auf den Wasserkocher auf dem Schreibtisch, auf die Mappe mit Informationen. Das Museu d'Art Contemporani war nur einen Katzensprung entfernt.

»Bist du noch da?«, fragte mein Vater.

»Ja. Wie geht es Sophia?«

»Es geht ihr gut, sie hat das ganz toll gemacht. Morgen darf sie schon nach Hause.«

»Wo ist Luca?«

»Er steht in der Küche, er macht Eis.«

Er hatte gleich mit der Arbeit angefangen, wahrscheinlich sofort nach der Entbindung.

Im Eiscafé hatten wir kein schnurloses Telefon, damals noch nicht. »Ich rufe ihn später an«, sagte ich. »Er muss bestimmt viel Eis machen.«

»Ja, die Eismaschinen haben im Frühjahr noch nie so lange stillgestanden.«

Am nächsten Tag arbeitete ich nicht. Ich meldete mich bei der Festivalleitung ab und hängte das *Do-not-disturb*-Schild an die Klinke. Das Sonnenlicht fiel durch einen Spalt zwischen den Vorhängen ins Zimmer, in dem grellen Lichtstreifen wirbelten Staubteilchen. Ich dachte an Sophias Hände. Ich wollte nicht an sie denken. Ich wollte an den kleinen Jungen denken, der bei seiner Mutter im Bett auf der Entbindungsstation lag. Friedlich, im Traum noch in der samtenen Gebärmutter. Heute durften sie nach Hause. Aber der Gedanke an ihre Hände war stärker. Es war wie ein Film, der immer wieder eingespielt wurde. Das Öl, ihre verschränkten Finger, die Wellenbewegung. Waren das die Wonnen, die mein Bruder genießen durfte? Ich versuchte jedes Mal, den Film anzuhalten, um zu sehen, wie viel Öl in dem Fläschchen vom Nachttisch war. Es war wundervoll gewesen, so wundervoll, dass ich noch jetzt, neun Monate später, daran dachte und ihre Hände wollte. Nur ihre Hände. Es war pures Begehren.

Am späten Vormittag wurde die Tür geöffnet. Es war ein Zimmermädchen, dunkles hochgestecktes Haar, weiße Schürze.

»*Mi disculpa*«, sagte sie. »*Disculpa!*« Die Tür wurde knallend geschlossen.

Das Vermissen kam später. Nachdem ich den kleinen Giuseppe gesehen hatte. Vom Bahnhof war ich sofort zum Eiscafé gegangen. Es war ein wolkenloser Maitag, die Sonne stand hoch am Himmel. Schweißnass erreichte ich das Venezia. Meine Mutter stand an der Eisvitrine. Sophia war oben. Luca arbeitete in der Küche, mein Vater versteckte sich hinter der Espressomaschine.

»Sie ruht sich aus«, sagte meine Mutter. »Sie kommt sicher bald runter.«

Ich schüttelte den Kopf, ich wollte nach oben. Ich wollte das Baby sehen.

»Lass sie doch eine Weile schlafen«, sagte mein Vater. Aber ich ging an ihm vorbei, direkt zur Treppe. Sie hatten nichts gesagt, als ich hinaufgegangen war, um Sophia zu befruchten, aber jetzt schauten sie mich an, als wäre ich ein Unhold.

Im Flugzeug hatte in der Reihe vor mir eine junge Mutter mit einem Baby gesessen, einem drei Monate alten Mädchen, dunkle Augen und fast kein Haar auf dem Kopf. Die Mutter war mit der Kleinen im Arm auf und ab gegangen, damit sie einschlief, aber sie hatte jeden angeschaut. Auch mich.

Überall sah ich Babys, in Barcelona, in der Schlange vor dem Check-in-Schalter, auf Schiphol, wo ich einen winzigen Moment hoffte, dass Sophia in der Ankunftshalle stehen würde, Giuseppe in den Armen, zwischen den Leuten mit Rosen und Ballons in den Händen, aber ich war in den Niederlanden noch nie von jemandem abgeholt worden.

Giuseppe kam mir furchtbar klein vor, sein Strampelanzug viel zu groß. Er schlief auf der Seite, die Arme mit geballten Fäustchen vor sich. Da war er nun. Ich hätte ihn gern hochgenommen und an mich gedrückt.

Sophia öffnete die Augen. »Ich wusste nicht, dass du heute kommst«, murmelte sie, noch nicht ganz wach. Sie lag nur mit einem Slip bekleidet im Bett, die Decke hatte sie zur Seite geschlagen, unterm Dach war es drückend heiß. Sie deckte sich nicht zu. Und sie war nicht erschrocken.

»Ich wollte ihn sehen.«

Lächelnd schaute sie Giuseppe an. Wir betrachteten ihn gemeinsam, die flachen, winzigen Ohrmuscheln, das zarte Köpfchen.

»Ist er nicht schön?«

Ich spürte Tränen in den Augen, ich konnte sie nicht zurückhalten. Sie liefen mir die Wangen hinunter.

»Wahrscheinlich wacht er bald auf«, sagte Sophia. »Er schläft schon seit zwei Stunden.«

Es war, als würde ich Zeuge eines Wunders. Dies war der kleine Junge, der im Frühling die Eismaschinen zum Stillstand gebracht hatte, mit seinen winzigen Händchen und rosa Ärmchen.

Ich beugte mich über ihn und betrachtete sein Gesicht. Seine Brauen sahen aus wie mit dem Pinsel aufgetragen. Einmal bewegte er kurz eine Hand, die kleine Faust öffnete sich, aber er tauchte nicht auf aus seinem Schlaf. *Ein Atmen aus Flaum*, wie Ida Gerhardt gedichtet hatte. Ein zartes Auf und Ab, kaum merklich.

Sophia drehte sich nun auch auf die Seite, zu ihrem Kind. »Ich versuche, mich noch ein bisschen auszuruhen«, sagte sie.

»Möchtest du, dass ich gehe?«

Sie schüttelte den Kopf.

»Dann bleibe ich noch einen Moment.«

Sie brummte zustimmend.

Erst da nahm ich den Duft wahr, von dem in Gerhardts kleinem Gedicht die Rede ist: *Duft von Honig / und junger Milch, / einem Nesttierchen / das schläft.*

Sophias Warzenhöfe waren größer und dunkler, ihre Brüste riesig. Sie war stark und bildschön. Nicht nur sie allein, zusammen sahen sie wunderschön aus. Ein Bund, Mutter und Kind. Ihre Nacktheit war natürlich, sie beschützte beide.

Luca war unten bei der Arbeit, er würde erst spätabends heraufkommen. Und ich gehörte nicht hierhin. Sophia hatte die Augen geschlossen. Sie schien zu schlafen, ein Bein über das andere gezogen. Ich drückte vorsichtig einen Kuss auf Giuseppes Kopf und atmete tief ein. *Der Duft von dem, was geschehn ist; / Geheimnis / Geburt.* Er hatte den Kuss wohl nicht gespürt, von der ersten Berührung nichts mitbekommen. Ich hatte ihn gesehen, er mich nicht, doch auch so war es gut.

Nicht lange nach Giuseppes Geburt reiste ich zum ersten Mal zum Sha'ar International Poetry Festival in Tel Aviv. Gerade einmal eine Woche war ich in Rotterdam gewesen, aber ich hatte Giuseppe im Arm gehalten, und er hatte mich mit gerunzelter Stirn angeschaut. Der Anblick schien ihn zu überfordern, die glänzenden Zähne, die mein Lächeln hervorzauberte, die unzähligen stachligen Härchen meines Dreitagebarts. Ich berührte mit der Nasenspitze sein Näschen.

Luca arbeitete abends und vormittags in der Küche und bereitete dreißig Sorten Eis zu, nachmittags half er meiner Mutter an der Vitrine und bediente auf der Terrasse. Er war kurz angebunden und begrüßte nicht einmal die Stammgäste. Kein einziges Mal habe ich ihn in dieser Woche mit Giuseppe auf dem Arm gesehen. Sophia war ununterbrochen bei ihrem Kind. Wenn ich sie von meinem Büro aus auf der Terrasse sitzen sah, ging ich schnell hinunter. Meistens schlief er, ein Händchen auf der Brust seiner Mutter.

Sophia sagte mir, dass Babys kurz nach der Geburt an Gewicht verlieren, dann aber jeden Tag ein wenig zunehmen. Die Hebamme sei mit Giuseppes Entwicklung sehr zufrieden.

In den sieben Tagen in Rotterdam konnte ich keine Veränderung feststellen. Giuseppe blieb so klein wie am ersten Tag und seine Strampelanzüge viel zu groß. Vielleicht wurden seine wenigen Härchen etwas heller, aber solche winzigen Nuancen fallen durch das Sieb des Gedächtnisses.

Bei Luca waren die Veränderungen unübersehbar. Er hatte kleine Augen, und die Ringe darunter schienen von Tag zu Tag größer zu werden.

»Dein Sohn hält mich wach«, sagte er an einem Nachmittag, zum Scherz, aber ein Lächeln brachte er nicht zustande.

Vielleicht war es das, was Giuseppe sah, wenn ich ihn auf den Arm nahm und er die Stirn runzelte. Zwei Gesichter, die sich ähnlich waren, aber das eine glatt rasiert und das andere lächelnd. Das eine mit Furchen auf der Stirn, das andere sonnengebräunt.

In Tel Aviv stellte ich fest, dass man einen Dolmetscher für mich eingeflogen hatte. Die Gedichte wurden zuerst von den Autoren in ihrer eigenen Sprache vorgelesen und anschließend ins Iwrit übersetzt. Ich hatte um englische Übersetzungen gebeten und wurde nun beim Festival von einem kleinen Mann mit einem Schal um den Hals begleitet. Er arbeitete für das Europäische Parlament; der Sinn für Poesie ging ihm völlig ab. Überall nahm er hinter mir Platz und näherte seinen Mund meinem rechten Ohr. Er übersetzte die Gedichte wortwörtlich simultan, gab aber zwischendurch auch Kommentare ab. »*Not again a fucking rose. No not again! Fuck the rose, fuck the rose.*« Für Bildsprache hatte er wenig übrig.

Bei einer der Veranstaltungen übersetzten israelische und palästinensische Lyriker sich gegenseitig. Alle Gedichte handelten vom Palästinakonflikt; um die Gedichte des jeweils anderen übersetzen zu können, mussten sie deshalb zunächst verstehen, wie dieser andere die Auseinandersetzung sah, mussten in die Haut des anderen schlüpfen. Wie zu erwarten, kam es zu erbitterten Diskussionen, der Dolmetscher an meinem rechten Ohr schien eine hitzige Parlamentsdebatte zu übersetzen. Selten waren die Dichter einmal einer Meinung, aber immerhin lernten sie die andere Seite der gemeinsamen Geschichte kennen.

Nach Rotterdam zurückgekehrt, wurde ich von den Vorbereitungen zum World Poetry Festival in Anspruch genommen, das Mitte Juni stattfinden würde. Ich führte Vorgespräche mit Moderatoren, redigierte englische Übersetzungen und beratschlagte mit anderen Redakteuren über das Programm. An manchen Abenden war ich bis zehn Uhr im Büro. Es waren lange Arbeitstage, und doch waren sie nie so lang wie die im Eiscafé. Luca schleppte Behälter zur Vitrine und servierte jungen Leuten auf der Terrasse Eis und Milchshakes. Der Rücken tat ihm weh, man sah es an seinem Gang. Er ging wie mein Vater.

Sophia sah immer besser aus. Sie machte mit dem Kinderwagen lange Spaziergänge an der Nieuwe Maas. Manchmal setzte sie sich auf eine Bank und blickte den stromaufwärts fahrenden Binnenschiffen nach, während sie Giuseppe die Brust gab. Er gluckste, wenn sie ihm mit dem Zeigefinger über die Oberlippe strich.

Sie war bald wieder so schlank wie früher und trug Sommerkleider, es war eine Lust, sie zu sehen, die perfekten Linien ihres Körpers, ihre enormen Brüste. Kurz vor dem Festival begegnete ich ihr zufällig in der Parklaan, wo ich mit einem Sponsor gesprochen hatte. Es war in der Zeit, als die Pappeln ihren Flaum abwarfen. An einigen Stellen in der Stadt schien es sanft zu schneien, unzählige Samenfasern schwebten in der Luft.

»Giovanni!«

Ich drehte mich um und sah sie im Junischnee mit dem Kinderwagen auf mich zukommen. Sie hatte weiße Flöckchen im Haar.

Giuseppe war hellwach. Er lag auf dem Rücken, und seine glänzenden Äuglein schauten uns abwechselnd an. Alles an ihm drückte Verwunderung aus. Er wedelte mit den Ärmchen und stieß fröhliche Laute aus.

Etwas war im Sieb des Gedächtnisses hängen geblieben. Ich sah, dass seine Wangen voller geworden waren, runder. Zum ersten Mal bemerkte ich eine Veränderung, stellte ich fest, dass er ein Stück gewachsen war.

»Hast du dich schon in ihn verliebt?«

»Ja.«

Ich war verliebt, wie ich einmal in sie verliebt gewesen war.

Giuseppe strampelte, Sophia kitzelte ihn am Bauch, und er krähte laut.

»Wie sind die Nächte?«, fragte ich.

»Luca wacht beim kleinsten Geräusch auf.«

»Weint der Kleine oft?«

»Nur wenn er Hunger hat.« Sie dachte einen Moment nach. »Luca sagt, dass Giuseppe ihn die ganze Nacht tritt.«

»Bewegt er sich so viel?«

»Er ist ein lebhafter kleiner Mann, und meistens schläft er zwischen uns. Ich will nicht, dass er aus dem Bett fällt.«

Sie beobachtete die wirbelnden Flöckchen. Es war wie der Schnee von einst, der Schnee, in dem wir sie zum ersten Mal gesehen hatten, den Kopf in den Nacken gelegt und den Mund weit geöffnet. Und doch war alles anders.

»Man kann sie auch mit der Zunge auffangen«, sagte Sophia, »aber sie schmecken nach nichts und sind ganz fusselig.«

Wir gingen zusammen zum Eiscafé, ohne unterwegs viel zu sagen. Wenn ein Laut aus dem Kinderwagen kam, schauten wir beide hinein, wie junge Eltern es tun. Jedes Mal wanderten Giuseppes dunkle Äuglein fröhlich zwischen uns hin und her.

Zwei Tage vor dem Festival saß Sophia auf der Terrasse vor dem Venezia, als ich zur Arbeit ging. Der Morgen war kühl, aber sonnig. Ihr Kleid war so rot wie Mohn.

»Trinkst du einen Espresso mit mir?«

»Ich muss eigentlich arbeiten.«

»*Einen* Espresso.«

Ich gab nach und setzte mich ihr gegenüber.

»Hast du noch viel zu tun?«, fragte sie.

»Heute kommen die ersten Dichter an.«

Ich sah Gänsehaut an ihren Armen. Wie ihre Mutter in den Bergen ignorierte sie die Kälte.

»Fährst du nach Schiphol?«

»Ja, am Nachmittag und noch mal am Abend.«

Beppi kam und streckte die Arme nach seinem Enkel aus. »Nur im Tausch gegen diesen lieben kleinen Kerl bekommt ihr Kaffee«, erklärte er.

»Vorsichtig«, sagte Sophia, »er hat gerade getrunken.«

Giuseppe krähte in den Armen seines Namensvetters.

»Sollen wir uns wieder gegenseitig in die Nase kneifen?«, fragte mein Vater und ging stolz mit ihm ins Eiscafé zurück. Als Opa war er viel netter.

Eine Weile beobachteten wir die Leute auf der

Straße, Verkäuferinnen auf dem Weg zu ihren Läden, und lauschten dem regelmäßigen Klopfen der Absätze.

»Meine Brüste machen mich noch verrückt«, sagte Sophia plötzlich. »Schon seit Tagen sind sie steinhart, als würden sie jeden Moment platzen.«

Ich schaffte es nicht, nicht hinzusehen, und fragte mich, ob dies ein Bild war, das ich später mit geschlossenen Augen sehen und das nie wieder verschwinden würde. Ihre Brüste, prall von Milch, in einem roten Kleid. Ich hoffte, dass es durchs Sieb fallen würde, befürchtete aber das Schlimmste.

Mein Vater kehrte mit zwei Espressi zurück, meine Mutter hatte Giuseppe übernommen und hielt ihn über der Vitrine im Arm. Zusammen betrachteten sie die Farben des Eises, das Hellgrün von Pistazie, das Gelb von Mango-Zitrone, das unglaubliche Rot von Granatapfel-Rote-Bete. Dann stand Luca neben ihnen. Er drückte einen Kuss auf das Köpfchen und winkte uns zu. Sophia winkte gleich zurück. »Kommst du auch?«, rief sie.

»Ganz kurz«, sagte Luca, als er sich mit Giuseppe auf dem Arm zu uns setzte. »Ich hab noch so viel zu tun.«

Giuseppe auf seinem Schoß lutschte ein wenig unbeholfen an einem Finger. Sabber lief ihm aus dem Mund.

»Es soll bald warm werden«, sagte Luca. »Ich bin gespannt, ob zu dir auch so viele Leute kommen wie zu uns.«

Er meinte das Festival. Wir kamen auf durchschnittlich fünfhundert Besucher am Tag, aber an tropischen Tagen waren es viel weniger. Sommerhitze war schlecht für das Festival, während sich dann vor dem Eiscafé lange Schlangen bildeten, bis in die Straße hinein. Sie hatten die Leute nie gezählt, dafür fehlte die Zeit.

Luca lächelte. Es war ein Wettkampf, den er gewonnen hatte, wie er vielleicht immer gewonnen hatte. Meine Entscheidung im Alter von achtzehn Jahren war keine undurchdachte gewesen, aber ich hatte nicht ahnen können, dass die Konsequenzen so weit und immer weiter reichen würden.

Giuseppe war zappelig, er fand seinen Finger nicht mehr und fing an zu weinen. Luca streichelte ihm den Kopf, um ihn zu trösten, aber es half kaum.

Ich sah die Ratlosigkeit im Blick meines Bruders, eines jungen, unerfahrenen Vaters, und im gleichen Moment hob ich Giuseppe von seinem Schoß und drückte ihn an meine Brust.

Lucas Augen schleuderten Blitze.

Ich wiegte Giuseppe und klopfte ihm sanft auf den Po, und zuerst wurde das Weinen leiser, ließ er sich in meinen Armen beruhigen. Doch bald drehte er wieder unruhig den Kopf hin und her und kreischte in voller Lautstärke.

Sophia übernahm ihn. »Ich glaube, er hat immer noch Hunger«, sagte sie, schob den Träger ihres Kleides von der linken Schulter, entblößte die linke Brust und legte Giuseppe an. Er saugte und trank und ließ sich berauschen.

Seine Väter standen auf und gingen an die Arbeit.

Am Abend fuhr ich zum zweiten Mal an diesem Tag nach Schiphol, um einen Dichter abzuholen, einen Autor aus Simbabwe. Der Redakteur eines afrikanischen Festivals hatte uns auf ihn aufmerksam gemacht; er schrieb, der Dichter wohne in einem kleinen Dorf, sei dort Pfarrer, arbeite aber auch als Sprengmeister im Bergbau. Abends lese er den anderen Dorfbewohnern am Feuer seine Gedichte vor, schmucklose Lyrik, so schlicht wie sein eigenes Leben. Eines der uns eingesandten Gedichte handelte von einem Mann, der sich zur verkehrsreichsten Zeit an eine Kreuzung hockte. Er wartete darauf, dass ein Wagen eine Radkappe verlor, dann noch einer und noch einer, bis er fünf geschlossene Radkappen beisammenhatte. Fünf Essteller.

Der Dichter hatte nur eine kleine Reisetasche bei sich, er schaute sich ständig um, während wir durch die Ankunftshalle gingen. Im Auto versuchte ich, ein Gespräch in Gang zu bringen. Er berichtete in rudimentärem Englisch von seiner Reise, die vor zwei Tagen in einem Dorf im Süden Simbabwes begonnen hatte. Er hatte sein Land nie zuvor verlassen.

Schon mehrmals hatten wir Autoren aus abgelegenen Regionen zu Besuch gehabt. Dichter, die in einer Lehmhütte in der Sahelzone lebten oder mit einer riesigen Schafherde in einer einsamen Gegend Chiles. Andere hatten sich in selbst gewählte Abgeschiedenheit zurückgezogen, möglichst fern von jeglicher Zivilisation, sie schrieben mitten in der Natur, den Elementen ausgesetzt, wie der chinesische Dichter Hanshan, der im 7. oder 8. Jahrhundert auf einem Berg gelebt und seine Gedichte in Felswände, Steine oder Bäume geritzt hatte.

Hin und wieder hatte ich das Gefühl, dass wir einen Dichter mit einem Greifarm seiner natürlichen Umgebung entrissen hätten. Mancher konnte sich in Rotterdam nur schwer an die nächtliche Beleuchtung oder an den starken Wind gewöhnen, der um die hohen Gebäude wehte.

Dem Pfarrer und Dynamitspezialisten aus Simbabwe musste ich erklären, was Getränkegutscheine sind. In seinem Dorf brauchten die Menschen manchmal einen ganzen Tag, um frisches Wasser zu besorgen. Als er das Gutschein-Prinzip verstanden hatte, ging er zur Bar und schaute sich die Flaschen an. Er hatte noch nie Alkohol getrunken, aber schon viel davon gehört.

Es war, wie wenn jemand zum ersten Mal Eis isst, nur weniger harmlos. Er verbrauchte all seine Gutscheine und war zu der Zeit, als die Saaltüren geöffnet wurden, schon schwer betrunken. Während der Veranstaltung schlief er ein und schnarchte in den Vortrag eines georgischen Dichters hinein. Die Moderatorin musste ihm auf das Podium hinaufhelfen.

Wir lassen alle Dichter am ersten Abend genau ein Gedicht vorlesen. Mancher Besucher ist der Ansicht, das sei viel zu wenig, und hin und wieder glauben Unerfahrene, die nur zum Eröffnungsabend kommen, wir würden Dichter tatsächlich nur wegen eines einzigen Gedichts vom anderen Ende der Welt einfliegen. Doch dem betrunkenen Dynamitspezialisten war es fast unmöglich, auch nur zwei Wörter hintereinander ins Mikrofon zu sprechen.

Als er am dritten Tag den Whisky entdeckte und aggressiv wurde, brachte ich ihn ins Hotel und stellte ihn unter Hausarrest.

Manchmal musste man streng sein, vor allem aber kam es auf klare Prinzipien an. In all den Jahren meiner Tätigkeit für das Festival habe ich insgesamt vielleicht fünfhundert Dichter aus aller

Welt kennengelernt. Jedes Jahr sind ein oder zwei schwierige Leute dabei, die ein besseres Hotelzimmer als die anderen fordern, die nur mit dem Direktor zu Abend essen wollen oder die den Festival-Mitarbeiterinnen nicht die Hand geben.

In Struga dinierte der Ehrengast jeden Abend im Restaurant des Hotel Drim allein mit dem Festivaldirektor an einem gesonderten Tisch. Und Jahre später hörte ich im Künstlerfoyer der Akademie der Künste in Berlin die Geschichte von zwei Dichtern, die herausgefunden hatten, dass sie am selben Festival in Dubai teilgenommen hatten, ohne sich zu begegnen. Der eine war im Penthouse des Hotels untergebracht gewesen und hatte ein Honorar von 10 000 Dollar erhalten, der andere hatte in einem fensterlosen Zimmerchen übernachten müssen und in winzigen Sälen vor einer Handvoll Zuhörern gelesen.

Beim World Poetry Festival wurden alle Dichter gleich bezahlt und niemand bevorzugt behandelt. Dieses Prinzip hatte Richard Heiman gleich zu Anfang eingeführt, Victor Larssen und später ich haben es übernommen.

Nachdem der Dichter aus Simbabwe seinen Rausch ausgeschlafen hatte, holte ich ihn im Hotel ab. Er umarmte mich in der Tür seines Zimmers, und als wir im Künstlerfoyer ankamen, wollte er den bereitliegenden Streifen Getränkegutscheine nicht annehmen. Wenig später trat er zusammen mit dem koreanischen Dichter Ko Un auf. Es wurde ein außergewöhnlich gelungener Abend. Draußen war es warm, die Terrassen der Cafés waren voll, vor dem Venezia standen die Leute Schlange, alle redeten und redeten, bestellten und redeten weiter. Im kühlen Dunkel des kleinen Theatersaals wurde zugehört. Er war halb voll; zahlreiche Stammbesucher, die wahren Liebhaber, waren gekommen, aber auch Leute, die erst im letzten Moment eine Karte gekauft hatten, neugierig gemacht von den Versen, die überall in der Stadt auf Plakaten zu lesen waren.

Der Dichter aus Simbabwe las jedes Wort mit besonderer Achtsamkeit vor, wie er es geschrieben hatte. Ko Un flüsterte seine Verse, als wären sie aus Atem gemacht. Hin und wieder wurde applaudiert, nach manchen Gedichten blieb es aber auch still; es war die gleiche Stille wie in den Sekunden nach dem Schlussakkord einer Sinfonie, der Dichter stand reglos. Es war unvergesslich. Ein Denkmal, dauerhafter als Bronze, wie Horaz sein Werk genannt hatte.

Es war der vierte Tag des Festivals, der irgendwann in der Nacht in den fünften überging. Als wir im kleinen Kreis in dem chinesischen Restaurant in der Witte de Withstraat gepfefferten und gesalzenen

Tintenfisch aßen, war es draußen schon hell. Meine Tischnachbarin hatte abblätternden rosa Lack auf den Fingernägeln. Sie war Übersetzerin und erzählte mir, ihr Mann habe sie wegen einer Dichterin verlassen, die sie selbst ihm vorgestellt habe. Ein ukrainischer Dichter starrte eine Weile seine Stäbchen an und beschloss dann, mit den Fingern zu essen.

Festivaltage vergehen wie im Flug, man kann kaum mit ihnen Schritt halten. Wir verteilten uns auf die verschiedenen Säle, doch die eine oder andere Veranstaltung versäumte man wegen eines Gesprächs mit einem Dichter oder dem Redakteur eines anderen Festivals. Immer bekam man jede Menge Vorschläge, Hinweise auf Gedichtbände, die man unbedingt lesen sollte, auf vielversprechenden Nachwuchs. Nächte mit drei, vier Stunden Schlaf, hellblauer Himmel, wenn man nach Hause radelte.

Als das Festival vorbei war, die Saaldekorationen fortgeräumt, die großen Banner über den Eingängen abgenommen, die Dichter in ihren Flugzeugen, war Giuseppe zehn Tage älter.

Ich sah ihn im Eiscafé wieder. Er schlief im Kinderwagen, der bei der Kasse abgestellt war. Sophia stand an der Eisvitrine, sie hatte eine Schürze um und die *spatola* in der Hand.

Einen Moment befürchtete ich, Giuseppe könnte

gewachsen sein und dichtes Haar auf dem Kopf haben, aber er war genauso klein und kahl wie zuletzt.

»Schläft er noch?«, hörte ich Sophia fragen.

Er schlief noch, sein Mund war geöffnet, die linke Hand lag wie ein Seestern auf seiner Brust. Ich suchte nach Veränderungen. Waren seine Finger dicker? War der Flaum bei den Augenbrauen verschwunden? Hatte er einen Pickel auf der Wange? Zehn Tage seines Lebens hatte ich versäumt, ein Drittel seiner Existenz.

»Was studierst du da so genau?«, fragte Sophia, die zu mir gekommen war.

»Alles, sein Näschen, seine Ohren, seine Wimpern, die Linien an seinen Fingerknöcheln.«

»Er hat wunderschöne lange Wimpern.«

Ich betrachtete sie und suchte gleichzeitig nach Bildern in meinem Gedächtnis.

»Ist er gewachsen?«

»Natürlich.«

Giuseppes Händchen zuckten, seine Augen öffneten sich. Einen winzigen Moment war die dunkle Iris zu sehen, dann fielen die Lider wieder zu. Vielleicht hatte er unsere Stimmen gehört.

»Wenn man ihn auf den Arm nimmt, kann man es spüren«, flüsterte Sophia nach einer Weile.

Am liebsten hätte ich es sofort getan. Ich wollte

fühlen, was ich nicht sehen konnte, befürchtete aber, ihn zu wecken.

Ich beugte mich über ihn, um seinen Duft einzusaugen, den Duft, der unverändert war, immer noch süß wie der von Honig. Wie es wohl war, neben ihm aufzuwachen? Ihn anzuschauen, an ihm zu schnüffeln, während er noch schlief? Luca hatte morgens wahrscheinlich keine Zeit dafür. Er stand um halb sechs auf, manchmal noch früher.

»Wann hast du wieder angefangen zu arbeiten?«, fragte ich.

»Vorige Woche Mittwoch, als es so warm war.«

»Ging es denn?«

»Er hat fast drei Stunden am Stück geschlafen.«

»Was machst du, wenn er aufwacht?«

»Dann nehme ich ihn kurz auf den Arm und sage ihm, dass Mama arbeiten muss.«

»Und das funktioniert?«

»Es muss.«

»Weint er nicht?«

»So hat deine Mutter es auch mit euch gemacht.« Sie flüsterte immer noch, aber alle Sanftheit war verschwunden. »Es sind die anstrengendsten Tage im Jahr, da kann ich nicht als Einzige nichts tun.«

Ich hatte einen Moment vergessen, dass sie zum Eiscafé gehörte, zur Gegenseite. Es lag an ihrer Haut, die wieder von der Sonne gebräunt worden war, an ihrem blonden Haar, das wieder glänzte. Es war ein Irrtum. Ich war der Einzige, der nicht dazugehörte, vielleicht auch Giuseppe, jetzt noch, für einige Jahre. Wir hatten einen Sommer, wir konnten draußen sein, nicht nur kurz auf der Terrasse. In den Augen meiner Familie hatte ich zehn Tage gearbeitet und war nun frei. Keiner von ihnen hatte je das World Poetry Festival besucht, in all den Jahren hatten sie keinen einzigen Dichter lesen hören. Es ging ja auch nicht, es war Juni, die Stadt war voll.

»Du kannst aber mit ihm spazieren gehen«, sagte Sophia.

»Ich muss gleich wieder ins Büro«, antwortete ich, »ich habe nur gerade Mittagspause.«

Es war die Wahrheit, auf meinem Schreibtisch stapelten sich Papiere. Briefe, die beantwortet werden mussten, Einladungen zu Festivals in der Bretagne, der Türkei und Tasmanien.

Sophia schaute mich an. Sie lächelte nicht.

»Am Wochenende habe ich Zeit«, sagte ich. »Dann gehe ich gern mit ihm spazieren.«

Es klang schrecklich, ich hatte ein Kind gezeugt und konnte nur am Wochenende etwas mit ihm unternehmen. Doch das war lediglich eine abstrakte Analyse, sie löste die Tatsachen aus ihren komplizierten, unveränderlichen Zusammenhängen.

Sophia kehrte zur Eisvitrine zurück. Ich wusste

nicht, ob sie wütend war oder einfach nur wieder an die Arbeit ging. Sie sagte kein Wort. Aber als ich am Abend das Festivalbüro verließ, rief sie meinen Namen, ich sollte schnell kommen, Giuseppe sei wach.

Sie hatte ihn aus dem Kinderwagen genommen und legte ihn mir in die Arme.

»Und?«, fragte sie. »Spürst du, dass er schwerer ist, dass er gewachsen ist?«

Giuseppe schaute mich verwundert an, die Zunge ein kleines Stück aus dem Mund gestreckt, und dann lachte er, ganz kurz und lautlos. Ein ovales Lachen, rosarot. Ich überlegte, ob er mich wohl erkannte oder ob er in meinem Gesicht das von Luca sah.

»Im ersten Monat nehmen sie hundertfünfzig Gramm pro Woche zu«, erklärte Sophia. »Hat jedenfalls die Hebamme gesagt.«

Dann musste Giuseppe also ungefähr zweihundert Gramm schwerer sein als vor zehn Tagen, als ich ihn zuletzt auf dem Arm gehabt hatte. Das war nichts, vier Kugeln Eis. Ich versuchte, es zu erfühlen, aber er war so leicht, dass er in meinen Armen zu schweben schien.

»Hat niemand gesagt, dass er zu klein ist?«

Sophia schüttelte den Kopf. »Luca war auch ein kleines Baby. Deine Mutter sagt, dass er bei der Geburt auch nur zweieinhalb Kilo gewogen hat.«

Und ich?, wollte ich fragen. Wie viel habe ich gewogen? Es war klar, dass meine Mutter Giuseppe mit Luca verglich, aber ich verstand nicht, dass auch Sophia es tat.

Ich drückte Giuseppe an mich, seine weiche Wange berührte meine Nase. Für einen Moment schloss ich die Augen. Wir standen mitten im Eiscafé zwischen den Tischen mit Gästen. Ich wusste genau, dass Beppi und meine Mutter mich beobachteten, wahrscheinlich auch Luca, von der Küche aus. Was dachte er wohl? Wen sah er? Sein Kind mit dessen Onkel? Seinen Bruder mit Sohn?

Ich spürte eine Hand auf der Schulter, nicht Giuseppes Seestern, nicht Sophias schlanke Hand, sondern die Eismacherpranke meines Vaters. Mit dem Daumen rieb er über den Stoff meines Hemdes. Er sagte nichts, aber ich konnte ihn denken hören. *Na, Giovanni, siehst du jetzt, dass du die falsche Entscheidung getroffen hast?* Alles hätte ich haben können: das Eiscafé, Sophia, einen Sohn, so rein wie ein Engel. *Siehst du es jetzt?* Sein Daumen bohrte sich in mein Fleisch, in meine Muskeln.

Ich schaute den kleinen Giuseppe an und er mich. Wieder lachte er; seine Lippen zitterten, als wäre sein Mündchen nicht groß genug für sein Lächeln.

Der Abstand würde von selbst kommen, er war schon da. Ich brauchte den Kleinen nur seiner Mutter zurückzugeben, mich umzudrehen und unter der rot-weiß gestreiften Markise hindurch fortzugehen, zum Eendrachtsplein und dann zum Veerhaven, dem Restaurant, in dem ich an einem Tisch mit Leinenservietten erwartet wurde.

Sophia nahm mir Giuseppe wieder ab, aber ich konnte nicht gleich weggehen. Ich musste ihn noch einen Moment betrachten, einen kleinen Moment wenigstens. Seine Babybeine, mollig und rund. Keine Schrammen, keine Narben. Heil.

Zwei Wochen nach dem World Poetry Festival flog ich nach Argentinien. Victor Larssen war zu einem kleinen Festival in Buenos Aires eingeladen, aber drei Tage vor seiner geplanten Abreise erkrankt. Er hatte hohes Fieber und am ganzen Körper rote Flecken. Es waren die Windpocken, die er als Kind nie gehabt hatte – so schlimm, dass er ins Krankenhaus musste und vermutlich vor dem Ende des Sommers nicht mehr herauskam. Ich packte rasch meinen Koffer und schaute mir die Programmübersicht erst im Flugzeug an. Dichter aus fast jedem lateinamerikanischen Land, einige Berühmtheiten wie Lêdo Ivo, doch die meisten waren zumindest außerhalb ihres eigenen Landes unbekannt.

Ein schweigsamer ehrenamtlicher Festivalmitarbeiter holte mich am Flughafen ab und fuhr mich zum Hotel. Holiday Inn, Zimmer 217. Graue Vorhänge, graue Handtücher, grauer Wasserkocher. Keine Kunst an der Wand, aber der Fernseher hieß mich in vier Sprachen willkommen: Spanisch, Portugiesisch, Englisch und Französisch. Ich legte mich aufs Bett und starrte eine halbe Stunde einen gelben Fleck an der Zimmerdecke an.

Das Festival wurde mit einem Abendessen für alle Dichter und anderen Eingeladenen in einem alten Theater eröffnet; auf der Bühne war ein Tisch gedeckt, der fast ihre ganze Breite einnahm. Ich saß zwischen dem Festivaldirektor und einem Stellvertreter des Bürgermeisters, der selbst im letzten Moment abgesagt hatte. An diesem Abend wurde nur gespeist und getrunken. Es blieb noch genug Zeit für die Gedichte, die von den achtzehn Dichtern an verschiedenen Veranstaltungsorten vorgetragen werden sollten. Das Festival dauerte sechs Tage.

Nach dem Abendessen sprach ich mit ein paar jungen Autoren aus Buenos Aires. Die Männer trugen kurzärmelige Hemden, die Frauen Baumwollkleider, ihre jungen Gesichter waren frisch wie Äpfel. Sie tranken Weißwein und zündeten sich ihre Zigaretten mit Streichhölzern an, die sie achtlos auf den Boden warfen. Es war ihre Zeit, sie traten bei vielen Lesungen auf, veröffentlichten in Zeitschriften und hatten ein bewegtes Liebesleben. Über Poesie sprach man hier nicht nüchtern wie in Europa, sie nahm einen bedeutenden Platz in der nationalen Kultur ein, ihre Kraft war ungebrochen. Man sprach über Borges, als würde er noch leben; Macedonio Fernández wurde angebetet. Die Worte dieser beiden strömten durch die Adern der jungen Dichter, der Rhythmus der Verse war ihr Herzschlag. *Der Geschmack einer Frucht, der Geschmack von Wasser, / dieses Gesicht, das uns ein Traum zurückerstattet, / der erste Jasmin im November, / die unendliche Sehnsucht der Kompassnadel.*

Etwa um Mitternacht begab sich die Gesellschaft zu einer Cocktailbar. Zwei hohe Tische auf dem Gehweg, keine Hocker. Andere Leute schlossen sich an, Freunde, Nachtschwärmer. Über der Bar lagen Wohnungen, aber darin brannte Licht, die Fenster standen offen. Die ganze Stadt schien wach zu sein.

Mir gegenüber rauchte eine junge Frau eine Zigarette, einen Arm auf den Tisch gestützt. Sie war schlank wie ein Model und erzählte von einer Party, von der sie gerade kam, als wären wir Bekannte. Erst nach einiger Zeit stellte sie sich vor. Sie hieß Elvira, war Fotografin und hatte italienische Vorfahren.

»Von wo in Italien?«

»Aus dem Norden«, antwortete sie, »aus der Gegend von Venedig.«

Genauer wusste sie es nicht. Sie war nie in Italien gewesen, überhaupt noch nie in Europa.

Ich erzählte ihr, dass ich aus der Provinz Belluno nördlich von Venedig stammte und dass die erste Welle italienischer Immigranten in Nord- und Südamerika aus dieser Region gekommen war. »Sie hofften auf eine bessere Zukunft«, sagte ich, »aber es waren auch Abenteurer darunter, die einfach alles zurückließen, sogar Frau und Kinder.«

Elvira war davon überzeugt, dass ihr italienischer Urahn ein Abenteurer gewesen war. »Vielleicht sind wir ja verwandt«, sagte sie lächelnd.

»Mein Urgroßvater ist in die Vereinigten Staaten gegangen, aber nicht dort geblieben.«

»Ein halber Abenteurer.«

»So etwas Ähnliches. Er ist mit einer Kriegshaube zurückgekehrt.«

»Mit was?«

»Einer Federhaube. Er trug sie auf dem Kopf wie ein Indianer.«

Elvira antwortete nicht. Wahrscheinlich dachte sie, ich würde sie auf den Arm nehmen.

»Niemand glaubt diese Geschichte«, sagte ich, »aber er soll bei den Sioux gelebt haben. Der Kopfschmuck mit den weißen Federn hängt noch bei uns zu Hause.«

»Klingt wie ein Märchen.«

»Ich weiß.«

»Ist sonst noch was über ihn bekannt?«

»Wenig. Dass er bei uns nie wieder ganz heimisch geworden ist.«

Sie zündete sich eine neue Zigarette an und hielt mir die Schachtel hin. Ich schüttelte den Kopf.

»Kennst du die Dichter hier?«, fragte ich.

»Fast alle. Ein paar von ihnen hab ich fotografiert.«

»Hast du sie auch gelesen?«

Sie lachte. »Sie haben mir vorgelesen.«

Sie hatte auf der Stirn eine kleine Delle gleich unterhalb der Haargrenze. Davon abgesehen war ihr Gesicht makellos, mit schönen Augenbrauen, dünn wie Blattstiele.

»Er hier hat ein Gedicht für mich geschrieben.« Sie zeigte auf einen der Autoren, mit denen ich nach dem Essen gesprochen hatte. »Und der auch, mehrere sogar.«

»Bist du eine Muse?«

Sie blies den Rauch ihrer Zigarette aus, fast bis in mein Gesicht. Der Rausch kam von selbst.

Ich dachte an Apollonie Sabatier, die Muse von Charles Baudelaire, aber auch von Théophile Gautier und Gustave Flaubert. Sie hatten ihr erotische Briefe geschrieben, doch nur Baudelaires Briefe klangen leidenschaftlich und gequält und sehr romantisch.

Im Laufe der Zeit schrieb er sieben Gedichte für sie, Gautier vier, Flaubert schuf eine Romangestalt nach ihrem Vorbild. Baudelaire war der Einzige von ihnen, der das Bett mit ihr teilte, eine einzige Nacht. Danach schrieb er: »Sie haben eine schöne Seele, aber letztlich ist es die Seele einer Frau.«

Elvira lachte. »Eine Muse sein, das reizt mich überhaupt nicht.«

Ihr Vater war Maler, seine Bilder hingen in mehreren Galerien der Stadt und in den Salons der Häuser in Recoleta. Aber zu Hause tropften die Wasserhähne, erzählte Elvira, und der Fußboden sei immer schmutzig, voller Sohlenabdrücke und Farbkleckse, und überall lägen hart gewordene Pinsel. Ihre Mutter sei eine »unkomplizierte« Frau, für ihren Mann tue sie alles, sie posiere für ihn auch nackt auf den kalten Fliesen des Ateliers. Er sei ihre erste Liebe, sechzehn sei sie gewesen, als sie ihn in einem Café kennengelernt habe, einen zwanzig Jahre älteren Mann in einem Hemd voller Farbflecken. Er habe sie wer weiß wie oft betrogen, doch sie könne ihn nicht verlassen, das würde sie als Verrat empfinden. Elvira wollte ihr eigenes Leben, unabhängig, selbstbestimmt. So bewegte sie sich auch durch das Leben der jungen Männer, die sie anbeteten, darunter nicht nur Dichter. Sie war keine Muse, aber sie war schwer zu vergessen.

»Wie alt bist du?«

Zweiundzwanzig war sie, ihr Körper eine Göttergabe.

Sie fragte nicht, wie alt ich sei, wie sie auch nicht gefragt hatte, was ich beruflich machte. Vielleicht interessierte es sie nicht, oder sie gehörte zu den Frauen, die alles schon wissen, wenn sie einen ansehen.

In der Bar auf der anderen Straßenseite wurde die Musik lauter gestellt. Eine dunkelhäutige Frau begann auf der Straße zu tanzen, sie wiegte sich verführerisch in den Hüften.

Wir beobachteten sie. Der Gesprächsstoff schien uns ausgegangen zu sein, doch dann sagte Elvira plötzlich: »Du hast eine Frau.«

»Wie kommst du darauf?«

»Stimmt's?«

»Nein, stimmt nicht.«

»Ich glaube dir nicht. Dein Ehering liegt im Hotel auf dem Nachttisch.«

»Ich bin unverheiratet und ungebunden.«

Sie schaute mich unverwandt an, während sie inhalierte und nach ein paar Sekunden den Rauch wieder ausstieß.

»Ich habe einen Sohn«, sagte ich. »Er ist zwei Monate alt.«

Es war das erste Mal, dass ich es jemandem erzählte. Es war wie eine Beichte. Und es tat mir gut.

Elvira schwieg. Vielleicht wartete sie auf mehr.

»Wie heißt er?«, fragte sie schließlich.

»Giuseppe.«

»Vermisst du ihn?«

»Ja.« Ich durfte es sagen, ich durfte es bekennen, im Dunkeln, in Buenos Aires, einer jungen Frau, die ich nie wiedersehen, die ich nur eine Nacht kennen würde.

Weitere Frauen hatten angefangen zu tanzen, einige waren aus der Cocktailbar gekommen, hatten mit einem Glas in der Hand die Straße überquert und bewegten nun den ganzen Körper zu der aufpeitschenden Musik aus der anderen Bar. Bar Miami hieß sie. Es klang besser als Eiscafé Venezia. Wäre mein Urgroßvater nach Argentinien ausgewandert, hätten wir vielleicht eine Bar gehabt, vor der getanzt würde. Aber er war in die Vereinigten Staaten gegangen und nach weniger als zwei Jahren zurückgekehrt.

Auch ich war ein halber Abenteurer.

In Rotterdam gab ich Giuseppe ein Plüschtier, das ich auf dem Flughafen von Buenos Aires gekauft hatte. Es war ein grauer Delfin, weich wie ein Pfirsich. Giuseppe zog ihn glücklich an sich und drückte ihn mit seinen kleinen Händchen. Der Delfin wurde sein Gefährte, den er überallhin mitnahm, er sabberte auf seine Schnauze und schlief oft mit ihm ein.

Von nun an brachte ich Giuseppe aus jedem Land etwas mit. Kleine steinerne Elefanten aus Indien, Matrjoschkas aus Russland, ein Blechauto aus dem Senegal. Luca meinte, ich würde ihn verwöhnen, ich bräuchte ihm doch nicht nach jeder Reise etwas zu schenken. Später, als Giuseppe älter war, brachte ich ihm Gedichtbände. Davon hielt Luca erst recht nichts, und auch mein Vater schimpfte jedes Mal, wenn ich mit einem dünnen rechteckigen Päckchen in der Hand das Eiscafé betrat. »Das sind doch keine Geschenke für einen Jungen seines Alters«, rief er. »Er soll Eismacher werden und kein Dichter!« Aber Giuseppe begann neugierig zu lesen.

Während meines Aufenthalts in Buenos Aires war er gewachsen, das sah ich sofort, als ich mit dem Delfin vor ihm stand. Unglaublich, wie all die nicht wahrnehmbaren, winzigen bisschen Wachstum ein greifbares Ganzes ergaben.

»Du bist größer geworden«, sagte ich. »Du bist heimlich gewachsen, aber ich sehe es.«

Er wedelte mit den Armen und lachte.

»Er freut sich, dich zu sehen«, sagte Sophia.

»Ich freue mich auch, ihn zu sehen.«

Als er kurz danach einschlief, betrachtete ich sein Gesicht und strich mit den Fingern über seine Haut. Ich entdeckte eine Schramme am Knie. Seine erste Schramme, eine Linie aus wenigen winzigen Kratzern. Ein paar Tage später war sie verschwunden.

Sein Haar wurde dichter und heller, die Fältchen an den Arm- und Beingelenken tiefer. Er schaute sich jeden Tag neugieriger um, konnte aber auch minutenlang denselben Gegenstand anstarren. Die Ärmel seiner Strampelanzüge brauchten nicht mehr umgeschlagen zu werden. Dann kam der letzte Tag der Eissaison. Kurz nach Mitternacht hängte meine Mutter das Blatt Papier mit der Aufschrift »Auf Wiedersehen im März!« an die Tür.

Am nächsten Vormittag wurde das Eiscafé winterfest gemacht, die Gefrierschränke und der Eislagerschrank geleert und gesäubert, die Geschirrschränke aufgeräumt, die Eismaschinen von meinem Vater auseinandergenommen und kontrolliert, die Vitrine auf Hochglanz gebracht. Alles musste abgestellt werden, Gas, Wasser, Strom. Schließlich wurde die Markise zum letzten Mal aufgerollt, der Schlüssel ins Schloss gesteckt und dreimal herumgedreht, und danach ging es nach Hause, über Deutschland und Österreich, den Brennerpass, Toblach und Cortina d'Ampezzo ins Cadore-Tal. Wie andere Eismacher würde mein Vater in der Hauptstraße auf die Hupe drücken, Leute würden die Köpfe aus den Fenstern stecken und den Autos zuwinken, die ins Dorf gefahren kamen.

Es würde Giuseppes erster Winter werden, seine ersten Monate in Venas di Cadore.

In der Küche des Venezia

Die Dinge, die wie Gold im Sieb des Gedächtnisses glänzen: seine blonden Haare, seine Zähnchen, seine ersten Schritte. Ich weiß noch genau, wie ich vom International Istanbul Poetry Festival zurückkehrte und Giuseppe sein erstes Wort sprach. »Mama.« Schon vorher hatte er Laute mit bestimmten Gegenständen verbunden, doch das waren noch keine Wörter gewesen. Sophia war sehr stolz und ließ ihn sein erstes Wort wieder und wieder sagen.

Ich versuchte, ihm das italienische Wort für »Onkel« beizubringen. *Zio*. Aber das Z machte ihm Schwierigkeiten, er sagte immer »*io*«, was im Italienischen »ich« bedeutet. Wenn ich das Eiscafé betrat und Giuseppe mich sah, sagte er fröhlich: »*Io!*« Sophia lachte dann jedes Mal, setzte ihrem Sohn den Zeigefinger auf die Brust, sagte dabei »*io*«, zeigte danach auf mich und sagte: »*Zio.*« Es war zu kompliziert.

Luca kann sich nicht an Giuseppes erste Wörter erinnern. Er sprach sie in dem Sommer, in dem er ein Jahr alt war; er konnte schon laufen, aber noch nicht besonders gut. Entweder stieß er gegen Stühle, oder er fiel mitten auf der Terrasse hin, weil er über die eigenen Füße stolperte. Einer von uns lief dauernd hinter ihm her, um ihn aufzufangen, und immer wieder standen auch Gäste auf und erbarmten sich des wandernden Babys.

»Er versucht auszureißen«, sagte ein Mann, der regelmäßig auf der Terrasse saß. »Da, schon wieder.«

Ich musste lachen, als ich es hörte, und sagte: »Er hat jetzt schon genug vom Eiscafé.«

»Nein, nein«, antwortete mein Vater. »Er übt das Bedienen. Nächstes Jahr kann er schon ein Tablett tragen.«

Auch daran kann Luca sich nicht erinnern. »Ich hab in der Küche gestanden und Eis gemacht«, sagt er, wenn man ihn danach fragt. Es ist seine Standardantwort auf Fragen zu Giuseppe. Nur wenn es mehrere Tage hintereinander regnete und die Nachfrage zurückging, hatte er Zeit für seinen Sohn. Aber ein Eismacher ist an verregneten Tagen nie glücklich.

»Papa« war das sechste oder siebte Wort, das Giuseppe sagen konnte.

»Erinnerst du dich auch nicht daran, wie er sein erstes Eis gegessen hat?«

»Das habe ich ihm selbst gegeben«, erzählt mein Bruder. »Er hat geweint, es war ihm zu kalt.«

Ich war nicht selbst dabei gewesen, hatte die Geschichte aber später von meiner Mutter gehört. Luca hatte Vanilleeis gemacht und brachte den Behälter aus der Küche, Giuseppe saß im Kinderwagen und wollte, dass sich jemand mit ihm beschäftigte, aber Sophia arbeitete an der Eistheke. Giuseppe war zehn Monate alt, manchmal genügte ihm ein Stündchen Schlaf zwischendurch. Mein Bruder nahm einen Löffel Eis aus dem Behälter und hielt ihn seinem Sohn hin.

»Das ist das allerleckerste Vanilleeis der Welt, zufällig von deinem Vater gemacht.«

Giuseppe öffnete den Mund, zwei Zähnchen kamen zum Vorschein, beide unten. Mein Bruder steckte ihm den Löffel in den Mund, die Lippen seines Sohnes schlossen sich darum. Kälte betäubt die Geschmacksknospen, dämpft die Empfindung. Es dauert vielleicht eine Sekunde, danach schmeckt man den Zucker, es ist wie eine anschwellende Welle. Zu lange für Giuseppe. Er hatte die Augen geschlossen, wie alle anderen Familienmitglieder, als sie das erste Mal Eis kosteten, doch bei ihm quollen gleichzeitig die Tränen. Er kreischte, als hätte ihm jemand wehgetan. Sein eigener Vater. Die zungenbetäubende Vanille troff ihm in voller Breite aus dem Mund.

»Ich lege auch keinen Wert darauf«, sagte Beppi, der mit einem Tablett von der Terrasse kam. »Aber noch schlimmer sind die Leute, die es bestellen. Sie sind ungeduldig, laut und stinkfaul. Setzen sich hin, kratzen sich ihren fetten Wanst, lassen Fürze und erwarten, dass nach drei Sekunden ihr Eis auf dem Tisch steht.«

»Beppi!«, rief meine Mutter. »Setz deinem Enkel nicht deine abscheulichen Gedanken in den Kopf!«

»Anita, würdest du deinen Mann vielleicht *einmal* in Ruhe lassen?«

Mein Vater beugte sich über den Kinderwagen. »Deine Oma ist sehr schwierig«, sagte er. »Weißt du noch, wie ich dir den kleinen Kreuzschlitzschraubenzieher gekauft habe und was für ein Theater sie da gemacht hat?«

Giuseppe hörte nicht, was sein Großvater sagte, er weinte noch aus Leibeskräften. Erst in der nächsten Saison sollte er es wieder wagen, Eis in den Mund zu nehmen; es schmolz auf seiner Zunge, und er genoss die Süße, die seine nicht mehr betäubten Geschmacksknospen ihn wahrnehmen ließen, eine Süße, die ihn überschwemmte. »Noch einen Löffel«, rief er, »mehr!« All diese Wörter kannte er dann schon.

»So ein schönes kleines Werkzeug«, murmelte Beppi. »Und was macht Oma? Sie nimmt es dir weg.«

Er hatte an einem ruhigen Vormittag den Kinderwagen genommen, war mit seinem Enkel spazieren gegangen und schließlich im *Werkzeugkasten* gelandet. Wie sein Opa hatte Giuseppe mit großen Augen die Herrlichkeiten in den Regalen bewundert. Am längsten hatten sie vor einem Pressluft-hammer gestanden.

»De-de«, sagte der kleine Giuseppe, »de-de.«

»Der?«, fragte der große Giuseppe. »Der ist schön, was?«

Schließlich kaufte er Giuseppe einen Faust-Schraubendreher, einen dieser kurzen Schraubenzieher mit dickem Griff fürs Arbeiten in engen Zwischenräumen. Meine Mutter verlangte, dass er ihn sofort zurückbrachte.

»Weißt du, wie gefährlich so was für ein Baby ist?«, sagte sie. »Das ist keine Rassel.«

»Stimmt«, antwortete mein Vater. »Es ist ein Faust-Schraubendreher mit Kreuzschlitzklinge.«

»Was soll Giuseppe damit?«

»Er fand ihn schön.«

»Er findet alles schön! Kaufst du ihm auch ein Rennrad?«

»Nein, natürlich nicht.«

»Du bringst diesen Schraubenzieher jetzt zurück.«

»Nein.«

»Doch.«

»Nein.«

»Dann bringe ich ihn zurück.«

»Gut, gut. Hab schon verstanden. Wir dürfen uns nicht unseres Lebens freuen. Nicht, wenn wir jung sind, nicht, wenn wir alt sind.«

Mein Vater ging mit Giuseppe zum *Werkzeugkasten* und gab den Faust-Schraubendreher zurück, kaufte dafür aber in einer Anwandlung von Trotz den Presslufthammer. »Der soll's sein«, sagte er zu dem Verkäufer. »De-de«, sagte sein Enkel.

Beppi fuhr den Presslufthammer im Kinderwagen zum Eiscafé, seinen Enkel auf den Schultern. Giuseppe hatte ein strahlendes Lächeln im Gesicht, er ahnte nichts von den dunklen Wolken, die sich über dem Venezia zusammenballten.

Meine Mutter hätte mit der *spatola* nach Beppi geworfen, hätte sie nicht Angst gehabt, ihren Enkel zu treffen.

Sophia kannte derartige Situationen in all ihrer Absurdität. Sie wusste, dass sie etwas tun musste. »Im Nieuwe Binnenweg gibt es einen Laden mit Holzspielzeug«, sagte sie. »Der hat auch wunderschöne Werkzeuge. Sollen wir uns da heute Nachmittag mal umschauen?«

Sie sprach ruhig, leise, ohne Gesten, so sachlich wie möglich.

Beppi blickte auf den Presslufthammer im Kinderwagen, und vielleicht wurde ihm für einen Moment bewusst, wie lächerlich dieser Kauf war. Nur für einen kurzen Moment, aber das genügte. An jenem Nachmittag bekam Giuseppe eine große rechteckige Schachtel mit einer hölzernen Säge und einem hölzernen Bohrer. Sein Großvater zeigte ihm, wie er mit den Werkzeugen umgehen musste.

Sophia bewahrte den Frieden, versöhnte, hielt die Familie zusammen.

»Bist du sicher, dass es ein Presslufthammer war?«, fragt mein Bruder.

Wir stehen in der Küche des Venezia. Eine der Eismaschinen läuft. Es ist elf Uhr abends. Sophia liegt im Bett, Beppi und meine Mutter sind in Italien. Sara bedient an der Eisvitrine. Sie stammt aus Vodo di Cadore und arbeitet schon seit einigen Jahren im Eiscafé. Angefangen hat sie, als meine Mutter aufhörte, weil sie Beppi nicht mehr in Venas allein lassen wollte, vielleicht auch, weil sie selbst alt wurde. Sara ist Anfang zwanzig, nicht hübsch, aber sehr zuverlässig. Sie bleibt die ganze Saison über und schläft im Dachgeschoss; Luca und Sophia schlafen eine Etage tiefer in dem Zimmer, das früher das Schlafzimmer unserer Eltern war.

»Mama hat mir das erzählt«, sage ich.

»Ich habe manchmal den Verdacht, dass du dir Sachen ausdenkst. Oder dass du Geschichten verdrehst oder vermischst, um Lücken auszufüllen.«

»Es war ein Presslufthammer, mit dem man Mauern einreißen kann, ein riesiges Gerät, nichts für ein Kleinkind. Sie hat es mir so erzählt.«

»Es geht mir nicht um den Presslufthammer.«

Wir schweigen. Das Summen der Cattabriga füllt die Küche, man hört fast nur den Motor, die Schlagwelle bewegt sich beinahe lautlos durch die flüssige Masse. Das Eis ist noch lange nicht fertig.

Manchmal sitzen wir auch auf der Terrasse, dann muss er aufstehen, wenn jemand auf die Eisvitrine zusteuert. An den zwei Abenden pro Woche, an denen Sara frei hat, bedient Luca; in den letzten Stunden kann er sich aber meistens draußen hinsetzen. Es ist nicht mehr so warm, wir haben Oktober, den letzten Monat der Saison. Nach zehn kommt fast niemand mehr.

Wir reden und wir schweigen, wir schauen uns an und schauen weg. Giuseppe ist seit fast drei Monaten fort, und seit dem einen Anruf haben wir nichts mehr von ihm gehört. Manchmal sind wir erleichtert, wenn jemand kommt und Luca hineingehen muss, um einen Becher oder eine Waffel zu füllen oder für einen Einsamen einen Milchshake zu machen.

In der Küche werden wir nicht gestört, und Luca kann sich dort bei den Maschinen verstecken. Er schickt mich immer noch fort, wenn das Eis fertig ist. Dann will er allein sein, ich gehe nach Hause, und wir sehen uns am nächsten Abend wieder.

Wir reden und erzählen uns alles, was wir wissen. Wir versuchen, zwei Geschichten miteinander zu verweben. Das, woran ich mich erinnere, und das, woran sich Luca erinnert.

»Ich habe manchmal den Verdacht, dass du Dinge verdrängst«, sage ich. »Dass du sagst, du könntest dich an etwas nicht erinnern, um nicht daran denken zu müssen.«

»Woran sollte ich mich erinnern müssen? Schau dich mal um. Schau die Kacheln an, die Schränke, die Eismaschinen, die Arbeitsplatte.« Er spricht immer lauter. Er ist wütend, wie Beppi fühlt er sich verraten. Alle fallen ihm in den Rücken, sogar sein Bruder. »Schau die Neonröhren an, die Eisbehälter. Das ist es, was ich gesehen habe, jeden Tag. Daran kann ich mich erinnern.«

Wie viele Sommer hat mein Bruder inzwischen versäumt? Wie viele hat er geopfert?

»Und wenn ich nicht hier drin war, war ich auf

der Terrasse oder an der Espressomaschine oder an der Vitrine.«

In den ersten Jahren, nachdem mein Vater in den Ruhestand gegangen war, hatte Luca für zwei arbeiten müssen. Morgens und abends machte er Eis, in der übrigen Zeit bediente er auf der Terrasse. Meine Mutter stand mit Sophia an der Vitrine. Fünf Jahre hat sie das durchgehalten, dann ist sie in den Bergen bei Beppi geblieben. Fast bis zu ihrem siebzigsten Geburtstag hat sie im Eiscafé gearbeitet. Ihr Haar hatte die Farbe von Feigen-Mandel-Eis angenommen. In der nächsten Saison war Sara gekommen, aber immer noch fehlte eine Person. Bis Giuseppe sechzehn wurde und nicht mehr zur Schule musste.

»Du meinst, ich wüsste mehr über ihn als du, aber ich glaube, es ist umgekehrt«, fügt Luca hinzu.

Ich erinnere mich an den ersten Tag, an dem Giuseppe im Eiscafé arbeitete. Es war Mitte Juni, in Italien hatten die Sommerferien begonnen. Er war allein mit dem Zug gekommen, einen Rucksack auf den Schultern, einen Kopfhörer auf den Ohren. Ein großer Junge, halb erwachsen. Seine Sachen rochen nach dem stickigen Wagen, in dem er von Mailand an gesessen hatte, mehr als tausend Kilometer. Noch am gleichen Abend musste er arbeiten.

Ich sah an seinem Gesichtsausdruck, dass er keine Lust dazu hatte, an der Unmutsfalte zwischen den Brauen. Seine Freunde in Italien hatten frei und genossen den warmen Abend, der Himmel war blau und leer wie die langen Tage, die vor ihnen lagen. Und er musste auf der Terrasse Bestellungen aufnehmen. Es war der erste Sommer, der ihm genommen wurde.

Er hatte schon öfter im Eiscafé geholfen. Als er klein war, hatte er mit meinem Bruder zusammen Eis gemacht. Eier getrennt, Obst püriert, Nüsse zerstoßen. Er hatte sogar eine neue Sorte erfunden: Aprikose, Pfirsich, Mango, Pflaume und eine Spur Orange, sein eigenes Eis. Luca und er hatten es aus der Cattabriga geschöpft, beide hatten sie den Daumen um den Stiel des *spatolone* gelegt, der größer war als Giuseppe. Später hatte er Tische abgeräumt, das Tablett in beiden Händen wie das Lenkrad eines Lastwagens. Und als er endlich über die Vitrine schauen konnte, hatte er auch Eis portioniert, an der Seite seiner Mutter, und hin und wieder von den Perlen genascht.

Wenn er aber keine Lust mehr hatte und lieber spielen wollte, durfte er immer aufhören. Meistens war er dann zu dem kleinen Platz am Schiedamse Vest gerannt, wo er mit Jungs aus dem Viertel Fußball spielte. Er war irrsinnig schnell und brüllte die Namen der anderen, wenn er angespielt werden wollte. Manchmal kam er mit zehn Jungen zum

Eiscafé, die wie er rote Wangen und schweißnasses Haar hatten. Sie bekamen alle ein Eis und schleckten es unter der Sonne, die hoch am Himmel stand. Der Sommer war noch ein Sommer.

Giuseppe tat mir leid, als er im Eiscafé arbeiten musste und nicht mehr wegkonnte. Mürrisch und gequält schaute er drein, aber Luca schien es nicht zu sehen. Er verdrängte es und verdrängt es immer noch.

Mitten in dieser ersten Woche sah ich Giuseppe plötzlich im großen Saal des Stadttheaters. Zuerst dachte ich, ich würde mich irren, es wäre ein anderer Junge, der ihm verblüffend ähnlich war, das gleiche unschuldige Gesicht, das gleiche lange dunkle Haar. Aber er war es wirklich. Der Erste der Familie, der das World Poetry Festival besuchte. Ich konnte seinen Blick nicht fangen, er sah mich nicht, er schaute auf die Bühne zum südafrikanischen Dichter Gert Vlok Nel, der gerade vorlas. Ein großer Mann mit starken Armen, seine Gedichte waren wehmütig und persönlich wie die Lieder, die er in Kneipen zur Gitarre sang. Ein Seemann mit samtener Stimme. Er schaute ins Publikum, als wäre es eine Frau, die er seit Jahren nicht gesehen hatte.

Hinterher fand ich Giuseppe nicht mehr, er war nicht im Foyer und auch nicht an der Bar. Gern hätte ich ihn Gert Vlok Nel vorgestellt, dem Dichter, der nach seiner Poesie roch, nach Wirbelwinden und Kautschukbäumen, nach einem Kanu aus Zinkblech. Wir hätten zu dritt ein Bier trinken können, oder etwas anderes.

Giuseppe hatte Streit mit seinem Vater gehabt und war weggelaufen. Ich hörte die Geschichte nicht von ihm, sondern von Luca. »Er wollte nicht arbeiten«, sagte mein Bruder, »weil er doch schon den ganzen Tag gearbeitet hätte. Er meinte, er hätte ein Anrecht auf einen freien Abend.«

Luca konnte es nicht fassen. Sein Vater hatte siebenundfünfzig Jahre lang im Eiscafé gearbeitet, er selbst kam inzwischen auf etwa dreißig Jahre, und Giuseppe beklagte sich schon nach vier Tagen. »Man arbeitet acht Monate, und danach hat man vier Monate frei«, sagte er zu seinem Sohn. »So läuft das, so ist das Leben eines Eismachers.«

»Ich bin kein Eismacher.«

»Das bist du doch. Wir sind alle Eismacher.«

»Onkel Giovanni nicht.«

Meinem Bruder platzte der Kragen. »Onkel Giovanni ist ein Verräter!«, rief er.

»Ist er nicht.«

»Ist er doch. Er hat uns im Stich gelassen.«

»Er tut einfach das, was ihm Spaß macht.«

»Wir können nicht alle tun, was uns Spaß macht. Es muss auch gearbeitet werden!«

Sie standen in der Küche. Die Tür war geschlossen, aber alle konnten sie hören. Sophia und Sara, die Gäste, die im Café saßen und ihr Eis mit Früchten und Schlagsahne aus großen Bechern löffelten.

»Onkel Giovanni arbeitet für das World Poetry Festival.«

»Das ist keine Arbeit. Keine richtige Arbeit, meine ich. Weißt du, wer dieses Festival bezahlt? Nicht die Leute, die es besuchen, sondern die, die wirklich arbeiten, die Steuern zahlen, davon wird nämlich das Festival finanziert und auch das Gehalt deines Onkels. Ich arbeite für ihn.«

»Du bist nur neidisch.«

»Bin ich nicht.«

»Doch.«

»Du bist sechzehn und weißt noch nicht alles«, sagte Luca. »Und jetzt hältst du den Mund und fängst an zu arbeiten.« Der Vater hatte zu seinem Sohn gesprochen.

Giuseppe hatte gearbeitet, eine tiefe Falte auf der Stirn, aber um acht Uhr hatte er die Schürze abgelegt und war, ohne ein Wort zu sagen, unter der rotweiß gestreiften Markise hindurch in den Sommerabend hinausgegangen.

»Sophia hat ihm noch hinterhergerufen, aber er hat sich nicht umgedreht.«

»Ich habe ihn gesehen«, sagte ich. »Er war bei mir, beim Festival. Er saß im Publikum.«

»Was?«

»Er hat sich eine Dichterlesung angehört.«

Noch jetzt ist Luca gekränkt, es lässt ihn nicht los, und so sprechen wir wieder über diesen Abend.

»Er hat es nur gemacht, um mich zu ärgern«, sagt Luca.

»Er hat es gemacht, weil er neugierig war.«

»Nein. Er wollte mich verletzen, er wusste, wie sehr es mich ärgern würde. Sonst wäre er bestimmt ins Kino gegangen oder in den Park.«

Wir können uns nicht einigen. Er hat nicht gesehen, wie Giuseppe den Worten des südafrikanischen Dichters lauschte. Konzentriert, berührt. Nicht, um sich zu rächen.

»Hat er damals schon Bier getrunken?«, frage ich.

»Warum fragst du?«

»Weil ich es wissen möchte.«

Luca weiß nicht, wie Giuseppe Gert Vlok Nel angesehen hat, ich weiß nicht, ob er zu der Zeit schon Alkohol trank. Wir füllen die Lücken in der Geschichte aus.

»Ich glaube schon. Er war ja schon sechzehn. Im Winter davor war ich mit ihm in der Bar Posta gewesen, und wir waren nicht mehr ganz nüchtern, als wir nach Hause gingen. Ja, jetzt erinnere ich mich wieder. Giuseppe war betrunken von seinen zwei Bier und ich vor allem von dem Glück, ihn wiederzusehen und mit ihm in einer Bar zu sitzen. Es war das erste Mal, dass er mitging.«

Der eine hört aufmerksam dem anderen zu, wenn er etwas erzählt, was nur er weiß, so wie Luca vor ein paar Tagen mir zugehört hat, als ich erzählte, wie ich Giuseppe ein paarmal am Schiedamse Vest hatte Fußball spielen sehen.

»Er war der Beste«, sagte ich stolz. »Alle Jungs wollten zu seiner Mannschaft gehören.«

»Hast du ihn ein Tor schießen sehen?«

»O ja, und ich hab ihn jubeln sehen und wie die anderen zu ihm hinrannten und sich auf ihn stürzten und ihn umarmten, wie man es von Fußballprofis kennt.«

»Was wolltest du da?«

Plötzlich ein giftiger Ton, wie manches Mal mitten im Gespräch, aber diesmal hatte er es wohl selbst gehört, denn er stellte gleich eine andere Frage.

»Bist du extra wegen ihm hingegangen?«

Ich nickte. Ich war gerade aus Schweden zurückgekehrt, wo ich mit ein paar niederländischen Dichtern das Gotland Island Poetry Festival besucht hatte; bei ihren Lesungen hatte ich Tomas Tranströmer im Publikum gesehen, im Rollstuhl. Ich war mit meinem Koffer direkt zum Eiscafé gegangen, aber Giuseppe war nicht da. Er sei Fußball spielen gegangen, »irgendwo da hinten«, sagte Sophia und zeigte in Richtung West-Blaak. Ich kannte den kleinen Platz von früher, auch Luca und ich hatten als Jungen dort Fußball gespielt. Mittlerweile hatte man auf dem Platz weiße Linien angebracht, Seitenlinien, Torlinien, einen Mittelkreis. Die Tore waren riesig.

»Erst hat er mich nur ganz kurz angesehen, er ging völlig im Spiel auf. Aber als er das Tor geschossen hatte, kam er sofort zu mir gerannt und hob die Hand, um mich abzuklatschen. ›Onkel Giovanni, hast du's gesehen? Mit der Ferse! Hast du's gesehen?‹ Dann rannte er zurück, und die anderen sprangen auf ihn drauf. Gerade mal zweieinhalb Monate im Jahr war er in den Niederlanden, trotzdem war er einer von ihnen.«

»Ich hab die Jungs nie Fußball spielen sehen«, sagte Luca. »Aber auf der Terrasse hab ich sie gesehen. Giuseppe kam in die Küche gerannt und erzählte atemlos, alle seine Freunde säßen draußen, und er würde sie zu einem Eis einladen wollen, und Mama hätte gesagt, er soll mich fragen. Eigentlich war ich nicht begeistert davon, aber ich wusste, er würde überglücklich sein, wenn ich Ja sagte. Dieses Lächeln, dafür tat ich alles.«

Es war das strahlende Kinderlächeln, das ich in Venas di Cadore gesehen hatte. Giuseppe war sechs Jahre alt, und ich besuchte ihn bei seiner Oma, Sophias Mutter, bei der er wohnte. In seinen ersten fünf Lebensjahren hatte er wie Luca und ich die ganze Saison mit der Familie in den Niederlanden verbracht, aber als er in die Schule musste, blieb er in Italien. Sophia fiel es sehr schwer, ihn zurückzulassen, sie vermisste ihren Sohn jeden Tag. Luca ließ sich nichts anmerken. Er bereitete Eis zu, stand früh auf und ging erst mitten in der Nacht schlafen. Auch er hatte ja nicht bei seinen Eltern sein können. So läuft das, so ist das Leben eines Eismachers.

Sophia brachte es nicht übers Herz, Giuseppe in das Internat in Vellai di Feltre zu schicken, das Internat, in dem die Nonnen uns geschlagen hatten und Luca nachts zu mir ins Bett gekrochen war. Deshalb bot ihre Mutter an, sich um Giuseppe zu kümmern. Sie brachte ihn zur Schule, kochte für ihn und wusch seine Sachen.

Es war Frühling, als ich ihn zum ersten Mal besuchte. April, klarer Himmel, die Berggipfel bedeckt von blendendem Schnee. Ich hatte am Flughafen von Venedig einen Wagen gemietet, einen SUV mit Automatikschaltung und Metallic-Lackierung. Giuseppe kam aus dem Haus gerannt, als ich ausstieg, Sophias Mutter stand in der Tür, ihr Mann kam dazu. In diesem Moment sprang Giuseppe in meine Arme, die wie die Muskeln in meinem Rücken vor seinem Gewicht erschraken.

»*Zio! Zio!*«, rief er.

Ich hob ihn noch ein Stück höher und hielt ihn vor mich wie eine Trophäe. *Mein* Junge, dachte ich, *mein* Junge. Und in der kommenden Zeit, während Sophia und Luca im Eiscafé arbeiteten, würde er das tatsächlich sein.

Er lächelte, mit den Augen und Brauen, vor allem aber mit dem Mund. Der Zahnwechsel ließ auf sich warten, Giuseppe hatte noch all seine Milchzähne. Sie waren jungfräulich weiß.

Es kommt mir so vor, als hätte dieses Lächeln all die Jahre weitergestrahlt. Zusammen mit dem metallischen Schimmern des Wagens im Hintergrund und der Sonne auf dem Gipfelschnee in der Ferne ist es ein Echo aus Licht.

»*Zio!*«

Es sind glänzende Erinnerungen. Wir wohnen auf Gold, aber wir kommen nicht dran.

»Natürlich habe ich ihn vermisst«, sagt mein Bruder an einem anderen Abend in der Küche. »Es ist ja nicht so, dass ein Eismacher ein Herz aus Eis hätte. Er hat auch Arme, die festhalten wollen, die einen kleinen Jungen hochwerfen und ihn eine Sekunde später wieder auffangen wollen. Man hat viel zu tun, ja, man ist immer beschäftigt, aber die Gedanken gehen ihren eigenen Weg. Wenn die Eismaschine läuft, wenn der Zylinder geleert werden muss, wenn man ihn wieder füllt.«

Er schweigt einen Moment und schaut auf die Arbeitsplatte, auf der noch eine Menge Ananas darauf wartet, geschält und püriert zu werden. Danach wird das Püree mit Zuckerwasser gekocht und das Ganze gesiebt und gekühlt. Ich weiß nicht, was mein Bruder der Sorbetbasis hinzufügen wird. Vielleicht nur ein wenig Zitronensaft oder etwas geschlagenes Eiweiß für eine sahnige Konsistenz, ein Gefühl wie eine Wolke im Mund. Aber auch anderes kommt infrage. Ich sehe Ingwer und ein Büschel Minze bereitliegen. Es ist Alchemie.

»Ich habe oft auch an die Zeit gedacht, als wir von unseren Eltern getrennt waren«, fährt Luca fort. »An die Nonnen, die unsere Briefe lasen und wütend wurden, wenn man schrieb, dass man seine Eltern vermisste.«

»Dann haben sie uns die Briefe neu schreiben lassen.«

»Wir sollten schreiben, was wir gelernt hatten, dass wir brav unsere Teller leer aßen und jeden Tag beteten. Die Tage im Eiscafé sind lang, aber die Tage im Internat waren endlos.«

Ich denke an die Tage, in denen das Gras grün wurde und der Löwenzahn herauskam. In denen die Sonne schon wärmte und das Weiß des Winters aus unserer Haut vertrieb.

Die Tage, die ich mit Giuseppe verbrachte, als er bei seiner Oma wohnte. Alle anderen waren in Rotterdam, Beppi, meine Mutter, Sophia, Luca. Ich spazierte mit Giuseppe an der Hand durchs Dorf. Wir gingen zum Bäcker und zum Metzger, kauften eine Zeitung oder ein Magazin für Sophias Mutter. Man begegnete nur wenigen Leuten, nirgendwo musste man anstehen. Abends war es im Dorf totenstill. Die Pizzeria öffnete nur am Wochenende. In der Bar Posta saßen alte, verbrauchte Männer und starrten vor sich hin, ihre Frauen schliefen im verlassenen Ehebett. Leere Wäscheleinen, geschlossene Fensterläden, hier und da neue Geranien auf den Balkons. Frühling in Venas di Cadore.

Ich holte Giuseppe von der Schule ab und spielte mit ihm im Wald. Wir suchten Tannenzapfen und bauten Hütten aus Ästen, fochten mit Zweigen, die eigentlich lebensgefährliche Schwerter waren. Wir ließen uns die Wiesen hinunterrollen, wenn die Bauern es nicht sahen.

Tage des Glücks und Tage der tausend Fragen. »Darf ich vorn sitzen?« – »Darf ich lenken?« – »Machst du einen Bogen und Pfeile für mich?« –

»Spielst du mit mir Fußball?« – »Sagst du Oma, dass wir heute Abend Pfannkuchen wollen?« – »Fängst du mich auf, wenn ich von dem Ast da springe?« – »Schwingst du mich im Kreis?« – »Machst du's noch mal?« Drehen, drehen, drehen. Und danach schwindelig zusammen im Gras liegen und in den kreiselnden Himmel schauen.

Dann die anderen Fragen, als alles wieder stillsteht.

»Wie lange bleibst du noch hier?«

»Noch vier Tage. Anfang nächster Woche fliege ich nach Rotterdam zurück.«

»Und dann?«

»Dann nach Santiago.«

»Wo liegt das?«

»In Chile.«

»Darf ich mit?«

»Das geht nicht.«

»Warum nicht?«

»Du musst zur Schule.«

»Ich will nicht zur Schule. Ich will mitkommen.«

Er setzte sich rittlings auf mich, sein Gesicht war nur ein paar Zentimeter über meinem.

Die schmalen Brauen und dunklen Augen, die reine Stirn, die blonde Haarsträhne, die auf mein Gesicht fiel – ich war immer noch verliebt.

»Warum kann ich nicht mit?«

»Wenn du groß bist, kannst du noch ganz viel reisen«, sagte der Onkel zum Neffen.

Giuseppe stöhnte. Es war nicht die Antwort, die er hören wollte.

»Wann kann ich nach Rotterdam?«, fragte er.

»Im Juni, wenn der Sommer anfängt.«

Er antwortete nicht, aber eine Falte erschien auf seiner zarten Stirn.

»Wen vermisst du am meisten?«, fragte ich.

»Mama.«

»Und deinen Papa?«

»Auch.«

»Und mich?«

»Du bist doch jetzt hier.«

»Aber wenn ich weg bin und du bei Opa und Oma bist?«

Er dachte einen Moment nach. »Ich vermisse dich im Winter«, sagte er dann, »wenn ich zu Hause bin.«

In dem Haus, in dem ich jetzt als Besucher übernachtete; in dem sonst niemand war, aber alles auf die Rückkehr der Bewohner wartete. Die Stühle am Küchentisch, die Teller in den Schränken, die Werkzeuge und Maschinen im Keller. Ich wohnte schon seit Jahren nicht mehr dort. Meinen Platz hatte jemand anders eingenommen, Giuseppe schlief in meinem Zimmer.

Ein einziges Mal während meines Besuchs habe ich ihn dorthin mitgenommen, weil er so oft darum gebeten hatte. Er wollte ein Spielzeugauto holen, das er vergessen hatte.

»Du schläfst in meinem Bett«, stellte er fest, als wir sein Zimmer betraten.

»*Du* schläfst in *meinem* Bett«, erwiderte ich, aber Giuseppe schien es nicht zu hören. Er suchte zwischen den anderen Spielsachen nach dem Auto.

Er sah nicht, dass ich das Bett nicht neu bezogen hatte, sondern in seiner Bettwäsche schlief. Er hörte auch nicht die Stille im Haus, spürte nichts vom Warten der Möbel und der anderen Dinge auf seine Eltern und Großeltern. Er fuhrwerkte glücklich mit seinem roten Rennwagen in der Diele herum.

»*Zio*, schau mal! Wenn man ihn ein Stück rückwärts schiebt und loslässt, saust er nach vorne.«

Der Rennwagen raste ans andere Ende der Diele und stieß gegen die Wand, aber Giuseppe lief nicht hinterher. Er drehte sich um und kehrte in sein Zimmer zurück.

»Ich zieh mich um«, erklärte er.

»Warum willst du dich umziehen?«

»Diese Sachen sind unbequem.«

Er öffnete den Kleiderschrank und holte eine lange Hose, eine Jacke und ein T-Shirt heraus. Zuerst verstand ich nicht, was das sollte, aber als er sich umgezogen hatte, sah ich es. Er hatte all die Sachen loswerden wollen, die er von Sophias Mutter bekommen hatte. Ordentliche Sachen, die Hose mit scharfen Bügelfalten, das Hemd blütenweiß. Sonntagskleidung, Kleidung für den Kirchgang.

Mir war zwar gleich am ersten Tag aufgefallen, dass Giuseppe fein gemacht worden war, aber ich dachte, er wäre wegen mir so herausgeputzt worden, wie auch Luca und ich früher kneifende Hosen und kratzige Pullover hatten anziehen müssen, wenn Besuch kam. Doch Sophias Mutter, die selbst immer glänzende, hochhackige Schuhe trug, kleidete ihren Enkel sieben Tage pro Woche sonntäglich.

»Diese Hose darf wenigstens schmutzig werden«, sagte Giuseppe.

»Die andere nicht?«

»Bei Oma darf nie was schmutzig werden.«

»Deine Oma hat dich sehr lieb, glaube ich.«

»Sie kämmt mir jeden Morgen einen Scheitel.«

Wir wollen so viel an die nächste Generation weitergeben. Eis, Poesie, Werkzeug. Eine bestimmte Lebensweise. Nichts will man verloren gehen lassen, weil man sich sonst selbst infrage stellen müsste.

Als ich Giuseppe zu seiner Oma zurückbrachte, musterte sie ihn, wie sie vermutlich einen Straßenhund betrachtet hätte. Allerdings schaute sie auch ihren Gatten, der den ganzen Tag zu Hause war, nicht viel freundlicher an. Die Brillenfabriken der Region waren fast alle verschwunden, die Chinesen hatten am Ende doch gewonnen. Auch die Fabrik von Sophias Vater war geschlossen worden; er hatte zwischen einer Versetzung und dem vorzeitigen Ruhestand wählen können und sich für die Pensionierung entschieden. Die beiden waren in einer schwierigen Phase ihrer Ehe angelangt, der Phase, in der Gatten einander nach dem Leben trachten. Sophias Mutter sah immer noch gut aus, hatte aber nicht mehr so viel Freiraum wie noch vor einigen Jahren. Sie konnte sehr kühl sein, ihre Gesichtszüge waren härter geworden. Man sah öfter ein Glas Wein in ihrer Hand. Vielleicht war es Giuseppe zu verdanken, dass sie nicht nach Modena zurückging, oder ihr fehlte einfach der Mut für einen Neuanfang.

Wir aßen zu viert Polenta mit Gorgonzola. Sophias Vater schaute manchmal lächelnd seinen Enkel an, aber Giuseppe achtete kaum auf ihn. Er hatte Hunger, und sein anderer Opa stand ihm näher. Im Winter verschwanden die beiden zusammen im Keller und ließen die Maschinen kreischen und brüllen. Meine Mutter fand es schrecklich, konnte aber nichts dagegen tun.

Als der Tisch abgeräumt und Giuseppe zu Bett

gegangen war, sagte Sophias Mutter zu mir: »Er hat deinen Blick.«

Wir tranken noch ein Glas Wein. Ihr Mann saß auf dem Sofa und sah fern. Er überließ es mir, seiner Frau Gesellschaft zu leisten.

»Er hat größere Ähnlichkeit mit dir als mit Luca«, fügte sie hinzu. Sie nahm einen großen Schluck, ihr Gesicht war hart wie Stein.

Sie wusste zwei Dinge, oder eigentlich drei. Dass Sophia erst nach ziemlich langer Zeit schwanger geworden war und dass sie mir immer viel bedeutet hatte. Als Jungen hatten Luca und ich sie umschwärmt wie Fliegen, fast jeden Tag waren wir zu ihr gekommen, was ihrer Mutter, die uns oft die Tür geöffnet hatte, natürlich nicht entgangen war; irgendwann hatte sie zu ihrer Tochter gesagt, sie müsse sich entscheiden.

Und sie wusste, dass ich keine besonders großen moralischen Skrupel hatte.

»Das macht die Sonne«, antwortete ich. »Giuseppe und ich sind oft draußen. Luca steht den ganzen Tag in der Küche, er bekommt nie Sonne ab.«

Giuseppe ist der Sonne hinterhergereist, die grandiose Sonne Mittelamerikas lockte ihn. Nicht einmal drei Sommer hat er es im Eiscafé ausgehalten. Der zweite Sommer war noch schlimmer als der erste, weil er auch in der Küche helfen musste. Luca wollte, dass er alle Eissorten zubereiten konnte, aber Giuseppe wollte gar nicht Eismachen lernen.

»Schlimm genug, dass ich überhaupt hier arbeiten muss«, sagte er zu Luca. »Und jetzt sperrst du mich auch noch in der Küche ein.«

»Ein Eismacher muss eben lernen, Eis zu machen.«

»Ich will kein Eis machen.«

»Ich habe es auch gelernt.«

»Ich versteh nicht, wieso ich unbedingt tun soll, was du tun musstest.«

»Weil es eine Tradition ist«, antwortete mein Bruder. »Weil dein Opa und Uropa es auch gelernt haben. Weil dieses Eiscafé unserer Familie gehört und vom Vater auf den Sohn übergeht.«

Nie hat mein Bruder ihm gesagt, dass er nicht sein Vater ist. Zigmal hatte ihm die Wahrheit auf der Zunge gebrannt, hätte er sie am liebsten ausgespien, aber er hatte sich zurückgehalten. Oft hatte er Giuseppe vor die Tür setzen, ihn verstoßen, ihm den *spatolone* um die Ohren schlagen wollen, der Verzweiflung so nah wie damals Beppi, als ich anfing, Gedichtbände zu lesen.

Manchmal suchte Giuseppe Trost bei seiner Mutter, aber die stand sieben Tage pro Woche an der Eisvitrine, im Frühjahr und Sommer war wenig Zeit für Trost. Einmal klingelte er bei mir im Büro, ich öffnete ihm, und wir setzten uns nebeneinander an den großen Tisch in der Bibliothek. Er sagte nichts, kein Wort, er starrte nur auf die Tischplatte.

Ich sah mich selbst, wenn ich ihn anschaute, und vielleicht sah auch mein Bruder in Giuseppes Zügen mich, den Verräter, den Feind.

»Nur für den Dichter hat es einen Sinn, betrübt zu sein«, sagte ich, wie Heiman es zu mir gesagt hatte. »Wir gewöhnlichen Sterblichen müssen glücklich sein.«

Er schaute mich an, antwortete aber nicht. Ich sah, dass er Tränen in den Augen hatte, seine Lippen zitterten. Verse fielen mir ein, Hunderte tröstlicher Worte, doch ich tat, was Heiman nie getan hatte. Ich beugte mich zu Giuseppe hin und zog ihn an mich. Ich umarmte ihn.

»Hast du es ihm nie gesagt?«, fragt mein Bruder.

»Niemals.«

»Auch sonst niemandem?«

»Nein.« Außer der jungen Frau in Buenos Aires, aber sie zählte nicht. Sie hatte sich in der Vergangenheit aufgelöst, war in der Zeit verschwunden.

Ich hatte mich nie zurückhalten müssen, keinen Augenblick hatte es mir auf der Zunge gebrannt. Ich hatte Giuseppe gezeugt, aber er war der Sohn von Luca und Sophia. Ich war sein Onkel, ein Onkel, der ihn liebte und ihn im Frühling besuchte, ein Onkel, der ihm aus aller Welt Geschenke mitbrachte. Ein Onkel, der ihn schrecklich vermissen konnte.

»Die Winter waren am schwersten«, sage ich.

»Die Winter waren am schönsten«, sagt Luca.

Die Winter, die für die Eismacher Sommer waren. Trotz der kurzen, dunklen Tage, trotz der Kälte und des Rauchs aus den Schornsteinen war der Winter die milde Jahreszeit, die Hauptjahreszeit im Cadore-Tal. In den Bergen fiel den Heimgekehrten eine Last von den Schultern.

»Ich habe mit ihm den Schneeflocken zugeschaut«, erzählt mein Bruder. »Wir haben sie mit der Zunge aufgefangen, wer zuerst zwei gleichzeitig auffing, hatte gewonnen. Giuseppe hat immer gewonnen, weil er die lange Zunge seiner Mutter hat.«

Ich sehe sie durchs Schneegestöber gehen. Meinen Bruder und seinen Sohn. Sie halten sich fest an der Hand, als wären ihre Hände Glieder einer Kette, die nicht zerrissen werden kann.

»Als er etwas älter war, habe ich den Schlitten vom Dachboden geholt, den Beppi für uns gebaut hat. Wir sind dann zu dritt den Hang runtergefahren, flogen aber schon aus der ersten Kurve. Giuseppe hat erst geweint, aber als er seine Eltern lachen sah, lachte er mit. ›Ich hab Schnee im Kragen!‹, rief ich. ›Und ich hab Schnee im BH!‹, rief Sophia. ›Ich hab Schnee in der Unterhose!‹, rief Giuseppe.«

Ich erinnere mich an einen Winter, in dem ich in drei verschiedenen Hotelzimmern mit Jim Morrison aufgewacht bin.

»Er konnte den ganzen Tag draußen bleiben und mit Freunden Schneeballschlachten machen. Man musste ihn zum Essen rufen und aufpassen, dass man keinen Schneeball an den Kopf bekam. Einmal haben wir ihn alle vor der Haustür erwartet, Beppi, Mama, Sophia und ich, und ihn mit Schneebällen beworfen, bis er ›Gnade‹ rief. Natürlich war er sauer und hat ein bisschen geweint, aber als Mama ihm sagte, dass sie Ossobuco gekocht hatte, war alles wieder gut, und dann haben wir zu fünft in der Küche vor unseren dampfenden Tellern gesessen.«

An manchen Abenden schweigt mein Bruder und hört lieber mir oder dem summenden Motor der Cattabriga zu, aber heute Abend drängen die Erinnerungen von selbst herauf, eine nach der anderen. Ich denke an Fernando Pessoa, der am 8. März 1914 an sein Schreibpult ging, Papier darauflegte und über dreißig Gedichte hintereinander schrieb.

Es ist unmöglich, alles zu erzählen, die vollständige Geschichte. Wir kennen sie nicht. Wir waren nicht bei allem dabei. Wir erzählen einander, was wir wissen. Wir versuchen, ein Rätsel zu lösen.

An einem der Abende, an denen wir auf der Terrasse saßen, sagte Luca plötzlich: »Manchmal stelle ich mir vor, dass du zu ihm gesagt hast: ›Geh ruhig nach Mexiko. Du brauchst nicht wiederkommen, du kannst selbst über dein Leben bestimmen. Tu's einfach.‹«

»Gibst du mir die Schuld?«

Er schaute sich um, vielleicht hoffte er noch auf einen Gast, aber niemand kam.

»Ja, manchmal gebe ich dir die Schuld«, antwortete er, »aber sehr oft auch mir selbst. Ich kann nicht vergessen, wie ich in der Küche einmal fast gewalttätig geworden bin. Wir hatten wieder Streit wegen seiner langen Haare. Er ließ sie immer offen hängen, obwohl ich ihn hundertmal gebeten hatte, sich einen Pferdeschwanz zu binden oder zum Friseur zu gehen. Es war verdammt gefährlich, mit so langen Haaren über einer laufenden Cattabriga. Du kennst doch die Geschichte von dem Eismacher, der von seiner Maschine erwürgt wurde, als seine Krawatte ins Rührwerk geriet? Ich hatte immer höllische Angst, dass so was mit seinen Haaren passieren würde. Abgesehen davon, dass es unhygienisch war, weil Haare im Eis landeten. Einmal hatte sich schon jemand beschwert, über ein Haar in einer Kugel Bananeneis. Ich wusste genau, dass es nur von Giuseppe sein konnte, es war lang und dunkel, fast schwarz, ich hab es ja mit eigenen Augen gesehen. Sophia sagte immer, ich sollte nicht so streng sein, ich müsste ihm mehr Freiraum lassen, aber sie stand ja auch nicht mit ihm in der Küche. Sie meinte, er bräuchte nur etwas Zeit, dann würde sich alles von selbst finden. Das Problem ist nur, dass man in einem Eiscafé keine Zeit *hat*. Im Winter ja, aber nicht im Sommer, in einer Küche von zwei mal drei Metern mit laufenden Eismaschinen und vollen Obstkisten bis zur Decke. Ich habe dann einfach einen Friseurtermin für ihn ausgemacht, bei Lagerman, hier um die Ecke. Da kriegen die Jungs so tolle militärische Haarschnitte verpasst, mit denen könnten sie sofort zur Marine. Wir wollten doch früher auch immer zu Lagerman, aber Mama fand den Laden zu teuer. Jedenfalls, als ich Giuseppe sagte, dass man ihn da erwartete, weigerte er sich hinzugehen, da war nichts zu machen. Irgendwann hab ich dann gesagt, ich würde ihm selbst die Haare schneiden, so satt hatte ich es, seine Haare wurden immer länger und hingen ihm ständig vor den Augen. Ich suchte nach einer Schere, aber wir haben gar keine in der Küche, man braucht fürs Eismachen keine Schere. Trotzdem suchte ich weiter, weil ich nicht glauben wollte, dass keine in der Küche war. Und weißt du, was er da gesagt hat? Er fragte, warum ich nicht noch einen Sohn gemacht hätte. Einen Sohn, der Eismacher werden wollte. Mit kurzen Haaren. Es tat mir sehr weh, und ich wurde furchtbar wütend. Und dann fiel mein Blick auf ein Messer, das Messer, mit dem wir Melonen schneiden, und ich packte es. Ich schneide ihm jetzt die Haare ab, dachte ich und machte einen Schritt auf ihn zu, aber er war schon draußen, bevor ich nur das Messer heben konnte.«

»Wann war das?«

»Eine Woche bevor er erzählte, dass er sich das Ticket für den Flug nach Mexiko gekauft hätte.«

Endlich kam jemand, der Eis haben wollte.

Ehrlich gesagt habe ich selbst mir oft die Schuld gegeben. Hatte ich Giuseppe nicht zu viel von meiner Arbeit erzählt? Hatte ich ihn zu einem Leben verlockt, das nicht für ihn gedacht war? Ich wusste doch, was von ihm erwartet wurde: dass er im Eiscafé arbeiten und es eines Tages weiterführen würde. Es gab keinen anderen Sohn, keinen Bruder, der sein Los auf sich nehmen konnte.

Ich hatte ihm von Medellín erzählt, von Struga, von Tel Aviv. Von dem Poesiefestival in der Mongolei, mit Veranstaltungen nicht nur in der Hauptstadt, sondern auch in Dörfern und in Jurten aus Filz und Baumwolltuch in der Gobi-Steppe. Von dem Schnaps aus vergorener Kamelmilch, den ich dort getrunken hatte, und von Dichtern, die mit bebender Stimme sangen. *Der Abend überfällt die Jurte / Nächtlich schwarz / Verdichten sich die Schatten / Schwärzer als alle Nächte / Eines Winters zusammen.*

Von meiner Verabredung in Chicago in einem der Wolkenkratzer der *Magnificent Mile*, in dem die Poetry Foundation ihren Sitz hat, der Verein, der die Schenkung von Ruth Lilly verwaltet.

»Von wem?«

»Einer reichen Dame, die ihr Leben lang Gedichte an *Poetry* geschickt hat, eine kleine Literaturzeitschrift, ohne dass jemals eins davon gedruckt wurde. Immerhin bekam sie aber jedes Mal einen persönlichen Brief von einem der Redakteure, Joseph Parisi, das war sein Stil. Und im Alter von siebenundachtzig Jahren hat Ruth Lilly der Zeitschrift dann zweihundert Millionen Dollar geschenkt.«

»Und was hast du in Chicago gemacht?«

»Ich musste dem Vorstand der Poetry Foundation ein Projekt vorstellen, so etwa zwanzig Chicagoer Kulturgrößen, die zusammen über diese zweihundert Millionen wachen. Der Vorsitzende war nicht da, der saß im Flugzeug nach New York und meldete sich über Funk. Auf dem Tisch mitten im Raum stand ein kleiner quadratischer Lautsprecher, genau wie im Film. Sie fanden das Projekt interessant, hatten aber keine Mittel dafür übrig.«

Ich hatte ihm vom Festival in Huangshan erzählt, das von vier Freunden organisiert worden war. Sie hatten eine Zeit lang sieben Tage pro Woche Wein getrunken und Gedichte geschrieben, sich dann aber überlegt, dass ein solches Leben doch allzu romantisch und zu wenig einträglich sei. Weshalb sie sich von da an mit drei Tagen Trinken und Dichten in der Woche begnügten; in der übrigen Zeit gründete jeder von ihnen ein Unternehmen: eine Taxifirma, ein Hotel, ein Restaurant und ein Opernhaus, und von dem damit verdienten Geld organisierten sie ihr eigenes Festival mit Dichtern aus aller Welt. Da sie finanziell unabhängig waren, war der chinesische Staat in keiner Weise beteiligt, die Behörden wussten wahrscheinlich nicht einmal davon. Die Flugtickets, die Kataloge mit Übersetzungen, die Exkursionen in malerische alte Städte, sogar die gründlichen Fußmassagen wurden von den Organisatoren bezahlt. Das Festival war nicht im Internet zu finden, und es gab fast kein Publikum. Die Dichter trugen ihre Werke in berühmten Gärten vor, zum Beispiel vor einer einsamen Tanne. Oder in den Gelben Bergen, an einem Felsen angeseilt. Die vier Freunde lauschten glückselig lächelnd.

»In welchem Hotel hast du gewohnt?«

»Im Xin An Country Hotel.« Auf dem Schreibtisch stand eine Schachtel mit Kosmetiktüchern, die nach Rosen dufteten, der Stuhl war aus bemaltem Porzellan und wie ein bauchiger Topf geformt. Vom Fenster aus schaute man auf einen klassischen chinesischen Garten mit sorgsam gepflegten Bäumchen und einer zierlichen Brücke über einen Teich. Jeden Morgen um halb neun kehrte eine Frau den Rasen mit einem Reisigbesen.

Oder von der Lesung in Barrancabermeja, ein paar Tage nach dem Festival von Medellín. Ich saß zusammen mit vier Dichtern in einer gepanzerten Limousine, der Chauffeur hatte ein Sturmgewehr auf dem Schoß, hinter uns fuhr ein weiterer Wagen mit zwei Männern, die ebenfalls automatische Waffen hatten. Wir waren auf dem Weg zur größten Ölraffinerie des Landes. Es war fünf Uhr morgens, sämtliche Arbeiter der Frühschicht hatten sich auf einer Wiese versammelt. Sechshundert Mann, zwölfhundert schwarze Hände. Die Sonne ging auf, und die Dichter lasen von losen Blättern ab, die sie aus der Tasche nahmen.

Giuseppes Augen funkelten, als wäre er einer der Arbeiter, von der Sonne beschienen, während die Worte der Dichter in ihn einströmten und seinen Geist aufwühlten.

Oscar Wilde hat einmal vor Bergleuten in Leadville, Colorado, gelesen. Er hatte dafür keine Gedichte und auch keinen Abschnitt aus seinem einzigen Roman, *Das Bildnis des Dorian Gray*, ausgesucht. Der Mann im Samtanzug las aus der Autobiografie von Benvenuto Cellini, jenem italienischen Künstler des 16. Jahrhunderts, der Päpste und Fürsten beleidigte, mit Huren und Kurtisanen Umgang pflegte und angeblich mehrere Morde beging. Den Bergleuten gefiel Wildes Vortrag sehr, sie forderten ihn auf, im nächsten Jahr wiederzukommen und Cellini mitzubringen.

Auch Giuseppe wollte mehr.

Wir haben in den vergangenen Jahren wenig miteinander gesprochen, Luca und ich. Wenn ich im Eiscafé war, setzte er sich manchmal zu mir oder lud mich in die Küche ein. Ich fragte dann, wie es Giuseppe ging, wie er in der Schule zurechtkam und ob er schon eine Freundin hatte. Luca beantwortete meine Fragen, während er weiterarbeitete oder schnell einen Espresso trank. Manchmal erzählte er von sich aus, dass er mit Giuseppe telefoniert hatte und dass er mir Grüße bestellen sollte. Wir vermieden die anderen Fragen, ein wirkliches Gespräch. Es war nicht so schlimm wie in den zwölf Jahren, in denen er kaum ein Wort zu mir gesagt hatte, aber viel sprachen wir auch jetzt nicht. Wir wollten den anderen nicht erzählen hören. Es war Neid. Auf die Winter, die Giuseppe in Venas verbrachte, auf den Frühling, in dem ich mit ihm über die Wiesen streifte, während Luca sich in Rotterdam den Rücken ruinierte.

Jetzt verbinden uns die verschwiegenen Geschichten, und wir achten auf jedes Wort. Fast jedes Wort. Es gibt immer noch Dinge, die mein Bruder nicht hören will.

Natürlich hatte ich Giuseppe das Gedicht von Shelley vorgelesen, das Gedicht, das meine Welt durcheinandergebracht hatte, als ich fünfzehn war. *»Eng und klein / Das Herz, das Einem nur mag Liebe weihn, / Das Hirn, in dem nur Ein Gedanke brennt, / Das Leben, das nur Einen Zweck erkennt, / Der Geist, der Eins nur schafft, und wahndurchgraut / Ein Grabmal seiner Ewigkeit erbaut!«* Giuseppe, auch er fünfzehn, das Haar noch kurz, hatte mich mit leicht glasigem Blick angeschaut. Vielleicht hatte ich damals den gleichen Blick gehabt, als ich das Gedicht zum ersten Mal hörte. Schließlich kam doch noch eine Reaktion, ein einziges Wort: »Schön.« Aber Luca will nichts davon hören.

»Nerv mich bitte nicht mit Versen«, sagt er. Oder: »Könntest du deinen Poesiekram aus dem Spiel lassen?«

Ich schweige von den Dichtern, die Giuseppe gerne las, den Versen, die er auswendig kannte. Ich erzähle auch nicht, wie er einmal Jules Deelder, der auf der Terrasse saß, um eine Widmung in einem seiner Gedichtbände gebeten hat. »*Für Giuseppe*«, schrieb Deelder. »*Der Kaffee macht wach, beim Eis werd ich schwach.*«

Auch Frans Vogel kam manchmal am Eiscafé vorbei, aber er setzte sich nie an einen Tisch. Vielleicht hatte mein Vater ihn einmal von der Terrasse gescheucht. Vogel sah aus wie ein Penner, sein Erkennungszeichen war die Plastiktüte, die er immer bei sich hatte, mit Gedichtbänden, die er Buchhandlungen zu verkaufen versuchte.

Ich habe Giuseppe eine Geschichte erzählt, die Heiman mir erzählt hatte. Irgendwann in den Siebzigerjahren waren zum ersten Mal Dichter aus China beim World Poetry Festival zu Gast; Autoren ausreisen zu lassen war für das streng kommunistische Regime bis dahin undenkbar gewesen. Es gab keine Übersetzungen, aber das Publikum, das sich der Bedeutung des Ereignisses bewusst war, hörte den drei Dichtern aus der Volksrepublik andächtig zu. Bis Frans Vogel aufstand und einem der murmelnden Chinesen auf dem Podium zurief: »Lauter! Ich kann dich nicht verstehen!«

Giuseppe bat mich um Vogels letzten Gedichtband, am meisten beeindruckte ihn aber das Motto, das von Breyten Breytenbach stammte: »*Aufgabe des Gedichts ist es, die Wörter gut und hart durchzuficken.*«

Ich schweige von Boris Ryzhy, über den Giuseppe alles wissen wollte, nachdem ich ihm den Gedichtband *Wolken über E* gegeben hatte. Ein junger Russe, Dichter und Straßenkämpfer zugleich, der zu singen versuchte wie eine betrunkene Hure, seine Poesie war von Wehmut und Verzweiflung durchtränkt. Die ungeschönte, schlichte Sprache und die Themen der Gedichte, in denen Alkoholiker und Junkies vorkamen, faszinierten Giuseppe. Ryzhy hatte eine große Narbe im Gesicht, von der er behauptete, sie stamme von einem Kampf, in Wirklichkeit hatte er sich als Kleinkind bei einem Sturz übel verletzt.

Sein Auftritt beim World Poetry Festival wurde eine klägliche Vorstellung. Ryzhy war fast während des gesamten Festivals betrunken und ließ sich von niemandem zur Ordnung rufen. Weil sein Englisch miserabel war, konnte man sich auch kaum mit ihm verständigen. Das Publikum war enttäuscht. Ryzhy wankte zum Pult und las seine Gedichte in der falschen Reihenfolge vor, sodass sie nicht mit den niederländischen und englischen Übersetzungen übereinstimmten, die an die Wand projiziert wurden.

Weniger als ein Jahr später erhängte er sich in seinem Elternhaus im trostlosen Jekaterinburg. »Ich habe alle geliebt, kein Quatsch! Euer Boris«, hatte er auf einen Zettel geschrieben, den man auf seinem Schreibtisch fand. Sechsundzwanzig Jahre war er geworden, so alt wie Lermontow, doch der wurde bei einem Duell erschossen, von dem er glaubte, auch seinem Gegner sei es nicht ernst damit.

Ich werde meinem Bruder nicht das bewegende Gedicht vorlesen, das Boris Ryzhy am letzten Abend des Festivals vortrug. Er hatte es für seinen kleinen Sohn geschrieben, und es beginnt wie folgt:

Wenn ich aus Holland zurück bin, bekommst du Lego,
und wir bauen zusammen einen prachtvollen Palast.
Man kann Jahre und Menschen zur Rückkehr bewegen,
und auch Liebe – ach was, davon ist noch reichlich da.

Jedes Mal, wenn ich das Gedicht lese, bleibe ich an demselben Vers hängen, *Lass uns leben und faul sein, bis es kalt wird und schneit*, und dann denke ich an die Sonne, der Giuseppe hinterhergereist ist. Der Sonne, von der man als Eismacher zu wenig sieht.

Doch von alldem schweige ich und erzähle Luca stattdessen von den Tre Cime di Lavaredo, den drei gewaltigen Felszinnen, die anderthalb Sekunden zu sehen sind, wenn man auf der Straße zwischen Cortina und Toblach unterwegs ist.

»Bist du mit ihm zu den Tre Cime gegangen?«

Ich nicke. Wir sind zu zweit an einem wolkenlosen Tag hingewandert, ich mit einem Rucksack auf den Schultern, er mit einer Trinkflasche am Gürtel.

»Wann war das?«, will Luca wissen.

Ich muss einen Moment nachdenken, zurückrechnen. »Er war sieben«, antworte ich dann.

Mein Bruder schweigt. Er rechnet selbst zurück, bis zum Frühjahr, in dem Giuseppe sieben war, zum Eiscafé, in dem Beppi und meine Mutter beide noch arbeiteten, zu den Eissorten, die er in jener Saison hergestellt hat.

»Hat es ihm Spaß gemacht?«, fragt er schließlich. Es hat ihn Mühe gekostet, nicht neidisch zu sein, weiterzufragen, nach mehr Einzelheiten.

Ich erinnere mich, dass Giuseppe immer schneller ging, je näher wir den Tre Cime kamen. Es gibt mehrere Wege dorthin, einer beginnt an einem großen asphaltierten Parkplatz, nur etwa fünfzehn Gehminuten von den Felszinnen entfernt, aber wir waren früh aufgestanden und den ganzen Vormittag gewandert. Giuseppe schwenkte in der rechten Hand einen Stock, den er gefunden hatte, seine andere Hand hielt ich. Wir hatten unsere Pullover ausgezogen, es war ein warmer Maitag, auf den Gipfeln ringsum lag kaum Schnee.

Die Tre Cime tauchen nicht plötzlich auf, man sieht sie schon von Weitem, aber mit jedem Schritt in ihre Richtung werden sie nicht nur größer, sondern auch großartiger. Giuseppe, der auf dem ganzen Weg ununterbrochen von seinen Plänen und Wünschen für den Sommer gesprochen hatte, sagte kein Wort mehr, als wir dem Pfad durch das Felsgeröll folgten. Er war wie hypnotisiert von dem Berg, der vor uns stand. Dem Berg, den sein Vater und Großvater nie gesehen hatten, nicht aus solcher Nähe.

Schließlich blieben wir stehen und blickten zu den gigantischen Gipfeln mit ihren scharfen Linien hinauf, einem Dreizack, der sich vor zweihundertsiebzig Millionen Jahren aus einem tropischen Urmeer erhoben hat, ein Stein gewordenes Korallenriff. Giuseppe konnte den Blick nicht davon abwenden. Es war wunderbar, mit ihm zusammen dort zu stehen, zu schauen, zu schweigen, ihn atmen zu hören. Seine Hand zu halten, sie zu drücken, mit all der Liebe, die in mir war.

»*Zio!*«, rief er plötzlich. »Da sind Menschen!«

Ich blickte in die Richtung, in die er zeigte, auf die überhängende Nordwand der Cima Grande. Es dauerte eine Weile, bis ich auf halber Höhe zwei kleine Punkte sah, Bergsteiger.

»Traust du dich das auch?«, fragte Giuseppe.

»Nein.«

»Ich schon.«

Im nächsten Moment zog er an meiner Hand und wollte über die Geröllhalde zum Fuß der Zinne hinaufsteigen.

»Er wollte die Cima Grande besteigen«, sage ich zu meinem Bruder.

Luca reagiert erst nicht, doch dann lächelt er, als sähe er seinen eigensinnigen kleinen Sohn an der Hand des Onkels zerren.

Wir sehen ihn beide, wie er zerrt und loszukommen versucht, so lange, bis die Kette reißt.

Jetzt ist Herbst, es wird immer früher dunkel. Die letzten Tage der Saison sind gekommen, die Leute tragen Jacken, die Blätter an den Bäumen sind gelb. Nur am Wochenende bildet sich manchmal noch eine Schlange. Kein schlechter Herbst, es regnet wenig.

»Wir sprechen über ihn, als ob er tot wäre«, sagt mein Bruder.

»Das ist er nicht.«

»Woher weißt du das?«

Ich antworte nicht.

»Ich hab dich was gefragt«, sagt Luca.

Eigentlich will ich schweigen, so wie er früher

nie antwortete, wenn ich ihn etwas fragte, aber Luca bleibt hartnäckig, er wiederholt seine Frage. Seine Worte hallen von den weiß gekachelten Wänden wider, die auch die zahlreichen Auseinandersetzungen zwischen ihm und Giuseppe verstärkt haben.

»Ich weiß es, weil ich sein Vater bin.«

Plötzlich ist es still, sogar die Eismaschinen scheinen einen Augenblick innezuhalten. Langsam kehren die Geräusche zurück, schabt die Schlagwelle, beginnt das Eis wieder zu flüstern. Dann öffnet Luca den Mund. Erst glaube ich, dass er explodieren wird, aber er ist nicht wütend.

»Ich hatte befürchtet, dass du das sagen würdest«, sagt er, »aber ich hoffe, du hast recht.« Er sieht mich mit Tränen in den Augen an. »Ich kann ohne ihn nicht weiter. Und Sophia auch nicht.«

Vielleicht kann ich es ja. Ich war es gewohnt, fast immer anderswo als Giuseppe zu sein. Von Anfang an, seit seiner Geburt. Immer war er ein winziger Punkt in der Ferne, aber wenn ich mich lange genug konzentrierte, konnte ich ihn sehen. So, wie ich meinen Bruder im Eiscafé sehen kann, wenn ich mit meiner Mutter telefoniere. Es ist etwas, das automatisch geschieht, das mein Gedächtnis macht.

Luca würde sagen, dass ich mir Sachen ausdenke oder Geschichten verdrehe oder vermische, um Lücken auszufüllen. Eine sehr große Lücke.

Aber ich sehe wirklich Giuseppe vor mir, wie er in Mexiko durch eine Straße geht, in Morelia oder Colima, oder über den weißen Strand im Nationalpark Lagunas de Chacahua, wo Pelikane sich in die Wogen stürzen und mit einem Fisch im Schnabel wieder herauskommen. Ein winziger Punkt, immer weiter weg. Der Eismacher auf der Suche nach dem ewigen Sommer.

Weiß ich wirklich mehr, weil ich sein leiblicher Vater bin? Oder wissen wir beide nicht viel, weil wir nur einen Teil von ihm kennen?

»Manchmal denke ich, dass ich ihn schon verloren hatte, bevor er abgereist ist«, sagt Luca.

Ich könnte das Gleiche sagen; ich hatte ihn immer schon verloren.

Es gibt Augenblicke, in denen ich denke, dass Giuseppe es wusste, dass er es sehen konnte, wie Sophias Mutter es gesehen hat.

Luca und ich sind Ende vierzig. Männer mit Falten, schütterem Haar und Kronen auf den Backenzähnen, aber wir sehen uns weniger ähnlich als vor zwei Jahrzehnten. Mein Bruder ist schwerer und kräftiger, zum Teil liegt das an Muskeln, die ich nicht habe. Seine Schultern sind breit und hart. Im Vergleich zu Luca bin ich schmächtig, ja mager. Die Zeit hat die Unterschiede zwischen uns vergrößert. Es ist nicht mehr nur die Tönung unserer Haut. Mein Bruder geht anders, sein Rücken ist gekrümmt.

An der West-Kruiskade, nicht weit vom Eiscafé, gibt es eine islamische Metzgerei, Benali. Der alte marokkanische Metzger arbeitet nicht mehr, zwei seiner Söhne haben den Laden übernommen, die Söhne, die immer schon in der Metzgerei ihres Vaters gearbeitet haben. Aber der älteste Sohn ist Schriftsteller geworden. Er hat ein paar Romane geschrieben, von denen einer ein Bestseller war, und ist nach Amsterdam gezogen. Ein Leben aus Trubel und Träumen, aus Buchvorstellungen und jungen Frauen, die bei Verlagen arbeiten, aus Tagen, die spät anfangen. Manchmal fährt der Schriftsteller mit dem Zug nach Rotterdam, und es kann vorkommen, dass ich ihn mit einem seiner Brüder vor dem Venezia sitzen sehe. Der Metzger ist blass wie das Licht der Neonröhren über seinem Kopf, er bekommt eine Glatze, seine Statur lässt auf enorme Kraft schließen, aber auch darauf, wie schwer seine Arbeit ist. Sein Bruder hat einen dunklen Teint, trägt eine hippe italienische Mütze und ist fit wie ein Marathonläufer. Der eine erschöpft und verbraucht, der andere voller Energie und Pläne. Ein Ochse und ein Hengst.

Einmal hat Giuseppe den Schriftsteller und einen

seiner Brüder bedient. Sie bestellten Eis bei ihm. Er sah die Parallele sofort.

»Siehst du die beiden?«, fragte er seine Mutter, während sie das bestellte Eis portionierte. »Als würden Papa und Onkel Giovanni da sitzen, nur dass die hier jünger sind und Marokkaner.«

Sophia lachte, aber Giuseppe redete weiter. »Ich glaube, der mit der Mütze versucht mit dir zu flirten. Siehst du nicht, wie er dich anschaut?«

»Ein attraktiver Mann.«

»Und sein Bruder?«

Sie antwortete nicht, nicht gleich. Sie dachte nach. Dann sagte sie: »Ich glaube, der andere ist schüchtern.«

»Was meinst du, wem sehe ich ähnlich?«

»Du siehst keinem von beiden ähnlich.«

»Das hab ich auch nicht gemeint.«

Sophia unterbrach ihre Arbeit. »Was meinst du denn dann?«

»Ich meine: Findest du, dass ich Onkel Giovanni oder Papa ähnlicher sehe?«

Sie musste die Finger um den Griff der *spatola* schließen, sonst wäre sie ihr aus der Hand gefallen. »Du siehst *mir* ähnlich«, sagte sie und versuchte zu lächeln.

»Alle finden, dass ich meinem Onkel ähnlicher bin.«

Giuseppe schaute seine Mutter an, doch ihr Blick war abwärts gerichtet, auf das Eis in der Vitrine.

»Findest du das nicht auch?«, fragte er.

Jetzt erwiderte Sophia seinen Blick. »Wenn du erst einmal von morgens früh bis abends spät arbeitest«, sagte sie, »wenn du den ganzen Sommer schuftest, wenn du Jahre in der Küche verbringst, dann wirst du ganz von selbst deinem Vater ähnlich werden.« Sie portionierte weiter Eis für den Metzger und den Dichter. »Mach dir darüber mal keine Gedanken.«

Sophia, Märchenprinzessin meiner Jugend. Das Mädchen, das aus dem Schneegestöber zum Vorschein gekommen war und mich bezaubert hatte. Die Frau, die meinen Bruder geheiratet und mit mir ein Kind gezeugt hat. Die Frau, die den Frieden bewahrt und die Familie zusammengehalten hat. Sie liegt nun im Bett und verlässt es nicht mehr.

Schon Mitte August fing es an, eine Woche nach Giuseppes Abreise. Zuerst stand sie immer später auf, um elf, um halb zwölf, dann erst nachmittags. Schließlich verließ sie das Bett gar nicht mehr. Mein Bruder meint, es sei genau wie damals, als sie nicht schwanger wurde. Die Geschichte schien sich zu wiederholen. Doch diesmal war niemand da, der Sophias Arbeit übernehmen konnte. Luca arbeitete ohnehin schon für zwei, weil Giuseppe nicht da war, und Sara war für meine Mutter gekommen. Mein Bruder sah sich gezwungen, für den Rest des Sommers und die Abende im Herbst einen Studenten einzustellen. Manchmal sehe ich den jungen Mann an der Eisvitrine stehen oder auf der Terrasse hin und her gehen, als hätte er sich dorthin verirrt und wäre von einer fremden Familie aufgenommen worden. Einer Familie, die keine mehr ist.

Mein Vater steht in Venas im Keller und schleift ein weiteres Herz, während meine Mutter in der Küche den Wetterbericht studiert. Giuseppe ist irgendwo in Mittelamerika, Luca leert in Rotterdam den Zylinder einer Eismaschine. Ich fliege morgen nach Estland.

Die Frau, die diese Familie zusammengehalten hat, liegt im Dunkeln. Die Tür des Schlafzimmers ist immer geschlossen, drinnen ist es warm, die Luft steht. Sophia hat sich die Decke über den Kopf gezogen. Ihr langes Haar scheint seinen Glanz für immer verloren zu haben. Nichts kann sie aus dem Schattenreich ihres Schlafes holen, wenn man Lucas Bericht glauben kann. Im Zimmer riecht es muffig. Wenn Luca die Vorhänge aufzieht und ein Fenster öffnet, fängt Sophia unter der Decke an zu schreien, aber ihre Schreie klingen wie die einer Schlafenden. Sie ist kaum zu verstehen und hört erst auf, wenn er das Zimmer verlassen hat. Sie antwortet nicht auf seine Fragen. Er darf sie nicht berühren. Er kann sie nicht trösten.

Ich gehe unter der rot-weiß gestreiften Markise hindurch ins Eiscafé, vorbei an der Theke und der Kasse und durch die Tür zur Treppe. Niemand fragt, was ich vorhabe. Sara steht an der Vitrine und starrt gelangweilt vor sich hin. Luca ist in der Küche. Ich gehe mit seinem Einverständnis zu Sophia hinauf. »Du hast schon einmal ein Wunder bewirkt«, sagte er. Dann arbeitete er weiter.

Als ich nach oben ging, um Sophia ein Kind zu machen, habe ich zwei Stufen auf einmal genommen, und als ich zu ihr eilte, um meinen neugeborenen Sohn zu sehen, bin ich hinaufgeflogen. Diesmal muss ich nicht bis ins Dachgeschoss, trotzdem brauche ich länger. Ich halte mich am Geländer fest und höre die Stufen unter meinen Schuhen knarren. Ich frage mich, warum ich das tue, was ich jetzt tue, welche Pflicht ich noch zu erfüllen habe. Warum ich nicht kehrtmache, hinausgehe und selbst verschwinde.

Ein Vers von Boris Ryzhy singt in meinem Kopf. *Man kann Jahre und Menschen zur Rückkehr bewegen.* Aber ich bin im Zweifel, ob sich das Wunder wiederholen lässt. Sophia wird mir nicht in einem Kleid mit Pfingstrosen die Tür öffnen, ihre Wangen werden nicht gerötet, ihr Haar nicht golden und geflochten sein. Diesmal wird sie trockene Lippen und Ringe unter den Augen haben und unter der Bettdecke liegen. In Gedanken woanders, erschöpft von Kummer. Sie wartet auf Giuseppe. Nur seine Rückkehr kann sie von diesem Gram befreien.

Ich gehe durch die Wohnküche zu Lucas und Sophias Schlafzimmer. Auf dem Tisch stehen noch die Teller und Gläser vom Abendessen, Fliegen machen sich über die Essensreste her, in und neben der Spüle stehen verkrustete Töpfe. Schon jetzt scheint die Maschinerie ins Stocken geraten zu sein. Mein Bruder kann nicht ohne Sophia und das Eiscafé nicht ohne Giuseppe. Möglich, dass Luca noch eine Saison oder sogar ein paar durchhält, dass zusätzliches Personal erst einmal hilft, aber letztlich braucht ein Eismacher einen Sohn, einen Nachfolger.

Giuseppe hatte die Eismaschinen am Tag seiner Geburt zum Stillstand gebracht, nun würden sie vielleicht für immer zum Stillstand kommen.

Ich lege die Hand auf die Türklinke, trete aber noch nicht ein. Hinter der Tür ist kein Laut zu hören. Kein Rascheln von Bettwäsche, kein Husten, kein Schnarchen. Sophia liegt reglos im Bett. Ich weiß nicht, ob sie mir zuhören wird, ob meine Worte sie aus ihrer Betäubung werden aufwecken können. Was wissen wir schon darüber, wie das Herz funktioniert? Wie man es den Schmerz vergessen lassen, wie man ihm die Hoffnung zurückgeben kann?

Schließlich drücke ich die Klinke hinunter und öffne die Tür. Die Scharniere quietschen, Wärme schlägt mir ins Gesicht. Es ist dunkel und totenstill. Mich schwindelt, als ich das Zimmer betrete. Alles dreht sich.

Ein Anfang, ein Ende

Giuseppe kehrte zurück, nach zwei eiskalten Wintern und einem Sommer, den die Zikaden besangen. Firmamente aus Lapislazuli, Tage aus Johanniskraut, Klee und Schafgarbe. Mächtig und träge zugleich war die Zeit im Cadore-Tal vorangeschritten, hatte die Jahreszeiten ausgerollt und wieder eingeholt. Bäume waren gefällt worden, Kühe hatten gekalbt, aus Jungen waren Männer geworden. Maria Grazia spürte ihre Blicke auf ihrem Körper, doch wenn einer sie auf der Straße ansprach, ging sie schnell weiter. Sie versteckte sich in ihrem Zimmer oder ging in den Wald, suchte Stellen auf, an denen sie mit Giuseppe zusammen gewesen war. Sie fand sie alle wieder, die Stelle mit dem Sonnenlicht wie Radspeichen zwischen den Stämmen, wo sie Tannenzapfen gesucht, die Wiese, auf der sie Löwenzahn gepflückt, das Stück Gras, in dem sie wie übergroße Uhrzeiger gelegen hatten. Nur zum Antelao wagte sie sich nicht hinauf.

Seit Giuseppes Verschwinden war ein Jahr vergangen. Niemand hatte begriffen, was geschehen war. Seine Mutter hatte tagelang in seinem Zimmer auf ihn gewartet, am offenen Fenster, durch das er hinausgestiegen war. Im Dämmerlicht des frühen Morgens hatte er sich davongemacht, ohne eine Nachricht zu hinterlassen, auch seinen Geschwistern hatte er nichts gesagt. Maria Grazia hätte das Rätsel lösen können, doch sie hatte Angst davor, Giuseppes Mutter zu sagen, was in der Nacht vor seinem Verschwinden geschehen war. Der Nacht, in der sie ihm ihre Liebe bekannt und ihn angefleht hatte, ihr ein Kind zu machen. Sie verschloss das Geheimnis in sich. Es gab Augenblicke, in denen sie von Schuldgefühl verzehrt wurde, aber auch Tage, an denen sie nicht glauben konnte, dass Giuseppe um ihretwillen fortgegangen war. Was hatte sie falsch gemacht? Sie hatte ihm ihren Körper gezeigt, ihre weißen Brüste und bernsteinfarbenen Warzenhöfe.

Niemand wusste, wo Giuseppe war. In den ersten Tagen suchten ihn sämtliche Männer des Dorfes gemeinsam, der Nagelschmied, der Schlüsselmacher, Enrico Zangrando, sein Vater, der immer vor sich hin gepfiffen hatte, wenn er unterwegs war, jetzt aber still blieb. Sie unternahmen lange Tagesmärsche durchs Gebirge, auch zu den Gletschern am Antelao, weil sie dachten, dass er beim Ernten des Schnees abgestürzt sein könnte.

Auch im Herbst, zwei Monate später, als der Duft gerösteter Maroni die Straßen Wiens erfüllte und der Sägemüller mit seinem Bratofen an einer Ecke des Volksgartens stand, wurde nach Giuseppe Ausschau gehalten. Einen Moment glaubte Bruno, ihn zu sehen, auf der anderen Straßenseite, aber schon als er Giuseppes Namen rief, wusste er, dass es jemand anders war, ein junger Mann mit ebensolchen starken Schultern und dunklen Haaren, aber anderen Gesichtszügen, verfeinert und sorglos.

Immer mehr Zeit verging, und dennoch glaubte Maria Grazia fest an Giuseppes Rückkehr. Sie war sich sicher, dass er an sie dachte, wo er auch sein mochte. Sie wartete weiter auf ihn, den ganzen Sommer lang. Die Bauern brachten noch einmal das Heu ein, Früchte wurden eingekocht. Hagelkörner so groß wie Walnüsse fielen, als der Himmel über den Dörfern grollte.

»Wie lange willst du noch auf ihn warten?«, fragte ihre Mutter.

Maria Grazia antwortete nicht. Sie schaute aus dem Fenster, hinauf zu den schwarzen Wolken.

»Willst du denn allein bleiben?«

Wieder keine Antwort, nur eine Stirnfalte, die tiefer wurde. Vor zwei Tagen hatte die Mutter sie aus dem Wald kommen sehen, Maria Grazia hatte den Saum ihres Kleides hochgehalten und auf die darin gesammelten Tannenzapfen geschaut.

»Maria Grazia«, sagte die Mutter. »Ich habe dich etwas gefragt. Willst du allein bleiben?«

»Nein.«

»Dann musst du dich umschauen und nicht die ganze Zeit auf den Boden starren.« Sie betrachtete Maria Grazia, die schöner war als ihre anderen Töchter. Die Schönste im Dorf. Und nun dieser Zug von Kummer um den Mund, dieser Schleier vor den Augen. Sie konnte es nicht mehr mit ansehen. »Er kommt nicht zurück«, sagte sie. »Du musst ihn vergessen, du musst dir einen anderen suchen, einen Mann, der nicht einfach fortläuft, einen, der morgens aufsteht und an die Arbeit geht. Hörst du, was ich sage? Er kommt nicht zurück!«

Sie hörte nicht hin. Maria Grazia hörte ihre Mutter sprechen, ließ aber die Worte nicht an sich heran. Sie wusste, dass er eines Tages an ihre Tür klopfen würde, wie er es früher getan hatte. Sie konnte ihn durchs Dorf gehen sehen, in schmutzigen Sachen und verschlissenen Schuhen, endlich zurückgekehrt von einer weiten Reise. Sie hatte Träume, klar wie Visionen.

Ihr Herz war nicht klein wie jenes Herz in dem Gedicht von Shelley, *Das Herz, das Einem nur mag*

Liebe weihn. Maria Grazias Herz war stark und unerbittlich.

Auch als der Sommer vorbei war, wartete sie weiter. Der Herbst, der auf den Sommer folgte, war mild, aber nass. Die Wolken hingen zwischen den Bergen fest, es regnete fünf Tage hintereinander. Die Straßen wurden rein gewaschen, das Wasser des Piave färbte sich rostbraun. Dann kam der zweite Winter, noch kälter als der erste. Die Temperatur fiel auf zwanzig Grad unter null, der Wind war schneidend scharf wie eine Sense. Wer nicht unbedingt ins Freie musste, blieb im Haus, am Ofen. Hierfür hatte man Bäume gefällt und die Stämme gespalten, hierfür mitten im Sommer riesige Holzvorräte angelegt. Erst im Januar fiel Schnee. Die meisten hatten ihn gespürt, er lag in der Luft, man konnte ihn riechen. Innerhalb von einer Stunde wurden die Wiesen weiß, gegen Abend lag auf den Dächern schon eine dicke Schicht.

Am nächsten Morgen verließen die Kinder die Häuser und rannten durch den Schnee, sie bekamen rote Wangen. Die Sonne brachte Licht und Wärme, der Himmel war kornblumenblau. Gehwege wurden freigeschaufelt, die Straßen mithilfe von Ochsen geräumt, vor deren feuchten Nüstern sich Wölkchen bildeten. Nur Maria Grazia blieb im Haus, in ihrem Zimmer. Sie hatte sich die Decke über den Kopf gezogen, um den fröhlichen Lärm von draußen nicht hören zu müssen.

Sie, die sich als Kind wie eine Sonnenblume der Sonne zugewandt, sich mit dem Milchsaft von Löwenzahn Kringel auf die Arme gemalt hatte. Die während eines einzigen Sommers vom Mädchen zur Frau geworden war und junge Männer aus der Fassung brachte, wenn sie ihnen in die Augen schaute und dabei den Mund nicht ganz schloss. Sie lag nun im Bett und verließ es nicht mehr.

Eine Todsünde, fanden die Männer im Dorf. Doch keiner von ihnen wäre in der Lage gewesen, Maria Grazia aus ihrem Schmerzensdämmer aufzuwecken.

Aus Januar wurde Februar, wurde März. Aller Schnee schmolz, schrumpfte, schwand und versickerte, außer auf den Gletschern, der Halskette um den Gipfel des Antelao. Giuseppe sah das Glitzern schon von fern und wusste, dass er fast zu Hause war. Seine Sachen waren wirklich schmutzig, seine Sohlen durchgelaufen. Beinahe zwei Jahre war er fort gewesen. Seine Nase und seine Stirn waren von der Sonne verbrannt.

Der Erste, der ihm im Cadore-Tal begegnete, war so erstaunt und erfreut, dass er kaum auf Giuseppes Worte achtete. Es war der Maurer Pietro Zaetta, und er behauptete, Giuseppe habe gesagt: »Sei gegrüßt, Bleichgesicht.« Völlig sicher war er sich aber nicht.

Die Nachricht erreichte das Dorf früher als Giuseppe selbst, sie flog durch alle Straßen, alle Häuser. Sein Vater, seine Mutter, seine Geschwister liefen zur Hauptstraße. Da tauchte er in der Ferne auf, ein Punkt, der immer größer wurde. Sie konnten es kaum erwarten, ihn in die Arme zu schließen.

Maria Grazia schlug die Bettdecke zurück und stand auf. Sie hatte Rufe gehört, Ausrufe ungläubiger Verwunderung und Freude. Kinder hatten seinen Namen gebrüllt. Ihre Beine mussten sich an das Gewicht gewöhnen, das sie zu tragen hatten, ihre Augen ans Tageslicht. Als sie ihn sah, war ihr, als würde sie immer noch von ihm träumen. Er war ein Hüne geworden, stärker und größer als in dem Sommer, in dem er fortgegangen war. Er hatte einen Wolkenkratzer errichtet, eine Bahnstrecke gebaut.

Giuseppe wurde von seiner Mutter ins Haus gezogen, aber noch am selben Abend klopfte er bei Maria Grazia an die Tür. Sie schaute ihm in die Augen, dunkelblaue Augen, die den Atlantik gesehen hatten und die unermessliche Leere der Great Plains. Giuseppe wich ihrem Blick nicht aus, er hatte keine Angst mehr. Er schaute sie lange an und sah, wie schön sie war, trotz der trockenen Haut und des glanzlosen Haars. Die Schönheit, die stärker ist als alles andere.

In seinem Pappkoffer hatte er eine Federhaube und eine Jeans mitgebracht, deren Taschen voll rotem Sand aus den Badlands von South Dakota waren. Er hatte unter der brennenden Sonne Schwellen gelegt, in Wyoming Bisons gejagt und in New York einer Frau nachgeblickt, die ein Seidenkleid trug und deren Parfüm ihn berauscht hatte, aber er war heimgekehrt. Das Netz war noch intakt, die Fäden waren nicht gerissen, sie hatten ihn zu ihr zurückgebracht.

Und nun war Frühling. Auf den höchsten Gipfeln lag Schnee, die Wiesen wurden grün, am Fluss roch es nach frisch gesägten Brettern. Giuseppe stieg mit Maria Grazia zum Antelao hinauf und stahl dem König Schnee. Alles erlebten sie von Neuem. Er sah die kleinen Perlen auf ihrer Nase, sie die feuchten Flecken an seiner Kleidung. Sie mussten im blendenden Licht die Augen zusammenkneifen, von seinen nackten Unterarmen stieg Dunst auf. Ein Teil des Schnees schmolz im Korb.

Unten im Tal, im Keller, setzte er die Kurbel der Eismaschine in Bewegung, die Kurbel, die so lange nicht gedreht worden war. Sie machten Sorbet aus Aprikosenmarmelade und aßen es zu zweit auf, Löffel für Löffel, aber an den Tagen danach verkaufte

Giuseppe verschiedene Sorten Eis an der Hauptstraße, und immer mehr Leute kamen, um es zu kosten. Sein Daumen wurde schwielig, ihre Haut bekam die Farbe von Honig, ihr langes Haar glänzte in der Sonne.

Er hatte keine Angst mehr und beherrschte die Sprache der Liebe. Sie bekam von ihm ein Kind. Den Vater meines Vaters, meinen Opa. Und so konnte das Eismachen weitergehen.

Liste der zitierten Gedichte

S. 13 Nurit Zarchi, »Heute wollte ich«
S. 17 Erich Fried, »Was es ist«
S. 78 f. Percy Bysshe Shelley, »Epipsychidion«, übersetzt von Adolf Strodtmann
S. 81 Percy Bysshe Shelley, »Adonaïs«
S. 99 J. C. Bloem, »Erster Frühlingstag«
S. 134 Yang Wanli, »Ode an den Eiskäse«
S. 156 Maura Dooley, »The World Turned Upside Down«
S. 174 Craig Raine, »A Martian Sends a Postcard Home«
S. 216 Patrick Lane, »Nichts als leben«
S. 238 Antjie Krog, »Ich will«
S. 255 Mangalesh Dabral, »Berühre«
S. 260 Marina Zwetajewa, »Durch Gedanken an das Wahre«
S. 353 f. Charles Simic, »Ich wurde von den Zigeunern gestohlen«

S. 361/366 Federico García Lorca, »Die untreue Frau«, übersetzt von Gustav Siebenmann

S. 377 f. Ida Gerhardt, »Wiege«

S. 400 Jorge Luis Borges, »Shinto«, übersetzt von Gisbert Haefs

S. 443 Galsan Tschinag, »Einsamkeit«

S. 450 Boris Ryzhy, »Wenn ich aus Holland zurück bin, bekommst du Lego«

Dank

Großen Dank schulde ich der Familie Olivo vom Eiscafé Venezia in Rotterdam. Die Olivos haben sich viel Zeit dafür genommen, mir aus ihrer Familiengeschichte zu erzählen, immer bei einem Eis, Milchshake oder Espresso. Außerdem haben sie mich in Venas di Cadore willkommen geheißen und mich anderen Familienmitgliedern und Eismachern vorgestellt, von denen ich unentbehrliche Informationen erhalten habe.

Auch Bas Kwakman, dem Direktor des Poetry International Festival in Rotterdam, habe ich viel zu verdanken. Er hat mir in mehreren Gesprächen ausführlich von seiner Arbeit und seinen Reisen berichtet; ich durfte sogar seine Sammlung von Hotelzimmer-Zeichnungen einsehen. Für seine Offenheit bin ich ihm sehr verbunden.

Dorine de Vos danke ich für den wunderschönen, ruhigen Rückzugsraum (das »Dienstbotenzimmer«), in dem ich dieses Buch schreiben konnte, und für die zahllosen Espressi, die sie für mich gebrüht hat.

Folgende Quellen habe ich in unterschiedlichem Grade genutzt:

- Frank Bovenkerk u. a., *Italiaans ijs. De opmerkelijke historie van de Italiaanse ijsbereiders in Nederland*, Amsterdam 1984.
- Elizabeth David, *Harvest of the Cold Months. The Social History of Ice and Ices*, London 1994.
- Pim Reinders, *Een Coupe Speciaal. De wereldgeschiedenis van het consumptie-ijs*, Amsterdam 1999.
- Harry Oltheten, *Elio Talamini. Entrepreneur en visionair*, Deventer 2005.

Die niederländische Originalausgabe erschien 2015 unter dem Titel »De ijsmakers« bei De Bezige Bij, Amsterdam

Der Verlag dankt der Niederländischen Literaturstiftung für die Förderung der Übersetzung.

Nederlands letterenfonds
dutch foundation for literature

Sollte diese Publikation Links auf Webseiten Dritter enthalten, so übernehmen wir für deren Inhalte keine Haftung, da wir uns diese nicht zu eigen machen, sondern lediglich auf deren Stand zum Zeitpunkt der Erstveröffentlichung verweisen.

MIX
Papier aus verantwortungsvollen Quellen
FSC® C013736
FSC www.fsc.org

Verlagsgruppe Random House FSC® N001967

1. Auflage
Taschenbuch-Sonderausgabe November 2018
Copyright © 2015 by Ernest van der Kwast
Copyright © der deutschsprachigen Ausgabe 2016 by btb Verlag
in der Verlagsgruppe Random House GmbH,
Neumarkter Straße 28, 81673 München
Covergestaltung: semper smile, München nach einem Entwurf von buxdesign
Covermotiv: Getty Images/Hulton Archive/Roger Viollet
Satz: Uhl + Massopust, Aalen
Druck und Einband: Kösel, Krugzell
MK · Herstellung: BB
Printed in Germany
ISBN 978-3-442-71745-3

www.btb-verlag.de
www.facebook.com/btbverlag

Saša Stanišić

Wie der Soldat das Grammofon repariert

Roman

Geschenkformat, 448 Seiten
btb 74169

»Deutscher Buchpreis-Gewinner der Herzen!«
Gerrit Bartels, Tagesspiegel

»Diesen Roman muss man lesen, wie man Schokolade isst: nicht zu schnell und nicht alles auf einmal. Damit man zu jeder Zeit spürt, wie gut und besonders das ist, was man zu sich nimmt. «
Westermann, WDR

btb